Dello stesso autore
in edizione HarperCollins

Quelle belle ragazze
Scia di sangue
La morte è cieca
La figlia modello

KARIN
SLAUGHTER

TAGLI

Traduzione di
ANNA RICCI

HarperCollins

ISBN 978-88-6905-315-3

Titolo originale dell'edizione in lingua inglese:
Kisscut
Harper
an Imprint of HarperCollins *Publishers*

Traduzione di Anna Ricci

Prima edizione HarperCollins
giugno 2018

FSC
www.fsc.org

MISTO
Carta da fonti gestite in maniera responsabile
FSC® C005461

Questo libro è prodotto con carta FSC® certificata con un sistema di controllo di parte terza indipendente per garantire una gestione forestale responsabile.

Per Doris Smart
che ama la squadra di football degli Auburn
e la lettura – in quest'ordine

SABATO

1

«*Dancing Queen*» canticchiava Sara Linton a tempo con la musica mentre scivolava sulla pista di pattinaggio. «*Young and sweet, only seventeen...*»

Alla sua sinistra sentì un rumore stridente di rotelle che si avvicinava a tutta velocità e si voltò appena in tempo per afferrare un bambino, un attimo prima che le finisse addosso.

«Justin?» lo chiamò, riconoscendo il piccolo di sette anni. Lo sostenne afferrandolo per la maglietta mentre lui agitava i piedi malfermi sui pattini in linea.

«Ehi, dottoressa Linton» disse Justin col fiatone. Aveva in testa un casco troppo grande, che si spinse indietro diverse volte per riuscire a guardarla.

Sara ricambiò il sorriso, sforzandosi di non ridere.

«Ciao, Justin.»

«Mi sa che le piace questa musica, eh? Piace anche alla mamma.» La fissò dritto negli occhi, le labbra appena dischiuse. Come la maggior parte dei suoi pazienti, anche lui sembrava un po' stupito di vederla fuori dalla clinica. A volte Sara si domandava se i bambini pensavano che lei abitasse in quell'ospedale, in attesa che a loro venisse un raffreddore o la febbre, per poterli visitare.

«E poi» fece Justin, spingendo di nuovo indietro il casco e dandosi accidentalmente una botta sul naso con il paragomito, «ho visto che cantava.»

«Aspetta» disse lei, chinandosi per sistemargli l'allacciatura sotto il mento. La musica sulla pista era così forte che Sara sentiva le vibrazioni del basso attraverso la fibbia di plastica che stava stringendo.

«Grazie» gridò Justin, poi posò entrambe le mani sul casco, come a volerle riposare. Il movimento gli fece perdere l'equilibrio e il bambino si sbilanciò in avanti, aggrappandosi a una gamba della dottoressa.

Sara lo afferrò di nuovo per la maglietta e lo accompagnò alla ringhiera che circondava la pista, mettendolo in salvo. Dopo aver provato anche lei un paio di pattini in linea, aveva chiesto di cambiarli con quelli a quattro ruote tradizionali, dato che non aveva alcuna voglia di finire col sedere a terra davanti a mezza città.

«Wow!» Justin ridacchiò, aggrappato alla ringhiera di sicurezza. Le stava fissando i pattini. «Ha dei piedi enormi!»

Sara guardò in basso, sentendosi in imbarazzo. La prendevano in giro per via dei piedi grandi da quando era bambina, e anche se ormai se lo sentiva ripetere da quasi trent'anni, ogni volta provava ancora il bisogno di rintanarsi sotto le coperte con una tazza di cioccolata calda.

«Porta i pattini da maschio!» strillò Justin, staccandosi dalla ringhiera per indicare i pattini neri di Sara. Lei lo acchiappò un istante prima che cadesse a terra.

«Tesoro» gli sussurrò con educazione in un orecchio, «ricordati di questo momento, quando verrai a fare il richiamo del vaccino.»

Justin sorrise alla sua pediatra. «Credo che mia madre mi stia chiamando» bofonchiò, spostandosi malfermo lungo la ringhiera e lanciandosi uno sguardo preoccupato alle spalle per assicurarsi che Sara non lo stesse seguendo.

Lei incrociò le braccia al petto e rimase a guardarlo mentre si allontanava. Come molti pediatri, adorava i bambini, ma questo non significava che desiderasse passare con loro anche il sabato sera.

«È con lui che avevi appuntamento?» le chiese Tessa, fermandosi accanto a lei.

Sara le scoccò un'occhiataccia. «Ricordami perché mi sono fatta convincere a venire.»

«Perché mi vuoi bene?» rispose la sorella con un sorriso incerto.

«Già» ribatté Sara, caustica. Dall'altra parte della pista scorse Devon Lockwood, l'ultimo fidanzato di Tessa, anche lui impiegato nell'impresa idraulica della famiglia Linton, che in quel momento stava aiutando a pattinare il nipote sulla pista per bambini, sotto lo sguardo vigile del fratello.

«Sua madre mi odia» borbottò Tessa. «Mi guarda male ogni volta che mi avvicino a lui.»

«Papà ha sempre fatto lo stesso con tutti i nostri fidanzati» le ricordò Sara.

Devon si accorse che lo stavano osservando e le salutò con la mano.

«È bravo con i bambini» sottolineò Sara, ricambiando il saluto.

«È bravo con le mani» disse Tessa a bassa voce, quasi tra sé. Poi si rivolse alla sorella: «A proposito, dov'è Jeffrey?».

Sara guardò verso l'ingresso principale. Già, se lo stava chiedendo anche lei, e si chiedeva anche perché mai dovesse importarle se il suo ex marito si presentava o meno. «Non lo so» rispose. «Quand'è che questo posto è diventato così affollato?»

«È sabato sera e il campionato di football non è ancora cominciato: che altro dovrebbe fare la gente?» ribatté Tessa, ma non le permise di cambiare argomento. «Allora, dov'è Jeffrey?»

«Davvero, non ne ho idea. Magari non verrà nemmeno.»

Dal sorriso di Tessa, Sara capì che stava trattenendo una battutina acida.

«Avanti, dillo.»

«Non stavo per dire nulla» rispose lei, e Sara non riuscì a capire se stesse mentendo.

«Ci stiamo solo frequentando.» Tacque, perché non sapeva nemmeno lei se stava cercando di convincere sua sorella oppure se stessa. «Non è niente di serio» aggiunse.

«Lo so.»

«Ci siamo a malapena baciati.»

Tessa alzò le mani, rassegnata. «Lo so» ripeté, con un sorrisetto sulle labbra.

«Siamo usciti qualche volta, tutto qui.»

«Non è me che devi convincere.»

Sara emise un rantolo e tornò ad appoggiarsi alla ringhiera. Si sentiva una sciocca, come se fosse ancora un'adolescente e non una donna adulta. Aveva divorziato da Jeffrey due anni prima, dopo averlo colto in flagrante con la proprietaria del negozio di insegne della città. Perché avesse ricominciato a vederlo era un mistero per lei come per il resto della sua famiglia.

Cominciò una ballata, e le luci si abbassarono. Sara vide la sfera a specchio scendere dal soffitto, mandando minuscoli fasci di luce per tutta la pista.

«Devo andare in bagno» disse. «Controlli tu se arriva Jeff?»

Tessa guardò oltre la sua spalla. «Ci sta andando qualcuno proprio ora.»

«I gabinetti sono due, adesso.» Sara si voltò verso il bagno delle donne e vide che vi stava entrando una ragazza corpulenta. La riconobbe: era Jenny Weaver, una delle sue pazienti. La salutò con la mano, ma l'altra non se ne accorse.

«Spero tu abbia una buona vescica» borbottò Tessa.

Sara si accigliò, osservando un'altra ragazzina che non conosceva seguire Jenny nei bagni. Di questo passo, le avrebbero ceduto i reni prima dell'arrivo di Jeffrey.

Tessa fece un cenno col capo verso l'ingresso. «A proposito di uomini alti e tenebrosi...»

Sara sentì un sorriso sciocco distenderle le labbra quando vide Jeffrey che avanzava verso la pista. Era ancora in abiti da lavoro, un completo grigio scuro e una cravatta bordeaux. Essendo il capo della polizia di Grant County, conosceva quasi tutte le persone che si trovavano lì. Si guardò intorno, cercando Sara, o così pensò lei, e fermandosi qua e là per stringere mani. Lei decise di non fare nulla per attirare la sua attenzione, mentre avanzava tra la folla. In quella fase del loro rapporto, preferiva che fosse Jeffrey a fare tutto il lavoro.

Si erano conosciuti durante uno dei primi casi di Sara, quando lei era il coroner della città. Aveva accettato il posto di medico legale per guadagnare qualche soldo in più e riuscire a rilevare la quota di un collega che andava in pensione alla clinica pediatrica di Heartsdale, ma anche se ormai aveva saldato il conto con il dottor Barney già da qualche anno, Sara aveva tenuto anche il secondo lavoro. Le piacevano le sfide della patologia. Dodici anni prima, aveva fatto un tirocinio nel pronto soccorso del Grady Hospital di Atlanta. Passare da un impiego dai ritmi frenetici, in bilico tra la vita e la morte, ai mal di pancia e alle sinusiti della clinica era stato uno shock. Il lavoro di coroner le consentiva di mettersi alla prova e l'aiutava a tenere la mente allenata.

Alla fine Jeffrey riuscì a individuarla. Si fermò a stringere velocemente la mano di Betty Reynolds, deciso a svincolarsi in fretta, ma la proprietaria del negozio *five-and-dime* lo trascinò in una spiacevole conversazione.

Sara immaginava cosa gli stesse dicendo. Negli ultimi tre mesi si erano verificate due effrazioni nel suo negozio. Betty aveva un atteggiamento accusatorio, e nonostante l'attenzione di Jeffrey fosse rivolta evidentemente altrove, la donna andava avanti imperterrita.

Alla fine lui annuì, le diede una leggera pacca sulla schiena e le strinse di nuovo la mano, forse prendendo appuntamento per parlare con lei il giorno dopo. Riuscì a liberarsi e si avviò verso Sara con un sorriso scaltro.

«Ehi» la salutò. Sara non poté trattenersi dallo stringergli la mano come avevano fatto quasi tutti i presenti.

«Ciao, Jeffrey» intervenne Tessa, in un tono brusco che non era da lei. In genere era Eddie, il loro padre, a trattarlo con scarsa gentilezza.

Lui le sorrise, sorpreso. «Ehi, Tessie.»

«A-ah» borbottò lei, spingendosi via dalla ringhiera. Si allontanò sui pattini, lanciando a sua sorella uno sguardo fin troppo eloquente da sopra una spalla.

«Perché fa così?» chiese Jeffrey.

Sara ritrasse la mano, ma Jeffrey le trattenne le dita quel tanto che bastava per farle capire che se la lasciava andare era soltanto perché l'aveva deciso lui. Era sempre così sicuro di sé, accidenti. Ma soprattutto, era quella caratteristica che attirava Sara nel profondo.

«Sei in ritardo» rispose, incrociando le braccia.

«Ho avuto difficoltà a sganciarmi.»

«Perché, il marito di quella è fuori città?»

Jeffrey le rivolse lo stesso sguardo che riservava ai testimoni quando sapeva che mentivano. «Stavo parlando con Frank» spiegò, riferendosi al detective capo di Grant County. «Gli ho detto che stasera il comando è nelle sue mani. Non voglio che ci interrompano.»

«E cosa dovrebbero interrompere?»

Di nuovo quel sorriso scaltro. «Oh, be', stasera pensavo di sedurti.»

Lei rise e si tirò indietro quando Jeffrey si avvicinò per baciarla.

«I baci vengono meglio, quando le labbra si toccano» suggerì lui.

«Non di fronte a metà dei miei pazienti» ribatté Sara.

«E allora vieni con me.»

Controvoglia, Sara passò sotto la ringhiera e prese la mano che lui le tendeva. Jeffrey la condusse verso il fondo della pista, vicino ai bagni, al riparo da occhi indiscreti.

«Va meglio, qui?» le chiese.

«Sì» rispose Sara abbassando lo sguardo su di lui, perché con i pattini lo superava di almeno cinque centimetri. «Molto meglio. Ho proprio bisogno di andare in bagno.»

Fece per allontanarsi, ma Jeffrey la fermò tenendola per la vita.

«Jeff» esclamò lei, ben consapevole del fatto che il suo tono non assomigliava neanche lontanamente a una minaccia.

«Sei così bella, Sara.»

Alzò gli occhi al cielo come una ragazzina.

Lui rise e continuò: «Ho avuto voglia di baciarti per tutta la sera, ieri».

«Ah, sì?»

«Mi manca il tuo sapore.»

Sara cercò di non assumere un'aria annoiata. «Uso sempre il Colgate.»

«Non mi riferivo a *quel* sapore.»

Sara aprì la bocca, sorpresa, e Jeffrey sorrise, compiaciuto della sua reazione. Sentì qualcosa muoversi dentro di lei e stava per parlare – anche se non aveva la minima idea di cosa avrebbe detto – quando il cercapersone del commissario suonò.

Lui continuò a fissarla come se non lo avesse sentito.

Sara si schiarì la voce e gli chiese: «Non dovresti rispondere?».

Jeffrey diede un'occhiata all'apparecchio che aveva attaccato alla cintura.

«Merda» borbottò.

«Che succede?»

«Effrazione» rispose lui, conciso.

«Pensavo ci fosse Frank a occuparsene.»

«Solo per le questioni minori. Devo usare il telefono a gettoni.»

«Dov'è finito il tuo cellulare?»

«Batteria morta.» Il commissario si sforzò di mantenere l'irritazione sotto controllo. «Non rovinerà il nostro appuntamento, Sara» disse con un sorriso, posandole una mano su una guancia. «Per me non esiste niente di più importante di questa serata.»

«Per caso hai un appuntamento bollente, dopo cena?» lo prese in giro. «Perché se vuoi possiamo annullare il nostro.»

Lui la fissò con gli occhi socchiusi prima di voltarsi.

Sara lo guardò mentre si allontanava. «Cristo santo...» mormorò, appoggiandosi al muro. Non riusciva a credere che in meno di tre minuti Jeffrey fosse riuscito a trasformarla in una patetica idiota.

Sussultò quando la porta del bagno si chiuse sbattendo. Jenny Weaver fissava la pista come se stesse riflettendo su qualcosa. La carnagione della ragazzina sembrava chiarissima rispetto alla maglietta nera a maniche lunghe che indossava. Teneva in mano uno zaino rosso scuro, che si mise in spalla proprio mentre si avvicinava a Sara e che involontariamente sfregò contro il petto della dottoressa Linton.

«Ahi» esclamò lei, tirandosi indietro.

Jenny sbatté le palpebre e subito riconobbe la sua pediatra.

«Scusi» mormorò piano, distogliendo lo sguardo.

«È tutto okay» rispose lei. La ragazza sembrava agitata, così cercò di parlarle. «E tu? Stai bene?»

«Sì, signora» rispose Jenny stringendosi lo zaino al petto.

Sara non fece in tempo ad aggiungere altro che Jenny si era già allontanata.

La osservò mentre si faceva strada tra la folla di ragazzini accanto alla sala dedicata ai videogame. La luce degli schermi gettò su Jenny un'aura verdastra un attimo prima che sparisse in un angolo. Sara ebbe la sensazione che ci fosse qualcosa di strano, ma non poteva certo inseguirla per chiederle cosa fosse successo. A quell'età, tutto diventa una tragedia. Conoscendo le adolescenti, immaginò che ci fosse di mezzo un ragazzo.

La musica finì, le luci si rialzarono e dagli altoparlanti tuonò un'altra vecchia canzone rock i cui bassi le vibrarono nel petto. Guardò i pattinatori che prendevano velocità sulla pista, domandandosi se lei fosse mai stata tanto agile. Skatie's aveva cambiato gestori diverse volte nel corso degli anni, ma era sempre rimasto uno dei ritrovi più importanti per i giovani di Grant County. Sara stessa aveva passato un'infinità di sabati sera sul retro di quell'edificio a sbaciucchiarsi con Steve Mann, il suo primo vero ragazzo. Il loro rapporto non era mai stato particolarmente passionale, ma erano uniti dall'intento di andare via da Grant. Poi, purtroppo, il padre di Steve era stato stroncato da un infarto quando i ragazzi erano all'ultimo anno di scuola e da allora lui gestiva il negozio di ferramenta di famiglia. Adesso Steve era sposato e aveva dei figli. Sara era fuggita ad Atlanta, ma pochi anni dopo era tornata.

E adesso era di nuovo lì, allo Skatie's, a sbaciucchiarsi con Jeffrey Tolliver. O almeno era ciò che stava provando a fare.

Cercò di non pensarci e tornò verso il bagno. Posò una mano sulla maniglia, ma la tirò via di scatto quando sentì qualcosa di appiccicoso. In quel punto del locale la luce era scarsa, e Sara dovette avvicinare la mano al viso per riuscire a capire che cosa avesse toccato. Ne sentì l'odore prima di riconoscerne la consistenza. Guardò il punto in cui lo zaino di Jenny Weaver l'aveva colpita.

Una scia di sangue formava un arco sul suo petto.

2

Jeffrey cercò di non strappare il telefono a gettoni dal muro, anche se le sue mani ne avevano una gran voglia. Fece un respiro profondo per calmarsi, compose il numero della stazione di polizia e ascoltò gli squilli, aspettando paziente.

Marla Simms, la sua segretaria nonché centralinista part-time del commissariato, rispose: «Buonasera, dipartimento di polizia di Grant County, può attendere, per favore?» e lo mise in attesa senza dargli il tempo di parlare.

Lui fece un altro respiro profondo, cercando di non lasciarsi sopraffare dall'irritazione. Pensò a Sara, ancora sulla pista, che magari cercava di convincersi a lasciar perdere il loro appuntamento. Ogni volta che faceva un passo verso di lei, Sara ne faceva due indietro. Comprendeva le sue ragioni, ma questo non significava che le condividesse.

Jeffrey si appoggiò al muro e sentì che il sudore aveva cominciato a colargli lungo la schiena. Il mese di agosto era arrivato con la sua afa soffocante, tanto che le temperature da record di giugno e luglio in confronto erano state quasi quelle di un mite inverno. C'erano giorni in cui, per strada, aveva l'impressione di respirare con uno straccio bagnato sulla bocca. Allentò il nodo della cravatta e si slacciò il primo bottone della camicia per lasciar passare un po' d'aria.

Un breve scoppio di risate arrivò dal parcheggio davanti all'edificio e Jeffrey sbirciò dietro l'angolo per avere una buona visuale. C'era un gruppetto di ragazzi che si passavano una sigaretta accanto a una vecchia Camaro malridotta. Il telefono a gettoni era su un lato dell'edificio, quindi il commissario era nascosto nella penombra verdastra. Gli parve di sentire l'odore di una canna, ma non ne era sicuro. I ragazzi avevano l'aria di essere dei teppisti, e lui lo intuiva non perché era un poliziotto, ma perché alla loro età aveva frequentato una compagnia simile.

Stava decidendo tra sé se avvicinarli o meno quando Marla riprese la linea.

«Buonasera, dipartimento di polizia di Grant County, grazie per aver aspettato. Posso aiutarla?»

«Marla, sono Jeffrey.»

«Oh, ehi, capo» fece lei. «Mi spiace disturbarti. Era solo un falso allarme in uno dei negozi.»

«Quale?» le chiese, ripensando alla lavata di capo che aveva appena preso da Betty Reynolds, la proprietaria del *five-and-dime*.

«Pulizie» disse lei. «Il vecchio Burgess l'ha fatto scattare per errore.»

Jeffrey si stupì che Marla, che era ben oltre la settantina, definisse *vecchio* Bill Burgess, ma lasciò correre. «C'è altro?»

«Brad ha chiamato per qualcosa al ristorante, ma non hanno trovato niente.»

«Cioè?»

«Ha detto solo che gli sembrava di aver visto qualcosa, tutto qui. Sai com'è fatto Brad, denuncerebbe la sua stessa ombra.» Marla ridacchiò. Brad era una specie di mascotte alla centrale di polizia, un ragazzo di ventun anni dal viso tondo e dai biondi capelli spettinati che lo facevano sembrare un bambino. I veterani si divertivano a rubargli il cappello e nasconderlo nei punti più noti della città. Proprio la settimana prima, Jeffrey l'aveva visto sulla statua del generale Lee davanti al liceo.

Pensò a Sara. «Stasera c'è Frank al comando. Non mi cercate a meno che non sia morto qualcuno.»

«Due piccioni con una fava» commentò Marla con una risatina. «Il coroner e il capo della polizia con una sola telefonata.»

Cercò di ricordare a se stesso che si era trasferito a Grant da Birmingham perché voleva vivere in una città piccola in cui tutti conoscessero i propri vicini. Il fatto che chiunque fosse al corrente della sua vita privata era uno dei pochi compromessi che aveva dovuto accettare. Stava per dare una risposta evasiva a Marla quando sentì un grido provenire dal parcheggio.

Si affacciò all'angolo per vedere che cosa stava succedendo, e in quel momento udì una ragazza urlare: «Vaffanculo, bastardo del cazzo».

«Capo?» fece Marla.

«Aspetta» mormorò lui, perché il tono rabbioso nella voce della ragazza gli aveva provocato una stretta allo stomaco. Sapeva per esperienza che una giovane donna fuori di sé era una delle cose peggiori da affrontare. I ragazzi era in grado di gestirli; in genere facevano a gara a chi si incazzava prima, ma spesso si trattava del solito copione, e in realtà *volevano* che si impedisse loro di arrivare a uno scontro vero e proprio. Le ragazze invece ci mettevano di più a perdere le staffe, ma poi diventava quasi impossibile placarle.

Una ragazzina furiosa era da temere, soprattutto se aveva una pistola in mano.

«Ti ammazzo, bastardo di merda» gridò a uno dei ragazzi. Gli amici si spostarono rapidi, formando un semicerchio lì vicino, e la ragazza si trovò da sola, la pistola puntata al petto di lui. Era a poco più di un metro dal suo obiettivo e fece un passo avanti sotto gli occhi di Jeffrey, accorciando ancora la distanza.

«Merda» sibilò il commissario. Poi, ricordandosi di avere ancora il telefono in mano, ordinò: «Marla, fai venire subito Frank e Matt da Skatie's».

«Sono a Madison.»

«Allora Lena e Brad, e che si avvicinino in silenzio. C'è una ragazza armata nel parcheggio principale.» Riagganciò, sentendosi invadere dalla tensione. Aveva la gola serrata, la carotide che vi pulsava dentro come un serpente. Mille pensieri gli attraversarono la mente nell'arco di pochi secondi, ma li scacciò mentre si toglieva la giacca e spostava la fondina dietro la schiena. Avanzò nel parcheggio tenendo le braccia distese lungo i fianchi. La ragazza lanciò uno sguardo nella sua direzione, quando il commissario entrò nel suo campo visivo, ma tenne la pistola puntata contro il ragazzo. Avvicinandosi, Jeffrey si accorse che le tremava la mano. Per fortuna non aveva ancora il dito sul grilletto.

La ragazza dava la schiena alla pista di pattinaggio e aveva il parcheggio e la superstrada di fronte a sé. Il commissario si spostò in posizione parallela rispetto all'edificio e pregò che Lena avesse il buonsenso di far arrivare Brad dal lato del locale. Non c'era modo di sapere come avrebbe reagito la ragazza sentendosi accerchiata. Un solo stupido errore poteva costare la vita a molte persone.

Quando fu a circa cinque metri dalla scena, Jeffrey pronunciò un «Ehi» abbastanza forte da attirare l'attenzione di tutti.

Anche se l'aveva visto arrivare, la ragazza sussultò e spostò il dito sul grilletto. L'arma era una Beretta calibro 32, una pistola molto piccola che non aveva un aspetto minaccioso, ma poteva fare un bel po' di danni da una distanza ravvicinata. Aveva otto possibilità di uccidere qualcuno. Se quella ragazza era una buona tiratrice, e perfino una scimmia lo sarebbe stata da quella distanza, aveva tra le mani le vite di otto persone.

«Indietro, tutti quanti» intimò Jeffrey ai ragazzi che erano ancora lì intorno. Ebbero un attimo di esitazione prima di capire, poi il gruppo si spostò verso l'entrata del parcheggio. L'odore di marijuana era forte anche da quella distanza, e dal modo in cui la vittima designata oscillava avanti e indietro Jeffrey capì che ne aveva fumata un bel po' prima di essere aggredito.

«Vada via» ordinò la ragazza al commissario. Era vestita di nero, le maniche della maglietta tirate su oltre i gomiti, forse per il caldo. Era appena un'adolescente e parlava a voce bassa, anche se con tono deciso.

«Le ho detto di andare via» ripeté, ma Jeffrey non si fece intimidire. Allora lei riportò lo sguardo sul ragazzo e disse: «Lo ammazzo».

«Perché?» le chiese il commissario, allargando le mani.

La ragazza parve sorpresa dalla domanda – chi stringe un'arma in pugno in genere non riflette granché – e quando abbassò la canna della pistola, anche se di poco, Jeffrey pensò di essere andato a segno.

«Per farlo smettere» rispose.

«Smettere di fare cosa?»

Lei sembrò ragionarci su. «Non deve interessare a nessuno.»

«No?» chiese ancora Jeffrey, facendo un passo avanti, poi un altro. Si fermò a circa quattro metri e mezzo dalla ragazza, abbastanza vicino da cogliere tutti i suoi movimenti, ma non tanto da minacciarla.

«No, signore» ribatté lei, e le sue buone maniere allentarono in parte la tensione del commissario. Le ragazze che dicono *signore* non sparano alla gente...

«Ascolta» cominciò Jeffrey, cercando di farsi venire in mente qualcosa. «Tu sai chi sono?»

«Sì, signore» rispose. «Lei è il commissario Tolliver.»

«Esatto. Tu invece chi sei? Come ti chiami?»

Lei ignorò la domanda, ma il ragazzo si mosse, come se il suo cervello rallentato dall'erba avesse appena registrato cosa stava succedendo. «Jenny. Si chiama Jenny» disse.

«Jenny?» fece Jeffrey. «È un bel nome.»

«Sì, be'...» balbettò la ragazza, colta alla sprovvista, ma si riprese subito. «Per favore, stia zitto. Non voglio parlare con lei.»

«Forse invece sarebbe una buona idea» le suggerì.

Jenny parve incerta sul da farsi, ma poi tornò a puntare l'arma contro il petto del ragazzo. La mano le tremava ancora. «Se ne vada o lo uccido.»

«Con quella pistola?» domandò Jeffrey. «Sai com'è uccidere qualcuno sparandogli? Hai idea di cosa si provi?» La osservò mentre ci rifletteva, e capì subito che non ne sarebbe stata capace.

Jenny era in sovrappeso di almeno venti chili. Era completamente vestita di nero e aveva tutta l'aria di quelle adolescenti che fanno del confondersi con lo sfondo il loro stile di vita. Il ragazzo contro cui puntava l'arma era carino, forse l'oggetto di una cotta indesiderata. Jeffrey pensò che ai suoi tempi gli avrebbe lasciato un biglietto volgare e offensivo nell'armadietto. Adesso, invece, lo minacciava con una pistola.

«Jenny» riprese il commissario, chiedendosi perfino se la pistola fosse carica. «Cerchiamo di risolvere insieme la faccenda. Non vale la pena mettersi nei guai per questo tizio.»

«Se ne vada» ripeté lei, anche se la sua voce non era più salda come prima. Con la mano libera si asciugò il viso e Jeffrey si accorse che stava piangendo.

«Jenny, non credo...» Si interruppe, perché lei tolse la sicura. Lo scatto metallico fu come una coltellata nelle orecchie per il commissario. Portò una mano dietro la schiena, posandola sulla pistola, ma senza estrarla. Si sforzò di mantenere un tono tranquillo e ragionevole. «Che cosa sta succedendo, Jenny? Perché non ne parliamo un po'? Non può essere tanto grave.»

Lei si asciugò di nuovo il viso. «Sì, invece. Lo è, signore» rispose.

Parlò con tale freddezza che Jeffrey sentì un brivido lungo la schiena. Represse un tremito e fece scivolare la pistola fuori dalla fondina. Odiava le armi perché, da poliziotto, sapeva perfettamente quali danni potevano fare. Ne portava una addosso perché era obbligato, non perché lo desiderasse. In vent'anni di carriera, l'aveva estratta contro un sospettato una manciata di volte, e aveva sparato solo in due occasioni, ma mai contro un essere umano.

«Jenny» tentò, cercando di mostrarsi autoritario. «Guardami.»

Lei continuava a fissare il ragazzo, e Jeffrey rimase in silenzio per darle l'idea di avere il controllo della situazione. Poi, lentamente, Jenny spostò lo sguardo su di lui. Lo abbassò piano, fino a trovare la nove millimetri che stringeva lungo il fianco.

Si leccò le labbra, nervosa, valutando la minaccia.

«Mi spari» disse, con decisione.

Jeffrey pensò di aver capito male. Non era affatto la risposta che si aspettava.

«Mi spari subito, o lo ucciderò» ripeté, poi sollevò la Beretta puntandola verso la testa del ragazzo. Jeffrey la vide divaricare leggermente le gambe per assumere una postura più stabile e sostenere con la mano libera il calcio della pistola. Adesso le sue mani erano salde, e lei aveva lo sguardo fisso sul suo obiettivo.

«Oh, cazzo» piagnucolò lui, e si sentirono degli schizzi sull'asfalto: se l'era fatta addosso.

Jeffrey sollevò la pistola nell'attimo in cui lei fece fuoco, ma il proiettile passò alto sulla testa del ragazzo, andando a colpire l'insegna di plastica dell'edificio.

«E quello cos'era?» sibilò Jeffrey, sapendo che l'unico motivo per cui Jenny era ancora in piedi era che lui non aveva avuto il coraggio di premere il grilletto. La ragazza aveva centrato il puntino della *i* nella scritta *Skatie's*, e lui dubitava che gran parte dei suoi agenti fosse in grado di sparare con altrettanta precisione, soprattutto in condizioni di pressione simile.

«Un avvertimento» disse Jenny, anche se il commissario non si aspettava che rispondesse. «Mi spari» ripeté. «Mi spari o giuro su Dio che gli faccio saltare il cervello.» Si leccò di nuovo le labbra. «Posso farlo. La so usare.» Mosse appena la pistola per indicare ciò che intendeva. «Anche lei sa che posso farlo» aggiunse, riprendendo la posizione giusta per contrastare il rinculo della Beretta. Spostò appena la canna e fece saltare l'apostrofo della scritta sull'insegna. Se i presenti nel parcheggio si misero a correre e gridare, Jeffrey non se ne accorse. Vedeva solo il fumo che usciva dalla bocca della pistola.

Quando fu di nuovo in grado di respirare, disse: «C'è una bella differenza tra sparare a un cartello e a un essere umano».

«Lui non è un essere umano» borbottò la ragazza, in un tono quasi impercettibile.

Il commissario notò un movimento con la coda dell'occhio. Riconobbe subito Sara. Si era tolta i pattini e i suoi calzini bianchi si stagliavano netti sul nero dell'asfalto.

«Tesoro?» chiamò Sara, la voce resa acuta dalla paura. «Jenny?»

«Se ne vada» scattò la ragazza. Adesso parlava in modo stizzito, più come una bambina che come il mostro che era sembrata fino a pochi istanti prima. «La prego.»

«Sta bene» disse Sara. «L'ho appena trovata dentro, sta bene.»

Per un attimo la pistola vacillò, poi Jenny parve ritrovare sicurezza e la sollevò di nuovo, adesso puntandola tra gli occhi del ragazzo. «Sta mentendo» disse, con voce monotona.

Jeffrey diede uno sguardo a Sara e capì che Jenny aveva ragione. Sara non era affatto brava a mentire, glielo si leggeva in faccia. Inoltre, anche da quella distanza il commissario poteva vedere il sangue che le inzuppava i jeans e la camicia. Qualcuno all'interno del locale era stato ferito, e probabilmente era morto.

Il commissario tornò a guardare Jenny, riuscendo per la prima volta ad associare quel viso da ragazzina con la minaccia che rappresentava. Si rese conto di avere ancora la sicura inserita e la tolse immediatamente, lanciando un'occhiata a Sara per avvertirla di stare indietro.

«Jenny?» Sara deglutì, e la sua gola si mosse visibilmente. Jeffrey non riconobbe quella voce cantilenante; era evidente che la violenza che Jenny aveva sfogato all'interno della pista da pattinaggio l'aveva sconvolta. Il commissario non sapeva come comportarsi. Non c'erano mai state sparatorie in quel locale, e Buell Parker, l'agente di sorveglianza del posto, aveva ribadito che andava tutto bene quando Jeffrey aveva verificato con lui. Si chiese dove fosse finito Buell. Era dentro a proteggere la scena di un crimine, impedendo a chiunque di uscire?

Jeffrey fece entrare il colpo in canna nella nove millimetri. Sentendone il suono, Sara si voltò di scatto e distese una mano verso di lui, il palmo rivolto in basso, in un gesto che voleva dire: *Ti prego, calmati. Non farlo.* Lui guardò oltre la sua spalla, verso la porta a vetri all'ingresso del locale. Si aspettava di vedere un gruppo di spettatori con i nasi premuti contro la vetrata, ma non c'era nessuno. In quel momento, avrebbe dato qualsiasi cosa per mettere in pausa la scena che aveva di fronte e scoprire cosa fosse successo di preciso.

Sara ritentò. «Sta bene, Jenny. Vieni a vedere.»

«Dottoressa Linton» fece lei, la voce tremante. «Per favore, non mi parli.»

«Tesoro» le disse, in un tono incerto quanto quello di Jenny. «Guardami. Ti chiedo solo di guardarmi, per favore.» Dato che la ragazza non rispondeva, ritentò: «Sta bene. Te lo giuro, sta bene».

«È una bugia» disse Jenny. «Siete tutti bugiardi.» Spostò di nuovo l'attenzione sul ragazzo. «E tu sei il peggiore di tutti. Te ne andrai dritto all'inferno per quello che hai fatto, bastardo.»

«Ti aspetterò lì, stronza» replicò lui, pieno di collera.

A quel punto successe una cosa strana: Jenny si calmò, come se tra loro due qualcosa fosse cambiato, e quando gli rispose lo fece con una voce quasi da bambina. «Lo so che lo farai.»

Con la coda dell'occhio, Jeffrey vide Sara avanzare. Osservò Jenny che regolava la posizione della pistola a canna corta, allineandola alla testa del ragazzo. Era ferma, immobile, in attesa. Le mani non le tremavano più, e nemmeno il labbro: aveva perso ogni incertezza. Sembrava rassegnata a compiere il proprio dovere.

«Jenny...» cominciò il commissario, cercando disperatamente un modo per uscire da quella situazione. Non voleva sparare a una ragazzina. Non se lo sarebbe mai perdonato.

All'improvviso, Jenny si voltò appena, per un istante, e Jeffrey seguì la direzione del suo sguardo. Finalmente era arrivata un'auto della polizia, e Lena Adams ne uscì insieme a Brad, entrambi con le armi in pugno. Si posizionarono in una formazione a triangolo da manuale, con Jeffrey al vertice.

«Sparatemi» disse Jenny, l'arma sempre puntata sul ragazzo.

«State indietro» ordinò Jeffrey agli agenti. Brad obbedì, ma Lena esitò. Il commissario le rivolse un'occhiata decisa; stava per ripetere l'ordine, ma lei abbassò la pistola.

«Lo faccio» mormorò Jenny. Era incredibile come riuscisse a restare immobile, tanto che Jeffrey si chiese cosa passasse nella testa di quella ragazza per riuscire ad affrontare quella situazione con tale rassegnazione.

Jenny si schiarì la voce e ripeté: «Lo faccio. L'ho già fatto».

Jeffrey cercò conferma nello sguardo di Sara, ma lei era concentrata solo sulla ragazza con la pistola.

«L'ho già fatto» ripeté lei. «Sparatemi, altrimenti lo uccido, e poi mi sparerò lo stesso.»

Per la prima volta Jeffrey prese la mira. Cercò di convincersi che Jenny, indipendentemente dalla sua età, rappresentasse una minaccia concreta per quel ragazzo. Se il commissario l'avesse colpita a una gamba o alla spalla, le avrebbe comunque dato il tempo di premere il grilletto. Se avesse mirato al busto, esisteva ugualmente la possibilità che lei riuscisse a fare fuoco prima di cadere. Per la distanza da cui puntava l'arma, il giovane sarebbe morto prima ancora che lei toccasse terra.

«Gli uomini sono così deboli» sibilò Jenny. «Non fate mai la cosa giusta. Dite che la farete, ma non la fate mai.»

«Jenny...» implorò Sara.

«Conto fino a cinque» disse Jenny al commissario. «Uno.»

Lui deglutì a forza. Il cuore gli batteva così forte nelle orecchie che a malapena riusciva a sentirla contare.

«Due.»

«Jenny, ti prego.» Sara unì le mani di fronte a sé, come se stesse pregando. Erano scure, quasi annerite dal sangue.

«Tre.»

Jeffrey prese la mira. Non l'avrebbe fatto. Non poteva fare sul serio. Quella ragazzina non poteva avere più di tredici anni. Le tredicenni non sparano alla gente. Sarebbe stato un suicidio.

«Quattro.»

Jeffrey osservò il dito della ragazza che si stringeva sul grilletto, osservò i muscoli dell'avambraccio accompagnare al rallentatore quel movimento.

«Cinque!» urlò, con le vene del collo gonfie. «Mi spari, maledizione!» ordinò, mentre si preparava ad assorbire il rinculo della Beretta. Il commissario vide il braccio di lei irrigidirsi e il polso bloccarsi. Il tempo avanzava così lento che riuscì a distinguere la contrazione dei muscoli dell'avambraccio mentre il dito si chiudeva sul grilletto.

Jenny gli diede un'ultima possibilità, gridando ancora una volta: «Mi spari!».

E lui le sparò.

3

A ventotto settimane di vita, la bambina di Jenny Weaver avrebbe potuto sopravvivere al di fuori dell'utero, se sua madre non avesse cercato di mandarla giù per lo scarico del water. Il feto era ben sviluppato e ben nutrito. Il tronco encefalico era intatto, e con un intervento medico i polmoni sarebbero pian piano giunti a maturazione. Le sue mani avrebbero imparato ad afferrare, i piedi a flettersi, le palpebre ad aprirsi; prima o poi la sua bocca avrebbe imparato a raccontare qualcosa di diverso dagli orrori che rivelava a Sara in quel momento. Quei polmoni avevano cercato l'aria, la bocca si era aperta alla vita. Ma aveva trovato la morte.

Sara cercava da tre ore e mezza di rimettere insieme le parti del corpicino che Jenny Weaver aveva massacrato, trovate in quel bagno e nello zaino rosso che era stato rinvenuto nella spazzatura accanto alla sala dei videogame. Con suture minuscole, usate al posto delle normali cuciture spesse, Sara aveva ricucito la pelle sottile come carta velina tentando di ridare a quel corpicino l'aspetto di una bambina. Le tremavano le mani, e aveva rifatto da capo diversi nodi perché al primo tentativo le sue dita non erano state abbastanza abili.

Eppure non era sufficiente. Lavorare sulla piccola, stringendo quei nodi minuscoli, era come tirare un filo in un maglione. A ogni parte riparata corrispondeva un danno in un'altra che non si poteva nascondere. Era impossibile cancellare le lesioni subite da quella creatura. Alla fine, Sara dovette accettare che il compito che si era imposta di portare a termine era uno sforzo inutile. La bambina sarebbe finita nella tomba con lo stesso aspetto che aveva quando sua madre l'aveva vista per l'ultima volta.

Inspirò a fondo, ricontrollò il referto e firmò quanto aveva scritto. Non aveva aspettato Jeffrey o Frank per cominciare l'autopsia. Non c'erano stati testimoni durante il lavoro di taglio, dissezione e cucitura che aveva fatto. Li aveva esclusi di proposito, perché era sicura che non sarebbe riuscita a farlo se qualcuno avesse assistito.

Una grande vetrata divideva l'ufficio di Sara dalla parte esterna dell'obitorio, e lei si sedette sulla sua poltroncina, appoggiandosi allo schienale e fissando la sacca nera da cadavere appoggiata sul tavolo autoptico. Lasciò vagare la mente, e davanti agli occhi le passò un'alternativa alla morte che aveva esaminato. Vide una vita fatta di risate e lacrime, di amore dato e ricevuto, e poi vide la verità: la bambina di Jenny non avrebbe mai avuto tutto questo. La stessa Jenny l'aveva conosciuto a stento.

Dopo la gravidanza ectopica di qualche anno prima, Sara non era più stata in grado di avere dei figli. All'epoca era stato difficile accettarlo, ma col passare degli anni era riuscita ad addolcire quella mancanza compensandola con altre cose, e aveva imparato a smettere di desiderare ciò che sapeva di non poter avere. Eppure c'era qualcosa in quella bambina non voluta, distesa sul suo tavolo, uccisa dalla propria madre, qualcosa che aveva risvegliato in lei emozioni profonde.

Il lavoro di Sara consisteva nel prendersi cura dei bambini. Li stringeva tra le braccia, li cullava e li coccolava come non avrebbe mai potuto fare con un figlio suo. Seduta all'obitorio, con lo sguardo fisso sul sacco nero, sentì riemergere in tutta la sua forza il desiderio di portare in grembo un bambino, accompagnato da un senso di perdita che le serrava il petto.

Sentì un rumore di passi sulle scale e raddrizzò la schiena, asciugandosi gli occhi e cercando di tornare in sé. Posò i palmi sulla scrivania e si alzò in piedi quando Jeffrey entrò nell'obitorio. Stava cercando gli occhiali, per darsi un contegno, ma si rese conto che Jeffrey non era andato subito nel suo ufficio come faceva di solito. Attraverso il vetro lo vide fermarsi davanti al sacco nero. Non diede segno di aver visto Sara, e si chinò sul tavolo con le mani dietro la schiena. Lei si domandò cosa stesse pensando, se anche lui stesse immaginando la vita che quella bambina avrebbe potuto avere. E si chiese anche se stesse riflettendo sul fatto che Sara non gli avrebbe mai dato dei figli.

Si schiarì la voce e si spostò nell'altra stanza, stringendo al petto il referto dell'autopsia. Fece scivolare la cartella sul tavolo e andò dall'altra parte rispetto a Jeffrey, con la bambina in mezzo a loro. Il sacco era troppo grande per lei e restava aperto intorno al corpo, come una coperta, perché Sara non aveva trovato la forza di chiudere la piccola in un'oscurità ancora più assoluta per poi metterla nella cella frigorifera.

Non le veniva in mente niente da dire, così restò in silenzio. Si infilò una mano nella tasca del camice da laboratorio, e con sua sorpresa vi trovò gli occhiali e se li mise.

«Allora» disse Jeffrey alla fine, con voce roca, come se non parlasse da un po'. «Questo è quel che succede quando provi a mandare un bambino giù dallo scarico del bagno.»

Le si fermò il cuore di fronte a un commento tanto insensibile e non le venne in mente nessuna risposta da dargli. Si tolse gli occhiali e strofinò le lenti con un lembo della camicia per avere le mani occupate.

Jeffrey inspirò a fondo e lasciò uscire l'aria lentamente. Sara si protese, pensando di aver sentito odore di alcol ma sapendo che non era possibile, perché Jeffrey non beveva quasi mai, a parte una birra quando guardava la partita di football, al sabato.

«Che piedi minuscoli» mormorò lui, gli occhi ancora fissi su quel corpicino. «Sono sempre così piccoli?»

Anche questa volta Sara non rispose. Osservò i piedi, le dieci minuscole dita, la pelle grinzosa delle piante. Erano il genere di piedi che una madre avrebbe baciato. Le dita, quelle che una madre avrebbe contato ogni giorno, come un giardiniere fa con i boccioli in un cespuglio di rose.

Si morse il labbro inferiore, cercando di non perdere di nuovo il controllo. Il senso di vuoto che sentiva nel petto rischiava di sopraffarla, e con un gesto istintivo si portò una mano sul cuore.

Quando infine riuscì a sollevare lo sguardo, Jeffrey la stava fissando. Aveva gli occhi iniettati di sangue, con delle piccole linee rosse che si irradiavano dalle iridi. Sembrava che faticasse a stare in piedi, e lei non capì se fosse colpa dell'alcol o del dolore.

«Credevo che non bevessi» disse, sapendo che suonava come un'accusa.

«E io credevo che non avrei mai sparato ai bambini» rispose, fissando un punto indistinto dietro di lei.

Sara avrebbe voluto aiutarlo, ma era paralizzata dalla sua stessa sofferenza.

«Frank» riprese lui. «Mi ha dato un goccio di whiskey.»

«È servito?»

Gli vennero le lacrime agli occhi e lei lo vide lottare contro la propria reazione. Jeffrey serrò la mascella e le rivolse un sorriso privo di allegria.

«Jeffrey...»

«Hai scoperto qualcosa?» chiese lui, cambiando argomento per non crollare.

«No.»

«Non...» Si interruppe e abbassò lo sguardo, ma non sulla bambina. Fissava le piastrelle del pavimento. «Non so come comportarmi» disse infine. «Non so cosa dovrei fare.»

Qualcosa nella sua voce colpì Sara nel profondo. Vederlo così devastato le procurava un dolore più opprimente della sua stessa angoscia. Fece il giro del tavolo e gli posò una mano su una spalla, ma lui non si mosse.

«Credi che gli avrebbe sparato?» le chiese.

Sara sentì un groppo in gola, perché fino a quel momento si era imposta di non pensarci.

Jenny le dava le spalle. Solo Jeffrey, Lena e Brad avevano una visuale aperta sulla scena.

«Sara?»

La guardava in un modo che non lasciava spazio a equivoci.

«Sì» rispose, imprimendo sicurezza nella voce. «Avevi una linea di tiro sicura, Jeffrey. Dovevi approfittarne.»

Lui si allontanò, poi si voltò e appoggiò la schiena alla parete, chiedendo: «Mark dovrebbe essere il padre, giusto?». Appoggiò anche la testa. «Il ragazzo a cui stava per sparare, intendo.»

Sara si infilò le mani in tasca e impedì a se stessa di andare da lui. «Avrebbe senso» rispose.

«I suoi genitori non ci permettono di interrogarlo fino a domani. Lo sapevi?»

Lei scosse la testa lentamente. Mark non era sospettato di nulla. Jeffrey non poteva certo arrestarlo perché gli avevano puntato una pistola al petto.

«Dicono che ne ha già passate abbastanza.» Jeffrey lasciò ciondolare il capo. «Perché è arrivata a tanto? Cosa può esserle successo per pensare che...?» Non concluse la frase e tornò a guardare Sara. «Era una tua paziente, vero?»

«Si era trasferita qui circa tre anni fa» disse Sara, poi tacque, cercando di cambiare approccio. Sapeva che a Jeffrey avrebbe fatto bene parlarne come di un caso qualsiasi, piuttosto che concentrarsi sull'orrore del proprio coinvolgimento. In quel momento, il fatto che le loro esigenze fossero molto diverse non aveva alcuna importanza.

«Da dove veniva?»

«Credo dal nord, non so da dove di preciso. Sua madre è venuta a stare qui dopo quello che mi è sembrato un pessimo divorzio.»

«Come lo sai?»

«I genitori mi raccontano le cose.» Fece una pausa. «Non sapevo che Jenny fosse incinta, di sette mesi tra l'altro.» Si portò di nuovo una mano sul petto. «Era una ragazzina dolcissima. Non avrei mai immaginato che potesse fare una cosa del genere.»

Lui annuì, sfregandosi gli occhi. «Tessa non è sicura di poter identificare i presenti nel bagno. Brad prenderà un annuario scolastico per vedere se qualcuno le sembra familiare. Vorrei che lo guardassi anche tu.»

«Certo.»

«C'era tantissima gente» riprese Jeffrey, riferendosi alla pista da pattinaggio. «Se ne sono andati tutti senza fermarsi a rilasciare dichiarazioni. Non so se riusciremo a rintracciarli.»

«Avete trovato qualcosa?»

Scosse il capo. «Sei sicura di aver visto solo due persone entrare nel bagno? Jenny e un'altra ragazza?»

«Sì» rispose Sara, anche se dopo quella sera non sapeva se sarebbe più riuscita ad avere ancora certezze. «Ma non ho fatto caso alla ragazza. Immagino che se fosse stata una mia paziente l'avrei riconosciuta... credo.» Sara si interruppe, sforzandosi di ricordare, ma non le veniva in mente niente. «Era alta, forse portava un cappello da baseball.»

A quelle parole lui sollevò lo sguardo. «Ricordi il colore?»

«Era buio, Jeffrey» rispose Sara, sapendo di dargli una delusione. Cominciava a capire perché tanti testimoni fornissero testimonianze false. Si sentiva sciocca e inutile perché non sapeva dire chi fosse l'altra ragazza e la sua mente cercava di compensare tirando fuori dettagli generici che potevano essere ricordi reali e allo stesso tempo potevano benissimo non esserlo.

«Non sono nemmeno sicura che fosse un cappello da baseball, ora che ci penso. Non ero attenta.» Cercò di sorridere. «Stavo cercando te.»

Lui non ricambiò il sorriso, ma rispose: «Ho parlato con sua madre».

«Cosa lei hai detto?»

«Signora Weaver, ho sparato a sua figlia. Mi dispiace.» Di nuovo quel tono infastidito.

Sara si morse il labbro. In una contea più grande, non sarebbe toccato a Jeffrey andare a dare la notizia ai genitori: sarebbe stato rimosso dall'incarico per tutta l'indagine. Ma Grant County non era affatto grande, e le responsabilità ricadevano tutte sulle sue spalle.

«Non voleva che facessimo l'autopsia» disse Jeffrey. «Ho dovuto spiegarle che non potevamo evitarlo.» Tacque per un momento. «Ha detto che così l'ho uccisa due volte.»

Sara sentì il senso di colpa chiuderle lo stomaco.

«Mi ha dato dell'assassino di bambini» riprese lui. «Adesso sono un assassino di bambini.»

Sara scosse il capo. «Non avevi scelta» disse, ed era la verità.

Aveva fatto l'amore con quell'uomo, aveva condiviso la vita con lui. Jeffrey non poteva aver preso la decisione sbagliata.

«Hai seguito la procedura» gli disse.

Lui scoppiò in una risata ironica.

«Jeff...»

«Credi che avrebbe sparato davvero?» le domandò ancora. «Io penso di no, Sara. Continuo a rifletterci, e credo che forse avrebbe lasciato perdere. Forse avrebbe...»

«Guarda qui» lo interruppe lei, indicando il tavolo. «Ha ucciso sua figlia, Jeffrey. Credi che avrebbe risparmiato il padre?»

«Non lo sapremo mai, giusto?»

Il silenzio calò su di loro come una nube densa. L'obitorio si trovava nel seminterrato dell'ospedale, una stanza dall'aria ufficiale rivestita di piastrelle. L'unico suono arrivava dal compressore della cella frigorifera, che in quel momento si avviò con uno scatto potente che risuonò sulle pareti.

«La bambina era viva?» chiese il commissario. «Quando è nata, era viva?»

«Non sarebbe sopravvissuta a lungo, senza intervento medico» disse Sara, senza rispondere alla domanda. Qualcosa la spingeva a proteggere Jenny.

«Ma era viva?» ripeté lui.

«Era molto piccola» ribatté. «Non credo che avrebbe...»

Jeffrey tornò accanto al tavolo. Si infilò le mani in tasca e fissò la bambina. «Voglio...» cominciò. «Voglio andare a casa. Voglio che vieni a casa con me.»

«Okay» fece lei, anche se non era affatto sicura di capire che cosa intendesse.

«Voglio fare l'amore con te» riprese Jeffrey.

Lo sguardo di Sara dovette tradire la sua sorpresa.

«Voglio...» Si bloccò a metà frase.

Sara lo fissò, sentendo il cuore sprofondare. «Vuoi avere un figlio.»

Lo sguardo che Jeffrey le rivolse diceva che era l'ultima cosa che gli passasse per la testa. Sara si sentì umiliata. Il cuore le balzò in gola e non riuscì più a parlare.

Lui scosse il capo. «Non è quello che stavo per dire.»

Sara si voltò dall'altra parte, le guance in fiamme. Non le veniva in mente niente che potesse giustificare le sue parole.

«So che non puoi...» disse ancora Jeffrey.

«Lascia stare.»

«È solo che...»

Era furiosa con se stessa, non con lui, ma quando gli parlò lo fece in modo stizzito. «Lascia stare, ho detto.»

Jeffrey attese qualche istante, in cerca delle parole giuste.

«Voglio tornare indietro nel tempo di cinque ore, okay?» disse infine, malinconico. Aspettò che lei si voltasse. «Voglio tornare in quella stupida pista da pattinaggio del cazzo con te, e quando il cercapersone suonerà, voglio buttarlo nella stramaledetta spazzatura.»

Lei lo fissò senza sapere cosa dire.

«È questo che voglio, Sara» ribadì. «Non pensavo a nient'altro. Quello che hai detto...»

Sara lo fermò sollevando una mano. Si sentivano i passi di due persone sulle scale. Andò nel suo ufficio asciugandosi gli occhi. Tirò fuori un Kleenex dalla scatola che aveva sulla scrivania e si soffiò il naso, poi contò lentamente fino a cinque, facendosi forza, mandando giù il senso di umiliazione che provava. Quando si voltò, vide nell'obitorio la detective Lena Adams e Brad Stephens in piedi accanto a Jeffrey, che a giudicare dallo sguardo era riuscito a mascherare le proprie emozioni quanto lei. Tutti e tre avevano le mani giunte dietro la schiena, come fanno i poliziotti quando si trovano sulla scena di un crimine per non rischiare di contaminare qualcosa. In quel momento Sara li odiò tutti, perfino Brad Stephen, che era innocuo come un moscerino.

«Salve, dottoressa Linton» disse Brad togliendosi il cappello quando la vide entrare nella sala. Aveva il viso più pallido del solito e le lacrime agli occhi.

«Potresti...» cominciò Sara, ma dovette fermarsi. Si schiarì la voce. «Potresti andare di sopra a prendere dei lenzuoli?» gli chiese. «Per il lettino. Almeno quattro, direi.» Non le servivano, ma Brad era stato un suo paziente, e sentiva ancora il bisogno di proteggerlo.

Lui le sorrise, felice di avere qualcosa da fare. «Certo, dottoressa.»

Quando fu uscito, Lena le chiese in tono pratico: «Ha già esaminato la bambina?».

Fu Jeffrey a rispondere, anche se non era stato presente. Aveva notato la cartella in fondo al tavolo e la prese. Sara non disse nulla quando lui tirò fuori la penna dal taschino e firmò in calce al referto autoptico. Tecnicamente, Sara aveva violato diverse leggi eseguendo l'esame senza almeno un testimone.

«La ragazza è nella cella frigorifera?» domandò ancora Lena, avviandosi verso la porta. Avanzava con disinvoltura, come se fosse tutto normale. Sara sapeva che di recente Lena aveva passato un momento molto difficile, ma provò comunque rabbia di fronte al suo atteggiamento.

«È qui?» insisté la detective, le dita sulla maniglia della cella.

Sara annuì, senza muoversi. Jeffrey si avvicinò per aiutare Lena e Sara chiuse la zip della sacca intorno alla bambina, senza riuscire a trattenersi. Il cuore cominciò a martellarle nel petto quando Lena e Jeffrey tirarono fuori la barella su cui era disteso il corpo di Jenny Weaver. Frenarono le rotelle accanto al tavolo e aspettarono che Sara spostasse il corpicino. Poi Jeffrey prese tra le braccia il grande sacco nero. Sara distolse lo sguardo vedendogli tra le mani la parte in cui era contenuta la testa. Il sacco scivolò a terra quando lui tornò verso il frigo.

Lena guardò l'orologio con un gesto teatrale, e a Sara venne voglia di prenderla a schiaffi, ma lasciò perdere e andò all'armadietto di metallo accanto ai lavandini. Aprì una confezione sterile e si mise un camice, lanciando uno sguardo dietro di sé, verso la cella, e chiedendosi perché Jeffrey ci stesse mettendo tanto. Quando alla fine tornò, lei stava aiutando Lena a spostare il corpo sul tavolo.

«Faccio io» disse, prendendo il posto di Lena mentre sistemavano Jenny Weaver sul ripiano di porcellana bianca. Era una ragazza corpulenta, e i tubi dell'acqua in fondo al tavolo sbatterono tra di loro quando la misero in posizione.

Sara posò la testa su un sostegno nero, cercando di entrare nel ruolo del coroner, abbandonando quello di pediatra della ragazzina. Nei dieci anni trascorsi da quando faceva il medico legale di Grant, c'erano stati solo quattro casi in cui lei conosceva la persona deceduta, e Jenny era la prima vittima che fosse stata anche una sua paziente.

Sara avvicinò un vassoio di strumenti puliti, assicurandosi di avere tutto ciò che le serviva. I due tubi dell'acqua in cima al tavolo venivano usati per svuotare il corpo durante l'esame. Sopra di esso era posizionata una grossa bilancia per pesare gli organi, e ai piedi c'era il vassoio per la dissezione. Il tavolo aveva una forma concava, con bordi alti per impedire che qualcosa si rovesciasse a terra, ed era inclinato verso il fondo, dove c'era un ampio lavandino di metallo.

Carlos, l'assistente di Sara all'obitorio, aveva coperto il corpo di Jenny Weaver con un lenzuolo bianco. Un punto rosso di medie dimensioni si era formato sulla zona corrispondente alla gola. Sara aveva lasciato che fosse Carlos a occuparsi di Jenny mentre lei lavorava sulla bambina. Lui aveva eseguito le radiografie e l'aveva preparata per l'autopsia mentre Sara si era sforzata di rendere giustizia alla piccola, e se era rimasto sorpreso quando lei gli aveva detto che poteva andare a casa non appena aveva finito con la ragazza, non lo aveva dato a vedere.

Sara ripiegò il lenzuolo fino al petto di Jenny. La ferita non era affatto pulita, e gran parte del lato destro del collo era ridotta a filamenti, come un pezzo di carne cruda. Cartilagini e frammenti di ossa si stagliavano sul nero del sangue che si era rappreso intorno alla ferita.

Sara si avvicinò alla cassetta luminosa alla parete e l'accese. La luce tremolò, poi evidenziò le radiografie scattate da Carlos.

Osservò le lastre con grande attenzione, ma all'inizio fece fatica a spiegarsi ciò che vedeva. Prima di annunciare agli altri quel che aveva scoperto, ricontrollò il nome sulla cartella.

«Qui potete vedere delle linee sbiadite di una frattura all'omero sinistro che a mio avviso risale a meno di un anno fa. Non è una frattura tipica, soprattutto in qualcuno che non ha una corporatura atletica, quindi direi che possa dipendere da una forma di abuso.»

«L'hai seguita tu per questa lesione?» domandò Jeffrey.

«Certo che no» rispose lei. «L'avrei denunciata. Qualsiasi medico l'avrebbe denunciata.»

«Okay» disse il commissario, alzando le mani. Doveva avergli risposto in tono più tagliente di quanto pensasse, perché all'improvviso Lena sembrava molto interessata al pavimento.

Sara tornò a concentrarsi sulla radiografia. «Si riscontra anche un trauma intorno alla cartilagine costale, che è qui nella cassa toracica.» Indicò la lastra del torace. «Quassù, accanto allo sterno, ci sono delle contusioni compatibili con una pressione o una forte spinta, verso la parte posteriore. Arrivano fino alla schiena.» Lasciò loro il tempo per digerire quelle informazioni, chiedendosi se Jenny si fosse rivolta a un altro dottore per tutto ciò. Anche un tirocinante al primo anno avrebbe capito che c'era qualcosa di strano in quei traumi.

«Molto probabilmente chi le ha fatto questo era più alto di lei» riprese. «Inoltre sono lesioni recenti.»

Infilò un'altra radiografia nel visore. Incrociò le braccia sul petto, studiandola. «Questo è il bacino» spiegò. «Guardate la linea sbiadita lungo l'ischio. È indice di pressione traumatica sul pube, quella che in genere viene chiamata una frattura da stress.»

«Che genere di stress?» domandò Jeffrey.

Fu Lena a rispondere.

«È stata stuprata» disse la detective, con lo stesso tono

che avrebbe usato per dire che la ragazza aveva gli occhi azzurri. «Con estrema violenza. Giusto?»

Sara annuì e stava per aggiungere qualcosa quando sentì di nuovo dei passi sulle scale. Dall'andatura fiacca capì che Brad era tornato.

«Ecco qui» disse l'agente. Entrò nella stanza camminando all'indietro. Teneva dei lenzuoli tra le braccia, il cappello che penzolava da una mano.

Sara lo fermò chiedendo: «Hai preso anche le federe?».

«Ah» esclamò lui, sorpreso, e scosse il capo. «Mi spiace, no.»

«Credo siano all'ultimo piano» disse Sara. «Puoi prenderne almeno quattro anche di quelle?»

«Sì, dottoressa» rispose, appoggiando i lenzuoli su un tavolo accanto alla porta.

Appena uscì, Lena si mise a braccia conserte. «Non ha dodici anni» disse.

«Silenzio» intervenne il commissario. Era la prima volta da quando era arrivata che le rivolgeva la parola, e quel modo di metterla a tacere era inconsueto per lui.

Lena arrossì ma tacque; anche questo era inconsueto.

«Una lesione al petto di questo tipo in realtà non può essere curata con nulla, a parte un po' di Tylenol» riprese Sara. «La frattura pelvica guarisce da sola. Spiegherebbe perché la ragazza aveva messo su peso, di recente. Di sicuro aveva difficoltà a muoversi.»

«Credi che il ragazzo abusasse di lei?» chiese Jeffrey.

«Qualcuno lo faceva» rispose Sara, tornando a guardare le lastre per controllare se le fosse sfuggito qualcosa. Non mai aveva mai sospettato un caso di abuso su minori le volte in cui aveva visto, o visitato, Jenny Weaver. Come avesse fatto a tenerlo nascosto, e perché, Sara non riusciva a spiegarselo. Certo, lei non avrebbe mai richiesto una radiografia per chi si presentava in clinica con un mal di gola, non era un malessere che richiedesse di spogliarsi, evidentemente, ma non era nemmeno mai capitato che Jenny lo facesse per una visita. Le adolescenti sono molto suscettibili a proposito del loro corpo, e Sara aveva sempre infilato lo stetoscopio sotto la sua maglietta per auscultarla senza farla sentire in imbarazzo.

Sara si avvicinò al tavolo per riprendere l'esame preliminare. Con un leggero tremito nelle mani tirò indietro il lenzuolo bianco. Era così concentrata nel tentativo di bloccare il tremore che non si accorse di ciò che aveva sotto gli occhi.

«Porca puttana» fece Lena, con un leggero fischio.

Questa volta Jeffrey non la sgridò, e Sara capì subito il perché. C'erano dei piccoli tagli sul corpo della ragazza, concentrati su braccia e gambe. Le ferite erano a vari stadi di guarigione, ma alcune sembravano fresche, di qualche giorno appena.

«Che cos'è?» domandò il commissario. «Ha cercato di suicidarsi?»

Sara osservò i solchi sulla pelle. Nessuno passava sui polsi o in punti che potevano essere notati facilmente. Almeno questo spiegava perché la ragazza indossasse una maglietta a maniche lunghe nel bel mezzo dell'estate. Sugli avambracci di Jenny c'erano file di tagli profondi, che partivano da una distanza di circa sette centimetri dal polso e andavano fino al punto in cui arrivava la manica arrotolata. Le cicatrici scure indicavano che le ferite erano qualcosa che avveniva con regolarità. Le ferite sulle gambe erano molto più profonde, e sembravano formare un motivo a incrocio. Dal tipo di cicatrizzazione, Sara immaginò che i tagli più profondi si irradiassero dal ginocchio alla coscia. La ragazza si era procurata tutto quel dolore da sola.

«Che cos'è?» chiese Jeffrey, nonostante fosse evidente.

«Tagli» rispose Lena.

«Ferite autoinferte» la corresse Sara, come se questo potesse migliorare la situazione. «Mi è già capitato di vederle in clinica.»

«Perché?» fece il commissario. «Perché una persona si fa qualcosa del genere?»

«Quasi tutti per stupidità» spiegò Sara, sentendo la collera montarle nello stomaco. In quante occasioni aveva visto quella ragazza? Quanti segnali non aveva colto? «A volte vogliono solo sentire cosa si prova. In genere lo fanno per curiosità, senza riflettere sulle conseguenze. Questo, però» e si fermò, fissando i tagli profondi sulla coscia sinistra di Jenny, «è diverso. Lei li nascondeva, non voleva che la gente lo sapesse.»

«Perché?» chiese ancora Jeffrey. «Perché lo faceva?»

«Controllo» rispose Lena, e a Sara non piacque affatto il modo in cui guardava la ragazzina. Sembrava quasi che provasse rispetto.

«È una psicosi profonda» ribatté. «Di solito lo fanno i bulimici o gli anoressici. È una forma di disprezzo di sé.» Rivolse a Lena uno sguardo significativo. «Normalmente c'è qualcosa che innesca questo comportamento. Per esempio abusi ripetuti, oppure uno stupro.»

Lena sostenne il suo sguardo per un istante appena prima di distoglierlo.

Sara riprese: «Ci sono anche altri elementi che possono indurre una persona all'autolesionismo. Abuso di sostanze stupefacenti, squilibrio mentale, problemi a casa o a scuola».

Sara si avvicinò all'armadietto e tirò fuori uno speculum monouso di plastica. Dopo essersi infilata un secondo paio di guanti, aprì l'involucro dello speculum e lo fece scattare, allargandolo. A quel suono Lena sussultò, e Sara fu rasserenata all'idea che la detective fosse in grado di mostrare un minimo di emozioni.

Si spostò ai piedi di Jenny Weaver e le divaricò le gambe. Si fermò di colpo, rifiutandosi di accettare la realtà che aveva davanti agli occhi. Posò lo speculum sul tavolo.

«Che c'è?» chiese Lena.

Sara non rispose. Era convinta che nulla potesse più sconvolgerla, dopo quella sera. Si era sbagliata di grosso.

«Cos'hai visto?» insisté Lena.

«Non ha partorito» disse Sara. «Non ha avuto nessun bambino.»

Jeffrey indicò lo speculum inutilizzato. «Come puoi averne la certezza se non fai un esame completo?»

Sara fissò entrambi: non sapeva come dirglielo.

«Le hanno cucito la vagina» riuscì infine a spiegare. «E dal livello di guarigione delle ferite, direi che è così da almeno sei mesi.»

DOMENICA

4

Lena si passò la lingua sugli incisivi mentre guardava fuori dal finestrino. Non riusciva proprio ad abituarsi alla strana sensazione dei denti provvisori. Entro tre settimane le avrebbero messo un impianto fisso con quattro incisivi che le sarebbero stati avvitati nelle gengive come piccole lampadine. Non riusciva nemmeno a immaginare che cosa avrebbe provato. Per il momento, quei denti finti erano un costante promemoria di quanto le era successo quattro mesi prima.

Cercò di allontanare il ricordo mentre osservava il panorama che le scorreva accanto. Grant County era piccola, ma non quanto Reece, dove erano cresciute Lena e Sibyl, sua sorella gemella. Il loro padre era stato ucciso mentre era in servizio otto mesi prima che nascessero, e la madre era morta durante il parto. Il compito di crescere le due sorelle era spettato allo zio, Hank Norton, ex tossico di anfetamine e alcolizzato che aveva lottato contro le sue dipendenze durante tutta l'infanzia delle bambine. Un pomeriggio, mentre era ubriaco, Hank aveva fatto retromarcia con l'auto sul vialetto di casa e aveva investito Sibyl. Lena l'aveva sempre ritenuto responsabile della cecità di sua sorella, e di fronte al suo odio, lui aveva reagito innalzando un muro di collera che sembrava insormontabile. Entrambi avevano alle spalle un passato che impediva loro di fare un passo verso l'altro, e anche adesso, con Sibyl morta e lei in una condizione analoga, Lena non riusciva a vedere in Hank Norton niente di più che un male necessario nella sua vita.

«Fa caldo, fuori» borbottò Hank tamponandosi il sudore sul collo con un fazzoletto logoro. Lena lo udì a stento, sovrastato dal rombo del condizionatore. La vecchia berlina Mercedes di Hank era una specie di carro armato, e tutto all'interno dell'abitacolo sembrava eccessivo. I sedili erano troppo grandi, lo spazio per le gambe era così ampio che avrebbe potuto starci un cavallo, gli indicatori sul cruscotto erano enormi ed evidenti, e dal design studiato più per far colpo che per dare informazioni. Eppure, trovarsi all'interno di qualcosa di tanto stabile trasmetteva un senso di sicurezza. Perfino sui ciottoli sconnessi del vialetto di casa Lena aveva la percezione di passare a una spanna da terra.

«Eh già, fa proprio caldo» ripeté Hank. Più diventava anziano, più tendeva a fare così, come se ripetere una frase potesse compensare il fatto che non aveva molto da dire.

«Già» concordò Lena, tornando a guardare fuori. Si sentiva addosso gli occhi di suo zio; forse Hank stava pensando di fare due chiacchiere, ma poi, a quanto pareva, decise di lasciar perdere e si mise a trafficare con la radio.

Lena appoggiò la testa al sedile e chiuse gli occhi. Aveva accettato di accompagnarlo in chiesa una domenica, poco dopo essere uscita dall'ospedale, e nei mesi successivi aveva continuato a frequentarla regolarmente. Ci andava più perché aveva paura di stare a casa da sola che per un bisogno di assoluzione. Dentro di sé, sapeva che non avrebbe mai più chiesto perdono per nulla. Aveva già pagato abbastanza – a Dio o a chiunque tenesse i conti – quattro mesi prima, quando era stata stuprata e drogata, entrando in un mondo da incubo fatto di dolore e realtà falsate.

Hank interruppe di nuovo i suoi pensieri. «Va tutto bene, piccola?»

Che domanda idiota, pensò Lena. *Che domanda idiota del cazzo.*

«Lee?»

«Sì» rispose, sentendosi sibilare attraverso i denti provvisori.

«Nan ha chiamato di nuovo» le disse.

«Lo so» fece lei. Nan Thomas. Era la compagna di Sibyl prima che morisse, e da un mese non faceva che telefonare.

«Ha delle cose di Sibby» riprese Hank, anche se sapeva che la nipote ne era già al corrente. «Vuole solo dartele.»

«Perché non le dà a te?» ribatté Lena. Non aveva motivo di vedere quella donna, e Hank lo sapeva. Eppure continuava a insistere.

Lui decise di cambiare argomento.

«Quella ragazza, ieri sera» cominciò, spegnendo la radio. «Tu eri lì, vero?»

«Sì» rispose, ancora con quel sibilo. Serrò i denti, sforzandosi di non piangere. Sarebbe mai tornata a parlare normalmente o il suono della sua voce le avrebbe ricordato di continuo ciò che *lui* le aveva fatto?

Era incapace di formulare il nome di quell'uomo nella sua mente. Tenne le mani in grembo e abbassò lo sguardo, osservando le cicatrici sui dorsi. Se non ci fosse stato Hank, avrebbe girato le mani e si sarebbe soffermata sui palmi, dove *lui* le aveva piantato i chiodi, bloccandola contro il pavimento. Aveva gli stessi segni sui piedi, esattamente a metà tra le dita e le caviglie. Due mesi di terapia le avevano consentito di riprendere l'uso normale delle mani e di camminare senza dolore, ma le cicatrici sarebbero rimaste per sempre.

Lena aveva ricordi vaghi di quanto era accaduto al suo corpo quando era stata rapita. Solo i segni rimasti e la cartella clinica le avevano raccontato tutta la storia. Ricordava soltanto i momenti in cui la droga perdeva il suo effetto e *lui* andava da lei, si sedeva al suo fianco, sul pavimento di legno, come se fossero in campeggio, e le raccontava storie della sua infanzia e della sua vita, come si fa con un'amante che si sta imparando a conoscere.

La mente di Lena era piena di dettagli della vita di quell'uomo: il primo bacio, la prima volta in cui aveva fatto l'amore, i sogni, le speranze, le ossessioni perverse. Tornavano a lei con la stessa facilità dei ricordi che le appartenevano. Anche lei gli aveva raccontato storie simili? Non se ne ricordava, e questo la feriva più profondamente dell'aggressione fisica che aveva subito. A volte, Lena si trovava a considerare le cicatrici come qualcosa di insignificante, rispetto alle conversazioni intime avute con l'uomo che aveva abusato di lei. Non l'aveva violata solo nel corpo; l'aveva manipolata al punto da farle perdere il controllo dei propri pensieri.

Perfino in quel momento, ricordi che non le appartenevano continuavano a mescolarsi ai suoi, tanto che non avrebbe saputo dire se una specifica cosa fosse accaduta a lei o a *lui*.

Sibyl era l'unica persona al mondo che avrebbe potuto sistemare tutto, l'unica in grado di restituirle la vita, l'infanzia persino, ma *lui* le aveva portato via anche quell'affetto.

«Lee?» la chiamò Hank, porgendole un pacchetto di gomme. Lei scosse il capo, e osservò lo zio mentre cercava di tenere il volante e al tempo stesso recuperare un bastoncino di Juicy Fruit. Aveva le maniche della camicia elegante arrotolate, e Lena vide i solchi che gli segnavano gli avambracci pallidi. Quelle cicatrici erano orribili, e le fecero tornare in mente Jenny Weaver.

La sera prima, il commissario non aveva fatto che chiedere perché qualcuno potesse ferirsi di proposito, ma lei riusciva a comprendere il senso di consolazione che poteva dare la sofferenza fisica. Circa sei settimane dopo essere uscita dall'ospedale, si era chiusa per errore le dita nello sportello dell'auto. Un dolore lacerante le si era irradiato lungo il braccio, e per un brevissimo istante si era resa conto che le era piaciuto, e aveva pensato: *Ecco cosa si prova a sentire di nuovo qualcosa.*

Chiuse ancora gli occhi e allacciò le mani in grembo. Come al solito, le sue dita trovarono le cicatrici e seguirono la circonferenza di una, poi dell'altra. Lena non aveva provato dolore quando era successo. La droga l'aveva convinta di stare galleggiando sull'oceano, e di essere al sicuro. La sua mente aveva creato una realtà alternativa rispetto a quella in cui si trovava. Quando *lui* la stuprava, la sua mente le diceva che dentro di lei c'era Greg Mitchell, il suo vecchio fidanzato. Il suo corpo reagiva a Greg, non a *lui*.

Eppure, le poche volte in cui da allora era riuscita a dormire abbastanza a lungo da sognare, Lena aveva immaginato che a toccarla fosse il suo stupratore, non Greg. Erano *sue* le mani che sentiva sul seno, era *lui* che sentiva dentro di lei. E quando si svegliava, all'improvviso e terrorizzata, non era Greg che cercava nella stanza buia e vuota.

Lena serrò i pugni quando l'odore dolciastro della gomma da masticare di Hank la raggiunse. Senza preavviso, il suo stomaco ebbe uno spasmo.

«Accosta» disse, coprendosi la bocca con una mano e afferrando la maniglia dello sportello con l'altra. Hank deviò di colpo verso il ciglio della strada, e proprio in quel momento Lena non riuscì più a resistere. Aveva bevuto solo una tazza di caffè a colazione, ma le tornò su in fretta, insieme ad altri liquidi. Poi cominciò ad avere conati a vuoto, lo stomaco serrato. Le vennero le lacrime agli occhi per lo sforzo, e il suo corpo fu scosso da violente contrazioni.

Dopo quelli che le parvero diversi minuti, alla fine la nausea passò. Lena si asciugò la bocca con il dorso della mano mentre Hank le sfiorava una spalla, offrendole il suo fazzoletto. Il tessuto era caldo e odorava del suo sudore, ma lei lo usò lo stesso.

«La tua gomma» borbottò, aggrappandosi allo sportello per cercare di raddrizzarsi. «Non so perché...»

«Non ti preoccupare» le rispose brusco. Il finestrino si abbassò con un risucchio, e Hank sputò la gomma sulla strada. Poi, per un po', rimase a fissare dritto davanti a sé, la mascella rigida.

«Mi dispiace» disse lei, senza sapere perché si stesse scusando. Hank sembrava in collera, e Lena sapeva che non ce l'aveva con lei, ma con se stesso perché non era in grado di aiutarla. Era una scena familiare che si ripeteva ogni giorno da quando era stata dimessa dall'ospedale.

Lena cercò sul sedile posteriore la sua borsa, in cui teneva le compresse di Pepto Bismol e Altoids per quelle occasioni. Detestava i giorni di riposo. Quando era in servizio aveva troppo da fare per concedersi il lusso di episodi simili. C'erano verbali da compilare, telefonate da fare. Alla stazione di polizia sapeva qual era il suo ruolo e andare di pattuglia con Brad, incarico per cui all'inizio aveva protestato, la faceva sentire competente e al sicuro.

Tuttavia, non si stava gettando a capofitto nel lavoro perché essere un'agente di polizia era l'unica cosa che la tenesse in vita. Non era così ingenua. Avrebbe provato lo stesso se fosse stata una cassiera del ferramenta o una bidella del liceo. Il crimine e i criminali avevano per lei lo stesso significato che per un altro poteva avere rimuovere una macchia dal pavimento del bar, o consigliare il prodotto giusto a un cliente. Ciò che le dava il suo lavoro, in quel periodo, era una tabella di marcia. Doveva arrivare alla centrale alle otto di mattina, e lì ci si aspettava che svolgesse alcune mansioni. Inoltre, in genere, Brad aveva bisogno di qualche dritta. A mezzogiorno pranzavano, o meglio, lui mangiava. Lena non aveva appetito, negli ultimi tempi. Intorno alle tre si fermavano a prendere un caffè al Donut King, a Madison, e rientravano alla centrale per le sei, dopodiché il suo mondo andava in frantumi fino al momento in cui, il giorno dopo, sarebbe tornata al lavoro. Le rare notti – come la precedente – in cui Jeffrey le permetteva di fare degli straordinari, le veniva quasi da piangere per il sollievo.

«Adesso stai bene?» le chiese Hank. Nella sua voce c'era ancora quel tono d'accusa.

«Smettila» gli rispose stizzita.

«Okay, okay.»

Hank mise la freccia e si inserì in una fila di macchine. Restarono in silenzio mentre si avvicinavano lenti al parcheggio della chiesa.

Lena guardò la piccola costruzione bianca, infastidita all'idea di essere lì. Non le era mai piaciuto andare in chiesa e quando aveva dodici anni era perfino stata cacciata dalla scuola domenicale per aver strappato alcune pagine da una Bibbia. Quando Hank l'aveva sgridata, lei gli aveva spiegato che l'aveva fatto per noia, ma la verità era che non sopportava le regole. Detestava che le dicessero cosa fare. Non era in grado di sottomettersi a nessun tipo di autorità, a meno che questa non dimostrasse di meritare il suo rispetto. L'unico motivo per cui era una brava poliziotta era il buon livello di autonomia che aveva sul campo, e il fatto che tutti le dessero ascolto quando lei richiedeva la loro attenzione.

«Quella ragazza...» disse Hank, riprendendo la conversazione come se gli ultimi dieci minuti non fossero esistiti. «Quello che ha fatto è davvero triste.»

«Già» fece lei scrollando le spalle: non aveva alcuna voglia di pensarci.

«È che a volte le persone si perdono» continuò lui. «Non chiedono aiuto a nessuno finché non è troppo tardi.»

Lena aveva capito benissimo cosa stava cercando di fare suo zio: un paragone tra la ragazza morta e lei. Probabilmente a Hank era sembrata una buona mossa; magari aveva ricavato quell'idea da qualche stupido dépliant degli Alcolisti Anonimi.

«Se avessi voluto ammazzarmi, l'avrei fatto appena tornata a casa» sbottò.

«Non stavo parlando di te» ribatté lui.

«Stronzate» sibilò. Aspettò solo un istante prima di aggiungere: «Non pensavo che ti saresti trattenuto così a lungo».

«Già, nemmeno io.»

«Benissimo, allora» gli disse, e in quel momento era proprio ciò che pensava. Hank viveva con lei da quando era stata dimessa dall'ospedale, e Lena non ne poteva più di vederlo mettere bocca su ogni aspetto della sua vita.

«Ho un'impresa da gestire» aggiunse lui, come se il bar fatiscente che possedeva nei sobborghi di Reece fosse paragonabile all'IBM. «Devo tornare a occuparmene. Partirò anche stasera stessa, se vuoi.»

«D'accordo» disse Lena, ma il cuore cominciò a batterle all'impazzata all'idea di restare sola, la notte. Non voleva Hank in casa sua, ma sapeva che non si sarebbe mai sentita al sicuro, se se ne fosse andato. Perfino durante il giorno, quando lei lavorava e lui andava a controllare il bar, era assillata dal terrore che lo zio potesse avere un incidente o decidesse di non tornare affatto, e di dover rientrare in una casa buia e vuota. Hank non era soltanto un ospite indesiderato. Era il suo scudo.

«Ho cose più allegre di cui occuparmi» le disse.

Lena tacque, anche se nella sua mente ripeteva un mantra: *Non mi lasciare, non mi lasciare, non mi lasciare*... Il bisogno di dirlo ad alta voce le serrò la gola.

La Mercedes fece un balzo in avanti quando Hank accelerò per occupare un parcheggio vicino alla chiesa. Spinse con foga la leva del cambio in posizione di parcheggio e la vecchia berlina oscillò avanti e indietro diverse volte prima di fermarsi.

Hank le lanciò uno sguardo, e Lena ebbe la sensazione che avesse capito. «Vuoi che me ne vada? Allora dimmi di andarmene. Non hai mai avuto problemi a cacciarmi, in passato.»

Lei si morse forte il labbro, spinta dal bisogno di sentire il sapore del sangue. Ma non fu la carne a cedere: un incisivo superiore si mosse e Lena si portò una mano alla bocca, sopraffatta dai ricordi.

«Che c'è? Adesso non sai più parlare?»

A quel punto lei fu scossa dai singhiozzi, incapace di trattenere le emozioni.

Hank distolse lo sguardo, dandole il tempo di ricomporsi. Lena sapeva che lo zio era capace di stare in una stanza piena di sconosciuti che piagnucolavano per il bisogno di infilarsi un ago in un braccio o di un doppio whiskey, ma non sapeva come comportarsi di fronte alle sue lacrime. Una parte di lei sapeva anche che Hank la odiava, quando piangeva. Sibyl era stata la sua bambina, quella di cui si era preso cura. Lena era quella forte, indipendente, sicura di sé. Quel cambiamento lo aveva completamente destabilizzato.

«Devi andare da quello psicologo» le ringhiò contro, ancora in collera. «Te l'ha detto anche il tuo capo. È un obbligo, e non lo stai assolvendo.»

Lei scosse la testa con violenza, la mano sempre sulla bocca.

«Non vai più a correre, non ti alleni» riprese Hank, come se fosse parte di un'accusa nei suoi confronti. «Vai a letto alle nove e la mattina ti alzi all'ultimo minuto per andare al lavoro» continuò. «Ti trascuri.»

«Non mi trascuro» bofonchiò lei.

«Ti farai vedere da uno psicologo, altrimenti me ne vado oggi stesso, Lee.» Posò le mani sulle sue, costringendola a guardarlo. «Sono serio come un cazzo di infarto, ragazzina.»

All'improvviso la sua espressione cambiò, e i suoi lineamenti si addolcirono. Le scostò i capelli con le dita, sfiorandole la pelle con delicatezza. Hank cercava di essere paterno, ma la dolcezza del suo tocco le ricordò in modo rivoltante il modo in cui *lui* l'aveva toccata. La tenerezza era la cosa peggiore: le carezze leggere, il modo delicato in cui aveva usato la lingua e le dita per blandirla e stimolarla, la lentezza esasperante con cui l'aveva presa, come se avesse fatto l'amore con lei invece di stuprarla.

Lena cominciò a tremare senza riuscire a fermarsi. Hank

tolse subito la mano, come se si fosse accorto all'improvviso di aver toccato qualcosa di morto. Lei scattò all'indietro, sbattendo la testa contro il finestrino.

«Non lo fare mai più» lo ammonì, ma nella sua voce c'era solo paura. «Non mi toccare. Non mi toccare mai più così. Capito?» Ansimò, cercando di mandar giù il fiotto di bile che le era risalito in gola.

«Hai ragione» rispose Hank, spostando la mano vicino alla sua ma senza toccarla. «Hai ragione, scusami.»

Lena afferrò la maniglia dello sportello, dopo averla mancata diverse volte perché tremava troppo. Scese dalla macchina e fece entrare grandi boccate d'aria nei polmoni. Il calore l'avvolse e lei serrò gli occhi, cercando di spezzare il collegamento tra quel caldo e il ricordo della sensazione di galleggiare sull'oceano.

Sentì una voce familiare e amichevole alle sue spalle.

«Ehilà, Hank.» Era Dave Fine, il pastore della chiesa.

«Buongiorno» rispose lui, molto più gentile di quanto fosse mai stato con Lena. Lo aveva già sentito parlare così, ma solo con Sibyl. A lei invece aveva sempre riservato parole taglienti e critiche.

Lena si concentrò sul proprio respiro, riportandolo alla normalità prima di voltarsi. Non riuscì a sorridere, ma sentì gli angoli della bocca sollevarsi appena in quella che al pastore dovette sembrare una smorfia sofferente.

«Buongiorno, detective» disse Dave Fine, e la pietà che Lena sentì nella sua voce le diede sui nervi più della discussione che aveva avuto con Hank in macchina. Da quattro mesi suo zio cercava di convincerla a parlare con il pastore. Fine era anche uno psicologo, o almeno così diceva, e incontrava i suoi pazienti nel pomeriggio. Lena non avrebbe parlato con lui nemmeno del tempo, figurarsi di quanto le era successo. Non era cattivo, al contrario, ma tra tutte le persone al mondo con cui forse si sarebbe confidata, un prete era l'ultima che avrebbe scelto. A volte aveva l'impressione che Hank avesse dimenticato cosa le era successo in quella stanza buia.

Lo salutò con un secco: «Pastore» e lo superò stringendo la borsa al petto come un'anziana a un mercatino dell'usato.

Si sentiva addosso i suoi occhi e udì Hank scusarsi con lui mentre si allontanava. Si vergognò un po' per aver trattato Fine in modo così scortese; era un uomo gentile, ma lei non sapeva proprio come farsi comprendere.

Affrettò il passo, guardando dritto davanti a sé mentre si avvicinava alla chiesa. Una folla di persone ferme intorno all'ingresso si divise per farla passare quando salì i gradini uno alla volta, costringendosi ad avanzare lenta e a non correre dentro come il suo corpo desiderava fare. Tutti, a parte Brad Stephens, che le sorrise come un cucciolo, si finsero molto occupati mentre lei saliva le scale. Matt Hogan, il nuovo partner di Frank Wallace ora che Lena era stata assegnata al lavoro di pattuglia, si concentrò sulla sigaretta che si stava accendendo come se nel palmo della sua mano fosse in corso un esperimento di fusione nucleare.

Lena tenne la testa alta ma non guardò nessuno. Eppure sentiva che tutti la stavano fissando, e sapeva che quando non fosse più stata a portata d'orecchio avrebbero cominciato a mormorare tra loro.

La presenza degli altri era la cosa peggiore della funzione domenicale. Tutta la città sapeva cosa le era successo. Sapevano che era stata rapita e violentata. Avevano letto sui giornali ogni dettaglio della vicenda. Avevano seguito la sua guarigione e il ritorno a casa dall'ospedale come avrebbero fatto con una soap opera o una partita di football. Lena non poteva entrare in un negozio senza che qualcuno cercasse di sbirciare le cicatrici che aveva sulle mani; non poteva attraversare una sala affollata senza vedersi lanciare uno sguardo triste e compassionevole. Come se potessero comprendere quello che aveva dovuto affrontare, come se in qualche modo avessero idea di cosa significhi sentirsi forti e invincibili un giorno e del tutto impotenti quello successivo. E quello successivo ancora.

Le porte della chiesa erano chiuse per mantenere fresco l'interno. Lena afferrò la maniglia insieme a un diacono, e le loro mani si sfiorarono. Lei si tirò indietro di scatto, come se avesse toccato il fuoco, e con lo sguardo basso aspettò che lui aprisse la porta. Passando nell'ingresso e poi nella cappella, rimase a fissare il tappeto rosso e la modanatura bianca che adornava la parte inferiore dei banchi allineati, in modo che a nessuno venisse in mente di rivolgerle la parola.

All'interno, la chiesa aveva la semplicità degli edifici battisti ed era piccola rispetto alle dimensioni della città. Quasi tutti gli abitanti più anziani frequentavano la congregazione più antica su Stokes Street, ed era lì che facevano le loro offerte. La nuova chiesa battista di Crescent, invece, aveva una trentina d'anni, e nel seminterrato della piccola cappella si svolgevano riunioni per persone sole, incontri di gruppo per divorziati e per genitori single. A Crescent non si credeva in un Dio vendicativo, si predicavano il perdono e l'amore, la carità e la pace. Il pastore Fine non avrebbe mai sgridato il suo gregge per i peccati commessi né l'avrebbe minacciato con visioni infernali e demoniache. Quello era un luogo di gioia, o così diceva il bollettino della chiesa. Il fatto che Hank l'avesse scelto non sorprendeva Lena. Gli incontri degli Alcolisti Anonimi si tenevano lì, al piano di sotto, proprio accanto all'aula per i corsi preparto per adolescenti.

Lena scelse un banco tra le prime file, sapendo che Hank desiderava trovarsi vicino al pastore per ricevere la sua dose di perdono domenicale. Aveva davanti la moglie di Dave Fine e i loro due figli, ma per fortuna non si voltarono. Accavallò le gambe, lisciandosi i pantaloni fin quando non si rese conto che la donna in fondo al suo stesso banco le stava fissando le mani. Incrociò le braccia e guardò verso l'altare. Al centro c'era il pulpito, con due ali di sedie rivestite di velluto tutto intorno. Dietro di esso c'era lo spazio riservato al coro, con l'organo di lato, le cui canne salivano lungo la parete come una gabbia toracica verticale. Infine, sopra il fonte battesimale c'era Gesù in croce, con le braccia allargate, i piedi appoggiati uno sull'altro.

Lena si costrinse a distogliere lo sguardo quando Hank si sistemò sulla panca accanto a lei. Controllò l'ora. La messa delle nove e mezza stava per cominciare. Sarebbe durata un'ora, seguita dalla scuola domenicale. Se ne sarebbero andati intorno alle undici, diretti alla Waffle House sulla Route 2, dove Hank avrebbe pranzato mentre lei avrebbe sorseggiato una tazza di caffè.

Per mezzogiorno sarebbero stati a casa. Lena avrebbe fatto un po' di pulizie, poi si sarebbe messa al lavoro su un paio di verbali. All'una e mezza doveva andare in centrale per il caso di Jenny Weaver. Se era fortunata, il briefing sarebbe durato circa tre ore, poi sarebbe arrivato il momento di tornare a casa per la cena in parrocchia e la preghiera serale. Dopo, era in programma una specie di concerto del coro che sarebbe durato fino alle nove e mezza, quindi sarebbero rientrati ben oltre l'ora in cui di solito Lena andava a dormire.

Espirò lentamente mentre rifletteva sui vari impegni, provando uno strano sollievo per la consapevolezza che almeno per quella domenica aveva qualcosa da fare. La tabella di marcia era già fissata.

«Sta per cominciare» sussurrò Hank. Prese un libretto degli inni dal banco davanti al loro proprio mentre l'organo suonava i primi accordi. Sfogliò le pagine, poi disse: «Il pastore Fine dice che puoi passare domani dopo il lavoro».

Lena finse di non averlo sentito, ma la sua mente registrò l'appuntamento: almeno aveva un impegno. E almeno, se avesse acconsentito a incontrarlo, Hank sarebbe rimasto in città ancora un po'.

«Lee?» la chiamò, ma lei non rispose.

Il coro attaccò il primo inno e Lena si alzò in piedi con tutti gli altri. La voce da baritono di suo zio le vibrava nell'orecchio mentre cantava *Più presso a te, Signor.* Lei non faceva nemmeno finta di cantare. Si passò la lingua sui denti, osservando il dito di Hank che seguiva la melodia sulla pagina. Alla fine tornò a guardare la croce. Fissando la crocifissione, Lena provò un senso di leggerezza, una pace inspiegabile. Per quanto volesse negarlo, quella visione familiare le era di conforto.

5

Sara tenne in seconda il cambio della sua BMW Z3 verde scuro mentre attraversava il centro di Heartsdale. Quell'auto era stata un acquisto impulsivo, per quanto una spesa da oltre trentamila dollari si possa considerare impulsiva. Quando l'aveva presa, l'inchiostro dei documenti del divorzio era ancora fresco, e lei aveva voluto qualcosa di poco pratico e molto appariscente, e la Z3 rispondeva del tutto a quelle esigenze. Purtroppo, non appena l'aveva portata via dal concessionario di Macon, Sara si era resa conto che un'automobile non l'avrebbe fatta stare meglio, anzi: si era sentita sciocca e troppo vistosa, soprattutto perché all'epoca era in rotta con la sua famiglia. Erano passati due anni, e a volte provava ancora un leggero imbarazzo quando vedeva la macchina parcheggiata nel vialetto di casa.

Billy, uno dei suoi due greyhound, era seduto al posto del passeggero, la testa bassa perché l'abitacolo delle auto sportive era troppo piccolo per lui. Di tanto in tanto si leccava il muso, ma per quasi tutta la durata del viaggio restò in silenzio, con gli occhi chiusi, mentre l'aria fresca che usciva dal condizionatore gli spingeva all'indietro le orecchie appuntite. Aveva le labbra tese verso gli angoli, come se stesse sorridendo e godendosi il viaggio. Sara lo osservò con la coda dell'occhio, desiderando che, almeno per una volta, la sua vita potesse essere altrettanto semplice.

Main Street era deserta, dato che nessun negozio restava aperto di domenica. A parte il ferramenta e il *five-and-dime*, quasi tutti chiudevano il sabato a mezzogiorno. Sara era nata lì, proprio in fondo alla strada, quando il Grant Medical Center era ancora l'unico ospedale della regione. Conosceva quella strada alla perfezione, come se fosse uno dei suoi libri preferiti.

Superati i cancelli del college, svoltò lentamente ed entrò nel suo posto auto di fronte alla clinica pediatrica di Heartsdale. Anche se l'aria condizionata era al massimo, quando aprì lo sportello sentì le gambe incollate alla pelle dei sedili dell'auto, e si preparò ad affrontare la calura opprimente. Perfino Billy aspettò un momento prima di saltare giù dalla macchina. Si guardò intorno nel parcheggio, forse pentendosi di aver accompagnato Sara quando avrebbe potuto restarsene a casa, al fresco, insieme a Bob.

Con il dorso della mano, Sara si asciugò la fronte. Quella mattina si era messa un paio di jeans tagliati e una maglietta senza maniche con sopra una vecchia camicia di Jeffrey, ma niente poteva contrastare il caldo e l'umidità. La pioggia, quando si degnava di arrivare, era inutile come l'acqua sull'olio incendiato. C'erano giorni in cui Sara non riusciva nemmeno a ricordare come fosse il freddo. «Andiamo» disse al cane, tirando il guinzaglio allungabile.

Come sempre, Billy la ignorò. Lei lasciò scorrere il guinzaglio e lui trotterellò verso il retro dell'edificio mostrandole il sedere magro. Dietro le zampe posteriori aveva ancora le cicatrici nei punti in cui i cancelletti dei box di partenza avevano sbattuto una volta di troppo, al cinodromo. Ogni volta che le vedeva, Sara sentiva una stretta al cuore.

Billy fece i suoi bisogni con calma, sollevando la zampa con indolenza contro l'albero più vicino all'ospedale. Il terreno alle spalle della clinica era di proprietà del college, che si impegnava a mantenere l'area boscosa. C'erano dei sentieri, laggiù, lungo i quali gli studenti andavano a correre quando non faceva troppo caldo. Sara aveva guardato i notiziari di Savannah quella mattina e aveva sentito che alla popolazione era stato consigliato di non uscire con quell'afa a meno che non fosse strettamente necessario.

Prese la chiave della porta posteriore della clinica. Quando l'aprì, aveva già il sudore che le colava lungo il collo e la schiena. Accanto alla porta c'era una ciotola, e lei usò il tubo dell'acqua all'esterno per riempirla, mentre Billy si grattava la schiena sull'erba.

Dentro la clinica faceva caldo esattamente come all'esterno. Sara non osava nemmeno immaginare quale fosse la temperatura in sala d'attesa. Già lì dietro avrebbe potuto mettere a bollire dell'acqua.

Aveva la bocca troppo asciutta per fischiare, così tenne la porta aperta, aspettando che Billy facesse il suo ingresso. Dopo una lunga bevuta, alla fine il cane entrò. Sara lo vide fermarsi in mezzo al corridoio e poi gettarsi a terra sbuffando.

Guardando quel cane così pigro, era difficile immaginare che avesse trascorso anni correndo sul circuito di Ebro. Sara si chinò per accarezzarlo e levargli il guinzaglio prima di dirigersi nel suo ufficio.

La pianta della clinica era quella comune a quasi tutti i centri pediatrici. Un largo corridoio a L correva lungo un lato dell'edificio, con tre sale visita che si aprivano su ciascun lato. Altre due si trovavano in fondo alla L, anche se una stanza veniva usata come magazzino. Al centro del corridoio c'era la postazione delle infermiere, che costituiva il punto nevralgico della clinica. C'erano un computer che conteneva le informazioni relative ai pazienti e uno schedario alto fino al soffitto con le cartelle cliniche dei pazienti in cura in quel momento. Dietro la sala d'attesa c'era un'altra stanza in cui erano archiviate le cartelle dei pazienti che risalivano fino al 1969.

Un giorno avrebbero dovuto eliminarle, ma Sara non aveva mai il tempo di farlo e non se la sentiva di assegnare al suo staff un incarico che lei stessa non era pronta a svolgere.

Le sue scarpe da tennis cigolarono sulle piastrelle linde del pavimento. Non perse tempo ad accendere le luci: sapeva muoversi in quel posto anche al buio, tuttavia non era il solo motivo per cui le lasciò spente. Il tremolio di un neon, l'improvviso chiarore delle lampade a tubo che si accendevano, le avrebbe dato l'idea di un'intrusione, considerando il motivo per cui era lì.

Quando raggiunse il suo ufficio di fronte alla postazione delle infermiere si era già sbottonata la camicia e se l'era legata intorno alla vita. Non portava il reggiseno, ma non pensava di incontrare nessuno a cui potesse importare.

Alle pareti dello studio erano appese foto dei suoi pazienti. Tutto era cominciato con una madre piena di gratitudine verso Sara che le aveva regalato una foto scolastica di suo figlio. Lei l'aveva attaccata al muro, poi un giorno era arrivata un'altra foto e l'aveva sistemata accanto alla prima. Da allora erano trascorsi dodici anni, e adesso le fotografie arrivavano fino al corridoio e al bagno riservato al personale. Sara ricordava ciascuno di quei bambini: i tanti nasi colanti e i mal d'orecchie, le cotte per i compagni di scuola e i problemi famigliari. La foto del diploma di Brad Stephens era da qualche parte vicino alla doccia, nel bagno. Quella di un ragazzino di nome Jimmy Powell, un paziente cui pochi mesi prima era stata diagnosticata la leucemia, era stata spostata accanto al telefono di Sara, in modo che potesse ricordarlo ogni giorno. In quel momento era ricoverato, e dentro di sé lei sapeva già che nel giro di qualche mese un altro dei suoi giovani pazienti sarebbe stato sepolto.

La foto di Jenny Weaver non c'era. Sua madre non ne aveva mai portata una. Sara aveva solo la cartella clinica per ricostruire la storia di quella ragazza.

Il cassetto dello schedario cigolò quando Sara lo spalancò. Era un mobile vecchio quanto il dottor Barney e altrettanto difficile da gestire. Non c'era lubrificante che potesse ammorbidirlo.

«Cazzo» disse Sara quando lo schedario si inclinò in avanti. Il primo cassetto era pieno fino a scoppiare, e dovette usare la mano libera per tenere schiacciate le cartelle impedendo che cadessero tutte a terra.

Passò in rassegna le etichette in fretta e furia, trovando il nome *Weaver* al secondo passaggio. Spinse di nuovo il mobile al suo posto, sbattendo il cassetto con un tonfo che risuonò nel piccolo ambiente. Sara ebbe la tentazione di riaprirlo per il gusto di poterlo sbattere ancora e fare altro rumore.

Accese la lampada della scrivania, e le sue gambe sudate scivolarono sulla poltroncina in vinile. Forse sarebbe stato più saggio portare la cartella a casa. Quanto meno, sarebbe stata più comoda. Ma Sara non voleva sentirsi a suo agio. Considerava una piccola penitenza dover stare seduta al caldo mentre cercava di scoprire ciò che le era sfuggito negli ultimi tre anni.

Aveva messo gli occhiali dalla montatura d'acciaio nel taschino della camicia, ed ebbe un istante di panico, pensando di averli rotti quando si era seduta. Erano piegati, ma per fortuna non troppo danneggiati. Se li infilò, fece un respiro profondo e aprì la cartella.

Jenny Weaver era stata in clinica per la prima volta tre anni addietro. A dieci anni aveva un peso nella norma, rispetto all'altezza. Il primo disturbo presentato era un mal di gola persistente che era stato curato con antibiotici. C'era un appunto infilato nella cartella, e da quanto Sara riusciva a decifrare dalla propria scrittura, Dottie Weaver era stata contattata telefonicamente una settimana dopo per sapere se Jenny avesse risposto in modo positivo ai farmaci. L'aveva fatto.

Circa due anni prima Jenny aveva cominciato a prendere peso. Purtroppo non era così raro, soprattutto per le ragazze come lei, che aveva avuto il menarca poco dopo l'undicesimo compleanno. La vita delle adolescenti era più sedentaria e i fast food più facili da raggiungere di quanto dovessero. Gli ormoni contenuti nella carne e nei latticini, poi, contribuivano al processo. Sara aveva letto degli articoli su riviste mediche in cui venivano descritti i trattamenti per le ragazze che entravano nella pubertà a soli otto anni.

Continuò a studiare la cartella di Jenny. Poco dopo l'inizio dell'aumento di peso, le era stata diagnosticata un'infezione del tratto urinario. Tre mesi dopo la ragazza era arrivata con un'infezione da candida. Stando ai suoi appunti, in quel momento non aveva notato niente di strano. A posteriori, Sara mise in dubbio le proprie osservazioni. Quelle infezioni potevano costituire l'inizio di un problema. Voltò pagina, osservando la data. Jenny era andata da lei un anno dopo con un'altra infezione urinaria. Un anno era un lasso di tempo molto lungo, ma lei prese un foglio di carta e cominciò ad annotare le date, comprese quelle delle due visite successive, entrambe per dei mal di gola.

Forse i genitori di Jenny avevano la custodia congiunta. In quel caso avrebbero potuto ricostruire le date e controllare se coincidessero con i periodi trascorsi col padre.

Posò la penna, cercando di ricordare ciò che sapeva del padre di Jenny Weaver. Le madri tendevano a portare i figli in clinica più frequentemente, e per quel che ricordava lei non aveva mai conosciuto il padre. Alcune donne, soprattutto quelle appena divorziate, spesso non lesinavano informazioni sui mariti parlando come se i figli non fossero presenti. Sara si era sempre sentita a disagio in quelle situazioni, e in genere riusciva a stroncare il discorso sul nascere, ma c'erano donne che diventavano ancora più insistenti, rivelando cose personali che un bambino non dovrebbe mai conoscere dei propri genitori. Dottie Weaver non aveva mai fatto niente del genere. Era loquace, perfino chiacchierona, ma non aveva mai screditato il suo ex marito davanti alla figlia. Sara era riuscita a capire che la signora Weaver non aveva molti soldi a disposizione dal fatto che pagava le rate dell'assicurazione solo di rado.

Si strofinò gli occhi, sollevando gli occhiali. Diede uno sguardo all'orologio alla parete. Il pranzo della domenica a casa dei suoi era alle undici e Jeffrey l'aspettava alla stazione di polizia intorno all'una e mezza.

Scosse il capo, scacciando ogni pensiero su di lui. Un dolore pulsante alla base del collo le rendeva difficile concentrarsi. Si tolse gli occhiali e li pulì con un lembo della camicia, sperando che l'aiutasse a vedere le cose con maggiore chiarezza.

«Ehilà?» chiamò Sara aprendo la porta di casa dei suoi genitori. L'aria fresca all'interno le provocò una gradevole pelle d'oca sul corpo umido di sudore.

«Sono qua» disse sua madre dalla cucina.

Sara lasciò la valigetta accanto alla porta e si tolse le scarpe da tennis prima di andare verso il retro della casa. Billy trotterellò davanti a lei lanciandole un'occhiataccia, come a chiederle perché avessero passato tanto tempo al caldo in clinica quando avrebbero potuto starsene al fresco dell'aria condizionata. Per sottolineare il proprio disappunto, il greyhound si accasciò su un fianco in mezzo al corridoio e Sara dovette scavalcarlo.

Quando entrò in cucina, Cathy era ai fornelli a friggere il pollo. Sua madre indossava ancora i vestiti per la chiesa, ma si era tolta scarpe e collant e aveva un grembiule con la scritta NON IMPORTUNARE LO CHEF allacciato lento in vita.

«Ehi, mamma» la salutò Sara, dandole un bacio su una guancia. Sara era la più alta della famiglia, e poteva appoggiare il mento sulla testa di sua madre senza allungare il collo. Tessa aveva ereditato da Cathy la corporatura esile e i capelli biondi, Sara invece aveva preso il suo senso pratico.

Cathy le scoccò uno sguardo di disapprovazione. «Hai dimenticato di mettere il reggiseno, stamattina?»

Sara sentì il rossore diffondersi sul viso, slacciò la camicia che aveva legato in vita e se la mise addosso, spiegando: «Ero in clinica, non c'era nessuno...».

«Fa troppo caldo per friggere» ribatté Cathy. «Ma tuo padre voleva il pollo.»

Sara capì la lezione: per la famiglia bisogna fare dei sacrifici. Però le rispose: «Dovevi dirgli di andare da Chick's».

«Non ha certo bisogno di mangiare quell'immondizia.»

Sara lasciò correre e sospirò, come aveva fatto Billy. Si abbottonò la camicia e fece un sorriso tirato a sua madre. «Meglio?»

Lei annuì, prese un tovagliolo di carta dal bancone e

si tamponò la fronte. «Non è nemmeno mezzogiorno e ci sono già trentadue gradi, fuori.»

«Lo so» disse Sara sedendosi su uno sgabello. Osservò sua madre che si muoveva per la cucina, felice di quel momento di normalità. Cathy indossava un abito di lino a righine verdi verticali. I capelli biondi, che avevano solo qualche filo grigio, erano raccolti in una coda morbida, più o meno come li portava anche lei.

Cathy si soffiò il naso nel tovagliolo, poi lo gettò nel cestino.

«Raccontami di ieri sera» le disse tornando ai fornelli.

Lei scrollò le spalle. «Jeffrey non ha avuto scelta.»

«Non avevo dubbi. Volevo sapere come l'hai presa tu.»

Sara finse di pensarci su, ma in realtà non se la stava passando per niente bene.

Cathy parve intuirlo. Immerse una fetta di pollo battuto nell'olio bollente e si voltò a guardarla.

«Ieri sera ti ho chiamato per sapere come stavi.»

Sara fissò sua madre, costringendosi a non distogliere lo sguardo. «Ero da Jeffrey.»

«L'avevo immaginato, ma tuo padre è passato lo stesso con la macchina davanti a casa sua per esserne sicuro.»

«Sul serio?» chiese Sara, sorpresa. «Perché?»

«Pensavamo che saresti venuta da noi» rispose sua madre. «E siccome non ti abbiamo trovato a casa, quello era il posto più logico in cui cercarti.»

Sara incrociò le braccia. «E non vi sembra di essere stati un po' invadenti?»

«Non c'è niente di più invadente di un parto» scattò Cathy, puntandole contro una forchetta. «La prossima volta, avvisa.»

Quella donna riusciva a farla sentire ancora una bambina nonostante Sara avesse quasi quarant'anni. Guardò fuori dalla finestra, provando la sensazione di essere stata scoperta mentre faceva qualcosa di sbagliato.

«Sara?»

«Sissignora» mormorò piano.

«Sono preoccupata per te.»

«Lo so, mamma.»

«Va tutto bene?»

Sarà si sentì arrossire di nuovo, ma per un motivo diverso. «Dov'è Tessa?»

«Non è ancora scesa.»

Tessa abitava sopra il garage dei loro genitori. La casa di Sara distava solo un chilometro e mezzo, ma era abbastanza lontano da darle un senso di indipendenza. Tessa invece non sembrava infastidita dalla vicinanza. Lavorava col padre, Eddie, nell'impresa idraulica di famiglia, quindi per lei era più semplice scendere le scale, la mattina, per presentarsi al lavoro. Inoltre, una parte di lei era ancora una ragazzina. Non le era ancora passato per la testa che un giorno avrebbe desiderato una casa tutta sua. O forse non le sarebbe mai successo.

Cathy girò il pollo e batté la forchetta sul bordo della padella, poi la mise nel poggiamestolo e si voltò verso Sara a braccia conserte. «Cosa sta succedendo?»

«Niente» rispose lei. «Cioè, a parte la storia della ragazza di ieri sera. E della bambina. Immagino tu abbia saputo della bambina.»

«In chiesa non si parlava d'altro.»

«Be'...» Sara si strinse nelle spalle. «È stata molto dura.»

«Non so proprio come fai a fare quel lavoro, piccola.»

«A volte non lo so nemmeno io.»

Cathy si alzò, aspettando che la figlia proseguisse. «E...?» la incalzò.

Sara si massaggiò la nuca. «Da Jeffrey...» cominciò. «Non è andata, tutto qui.»

«Non è andata?» ripeté sua madre.

«Voglio dire che non ha funzionato nel senso...» Fece un gesto con le mani, chiedendo a sua madre di concludere la frase.

«Ah» fece infine lei. «Intendi dal punto di vista fisico?»

Sara arrossì ancora, e fu sufficiente come risposta.

«Be', non possiamo certo sorprenderci, no? Dopo quel che è successo.»

«Era così...» Sara cercò le parole giuste. «Era... brusco. Voglio dire, ho cercato...»

«È la prima volta che succede?»

Sara scrollò di nuovo le spalle. Era la prima volta che succedeva con lei, ma non poteva sapere com'era andata con le altre conquiste di Jeffrey. «La parte peggiore...» cominciò, poi tacque. «Da quando lo conosco, non l'ho mai visto così sconvolto. Era furioso. Credevo che avrebbe rotto qualcosa.»

«Ricordo una volta in cui tuo padre non è riuscito a...»

«Mamma» la interruppe Sara. Era già abbastanza difficile affrontare quell'argomento con sua madre senza tirare in ballo Eddie. Per non parlare del fatto che Jeffrey l'avrebbe uccisa, se avesse saputo che aveva raccontato a qualcuno che la sua performance non era stata stellare. Per lui il vigore sessuale era importante quanto la reputazione di bravo poliziotto.

«Sei stata tu a tirar fuori l'argomento» le ricordò Cathy, tornando a concentrarsi sulla frittura. Strappò un foglio di carta da cucina dal rotolo e preparò un piatto su cui mettere il pollo.

«Okay» rispose lei. «Che cosa devo fare?»

«Fai quello che vuole lui» disse sua madre. «Oppure

non fare nulla.» Tirò su una fetta di pollo. «Sei sicura che te ne importi davvero qualcosa, a questo punto?»

«Che vuoi dire?»

«Voglio dire, vuoi stare con lui o no? Forse è questo il nocciolo della questione. Giri intorno a questa cosa con Jeffrey da quando avete divorziato.» Sbatté la forchetta sulla padella. «Come direbbe tuo padre, è arrivato il momento di cacare o di alzarsi dal water.»

La porta di casa si aprì e poi sbatté, e Sara sentì due tonfi: Tessa si era tolta le scarpe.

«Mamma?» gridò sua sorella.

«In cucina» rispose Cathy. Rivolse a Sara uno sguardo significativo. «Hai capito cosa intendo?»

«Sissignora.»

Tessa arrivò a passo pesante dal corridoio, borbottando uno «Stupido cane» quando dovette scavalcare Billy. La porta della cucina si spalancò e lei entrò con in faccia un'espressione irritata. Indossava un vecchio accappatoio rosa e sotto una maglietta verde e un paio di calzoncini. Era pallida e aveva l'aria malaticcia.

«Tessie?» fece Cathy.

Tessa scosse la testa avvicinandosi al frigorifero e aprendo lo sportello. «Ho solo bisogno di caffè» disse.

Cathy la ignorò e le posò le labbra sulla fronte per sentirle la temperatura. «Mi sembri calda.»

«Fuori ci saranno quaranta gradi» si lamentò Tessa, portandosi il più vicino possibile al frigo senza doverci entrare. «Per forza sono calda.»

«Dio santo, voglio trasferirmi in un posto dove esistano delle stagioni vere. Giuro che lo faccio. Non mi interessa se hanno un accento strano e se non sanno fare i fiocchi d'avena. Deve esistere un'alternativa migliore.»

«Sicura che il problema sia solo questo?» chiese Sara appoggiandole una mano sulla fronte. Sapeva che era un tipo di misurazione efficace quanto il bacio in fronte di sua madre, ma Tessa era la sua sorellina: doveva pur fare qualcosa.

Lei però si scostò. «Sono in fase premestruale, ho caldo e ho bisogno di cioccolata.» Sollevò il mento. «Vedi questo?» Indicò un grosso brufolo.

«Credo sia impossibile non notarlo» intervenne Cathy, chiudendo il frigorifero.

Sara rise e Tessa le diede una pacca su un braccio.

«Chissà che nome gli darà papà?» la prese in giro Sara, restituendole il colpo.

Quando le ragazze erano adolescenti, Eddie si divertiva un mondo a sottolineare le imperfezioni dei loro visi. Sara arrossiva ancora per la vergogna quando ripensava alla volta in cui suo padre l'aveva presentata a un amico come: *Sara, mia figlia maggiore, e Bobo, il suo nuovo brufolo.*

Tessa stava elaborando una risposta quando il telefono squillò. Rispose al primo squillo.

Passarono due secondi, poi imprecò e gridò: «Ho risposto io, papà». Eddie doveva aver alzato la cornetta al piano di sopra.

Sara sorrise, pensando che quella era una scena plausibile per tutte le domeniche degli ultimi vent'anni. Mancava solo che suo padre entrasse facendo qualche battuta sciocca a proposito di quanto era felice di vedere le sue tre ragazze a piedi nudi in cucina.

«Aspetta» disse Tessa, poi appoggiò la mano sul ricevitore e si rivolse a Sara. «Ci sei?»

«Chi è?» chiese lei, ma conosceva già la risposta.

«Secondo te?» ribatté sua sorella. Parlò di nuovo al telefono: «Resta in linea, Jeffrey, arriva».

6

Ben Walker, che era stato il capo della polizia di Grant County prima di Jeffrey, aveva sistemato il proprio ufficio accanto alla sala conferenze, sul retro della stazione di polizia. Quando era in carica, tutte le mattine si accomodava dietro l'enorme scrivania che riempiva quasi tutta la stanza, e chiunque volesse parlargli era costretto a sedersi dall'altra parte di quell'immensa distesa di legno, con le ginocchia che vi sfregavano contro, le schiene attaccate alla parete. Ogni mattina, gli uomini – ai suoi tempi i poliziotti erano tutti uomini – della squadra dei veterani venivano convocati per ricevere gli incarichi della giornata, poi uscivano e il capo chiudeva la porta. Nessuno lo rivedeva fino all'ora di staccare, la sera, quando Ben saliva in macchina e andava a cena al ristorante, a due isolati da lì.

Quando Jeffrey aveva preso il suo posto, per prima cosa aveva eliminato la scrivania di Ben. Era stato necessario smontare quel mostro di quercia per farlo passare dalla porta. Aveva trasformato quell'ufficio nel magazzino e aveva preso per sé quello piccolo di fronte alla sala conferenze. Durante un weekend tranquillo aveva installato una finestrella alla parete in modo da poter tenere d'occhio la squadra, ma soprattutto perché gli agenti potessero vedere lui.

Il vetro aveva una tapparella, ma Jeffrey non la chiudeva quasi mai, e faceva in modo di lasciare la porta aperta tutte le volte che poteva.

Osservava la sala riunioni vuota, domandandosi cosa avrebbero pensato gli agenti dell'uccisione di Jenny Weaver. Il senso di colpa per quel che aveva fatto lo opprimeva, anche se la mente continuava a ripetergli che non aveva avuto scelta. Ogni volta che ci pensava, aveva l'impressione di far fatica a respirare, come se non gli entrasse abbastanza aria nei polmoni. Non riusciva a liberarsi della domanda che lo tormentava: aveva preso la decisione giusta? Jenny avrebbe davvero ucciso quel ragazzo a sangue freddo? Sara sembrava pensarla così. La sera prima gli aveva detto qualcosa a proposito del fatto che si sarebbero trovati con due adolescenti morti, anziché uno, se lui non avesse fermato la ragazza. Ma aveva detto anche molte altre cose che non lo avevano consolato affatto.

Unì le mani davanti al viso, e appoggiò la testa sui pollici mentre pensava a Sara. A volte era davvero troppo analitica. Uno degli aspetti più sexy di lei era la bocca, ed era un vero peccato che non capisse quando era il momento di tacere e usarla per fare qualcosa di più utile che parlare...

Frank Wallace bussò alla porta. «Capo?»

«Entra» rispose lui.

«Fa caldo, fuori» fece Frank, come a voler spiegare perché non avesse la cravatta. Indossava un abito nero che non sembrava di grande qualità, aveva il primo bottone della camicia slacciato, e Jeffrey vi scorse sotto una maglietta ingiallita. Come sempre, Frank puzzava di fumo di sigaretta. Doveva essere rimasto fuori a fumare accanto all'ingresso di servizio per dare al commissario un po' di tempo, prima di entrare per la riunione. Jeffrey però non si capacitava di come si potesse aver voglia di tenere in mano una sigaretta accesa con quell'afa.

Frank avrebbe potuto prendere il posto di Ben Walker, se l'avesse chiesto. Ma era troppo furbo per farlo. Aveva sempre lavorato a Grant County, e sapeva come stavano cambiando le cose in città. Una volta aveva detto a Jeffrey che fare il commissario era un lavoro per persone *giovani*, e all'epoca lui aveva pensato – e lo pensava tuttora – che Frank intendesse *ingenue*. Nel primo anno a Grant aveva scoperto che nessuno sano di mente si sarebbe mai sottoposto volontariamente a una pressione simile, ma ormai era troppo tardi. Aveva già conosciuto Sara.

«Weekend pieno» riprese Frank, porgendogli la relazione del fine settimana. La cartellina era più spessa del solito.

«Già.» Jeffrey indicò una sedia per farlo accomodare.

«Sospetta effrazione alla lavanderia. Te ne ha parlato Marla? Poi ci sono stati due o tre fermi per guida in stato d'ebbrezza, i soliti casini all'università, ubriachezza molesta. Un paio di violenze domestiche, ma senza denunce.»

Il commissario ascoltò il resoconto senza troppo entusiasmo. Era un elenco lungo e angoscioso, e se Grant era ridotta così, c'era da domandarsi cosa dovesse affrontare una contea più grande. Di solito la vita era molto più tranquilla. Certo, il caldo estremo tirava fuori la violenza dalla gente, Jeffrey lo sapeva da quando era entrato in polizia.

«Insomma...» Frank tagliò corto. «È tutto.»

«Bene» rispose lui, prendendo il fascicolo. Tamburellò con le dita sui fogli e poi, senza troppe cerimonie, fece scivolare sul tavolo il rapporto su Jenny Weaver, la cui presenza era ingombrante come quella di un elefante bianco.

Frank osservò i documenti con l'aria scettica che avrebbe riservato a un oroscopo, poi con riluttanza lo prese e cominciò a leggere. Il detective aveva una lunga carriera alle spalle e si vantava di aver visto tutto, ormai, ma l'espressione sconvolta che gli apparve in volto mentre esaminava le foto scattate da Sara lo tradì.

«Santo cielo» mormorò, frugando nella tasca della giacca. Tirò fuori le sigarette, poi, ricordando dove si trovava, le rimise via. Chiuse il fascicolo senza finire di leggere.

«Non è stata lei a partorire la bambina» disse Jeffrey.

«Già.» Frank si schiarì la voce e accavallò le gambe, a disagio. Aveva cinquantotto anni e ne aveva maturati abbastanza in polizia per prendere una buona pensione. Perché continuasse a lavorare era un mistero per chiunque, e i casi come quello avrebbero dovuto indurre anche lui a chiedersi perché si ostinasse ad andare in centrale ogni giorno.

«Che roba è?» fece Frank. «Dio santo.»

«Mutilazione genitale femminile» spiegò Jeffrey. «Una cosa che fanno in Africa o in Medio Oriente» aggiunse, e sollevò una mano per impedire a Frank di fare la domanda successiva. «So già cosa stai pensando. È una famiglia battista, non islamica.»

«E allora da dov'è arrivata l'idea?»

«È quello che dobbiamo scoprire.»

Frank scosse la testa, come se cercasse di cancellare quell'immagine dalla sua mente.

«La dottoressa Linton sta arrivando per il briefing» disse Jeffrey, sentendosi uno stupido per averla nominata in modo così formale. Frank giocava a poker con Eddie Linton, l'aveva vista crescere.

«Ci sarà anche la ragazzina?» chiese, riferendosi a Lena.

«Certo» rispose lui, guardandolo dritto negli occhi.

Frank si accigliò, e chiarì subito che non gli sembrava una buona idea.

Nonostante il suo modo di essere – sessista, forse razzista, senza dubbio pronto a discriminare i più giovani e meno esperti – era affezionato a Lena. Aveva una figlia più o meno della sua età, e non aveva fatto che lamentarsi dal momento in cui Jeffrey l'aveva messa in squadra con lui. Ogni settimana si presentava nel suo ufficio e gli chiedeva di cambiare partner, e ogni settimana Jeffrey gli diceva che avrebbe dovuto farci l'abitudine. Jeffrey, che non era del posto, era stato nominato commissario della contea anche perché la facesse uscire dall'età della pietra. Aveva scelto di persona Lena Adams dall'accademia di polizia e si era dedicato personalmente al suo addestramento perché fosse la prima donna della sua squadra.

Adesso però non sapeva cosa fare con lei. Per il momento l'aveva messa in coppia con Brad Stephens, aspettando che le sue mani guarissero del tutto e sperando che quell'incarico meno gravoso l'aiutasse a stabilizzarsi. Era passato un mese da quando il medico le aveva dato il consenso per riprendere il servizio attivo, ma non aveva ancora chiesto di riavere il suo vecchio ruolo. Dal canto suo, Frank non riusciva nemmeno a guardarla negli occhi quando la salutava. Jeffrey l'aveva sentito dire un milione di volte che le donne non potevano far parte della polizia, ed evidentemente aveva interpretato l'aggressione a Lena come una conferma delle sue convinzioni.

Jeffrey non era d'accordo. Le donne poliziotto erano una presenza positiva. Idealmente, la composizione delle forze di polizia doveva riflettere quella della comunità. Lena aveva portato maggiore sollecitudine al loro lavoro. Era più brava con alcune tipologie di criminali e sapeva come trattare le donne vittime di reato, una caratteristica che mancava al gruppo di veterani prima della sua promozione.

Ma, soprattutto, l'esistenza di una detective aveva spinto altre donne a intraprendere quella carriera. C'erano quindici poliziotte di pattuglia, adesso. Quando Ben Walker era andato in pensione, le uniche donne a lavorare per lui erano le segretarie. Tuttavia, nonostante i progressi fatti, quando Jeffrey pensava a ciò che aveva passato Lena, a ciò che le era stato fatto, aveva voglia di chiuderla a chiave in casa e piazzarsi di guardia con un fucile, nel caso qualcun altro avesse provato a farle ancora del male.

Frank interruppe il flusso dei suoi pensieri. «Ci sarà un'indagine interna su questa storia?» chiese. Fece una pausa e sollevò la cartellina del caso. «Per l'uccisione della Weaver, intendo.»

Jeffrey annuì, appoggiandosi allo schienale. «Ho parlato col sindaco stamattina. Voglio che tu raccolga le deposizioni di Brad e Lena. Il difensore civico per il caso è Buddy Conford.»

«È un difensore d'ufficio» fece notare Frank.

«Sì, be', non in questo caso» rispose il commissario. «C'è una certa preoccupazione per la madre della ragazza. L'amministrazione cittadina ha un'assicurazione per gli eventi di questo tipo. Forse sistemeranno tutto senza andare in giudizio, non so.» Scrollò le spalle. «Minacciava una persona con una pistola, Frank. Una situazione spinosa, lo sai.»

«Già» fece il detective. «Lo so.» Aspettò qualche istante, poi chiese: «Capo, tu come hai preso questa storia? Tutto okay?».

Jeffrey sentì parte della sua sicurezza venire meno. La sensazione di sprofondare, lo smarrimento che aveva provato la sera prima con Sara lo assalì di nuovo, e sentì un peso sul petto. Non aveva mai sparato a nessuno, meno che mai a una ragazzina. Nella sua mente continuavano a ripresentarsi le immagini di quello che era successo con Jenny, sempre più ingrandite, sempre più dettagliate, alla ricerca del momento in cui la trattativa era fallita. Doveva esserci qualcosa di diverso che Jeffrey avrebbe potuto dire o fare e che l'avrebbe convinta ad abbassare l'arma. Doveva esistere un'alternativa.

«Capo?» riprese Frank. «Per quel che vale, Brad e Lena ti sosterranno al cento percento. Lo sai, vero?»

«Sì» disse, ma quelle parole non gli erano di alcun conforto, perché sapeva che Brad e Lena l'avrebbero sostenuto anche se non fossero stati convinti che avesse fatto la cosa giusta. Tra le forze di polizia c'erano luci e ombre, ma alla fine gli agenti si coprivano sempre le spalle a vicenda. Brad l'avrebbe fatto perché in un certo senso adorava Jeffrey. Lena perché si sentiva in debito con lui, dato che le aveva permesso di tornare al lavoro.

Per Jeffrey non era una gran consolazione.

Restarono entrambi in silenzio. Il commissario osservò gli scaffali lungo la parete più distante dell'ufficio. C'erano trofei vinti al poligono, a riprova di quanto fosse un abile tiratore. Sul ripiano più in basso c'era un vecchio pallone da football, che risaliva al periodo in cui giocava con gli Auburn Tigers. Qualche foto del collega con cui aveva lavorato a Grant e a Birmingham accanto a un paio di scatti di Sara fatti durante la luna di miele. Li aveva aggiunti solo di recente, da quando avevano ricominciato a frequentarsi. Adesso non era più tanto sicuro di volere quelle foto nel suo ufficio, e forse nemmeno Sara nella sua vita. Ancora non riusciva ad accettare quanto l'aveva sentita distante la sera prima. Si irrigidiva a ogni suo tocco, gli spiegava cosa doveva fare, come se lui non ne avesse idea. Come se non l'avesse già fatto centinaia di volte, prima, con altre donne che erano molto più disponibili di lei.

Frank si voltò sulla sedia quando le mezze porte che separavano la sala operativa dalla reception si aprirono con un tonfo. Sara le superò stringendo la valigetta in una mano. Indossava un abito azzurro che somigliava a una maglietta lunga. Jeffrey notò che aveva deciso di mettere delle scarpe da tennis senza calzini per completare il quadro. Magari non si era nemmeno depilata le gambe.

I due uomini la osservarono mentre raggiungeva l'ufficio. Aveva i capelli in disordine, e il commissario si domandò se avesse almeno provato a pettinarli. Sara non era interessata alla moda, e non si truccava quasi mai. A volte questo la rendeva sexy, altre le dava un'aria trascurata, come se le importasse di più essere un medico che una donna. Quando si avvicinò ancora, Jeffrey si accorse che aveva anche gli occhiali storti, e per qualche strano motivo la cosa lo irritò più di tutto il resto.

Quando lei entrò, Frank si alzò in piedi, e il commissario lo imitò.

«Ciao» disse lei con un sorriso nervoso. Jeffrey fu sollevato di vederla così a disagio.

«Ehilà» fece Frank, abbottonandosi la giacca.

Sara gli sorrise, poi disse: «Ho chiamato Nick Shelton». Era l'agente sul campo assegnato a Grant County dal Georgia Bureau of Investigation. «Gli ho chiesto di cercare tutti i casi in cui siano presenti mutilazioni di questo tipo. Ha detto che al più tardi mercoledì ci farà sapere qualcosa.»

«Bella idea» rispose Frank, dato che Jeffrey era rimasto in silenzio.

«E poi» riprese lei, «ho fatto un giro di telefonate agli

ospedali. Ieri sera non si è presentata nessuna donna per assistenza post partum. Ho lasciato il numero della stazione di polizia nel caso ne ricoverassero qualcuna.»

Frank si tirò il colletto della camicia. «Allora, pensi che esista una possibilità che quella ragazza si sia fatta quella cosa da sola? Quella specie di circoncisione?»

«Dio, no» fece lei, trasalendo. «E non si tratta di una circoncisione» aggiunse. «È l'equivalente di una mutilazione. Le hanno tagliato via il clitoride e le piccole labbra, e quel che è rimasto è stato cucito con un filo.»

«Ah» disse Frank, evidentemente angosciato da quell'informazione.

Sara serrò le labbra. «È come tagliare il pene a un uomo.»

Frank fece scorrere uno sguardo imbarazzato da Jeffrey a Sara e viceversa.

«Comunque...» Sara indicò la valigetta. «Sono pronta per cominciare il briefing.»

«È stato posticipato» disse Jeffrey, accorgendosi di stare usando un tono duro, ma senza poter fare nulla per evitarlo. Quando aveva chiamato Sara per chiederle di arrivare prima, non le aveva spiegato il motivo. «Dottie Weaver arriverà tra un quarto d'ora circa» disse. «Voglio che vada via di qui il prima possibile.»

«Ah» esclamò lei, sorpresa. «Okay. Magari posso occuparmi di un po' di scartoffie in clinica. Pensi che ti bastino un paio d'ore?»

Jeffrey scosse il capo. «Voglio che tu sia presente all'interrogatorio.»

Lei lo scrutò con cautela. «Non sono un'agente.»

«Lena sì» le rispose. «Sarà lei a fare le domande. Ma voglio che tu ci sia perché ti conosce.»

Sara si mise una mano su un fianco. «Lena o Dottie?»

Frank si schiarì la voce. «Devo fare delle telefonate» dichiarò, salutando Sara con un cenno del capo prima di uscire dalla stanza.

Quando se ne fu andato, Sara guardò Jeffrey con aria interrogativa.

«È una camicia da notte?» le chiese lui.

«Cosa?»

«Quella che hai addosso» rispose, indicando il suo vestito. «Sembra una camicia da notte.»

Sara fece una risatina imbarazzata.

«No» disse, come se aspettasse che lui completasse la battuta.

«Avresti potuto indossare qualcosa di più professionale» riprese il commissario, ripensando a com'era vestita la sera prima. Quei pantaloni della tuta e la vecchia maglietta logora non avevano certo migliorato la situazione. E poi aveva le gambe più pelose delle sue.

«Sarebbe così terribile per te vestirti un po' meglio?» le chiese.

Sara abbassò la voce, come faceva sempre quando si infuriava. «C'è un motivo preciso per cui mi parli come se fossi mia madre?»

Jeffrey provò un moto di rabbia così violento che si rese conto che avrebbe fatto meglio a tacere.

«Jeff» riprese lei. «Che ti succede?»

Lui le passò accanto e chiuse la porta sbattendola. «Ti ucciderebbe farmi quest'unico favore?»

«Favore?» Sara scosse il capo, come se lui avesse vaneggiato.

«Assistere all'interrogatorio» le ricordò il commissario. «Con la Weaver.»

«Che cosa potrei dirle, io?»

«Allora lascia perdere» rispose lui. Per avere qualcosa da fare, chiuse la tapparella. «Non importa.»

«Dimmi solo cosa vuoi che faccia» riprese lei, in un tono così ragionevole da risultare irritante. «Vuoi che vada a casa a cambiarmi? Vuoi che ti lasci stare?»

«Voglio che la smetti di rompermi le palle, ecco cosa.»

Sara abbassò il mento e per un attimo sembrò che fosse lei a trattenersi dal dire qualcosa.

Jeffrey inarcò le sopracciglia, invitandola a parlare. «Be', che c'è?» le chiese, sapendo che la stava provocando, desiderando una lite per poter sfogare parte della rabbia che provava.

Sara inspirò a fondo ed espirò lentamente. «Non capisco perché ce l'hai tanto con me.»

Jeffrey non le rispose.

Lei gli lisciò la cravatta con la mano, poi gli posò il palmo sul petto. «Jeff, ti prego. Dimmi solo cosa vuoi che faccia.»

Il commissario non riuscì a parlare. Le voltò le spalle e poi, dato che non aveva nient'altro da fare, girò la manovella per riaprire la tapparella.

Sentì la mano di Sara sulla spalla.

«Va tutto bene» gli disse.

«Lo so» scattò lui, anche se non era vero. Aveva la sensazione che gli andasse a fuoco il cervello, e ogni volta che chiudeva gli occhi vedeva soltanto la testa di Jenny Weaver che andava all'indietro nell'attimo in cui il proiettile le trapassava il collo.

Sara lo abbracciò e gli premette le labbra sulla nuca, e lui si sentì placare dal suo respiro fresco. Gli diede un altro bacio sul collo, senza staccare le labbra per un tempo che a lui parve lunghissimo. Jeffrey cominciò a rilassarsi, e si chiese perché lei non l'avesse fatto anche la sera prima. Poi ricordò che l'aveva fatto.

«Va tutto bene» ripeté Sara.

Si sentì calmo per la prima volta quella mattina, come se riuscisse di nuovo a respirare. Era una sensazione così bella che per un istante pensò di essere sul punto di fare qualcosa di molto stupido, come scoppiare a piangere, o peggio, confessarle che l'amava.

Invece le domandò: «Assisterai all'interrogatorio?».

Lei abbassò le mani, e Jeffrey capì che non era quello che sperava di sentire. La guardò, cercando di pensare a qualcosa da dire.

Ma non gli venne in mente nulla.

Alla fine Sara assentì. «Farò tutto quello che vuoi.»

Jeffrey era nella sala di osservazione e guardava da dietro il falso specchio Sara che consolava Dottie Weaver. Non era mai stato capace di restare arrabbiato con lei a lungo, soprattutto perché Sara non glielo permetteva.

Dottie Weaver era un donnone dalla pelle olivastra e i capelli castano scuro legati in uno chignon ordinato in cima alla testa; uno stile un po' datato, ma che sembrava adatto a lei. Aveva uno di quei visi che Jeffrey considerava senza età, tipici di chi aveva lo stesso aspetto a dieci e a quarant'anni. La mascella sembrava un prolungamento delle guance, ed era in sovrappeso di una decina di chili. Aveva dei solchi profondi sulla fronte, che le conferivano un'aria austera anche se stava piangendo.

Jeffrey lanciò uno sguardo a Lena, che era accanto a lui a braccia conserte. Osservava Sara e Dottie con la sua tipica concentrazione. Eccole lì, le due persone più emotive presenti nel commissariato, dalle quali dipendeva la ricostruzione di ciò che era successo la sera prima. Jeffrey sapeva di aver chiesto a Sara di essere presente per egoismo: lei avrebbe rappresentato il suo buonsenso.

Si rivolse a Lena: «Ti sto usando».

Lei non reagì, ma non era poi così strano. Sei mesi prima, Lena Adams si sarebbe infuriata per quell'interrogatorio. Si sarebbe aggirata per il commissariato lamentandosi per essere stata usata dal suo capo. Ma in quel momento si limitò ad annuire.

«Perché sei una donna» chiarì lui. «E per quello che ti è successo.»

Lena lo guardò, e nel suo sguardo c'era un tale vuoto che colpì il commissario nel profondo. Dieci anni prima, all'accademia di addestramento a Macon, Jeffrey l'aveva vista lanciarsi nella corsa a ostacoli rapida come un pipistrello in fuga dall'inferno. Alta un metro e sessantadue per cinquantaquattro chili, Lena era la recluta più minuta del suo gruppo, eppure ce l'aveva fatta grazie alla pura forza di volontà. La sua tenacia e la sua energia quel giorno avevano attirato la sua attenzione. Adesso, osservandola, si domandava se la vera Lena sarebbe mai più emersa in superficie.

La detective distolse lo sguardo e tornò a puntarlo su Sara.

«Già, immagino che le dispiaccia per me» disse in tono neutro. Sembrava che non provasse più nulla, e questo lo sconvolgeva. Avrebbe preferito addirittura i suoi scoppi d'ira piuttosto che vederla ridotta all'automa che era diventata.

«Vacci piano» l'ammonì il commissario, porgendole la cartellina del caso. «Abbiamo bisogno di tutte le informazioni che possiamo raccogliere.»

«Altro?» chiese lei. Sembrava che avessero appena parlato del tempo.

Jeffrey scosse la testa, e Lena uscì senza dire una parola. Lui tornò a osservare dallo specchio, aspettando di vederla entrare nella saletta per gli interrogatori. Quando era tornata al lavoro, Jeffrey le aveva detto che avrebbe dovuto sottoporsi a una terapia psicologica per affrontare quel che le era successo, e per quanto ne sapeva, lei non l'aveva fatto. Doveva chiederle spiegazioni. Solo che non aveva idea di come fare.

La porta cigolò quando Lena l'aprì ed entrò nella sala, le mani infilate nelle tasche. Portava dei pantaloni beige con una camicia blu scuro e aveva fermato i capelli castani che le arrivavano alle spalle dietro le orecchie. A trentatré anni, finalmente sembrava una donna. Era sempre stata attraente, ma negli ultimi due anni aveva sviluppato una femminilità che non sfuggiva alla squadra dei veterani.

Jeffrey distolse lo sguardo, imbarazzato dai propri pensieri. Dopo quello che le era capitato, gli sembrava sbagliato pensare a lei in quel modo.

«Signora Weaver?» disse la detective. Le tese la mano, e Jeffrey trasalì esattamente come Dottie Weaver quando vide il palmo aperto di Lena. La cicatrice al centro era una visione terrificante. Sara fu l'unica a non mostrare alcuna reazione.

Lena ritirò la mano e serrò il pugno lungo un fianco. «Sono la detective Lena Adams. Non so come esprimerle il mio cordoglio per il suo lutto.»

«Grazie» riuscì a rispondere Dottie, il cui marcato accento del Midwest era in netto contrasto con la pronuncia morbida di Lena.

Lena si sedette di fronte a Sara. Giunse le mani di fronte a sé, attirando di nuovo l'attenzione sulle cicatrici. Jeffrey si aspettava quasi di vederla togliersi le scarpe e appoggiare i piedi sul tavolo.

«Mi spiace...» cominciò Dottie, poi si fermò. «Voglio dire, per quello che le è successo.»

Lena fece un cenno d'assenso, chinando la testa come se avesse bisogno di un attimo per tornare in sé. Uno dei primi trucchi che Jeffrey le aveva insegnato, riguardo agli interrogatori, era che il silenzio è il migliore amico di un poliziotto. Alla gente normale non piace, e in genere tutti cercano di riempirlo in qualche modo, quasi sempre senza rendersene conto.

«Sua sorella, poi, era una persona adorabile» riprese Dottie. «L'avevo conosciuta alla fiera della scienza. Jenny adorava la scienza. Era...»

Lena fece un respiro profondo, sollevando e abbassando il petto, ma non ebbe altre reazioni. «Sibyl era un'insegnante» disse. «Le piaceva lavorare con i ragazzi.»

Nella stanza scese di nuovo il silenzio, e Jeffrey si ritrovò a fissare Sara. Alcune ciocche dei suoi capelli scuri si erano liberate dalla coda di cavallo e le si erano incollate al collo. Gli occhiali non erano più storti sul suo naso, bensì sulla testa. Osservava Lena come avrebbe potuto fare con un serpente, cercando di decidere se fosse velenoso o meno.

«Dobbiamo metterci in contatto con suo marito, signora Weaver?» chiese la detective.

«Dottie» fece lei. «L'ho già informato.»

«Verrà per il funerale?»

La donna tacque e giocherellò con un braccialetto d'argento sottile che aveva al polso. Quando parlò, si rivolse a Sara. «Lei l'ha aperta, non è vero?»

Sara aprì la bocca per rispondere, ma Lena fu più veloce.

«Sì, signora» disse. «La dottoressa Linton ha eseguito l'autopsia. Ho assistito anch'io alla procedura. Abbiamo fatto tutto ciò che potevamo per rendere giustizia a Jenny.»

Dottie guardò prima Lena, poi Sara, poi di nuovo la detective. All'improvviso si piegò sul tavolo, le spalle curve, come se le avessero dato un pugno in pancia. «Era la mia unica figlia» singhiozzò. «Era la mia bambina.»

Sara allungò una mano per toccare la schiena di quella donna disperata, ma Lena la fermò con uno sguardo, poi si chinò in avanti e prese la mano di Dottie. «So cosa si prova a perdere una persona cara. Davvero.»

Dottie le strinse la mano. «Lo so. Lo so bene.»

Jeffrey si accorse che aveva trattenuto il fiato, in attesa di quel momento. Lena aveva fatto breccia.

«Cos'è successo con il padre?» chiese la detective.

«Ah.» Dottie prese un fazzolettino dalla borsa. «Non andavamo d'accordo, sa com'è. Alla fine se n'è andato con la sua segretaria.» Si rivolse a Sara: «Sa come sono fatti gli uomini».

Il commissario provò una leggera irritazione, perché senza dubbio si stava riferendo alla sua scappatella. Ecco come andavano le cose nelle piccole città.

«Ma non l'ha mai sposata» concluse la donna. «La segretaria, intendo.» Le sue labbra s'incurvarono in un sorriso trionfante.

«La mia migliore amica del liceo ha dovuto affrontare una situazione simile» cominciò Lena, consolidando il ponte tra lei e Dottie Weaver. «Suo padre ha fatto la stessa cosa con loro. Un giorno è andato via e non è più tornato. Non l'hanno più rivisto.»

«Oh, no. Samuel non ha fatto così» lo difese Dottie. «Non all'inizio, almeno. Vedeva Jenny una volta al mese prima di trasferirsi a Spokane. È a Washington adesso.» Lena annuì e lei riprese: «Credo che l'abbia vista l'ultima volta più di un anno fa».

«Come ha reagito quando gli ha comunicato la notizia?»

«Ha pianto» disse lei, e le lacrime le solcarono le guance. Guardò Sara, forse perché lei aveva conosciuto Jenny. «Mia figlia era così dolce... Aveva un cuore tanto tenero.»

Sara annuì, ma Jeffrey era sicuro che il modo in cui Lena stava gestendo l'interrogatorio la mettesse a disagio. Si domandò cosa si aspettasse, dopo quanto aveva scoperto la sera prima sul corpo della ragazza.

Dottie si soffiò il naso, e quando parlò lo fece con maggiore enfasi. «È finita in quella compagnia... E poi quel ragazzo, Patterson.»

«Mark Patterson?» chiese Lena, riferendosi al giovane che Jenny aveva minacciato di uccidere.

«Sì, Mark.»

«Si frequentavano? Stavano insieme?»

Dottie si strinse nelle spalle. «Non glielo so dire. Uscivano in gruppo, e Jenny era amica di sua sorella, Lacey.»

«Lacey?» chiese Sara, poi parve rendersi conto di avere interrotto qualcosa e fece un cenno col capo a Dottie perché continuasse.

«Jenny e io eravamo molto unite da quando suo padre se n'era andato, eravamo più amiche che madre e figlia. Lei è stata la mia àncora, mi ha aiutato a superare quel disastro. Forse mi sono appoggiata troppo a lei. Forse avrei dovuto renderla più indipendente.» Fece un'altra pausa. «È solo che Mark sembrava così innocuo. D'estate veniva a tagliare l'erba del nostro prato. Faceva dei lavoretti in casa nostra per guadagnare qualche dollaro.» Rise, ma senza alcuna allegria. «Pensavo che fosse un bravo ragazzo. Pensavo di potermi fidare di lui.»

«Quando hanno cominciato a frequentarsi, sua figlia e Lacey?» chiese Lena.

«Direi circa un anno fa. Andavano in chiesa insieme. Credevo che fosse una buona cosa, ma questi ragazzi... non lo so. Pensi che una chiesa sia un posto sicuro per tua figlia, e poi...» Scosse il capo. «Non sapevo niente. Non sapevo nemmeno che fosse stata con un ragazzo, figuriamoci...»

Lena fece un cenno quasi impercettibile a Sara, e Jeffrey la vide farsi coraggio prima di darle la notizia.

«Dottie, ieri sera ho esaminato sua figlia.»

La donna serrò le labbra e aspettò che proseguisse.

«Jenny non era incinta» intervenne la detective. «Non era sua la bambina trovata nel bagno di Skatie's.»

Dottie fece scorrere uno sguardo stravolto da Sara a Lena. Sembrava completamente fuori di sé.

«Lena ha ragione» spiegò Sara. «Non era incinta, ma posso dirle che prima di sei mesi fa è stata sessualmente attiva.»

Dottie mosse le labbra, ma non riuscì a dire nulla. Alla fine sorrise, interpretando quelle parole come una buona notizia. «Quindi non è stata lei? Non ha fatto del male alla bambina?»

«Non abbiamo ancora certezze in merito» rispose Lena, poi tacque, guardandosi le mani, questa volta non per ottenere una reazione. Qualche istante dopo sollevò di nuovo lo sguardo verso Dottie e ricominciò a parlare, a voce bassa, concentrata su di lei, come se Sara non fosse più presente. «È solo una mia opinione, signora, ma da quanto ho saputo a proposito di sua figlia non vedo come avrebbe potuto fare ciò di cui è accusata.»

Le spalle della donna si rilassarono per il sollievo. Riprese a piangere e si avvicinò un fazzoletto al naso. «Era così dolce» disse. «Non avrebbe mai potuto fare una cosa del genere.» Si voltò verso Sara, in cerca di una conferma. «Era una così brava ragazza.»

Sara annuì, ancora con un sorriso incerto.

«Diceva che sarebbe voluta diventare un dottore» le disse Dottie. «Che voleva aiutare i bambini, proprio come lei.»

Sara fece un sorriso tirato, e Jeffrey lesse il senso di colpa nei suoi occhi.

All'improvviso, Lena interruppe quel flusso di pensieri. «Il gruppo che frequentava Jenny... C'erano anche i figli dei Patterson?»

«Sì, Mark e Lacey.»

«Andava anche in chiesa con loro?»

«Ci è andata fino a otto mesi fa, più o meno» rispose lei. «Poi ha smesso, non so perché. Jenny ha detto solo che non voleva più andarci.»

«Quindi sarebbe successo a gennaio?»

«Penso di sì.»

«Subito dopo Natale?»

Dottie annuì. «Più o meno.»

«In quel periodo è successo qualcosa? Magari una lite? Ricorda se Jenny era arrabbiata con qualcuno? Poteva aver litigato con Mark Patterson?»

«No» fece la donna, decisa. «In realtà era andata a un ritiro giovanile organizzato dalla chiesa la settimana dopo Natale. Sono andati a sciare a Gatlinburg. Non volevo che si assentasse da casa durante le vacanze, ma lei non vedeva l'ora di partire e aveva preso dei buoni voti a scuola, così...»

«Così è partita per una settimana?»

«Sì, una settimana, ma poi io sono dovuta andare da mia sorella in Ohio perché non stava bene.» Dottie tese le labbra. «A Eunice, mia sorella, era stato diagnosticato un enfisema un paio di mesi prima. Adesso sta meglio, ma è stato un periodo davvero difficile.»

«Quindi Jenny è rimasta a casa da sola?»

«Oh, no. Certo che no» fece lei, scuotendo il capo. «È stata dai Patterson per tre o quattro giorni, poi sono tornata.»

«Era normale per Jenny dormire dai Patterson?»

«Sì, in quel periodo sì» spiegò Dottie. «Tutti i fine settimana Lacey veniva a dormire da noi oppure Jenny andava dai Patterson.»

«Conosce bene i Patterson?»

«Teddy e Grace? Sì, frequentano la chiesa. Non vado matta per Teddy» aggiunse abbassando un po' la voce. «Diciamo che si capisce da chi Mark ha preso certe cose.»

«In che senso?»

«È un po'...» cominciò la donna, poi scosse le spalle. «Non so. Se mai dovesse incontrarlo, capirà cosa intendo.»

«Allora» riassunse Lena. «A Natale Jenny è andata in ritiro con la chiesa, poi è stata qualche giorno dai Patterson, dopodiché ha smesso di frequentare la chiesa e di parlare con i Patterson?»

«Be'...» Dottie parve ripercorrere gli eventi nella sua mente. «Sì, direi di sì. Cioè, adesso mi sembra che sia andata così. Allora, quando è successo, non ci avevo visto un collegamento.»

«Ha mai sospettato che sua figlia facesse uso di droghe?»

«Oh, no, era contrarissima» spiegò lei. «Evitava perfino le bevande contenenti caffeina e di recente aveva smesso anche di assumere zuccheri.»

«Per via del peso?»

«Per la sua salute, o così diceva. Voleva rendere puro il suo corpo.»

«*Puro*» ripeté Lena. «Crede che la chiesa c'entrasse qualcosa?»

«Ormai aveva smesso di andarci» le ricordò Dottie. «Non so perché. Un giorno stavamo tornando da scuola e mi ha detto soltanto: "Non voglio più mangiare niente che contenga zucchero. Voglio che il mio corpo sia puro".»

«Non le è sembrato un po' strano?»

«In quel momento no. Cioè, forse un pochino, ma negli ultimi tempi Jenny si comportava in modo diverso. Non faceva niente di eccessivo, aveva soltanto smesso di bere Coca-Cola quando tornava a casa da scuola e si concentrava di più sullo studio. Era come se si stesse sforzando di essere migliore. Era tornata a essere più simile a come era un tempo.»

«Un tempo, cioè prima di cominciare a frequentare i figli dei Patterson?»

«Sì, in effetti si potrebbe dire così.» Dottie serrò le labbra. «Era strano, perché Lacey era una cheerleader, molto popolare, e dal primo giorno di scuola non aveva fatto altro che torturare Jenny.»

«In che modo la torturava?» chiese Sara.

«Era crudele, tutto qui» rispose lei. «La prendeva in giro per il peso. E succedeva quando era solo un po' rotonda, non in sovrappeso come negli ultimi tempi.»

«Pensa che Lacey o Mark possano averla picchiata?»

Dottie parve sorpresa. «Santo cielo, no. Avrei chiamato la polizia.» Si tamponò gli occhi con il fazzoletto. «La prendevano solo in giro. Niente di fisico. Come ho detto, dopo sono diventati amici.»

«Come mai c'è stato questo cambiamento?» chiese Lena.

«Di preciso non saprei, forse è successo quando sono passati dalle medie alle superiori: è un grosso salto. Credo che Lacey non fosse riuscita a entrare nella squadra delle cheerleader, quindi è diventata meno importante. Sa come sono fatti i ragazzi, vogliono provare un senso di appartenenza. Anzi, ora che ci penso, la storia dello zucchero potrebbe essere stata un'idea di Lacey.»

«Di Lacey?» chiese Lena.

«Eh, sì. Era sempre lei a dettare legge. Sceglieva i vestiti che dovevano indossare a scuola, dove andare nel weekend. Passavano ore al telefono a parlarne.»

Lena sorrise. «Mia sorella e io facevamo lo stesso. Crede che in qualche modo c'entri la religione?»

«Che cosa?» fece Dottie, colta alla sprovvista.

«Lo zucchero, la caffeina... sembra una scelta religiosa.»

«Non penserà...?» Dottie si interruppe. «No, non credo c'entri la religione. Jenny era molto contenta di andare in chiesa. Secondo me è stata colpa dei fratelli Patterson. Mark ha avuto una condanna per furto, se non sbaglio.» Scosse la testa lentamente. «Non sapevo cosa fare. Forse avrei dovuto dirle di non frequentarlo. Solo che così le avrei fatto venire ancora più voglia di vederlo.»

«Con le ragazzine funziona così, di solito» concordò Lena. «Lei frequenta ancora la chiesa, vero?»

«Oh, certo» rispose Dottie annuendo. «Per me è una grande consolazione.»

«Ha già organizzato il funerale? Immagino che si svolgerà lì.»

Dottie sospirò. «Non so. È che...» Si fermò per soffiarsi il naso. «Credo che il pastore Fine le piacesse. È passato a casa nostra per parlare con lei, e anche Brad Stephens. È lui che segue il gruppo degli adolescenti, in chiesa.»

«Sul serio?» chiese Lena.

«Sì, certo, Brad è molto attivo nella comunità.»

«Il pastore Fine è venuto dopo che Jenny ha smesso di frequentare la chiesa?»

«Sì» annuì, e parve felice di riuscire a ricordare qualcosa che poteva essere importante. «È passato dopo che lei è mancata per un paio di domeniche di fila.»

«Ha sentito cosa si sono detti?»

«No. Erano in salotto e ho preferito lasciarli soli...» All'improvviso le venne in mente qualcos'altro. «Lui ha telefonato una settimana dopo, ma Jenny mi ha pregato di dirgli che non era in casa. Doveva essere un sabato, perché ero a casa dal lavoro. E ricordo che ha ricevuto un altro paio di telefonate, quel giorno, ma non ha risposto nemmeno a quelle.»

«Era strano?»

«In quel periodo no» disse Dottie. «Sarà stato più o meno febbraio. Ricordo di essere stata sollevata al pensiero che Jenny non volesse più parlare con Mark.»

«Aveva litigato con lui?»

Dottie scrollò le spalle. «So solo che lo detestava. È passata dal trascorrere quasi tutto il tempo con lui all'odiarlo nella maniera più assoluta.»

«Odiarlo come una ragazza odia un ragazzo che non la invita a uscire?»

Dottie si appoggiò allo schienale, fissando Lena con grande serietà. Per la prima volta sembrò rendersi conto che quell'interrogatorio aveva il fine di stabilire il grado di colpevolezza di Jenny, e non di dichiararla innocente.

Lena ripeté la domanda. «Odiava Mark perché lui non voleva più frequentarla?»

«No» sbottò Dottie, col suo accento marcato. «Certo che no.»

«Ne è sicura?»

«In quel periodo è stato arrestato» spiegò la donna, soddisfatta di poter affibbiare a Mark il ruolo del criminale. «Per aggressione. Aveva picchiato sua sorella.»

Jeffrey si diede dell'idiota per non aver controllato prima. Prese il telefono della sala d'osservazione e chiamò Marla.

«Sì?» fece la segretaria.

«Tirami fuori un fascicolo» disse a voce bassa. «Mark Patterson.»

«Il ragazzo di ieri sera?»

«Sì.»

«Arriva» rispose lei, e attaccò.

Quando il commissario tornò a guardare la sala, l'atmosfera era cambiata drasticamente. Dottie aveva la mascella serrata, in preda alla collera.

«Vuole qualcosa da bere?» le domandò Lena.

«No, grazie.»

«Sapeva che sua figlia si è fratturata un braccio, l'anno scorso?»

Dottie parve sorpresa. Chiese a Sara: «È venuta a farsi visitare senza di me?».

«No» rispose lei senza aggiungere altro. Sembrava furiosa, ma non con la donna.

Lena insisté: «Sua figlia era interessata alla cultura africana o mediorientale?».

Lei scosse la testa senza capire. «Direi proprio di no. Perché me lo chiede? Che cosa c'entra?»

«Dottie, vuole fare una pausa?» intervenne Sara.

Lena si mosse sulla sedia e continuò con le domande.

«Sua figlia aveva anche una frattura da stress al pube, signora Weaver. Lo sapeva?»

Ancora una volta, Dottie mosse la bocca ma non rispose.

«È probabile che sia stata violentata» disse Lena. Fece una pausa, poi senza alcuna emozione aggiunse: «Brutalmente».

«Non...» La donna si rivolse a Sara, poi guardò di nuovo Lena. «Non capisco.»

«Che cosa sa delle ferite che aveva su braccia e gambe?» insisté la detective. «Che cosa è successo? Perché sua figlia si faceva dei tagli?»

«Si faceva dei tagli?» esclamò Dottie. «Di cosa sta parlando?»

«Aveva ferite su tutto il corpo. Autoinferte, a giudicare dal loro aspetto. Può spiegarmi com'è possibile che lei non lo sapesse?»

«Era molto riservata» ribatté lei. «Si copriva con i vestiti. Non ho mai...»

Lena la interruppe. «Sa che è stata sottoposta a un intervento chirurgico negli ultimi sei mesi?»

«Un intervento?» ripeté Dottie. «Ma di cosa sta parlando?»

«Non un intervento vero e proprio» si intromise Sara, posandole una mano su un braccio. «Dottie, quando ho esaminato Jenny...»

Lena aprì la cartellina del caso e gettò una foto sul tavolo, poi un'altra. Dalla sua posizione, Jeffrey non poteva vederle, ma dall'espressione della madre capì che cosa avesse sotto gli occhi.

«Oh, Dio mio, la mia bambina.» La donna, disperata, si portò una mano alla bocca.

«Lena» l'ammonì Sara, mettendo una mano sulle immagini. Cercò di tirarle via, ma Dottie la fermò. Lottarono per qualche istante con una foto, poi Sara la lasciò, con riluttanza.

«C-che cos'è?» balbettò la donna. L'avvicinò al viso con le mani che le tremavano.

Lena si appoggiò all'indietro sulla sedia con aria soddisfatta e incrociò le braccia sul petto. Si voltò addirittura verso lo specchio dietro al quale c'era Jeffrey, inarcando le sopracciglia con aria trionfale.

«La dia a me» disse Sara a Dottie, accarezzandole la schiena e cercando di toglierle la foto.

«Oddio, oddio...» mormorava lei, singhiozzando senza controllo. «La mia bambina... Chi ha fatto una cosa del genere alla mia bambina?»

Sara fulminò Lena con lo sguardo, e il commissario avvertì la collera che emanava. La detective scrollò le spalle, come a dire: *Che ti aspettavi?*

«Oddio, oddio» mormorò ancora Dottie, poi, all'improvviso, tacque. Il suo corpo si rilassò e Sara accompagnò la sua caduta mentre crollava a terra priva di sensi.

Jeffrey stava parlando con Lena nel corridoio davanti alla sala riunioni.

«Dobbiamo andare a prendere subito Mark Patterson» le disse. «Sara può fare il resoconto dell'autopsia da sola.»

Lena si voltò a guardare la porta sul retro. Sara aveva scortato Dottie alla sua auto per assicurarsi che si sentisse bene, ma prima aveva scoccato un'occhiata di fuoco a Lena per avvisarla che sarebbe tornata.

«Marla sta cercando l'indirizzo» disse Jeffrey. «Potrebbe essere più coinvolto di quel che pensiamo in questa storia. Speriamo di trovare in casa anche sua sorella.»

Lena annuì, a braccia conserte. «Vuoi che io mi occupi della sorella mentre tu pensi a Mark?»

«Vediamo come va» rispose lui. «Voglio sentire anche il pastore.»

Una luce guizzò negli occhi di Lena. «È della mia chiesa. Cioè, non è la *mia* chiesa, è quella dove va Hank. A volte lo accompagno.» Scrollò le spalle. «Così, per avere qualcosa da fare. Non sono una religiosa.»

«Già» fece il commissario, sorpreso da quell'informazione. Lena non era mai stata troppo loquace, dopo il rapimento. Pensò che forse il coinvolgimento nel caso le stava facendo bene, e se ne rallegrò.

«Richiamerò Brad dal servizio in pattuglia» riprese il commissario. «Voglio parlare con lui il prima possibile e sapere cosa pensa di Fine.»

«Credi che sia stato il pastore a fare quella cosa a Jenny?»

Jeffrey si infilò le mani in tasca. Non riusciva nemmeno a immaginare che qualcuno potesse fare del male a una ragazzina, ma era evidente che qualcuno l'aveva fatto. «Dobbiamo scoprire se Fine era a quel ritiro natalizio.»

«Forse potrei...» Lena si interruppe quando la porta di servizio si aprì con un tonfo.

Jeffrey si voltò appena in tempo per vedere Sara che la chiudeva. Dal modo in cui avanzava nel corridoio capì che era fuori di sé dalla collera.

Quando fu a circa tre metri da loro, sbottò: «Che ti è saltato in mente, là dentro? Come hai potuto trattarla così?».

Lena lasciò andare le braccia lungo i fianchi e Jeffrey la vide stringere i pugni mentre Sara si avvicinava ancora.

La detective si spostò, mettendosi con la schiena contro il muro. «Ho fatto il mio lavoro» rispose con voce salda.

«Il tuo lavoro?» ribatté Sara, incombendo su di lei. Era

più alta di una quindicina di centimetri, e li stava sfruttando tutti. «Era il tuo lavoro torturare una donna che ha appena perso la figlia? Era il tuo lavoro farle vedere quelle foto?» Pronunciò l'ultima parola con la voce rotta. «Come hai potuto trattarla così, Lena? Come hai potuto far sì che quelle immagini siano l'ultimo ricordo che avrà di sua figlia?»

«Sara...» disse Jeffrey, ma proprio in quel momento lei si chinò e sussurrò qualcosa all'orecchio a Lena. Lui non sentì cosa le aveva detto, ma la reazione della detective fu immediata. Incurvò le spalle, come un gattino preso per la collottola.

Anche Sara lo notò, e Jeffrey le lesse in faccia il senso di colpa. Si coprì la bocca con una mano, come se potesse ricacciare indietro le parole.

«Scusami» disse a Lena. «Mi dispiace tanto.»

Lei si schiarì la voce, lo sguardo puntato sul pavimento. «Non fa niente» rispose, anche se era evidente che non era così.

Sara dovette accorgersi di essere ancora incollata alla detective, perché fece un passo indietro. «Scusami, Lena» ripeté. «Non avevo il diritto di parlarti così.»

Lei sollevò una mano per farla tacere, inspirò senza buttare fuori l'aria, e disse soltanto: «Ti aspetto in macchina».

Jeffrey si rese conto che aveva parlato con lui e rispose: «Okay, bene». Cercò le chiavi e gliele porse, ma Lena non le prese. Distese la mano, il palmo in su, e aspettò che lui ce le posasse.

«Okay» fece la detective, le chiavi strette nel pugno. Non guardò più né Jeffrey né Sara. Fissò il pavimento anche mentre si allontanava lungo il corridoio. Sembrava fiacca, come se fosse stata sconfitta. Qualsiasi cosa le avesse detto Sara, l'aveva ferita nel profondo.

Jeffrey si rivolse a Sara senza capire cosa fosse successo, o perché. «Che diavolo le hai detto?»

Lei scosse la testa e si portò una mano sugli occhi. «Oh, Jeff» rispose, continuando a fare segno di no con la testa. «La cosa sbagliata. La peggiore del mondo.»

7

Lena era seduta nella Lincoln Town Car di Jeffrey, tesa come una corda di violino. Respirava a fatica e le girava la testa, come se stesse per svenire. Sudava, e non solo perché era intrappolata in un'auto rovente. Tutto il suo corpo andava a fuoco, come se avesse toccato un cavo elettrico scoperto.

«Stronza» ansimò, pensando a Sara Linton. «Stupida stronza» ripeté, come se insultandola potesse cancellare le parole che le risuonavano ancora nella mente.

Adesso sai cosa si prova a fare del male a qualcuno.

Fare del male, aveva detto, ma Lena sapeva cosa intendeva: *Ora sai com'è violentare qualcuno.*

«Vaffanculo!» gridò con quanto fiato aveva in corpo. Colpì il cruscotto, maledicendo Sara Linton e il suo stupido lavoro.

Nella sala interrogatori, mentre torchiava Dottie Weaver, si era sentita di nuovo un essere umano per la prima volta dopo un tempo infinito, e Sara aveva distrutto tutto con una sola frase.

«Vaffanculo!» urlò ancora, la voce resa roca dallo sforzo. Le veniva da piangere, ma non aveva più lacrime: le restava solo una rabbia cocente. Ogni muscolo del suo corpo era teso fino allo spasmo, sentiva che avrebbe potuto sollevare la macchina e rovesciarla, se avesse voluto.

«Basta, basta» disse a se stessa cercando di calmarsi. Doveva calmarsi prima che arrivasse Jeffrey, altrimenti l'avrebbe detto a Sara – ci andava a letto, santo cielo – e lei non voleva che Sara Linton sapesse di averla colpita così nel profondo.

Scoppiò a ridere pensando alle deboli scuse di Sara. Come se potesse cambiare qualcosa. Aveva detto esattamente quel che pensava, e l'unico motivo per cui le aveva chiesto scusa era che si sentiva in colpa per aver dato voce ai suoi pensieri. Non era solo una stronza, ma anche una vigliacca.

Fece un altro respiro profondo, cercando di tornare in sé. «Va tutto bene» mormorò. «Non ha importanza. Niente ha importanza.»

Un paio di minuti dopo, si sentì meglio. Il cuore le batteva a un ritmo più regolare e lo stomaco era meno serrato. Continuò a ricordare a se stessa che era forte, che aveva affrontato di peggio ed era sopravvissuta. Ciò che pensava Sara Linton non aveva alcun valore nel quadro generale degli eventi. L'unica cosa importante era che Lena potesse fare il suo lavoro. E *aveva fatto* il suo lavoro. Con quell'interrogatorio aveva ottenuto delle piste concrete da seguire, cosa che non sarebbe successa se l'avesse condotto Sara Linton.

Lena controllò l'orologio. Non si era accorta di quanto fosse tardi. Di sicuro Hank si stava chiedendo che fine avesse fatto. Ormai non avrebbe più fatto in tempo ad andare in chiesa con lui.

L'auto di Jeffrey aveva un cellulare montato sul cruscotto e lei si protese per accendere il quadro elettrico in modo da poterlo usare. Azionò l'aria condizionata e abbassò il finestrino di uno spiraglio per far uscire un po' di calore dalla macchina. Il telefono ci mise un po' a funzionare e lei diede uno sguardo alla stazione di polizia, questa volta per controllare che Jeffrey non stesse arrivando.

Hank rispose al primo squillo. «Pronto?»

«Sono io» disse lei. Lui non parlò, e Lena si rese conto che la sua voce doveva suonare strana. Era ancora roca e nervosa per via dello scontro con Sara. Per fortuna Hank non le chiese spiegazioni.

«Non ce la faccio a venire in chiesa» disse.

«Ah, no?» fece lui, ma non insisté.

«Devo fare un interrogatorio con Jeffrey» spiegò, anche se non glielo doveva. «Ci vorrà un po', credo. Vai pure senza di me» disse a voce bassa, come se stesse pensando a come sarebbe stato tornare a casa e stare da sola.

«Lee?» fece Hank, che doveva aver avvertito il suo timore. «Posso restare qui, se vuoi. Finché non rientri, sai.»

«Non dire sciocchezze» rispose lei, sapendo di non essere affatto convincente. «Non ho tre anni.»

«Puoi sempre raggiungerci dopo, comunque» riprese Hank, esitante. «Cioè, per ascoltare il concerto del coro.»

Lena provò un senso di smarrimento pensando al concerto. Hank sarebbe tornato a casa col buio, e dentro casa sarebbe stato ancora più buio, non importava quante luci avesse acceso.

«In ogni caso devo alzarmi presto per andare a controllare il bar, domattina» disse lui. «Potrei tornare subito dopo la messa.»

«Hank» disse Lena, cercando di non fargli capire che il cuore stava per esploderle nel petto. «Senti, va' a quel cazzo di concerto, okay? Non serve che tu mi faccia da babysitter tutto il tempo. Insomma, porca puttana.»

La porta sul retro mandò un riflesso quando Jeffrey uscì dall'edificio. C'era Marla Simms dietro di lui, che gli porgeva una cartellina.

«Sei sicura?» chiese Hank.

«Sì» disse senza riflettere. «Adesso devo andare. Ci vediamo quando torni.»

Attaccò senza dargli il tempo di rispondere.

«Santo cielo» disse Jeffrey appena aprì lo sportello. «L'aria è accesa?» chiese lanciandole la cartellina che gli aveva dato Marla.

«Sì» borbottò lei, muovendosi sul sedile, a disagio. Si era allontanata da lui d'istinto, spostandosi più vicino che poteva allo sportello. Jeffrey non fece alcun commento.

Il commissario gettò la giacca sul sedile posteriore. «Ho ricevuto una telefonata» disse con aria preoccupata. «Mia madre ha avuto un incidente. Devo andare in Alabama stasera stessa.»

«Adesso?» chiese Lena, già con una mano sulla maniglia, pensando che avrebbe potuto richiamare Hank e dirgli di aspettarla.

«No» rispose lui, guardando la mano della detective con aria irritata. «Stasera.»

«Okay» fece Lena senza spostare le dita, come se avesse deciso di appoggiarle lì e basta.

«Sarà una gran rottura di coglioni dovermene andare nel bel mezzo di questa storia. Ma forse Mark Patterson ci aiuterà a capire qualcosa.»

«Che vuoi dire? Che forse era solo un bisticcio tra innamorati?»

«Forse può dirci chi erano le altre ragazze, chi è la madre.»

Lena annuì, ma non pensava che fosse probabile.

«Ho sentito Brad. Fine non era al ritiro sulla neve.» Jeffrey si fece scuro in volto. «Lo richiamerò dopo aver parlato con Patterson per vedere se riesco a fargli venire in mente qualcos'altro.» Fece una breve pausa. «Sono sicuro che se fosse successo qualcosa di strano me l'avrebbe detto.»

«Sì» concordò lei. Brad sarebbe stato capace di denunciare sua madre, se questa avesse attraversato la strada fuori dalle strisce.

«Domani mattina voglio che tu e Brad andiate subito a parlare con gli insegnanti di Jenny Weaver per farvi dire che genere di alunna fosse, e magari per scoprire se c'era qualcuno che frequentava. Parlate anche con le ragazze che sono state al ritiro con Jenny e Lacey. Andranno tutte alla stessa scuola, immagino.»

«Okay.»

«Non posso evitare di andare in Alabama, altrimenti ci avrei pensato io.»

«Certo» fece lei, chiedendosi perché continuasse a scusarsi. In fondo era lui il capo. E poi Jeffrey non poteva fare granché su quel caso, al momento. A meno che Mark non accusasse direttamente qualcuno, non avevano quasi nulla in mano.

Il commissario riprese: «Voglio che interroghi Fine il prima possibile». Guardò l'orologio. «Domattina. Vacci con Frank, non con Brad.»

«Okay» ripeté lei.

«Hai detto che lo conosci, il pastore» continuò Jeffrey, innestando la retromarcia. «Secondo te c'entra qualcosa?»

«Se c'entra qualcosa?» ripeté lei, sorpresa. «No. È una brava persona. Sono io che non ci vado troppo d'accordo, tutto qui.»

Jeffrey la guardò, come a dire che non andava d'accordo con nessuno.

«A dire il vero ho una specie di appuntamento con lui domani sera» aggiunse la detective.

«Un appuntamento?»

Lena guardò verso il cruscotto. «Per quello che mi hai detto tu... Quello che volevi che facessi» cercò di spiegare, ma il commissario non capiva. «Parlare con qualcuno» aggiunse.

«Ah. Be', forse allora non dovresti essere tu a...»

«No» lo interruppe. «Voglio farlo.» Cercò di sorridere, ma non riuscì a essere convincente. «Lo coglierò di sorpresa, no? Penserà che io sia lì per una consulenza e un po' di conforto, e invece gli farò domande su Jenny e i Patterson.»

Jeffrey portò l'auto fuori dal parcheggio, scuro in volto. «Non sono sicuro di essere d'accordo.»

«Dici sempre che il momento migliore per interrogare qualcuno è quando non se l'aspetta» gli ricordò Lena, cercando di non usare un tono di voce disperato. «E poi ha organizzato tutto Hank. Io non ho nessuna voglia di parlargli di...» Cercò la parola giusta, ma non la trovò. «Non voglio parlare con lui, okay? Non mi ispira fiducia.»

«Perché?»

«È così e basta. Mi dà questa sensazione» disse.

«Però non credi che possa c'entrare qualcosa.»

Lei scrollò le spalle, cercando un modo per cavarsi d'impaccio. Come faceva a spiegare a Jeffrey che il motivo principale per cui non le piaceva Dave Fine era il fatto che era un pastore? Jeffrey si dimostrava stupido quanto Hank, sull'argomento. Lena non riusciva a capacitarsi di come non riuscissero a collegare il fatto che era stata aggredita da un fanatico religioso con la sua riluttanza a parlare con un prete.

«Non lo so, forse ne sarebbe capace» mentì.

Jeffrey cambiò atteggiamento. «Mmm... Okay. Ma vacci con Frank.»

«Certo.»

«Non sarà un interrogatorio. Stiamo solo cercando di scoprire se sa qualcosa. Non andare lì a farlo incazzare senza motivo.»

«Okay, okay.»

«E prendi un altro appuntamento» aggiunse. «Con qualcun altro.» Fece una pausa. «Era una condizione necessaria, Lena. L'unico motivo per cui ti ho permesso di rientrare così presto è perché hai giurato che avresti parlato con qualcuno di quello che ti è successo.»

«Sì» annuì lei. «Fisserò al più presto un incontro con un'altra persona.»

Lui la fissò, come se osservandola fosse in grado di capire cosa le passava per la testa.

Lena cercò di cambiare argomento con disinvoltura. «Tua madre invece? Sta bene?»

«Sì» rispose. «E tu? Tu stai bene?»

«Sì, tutto a posto» tagliò corto lei.

«Quel diverbio con Sara...»

«È tutto a posto» ribadì in un tono che avrebbe messo a tacere Hank in due secondi. Ma Jeffrey non era Hank Norton, e insisté: «Sicura?».

«Sì.» E per dimostrarglielo, chiese: «Durante l'interrogatorio, quando la madre ha nominato Lacey Patterson, la dottoressa Linton mi è sembrata sorpresa. Perché?».

«Era una paziente di Sara» spiegò lui. Poi, quasi tra sé, aggiunse: «Sai com'è Sara con i bambini».

Lena non lo sapeva, e decise di concentrarsi sul fascicolo senza rispondergli. C'era il nome di Mark Patterson sulla targhetta, e la detective l'aprì per vedere che cosa avesse combinato. Sul primo foglio c'erano i dati personali, incluso l'indirizzo. «Vivono a Morningside?» chiese. Era uno dei quartieri più malfamati di Madison.

«Credo sia in quel parcheggio per roulotte. Quello con il tendone verde sopra il cartello.»

«Il Kudzu Arms» disse Lena. Lei e Brad erano stati chiamati lì diverse volte, negli ultimi mesi. Più il clima era afoso, più gli animi si scaldavano.

«Comunque» fece Jeffrey passando oltre, «che dice il suo fascicolo?»

Lena sfogliò le pagine. «Due furti con scasso quando aveva dieci anni, entrambi al Kudzu Arms. Non molto tempo fa ha picchiato sua sorella, riducendola piuttosto male. Suo padre ci ha chiamato, siamo arrivati e non hanno voluto sporgere denuncia.» Smise di leggere e spiegò: «Quando dico *siamo*, mi riferisco a Deacon e Percy.» Erano due poliziotti di ronda. «Se ne sono occupati loro, non Brad e io.»

Jeffrey si grattò il mento, con l'aria di pensarci su. «Non ricordavo nemmeno che fosse successo.»

«È stato subito dopo il Ringraziamento. Poi, sotto Natale, Deacon e Percy sono stati chiamati di nuovo. Era sempre il padre, e ha chiesto espressamente di loro.» Scorse il verbale redatto da Deacon. «Stavolta la denuncia c'è stata e l'hanno tenuto al fresco un paio di giorni. Mark ha dovuto seguire dei corsi per la gestione della rabbia per non restare dentro.» Scoppiò a ridere. «Il suo avvocato era Buddy Conford.»

«Buddy non è poi così male» disse Jeffrey.

Lena chiuse il fascicolo e gli scoccò un'occhiata incredula. «È un mercenario. Rimette in strada drogati e assassini.»

«Fa il suo lavoro, come tutti noi.»

«No: lui manda a puttane il nostro lavoro» insisté lei.

Jeffrey scosse il capo. «Verrà a parlare con te del caso Weaver» le disse. «Per la sparatoria.»

Lena rise ancora. «L'ha incaricato Dottie Weaver?»

«È stato il consiglio municipale. Credo sia una specie di favore che fa al sindaco.» Scrollò le spalle. «In ogni caso, sii collaborativa. Digli cos'è successo.»

«Era un colpo sicuro» rispose Lena, perché se c'era qualcosa di certo nella sua vita in quel momento era che Jeffrey aveva fatto l'unica scelta possibile. «Brad dirà lo stesso.»

Il commissario tacque e parve aver abbandonato l'argomento, ma qualche minuto dopo accostò al lato della strada. Lena provò una sensazione di déjà vu, ed ebbe uno spasmo allo stomaco ripensando a quella mattina, quando era in macchina con Hank e si era vergognata di se stessa. Non era possibile che le ricapitasse con Jeffrey. Quando era con lui poteva essere più forte perché il commissario non la vedeva con gli stessi occhi di Hank. Suo zio la considerava ancora una ragazzina, perché non avrebbe saputo immaginarla diversamente.

Lena aspettò che Jeffrey spegnesse il motore e si voltasse verso di lei. Sentì rizzarsi i peli sulla nuca e pensò di essere nei guai.

«Che resti tra noi...» cominciò lui, poi si fermò. Guardò Lena dritto negli occhi e ripeté: «Che resti tra noi».

«Okay» disse lei, ma il tono serio nella voce del commissario non le piaceva affatto. Sentì lo stomaco sprofondare, pensando che stesse per dire qualcosa a proposito di Sara.

Tuttavia Jeffrey la sorprese. «Lo sparo.»

Lena annuì per farlo andare avanti.

«Con Jenny Weaver» aggiunse, come se dovesse restringere il campo. Era sconvolto, e Lena ne era consapevole. Per la prima volta capì cosa significasse leggere qualcuno come un libro aperto. Vide nei suoi occhi un dolore che non avrebbe mai pensato di scorgere in Jeffrey Tolliver.

«Dimmi la verità» riprese, in tono quasi implorante. «Tu eri presente, hai visto cos'è successo.»

«Sì» mormorò, avvertendo in lui un'urgenza che la fece sussultare.

«Dimmela» ripeté. Lena percepì la sua supplica come una scarica elettrica. Jeffrey Tolliver, che l'aveva vista nuda, inchiodata a un pavimento, livida e sanguinante, aveva bisogno di qualcosa da lei.

La detective rimase in silenzio per un po', prolungando quel momento, soprattutto per assaporare il senso di potere. «Sì» disse infine, anche se con scarsa convinzione.

Lui continuava a fissarla, e Lena scorse il dubbio nei suoi occhi. Per un attimo pensò che potesse perfino mettersi a piangere.

«Era un colpo pulito» ribadì. Il commissario mantenne lo sguardo puntato nel suo, come se potesse vedere dentro di lei. Lena era consapevole di non aver usato un tono convincente, e lui se ne era accorto. Sapeva anche di non aver specificato che si fidava del giudizio di Jeffrey. La sua risposta era stata volutamente ambigua. Non aveva idea del perché lo avesse fatto, ma l'esaltazione che ne ricavò durò a lungo, anche quando Jeffrey innestò di nuovo la marcia e si immise sulla strada.

Grant County era formata da tre città: Heartsdale, Madison e Avondale. Come quest'ultima, Madison era più povera di Heartsdale, e vi erano numerosi parcheggi per roulotte perché erano il genere di abitazione meno costoso. Tuttavia, questo non significava necessariamente che chi vi abitava fosse povero. Esistevano parcheggi migliori, con tanto di luoghi di ritrovo, piscine e sorveglianza, proprio come altri invece erano teatro di violenze domestiche e risse tra ubriachi. Il Kudzu Arms rientrava nella seconda categoria. Era quanto di più lontano da un quartiere potesse esistere senza però essere cancellato dalle mappe. Qua e là, lungo una strada sterrata, c'erano roulotte in vari stadi di decadenza. Alcuni abitanti avevano cercato di allestire dei giardini, ma senza successo. Anche senza la recente siccità che aveva imposto alla Georgia restrizioni sull'uso dell'acqua, il calore avrebbe comunque annientato quei fiori: era sufficiente a uccidere le persone, le piante non potevano avere scampo.

«Deprimente» sottolineò Jeffrey, tamburellando sul volante.

Lena non glielo aveva mai visto fare, e il senso di colpa la investì di nuovo, trascinandola via con sé. Avrebbe dovuto essere più chiara a proposito della sparatoria. Avrebbe dovuto guardarlo negli occhi e dirgli la verità: uccidere quella ragazzina era stata l'unica scelta possibile. Ma ormai non credeva di poter migliorare la situazione; non sarebbero bastate mille conferme a cancellare la reticenza che aveva mostrato la prima volta e l'effetto che aveva avuto su di lui. Che diavolo le era passato per la testa?

«Qual è l'indirizzo?» chiese Jeffrey.

Lena aprì la cartellina. «3-10» disse lei dando uno sguardo alle roulotte. «Quelle hanno tutte il 2.»

«Vero» concordò lui. Si guardò alle spalle, dall'altra parte della strada rispetto a dove si era fermato. «Eccola lì.»

Lena si voltò mentre lui ripartiva in retromarcia. Sul lato opposto c'era una grande casa mobile, forse un bilocale. Era diversa da quelle parcheggiate tutto intorno, perché era l'unica che assomigliasse davvero a una casa. Il giardino era abbastanza curato, e attorno alla parte inferiore dell'abitazione qualcuno aveva disposto dei blocchi di calcestruzzo dipinti di nero per far risaltare il bianco del prefabbricato. Davanti all'entrata c'era un ampio gazebo in legno a fare da portico. Di lato invece c'era un posto auto esterno e accanto un camion a gasolio.

«Il padre fa il camionista?» chiese Jeffrey.

Lena controllò sul fascicolo. «A lunga percorrenza» disse. «Probabilmente ha un mezzo suo.»

«E sembra anche che guadagni abbastanza bene.»

«Credo di sì, se può permettersi un camion» rispose Lena, senza smettere di studiare i documenti di Mark Patterson. «Ah, aspetta. Patterson è anche il proprietario del Kudzu. L'ha usato come garanzia per pagare la cauzione di Mark.»

Jeffrey parcheggiò di fronte alla casa mobile. «Di sicuro non se ne prende molta cura. Del parcheggio, intendo.»

«Direi di no» fece Lena, tornando a guardare dall'altra parte della strada. La residenza dei Patterson era in netto contrasto con la desolazione che aveva di fronte. Si domandò se questo potesse fornire in qualche modo informazioni sul padre, che teneva tanto a rendere presentabile la propria casa ma lasciava che i vicini vivessero in uno squallore simile. Non che fosse responsabilità della famiglia Patterson aiutare la quella gente, ma la detective si sarebbe aspettata che provasse almeno a scegliersi dei vicini migliori, soprattutto con due ragazzini in casa.

«Teddy» disse a Jeffrey. «Il padre si chiama così.»

«Marla ha tirato fuori il suo fascicolo, alla centrale» le rispose. «Ha un paio di condanne per aggressione, ma risalgono a circa dieci anni fa. Per una è stato anche dentro.»

«La mela non cade mai lontano dall'albero.»

Un omone uscì dal prefabbricato proprio mentre il commissario e Lena scendevano dalla macchina. La detective immaginò che fosse Teddy Patterson, ed ebbe un breve momento di panico perché era davvero una figura imponente. Era più alto di Jeffrey e doveva pesare almeno una quindicina di chili in più: sembrava in grado di sollevare entrambi con una mano e scagliarli dall'altra parte della strada.

Lena si infuriò con se stessa per essersi soffermata sulla stazza di quell'uomo. Un tempo era convinta di poter affrontare chiunque. Era una donna forte, muscolosa grazie agli allenamenti in palestra, ed era sempre stata in grado di fare tutto ciò che voleva. Ma aveva perso quella sicurezza, e la vista di Patterson le diede un leggero brivido, nonostante l'uomo non stesse facendo niente di più minaccioso che asciugarsi le mani su uno strofinaccio sudicio.

«Vi siete persi?» chiese Patterson. Aveva il tipico aspetto dell'avanzo di galera, con tanto di tatuaggi che gli solcavano le braccia come scarabocchi. Lena e Jeffrey si scambiarono un'occhiata che a lui non sfuggì.

«Il signor Patterson?» chiese il commissario, mostrandogli il distintivo. «Jeffrey Tolliver, polizia di Grant.»

«So chi è lei» ribatté l'uomo, infilandosi un lembo dello strofinaccio in tasca. Lena vide che era sporco di quello che sembrava olio da motore. Notò anche che Patterson non si era degnato di salutarla.

Lena aprì la bocca per parlare, per fargli sapere che c'era anche lei, ma non le uscì alcun suono. Il pensiero che quell'uomo potesse dirigere su di lei la propria ostilità la faceva sudare freddo.

«Lei è la detective Lena Adams» disse Jeffrey. Se si era

accorto del suo timore, il commissario non lo diede a vedere. «Siamo venuti a parlare con Mark di quanto è successo ieri sera.»

«D'accordo» fece Patterson, con la pronuncia trascinata tipica degli abitanti di Madison.

L'uomo voltò loro le spalle e si diresse verso casa. Si fermò sulla soglia per far passare Jeffrey, incombendo apposta su di lui, e Lena si accorse che era molto più alto di quel che le era sembrato all'inizio. Non poteva averne la certezza, ma le parve che si fosse scostato dallo stipite quando toccò a lei entrare, così camminò lateralmente per non essere costretta al contatto fisico; il sorrisetto che apparve sul volto di Teddy Patterson, tuttavia, le disse che l'uomo era comunque soddisfatto di averla intimorita. Lena detestava essere così trasparente.

«Sedetevi» li invitò Patterson, indicando il divano, ma nessuno dei due accettò. Aveva le braccia incrociate sul petto possente e Lena notò che la sua testa arrivava a meno di dieci centimetri dal soffitto basso. La stanza era grande, ma lui ingombrava l'ambiente con la sua presenza.

Lena si guardò intorno, cercando di comportarsi come una poliziotta invece che come una ragazzina terrorizzata. La casa era pulita e in ordine, di certo non come si sarebbe aspettata se avesse incontrato Teddy Patterson in un bar, lontano da lì. La stanza in cui si trovavano era di forma allungata, con la cucina sul fondo e un breve corridoio che conduceva a quello che immaginava fosse il resto dell'abitazione. C'erano un camino di medie dimensioni e un grande televisore. Nell'aria si sentiva profumo di fiori, che proveniva forse da uno di quei deodoranti per ambienti che si collegano alla corrente. Il soggiorno aveva un tocco femminile, con le pareti dipinte di rosa chiaro e il divano e le due poltrone dalla fodera azzurra con un decoro dello stesso punto di rosa dei muri. Sul divano c'era una trapunta, anch'essa intonata, e sul tavolinetto un vaso di fiori freschi circondato da riviste femminili. Alle pareti erano appese delle belle stampe incorniciate, e i mobili sembravano nuovi. Anche la moquette era stata appena pulita: Lena scorse le impronte lasciate da Patterson nei punti in cui era passato.

«Abbiamo bisogno di parlare con Mark di ieri sera» ripeté Jeffrey al padre mentre Lena continuava a esaminare la stanza. Quando vide un'immagine di Gesù appesa sopra il camino, si bloccò. Aveva le mani trafitte e sanguinanti aperte, nella classica posa *amichevole* del Redentore. Jeffrey parve notarlo nello stesso momento, perché quando Lena si costrinse a distogliere lo sguardo si accorse che lui la stava fissando. Il commissario inarcò le sopracciglia, come a chiederle se stesse bene, e la detective sentì, senza il bisogno di vederlo, che Patterson aveva colto il loro scambio. Era senz'altro al corrente di quel che le era successo – come tutti, del resto – e Lena poteva solo immaginare che genere di piacere perverso ricavasse quell'uomo nel ripercorrere nella sua mente i dettagli di quanto aveva subito. Il potere che ciò conferiva a Teddy Patterson su di lei era soffocante, ma la detective si sforzò di guardarlo dritto negli occhi. Lui sostenne il suo sguardo per un momento soltanto, poi lanciò un'occhiata alle sue mani. Lena sapeva benissimo cosa stesse cercando, e stava lottando con il bisogno di infilarsele in tasca quando una donna minuta dall'aria malata arrivò dal corridoio e chiese: «Teddy, hai preso tu le mie pillole?».

Quando scorse Jeffrey rimase sorpresa e si portò una mano al collo. «Cos'è successo?»

«Polizia» fece Patterson, distogliendo in fretta lo sguardo. Nei suoi occhi passò un'ombra che assomigliava al senso di colpa, come se la moglie potesse indovinare i pensieri di pochi istanti prima a proposito di Lena.

«Be'» disse lei con aria preoccupata. «Ditemi qualcosa che non so.»

Era piuttosto bassa, non superava il metro e sessantadue di Lena. Aveva i capelli biondo scuro molto radi, tanto che in alcune zone si vedeva lo scalpo, e un'aria smunta che fece venire in mente alla detective le foto dei sopravvissuti all'Olocausto che aveva visto sui libri di scuola. In quella donna però c'era dell'energia, e Lena immaginò che fosse lei a tenere la casa così pulita e in ordine. Sotto quell'aria malaticcia, aveva l'atteggiamento della persona che sa il fatto suo.

«Sapevo che sareste venuti» disse la donna, «quindi so che non dovrei essere sorpresa.» Tenne la mano sul collo, giocherellando nervosamente con un ciondolo attaccato alla collana. Lena pensò che doveva trattarsi di una croce.

«La signora Patterson?» chiese Jeffrey.

«Grace» disse lei, tendendogli la mano.

Il commissario la strinse, e Lena colse l'occasione per osservare meglio Teddy Patterson, che stava fissando sua moglie e Jeffrey con un'espressione vacua. Quando la donna aveva fatto il suo ingresso nella stanza, lui aveva assunto una postura più dimessa, e adesso non sembrava più una presenza minacciosa.

«Vogliamo parlare con Mark» le spiegò il commissario. «È in casa?»

Grace Patterson rivolse al marito uno sguardo preoccupato.

«Perché non ti siedi, tesoro?» le disse lui. Poi, come se

avesse bisogno di dare spiegazioni a Jeffrey, aggiunse: «Ultimamente non sta bene».

«Mi dispiace molto» disse il commissario. Si accomodò accanto a Grace sul divano e fece un cenno col capo a Lena. La detective esitò, ma poi obbedì e si sistemò su una poltrona.

La luce che entrava dalla finestra colpiva Grace in pieno volto, e Lena poté vedere quanto in effetti fosse pallida. Aveva occhiaie scure, le labbra di un rosa-bluastro innaturale. Notò che faceva pendant alla perfezione con i colori del soggiorno.

«Le sono grata per non aver interrogato Mark ieri sera, commissario Tolliver» disse la donna. «Era davvero sconvolto.»

«È comprensibile che avesse bisogno di tempo per riprendersi» rispose lui.

A quelle parole, Teddy Patterson trattenne una risata. Lena non ne fu sorpresa: gli uomini come lui non pensavano che si potesse aver bisogno di tempo per riprendersi dagli eventi. Era sufficiente farsene una ragione e tirare avanti, o almeno provarci senza piagnucolare. Da quel punto di vista, Patterson era molto simile a lei.

«La sorella c'è?» riprese Jeffrey. «Vorremmo parlare anche con lei.»

«Lacey?» disse Grace, tornando a giocherellare con la collana. «In questo momento è dalla nonna. Abbiamo pensato che fosse meglio così.»

«Dov'era ieri sera?» chiese il commissario.

«Qui» rispose la donna. «Si stava occupando di me.» Deglutì e si guardò le mani, che teneva in grembo. «In genere non le chiedo di stare a casa, ma ho passato una serataccia e Teddy doveva lavorare.» Fece un sorriso incerto.

«A volte il dolore è davvero insopportabile, e mi piace avere vicino i miei figli.»

«Mark però non c'era?» fece Jeffrey, anche se la risposta era ovvia.

Lei si rabbuiò. «No. Non c'era. Negli ultimi tempi è difficile tenerlo sotto controllo.»

«Ha picchiato sua sorella, non molto tempo fa» disse Patterson. «Sarà scritto sulla sua fedina penale. Quel ragazzo è una vera merda. Da lui non viene niente di buono.»

Grace non commentò, ma un'evidente disapprovazione si diffuse nella stanza, tutto intorno a lei.

«Scusa» mormorò lui. Sembrava davvero pentito. Lena si meravigliò del potere che quella donna aveva sul marito: nell'arco di pochi minuti l'aveva soggiogato.

«Vado a chiamare Mark» aggiunse Patterson, e uscì dalla stanza.

Lena si rese conto di non riuscire a parlare. C'erano delle domande da fare, e la detective sapeva che Jeffrey si aspettava che fosse lei a formularle, ma l'ansia non le permetteva di concentrarsi. Il suo unico scopo era andarsene da quel prefabbricato e dalla presenza di Teddy Patterson il prima possibile. La verità era che, persino con sua moglie seduta a un metro da lui, Lena aveva paura. Ma soprattutto si sentiva minacciata.

Cercò di distrarsi dal senso di claustrofobia che provava. Guardò verso la cucina, che era spaziosa ma non troppo grande. Alle pareti c'era una carta da parati con le fragole, e c'era perfino un orologio con una fragola sopra il tavolo da pranzo.

Grace si schiarì la voce. «Mark sta passando un periodo difficile» disse, riprendendo da dove si era interrotta. «Non fa che mettersi nei guai a scuola.»

«Mi dispiace molto, signora Patterson» disse Jeffrey. Raddrizzò la schiena, forse per darle l'idea di comprenderla. «E Lacey, invece?»

«Lei non ha mai creato un solo problema in vita sua» rispose Grace. «Lo giuro su Dio, quella bambina è un angelo.»

Jeffrey sorrise, e Lena capì che cosa stava pensando: in genere, erano gli angeli a commettere i crimini più efferati.

«Frequenta qualche ragazzo?»

«Ha solo tredici anni» disse lei, come se quella fosse la risposta. «Non permettiamo nemmeno che i ragazzi la vengano a trovare.»

«Non potrebbe frequentare qualcuno di nascosto?»

«Non vedo come» fece lei. «Quando non è a scuola, è sempre in casa. Le rare volte in cui esce è con un gruppo di amiche e torna puntuale prima del coprifuoco.»

Lena sentì che Jeffrey cercava di incrociare il suo sguardo, ma lo ignorò.

«A che ora ha il coprifuoco?» chiese il commissario.

«Nei giorni di scuola non ha il permesso di uscire, ovviamente. Il venerdì e il sabato deve rientrare per le nove.»

«Si trattiene mai a dormire da qualche amica?»

Grace parve comprendere che l'interesse per sua figlia non fosse casuale come aveva pensato in un primo momento. Il suo sguardo divenne simile a quello che Dottie Weaver aveva rivolto a Lena, quel pomeriggio, ma Grace Patterson era molto più minacciosa.

«Perché mi fa tante domande su mia figlia? È contro Mark che quella ragazzina ha puntato una pistola».

«Dottie Weaver ci ha riferito che Lacey e Jenny erano amiche» spiegò lui.

«Be'...» disse la donna, ma esitò, perché stava cercando di indovinare la strategia di Jeffrey. Alla fine rispose: «Sì, erano amiche. Poi è successo qualcosa e hanno smesso di frequentarsi». Scrollò le spalle. «Sarà passato qualche mese, ormai. Non vediamo Jenny da un po', e so che Lacey non andava più a casa sua.»

«Le ha spiegato perché?»

«Ho immaginato ci fosse stata una piccola lite.»

«Ma lei non gliel'ha chiesto?»

Grace scrollò di nuovo le spalle. «È mia figlia, commissario Tolliver, non la mia migliore amica. Le ragazzine hanno i loro segreti. Può chiedere conferma alla sua ex moglie.»

Lui annuì. «Sara ha detto che Lacey è una ragazza fantastica. Molto intelligente.»

«È vero» concordò la donna, felice per quel complimento alla figlia. «Ma non posso insistere, se lei non vuole parlarne.»

«Ma forse non avrebbe problemi a parlarne con qualcun altro» disse il commissario.

«Cioè?»

«Le dispiacerebbe se parlassi con lei?»

Grace gli scoccò un'altra occhiataccia. «È minorenne. Se non c'è un motivo preciso, non può interrogarla senza il mio permesso. Mi sbaglio?»

«Non sarebbe l'interrogatorio di un sospettato, signora Patterson. Vogliamo solo farci un'idea dello stato mentale di Jenny Weaver. E per questo non abbiamo bisogno del suo permesso, in realtà.»

«Ma se vi ho appena detto che Lacey non la vedeva da tempo... credo da Natale. Cosa mai potrebbe sapere?» Sorrise con educazione, ma senza alcuna allegria. «Non voglio che mia figlia venga interrogata, commissario.» Fece una pausa. «Né da lei, né dalla dottoressa Linton.»

«Non è sospettata di alcun reato.»

«E voglio che le cose restino così» fece lei. «O forse devo chiamare la scuola e avvisare che non la lascino parlare con nessuno se io o suo padre non siamo presenti?»

Jeffrey restò in silenzio, pensando che quella donna conosceva la legge molto più di quanto avesse sospettato. Le scuole erano sempre molto disponibili nei confronti delle forze di polizia, e dato che i presidi facevano le veci dei genitori quando i ragazzi si trovavano all'interno degli istituti, potevano consentire che venissero interrogati.

«Non sarà necessario» disse il commissario.

«Ho la sua parola?»

Lui annuì brevemente. «Va bene» disse, e Lena colse la delusione nella sua voce. «Ma ci farebbe piacere poterla ascoltare» ribadì. «E non sarebbe affatto un problema se lei volesse assistere.»

«Dovrò discuterne con Teddy» rispose Grace. «Ma possiamo immaginare entrambi cosa dirà.» Rivolse al commissario l'accenno di un sorriso, ponendo fine alle ostilità. «Sa come sono i padri con le loro bambine.»

Jeffrey sospirò e fece un altro cenno d'assenso. Lena sapeva che quell'uomo avrebbe preferito infilarsi il vestito della domenica della moglie piuttosto che permettere a sua figlia di parlare con uno sbirro. I malviventi imparano presto a non fidarsi della polizia, e anche se Teddy Patterson non si faceva un giro in gattabuia da un bel po' di tempo, sembrava ancora legato alle vecchie usanze.

«Per caso negli ultimi tempi è stata poco bene?» domandò Jeffrey, che non era ancora pronto a gettare la spugna.

«Lacey?» chiese Grace, mostrandosi sorpresa. «No, certo che no. Lo chieda alla dottoressa Linton, se vuole». Si portò una mano al petto in un gesto automatico. «Io sono l'unica della famiglia che si sia mai ammalata.»

«Frequenta la chiesa? Lacey, intendo.»

«Frequentava» precisò lei. Sorrise di nuovo, e Lena notò che aveva i denti un po' ingialliti. «Anche Mark. Per un breve periodo, comunque.» Tacque e guardò verso il camino. Lena pensò che stesse guardando il quadro, ma sopra la mensola c'erano alcune foto di famiglia. Erano immagini classiche, con bambini e genitori in spiaggia, a un parco dei divertimenti, in campeggio nel bosco. La Grace Patterson di quelle foto era un po' più colorita e meno emaciata. I ragazzi erano più piccoli. Mark doveva avere dieci o undici anni, sua sorella circa otto. Sembravano una famiglia felice. Perfino Teddy Patterson sorrideva davanti all'obbiettivo nei pochi scatti in cui compariva.

«Quindi» insisté Jeffrey, «andavano alla chiesa battista?»

«Quella nuova» rispose Grace, per la prima volta con un tono vivace. «Per un po' Mark è sembrato molto contento. Come se parte della sua energia nervosa avesse trovato una valvola di sfogo. Era anche migliorato a scuola.»

«E poi?»

«E poi...» Scosse la testa lentamente, abbassando le spalle. «Non so. Intorno a Natale è peggiorato di nuovo.»

«Si riferisce al Natale dell'anno scorso?» chiese Jeffrey.

«Sì. Non so proprio cosa sia successo, ma era di nuovo rabbioso. Sembrava così...» Ancora una volta, la donna non finì la frase. «Abbiamo provato a mandarlo in terapia, ma non si è presentato. E non potevamo costringerlo.» Guardò verso il corridoio, come per controllare se fossero soli. «Suo padre ci ha provato. Teddy pensa che debbano essere tutti come lui. Cioè, i ragazzi. O forse dovrei dire gli uomini. Ha un'idea molto precisa di ciò che è accettabile.»

«Durante le vacanze di Natale c'è stato un ritiro della chiesa. Mark ci è andato?»

«No» fece lei, scuotendo il capo. «È stato più o meno in quel periodo che ha ricominciato a comportarsi male. Era in punizione e suo padre non gli ha dato il permesso.»

«Lacey invece è partita?»

«Sì.» Sorrise. «Non aveva mai sciato. È stata un'esperienza bellissima.»

Restarono in silenzio, e Grace Patterson tirò qualche filo invisibile sul suo vestito. Era evidente che aveva altro da dire.

«Sono molto malata» riprese a voce bassa. «I medici non mi hanno dato grandi speranze.»

«Mi dispiace molto» rispose Jeffrey, e sembrava davvero sincero.

«Cancro al seno» specificò lei, portandosi una mano al petto. Per la prima volta Lena si accorse che era quasi del tutto piatta sotto la camicetta. «Lacey ce la farà. Lei cade sempre in piedi. Ma non voglio nemmeno pensare a cosa succederà a Mark quando non ci sarò più. Anche se fa il duro è un ragazzo fragile.»

«Sono sicuro che se la caverà» le assicurò Jeffrey, anche se non risultò convincente nemmeno a Lena. A meno di un miracolo, i ragazzi come Mark non avevano speranze di cambiare.

Grace capì il bluff e fece una risatina consapevole. «Oh, non sono una sciocca, commissario Tolliver, ma la ringrazio lo stesso.»

I passi di Teddy Patterson risuonarono pesanti nel corridoio, e il prefabbricato si mosse appena sotto il suo peso quando entrò nella stanza. Suo figlio era dietro di lui, in netto contrasto con il padre. Patterson lo afferrò per un braccio e lo spinse in soggiorno.

La prima considerazione di Lena su Mark Patterson fu

che era incredibilmente bello. La sera prima non lo aveva notato più di tanto nel tumulto degli eventi. Adesso però ebbe modo di esaminarlo con calma. Aveva i capelli biondo scuro come sua madre, ma erano più folti e leggermente più corti. Le sue ciglia erano le più lunghe che avesse mai visto su un uomo, e aveva occhi di un azzurro penetrante. Come quasi tutti i sedicenni, aveva un accenno di pizzetto sul mento e una parvenza di baffi sopra le labbra carnose.

Mentre Lena lo osservava, lui si spostò i capelli dietro le orecchie con le dita. La detective non poté fare a meno di notare che c'era qualcosa di erotico in quel gesto. Anche il modo di camminare e la postura gli conferivano una certa sensualità. I jeans scoloriti erano allacciati appena sotto i fianchi sottili e la maglietta bianca che indossava era corta e in parte lasciava scoperti gli addominali scolpiti.

Nonostante tutto, però, in lui c'era un che di asessuato. Mark Patterson era un ragazzo di sedici anni che stava per diventare un uomo, e aveva quella mascolinità un po' androgina che andava tanto di moda tra gli adolescenti. Quando Lena andava al liceo, i ragazzi facevano di tutto per sembrare più virili, mentre al giorno d'oggi si sentivano più a loro agio confondendo i ruoli.

«Eccolo» ringhiò Patterson spingendo suo figlio all'interno della stanza. Sembrava in collera, più di prima, e teneva le mani strette a pugno, come se il suo unico desiderio fosse colpire il figlio. A Lena Teddy Patterson ricordava suo zio Hank. Il modo burbero con cui aveva strattonato Mark e il tono della voce sembravano gli stessi di suo zio vent'anni prima.

«Noi andiamo a farci un giro» disse Patterson rivolto a sua moglie. «Andiamo a prendere le tue medicine in farmacia.»

«Ma Teddy...» fece lei, ma la voce le morì in gola. Anche Lena si chiese perché un uomo che aveva una profonda sfiducia nei confronti della polizia volesse lasciare suo figlio da solo con loro. Tanto più che secondo la legge i genitori potevano assistere.

Naturalmente, Jeffrey tentò di sfruttare al massimo la situazione.

«Signor Patterson, le spiace se fissiamo un appuntamento con Mark domani mattina per prendere un campione di sangue?»

Lui sgranò gli occhi, ma annuì.

«Ditegli solo quando e ci sarà.»

«Teddy...» ripeté Grace.

«Andiamo» le ordinò lui. «La farmacia chiude tra poco.»

Se Grace Patterson aveva un potere su suo marito, aveva imparato quando era meglio non usarlo. Si alzò, tese la mano a Jeffrey e poi a Lena. Non aveva nemmeno rivolto la parola alla detective, ma le trattenne la mano nella sua per un tempo più lungo di un semplice saluto cordiale.

«Abbia cura di lei» le disse.

Grace si fermò davanti a suo figlio, prima di seguire il marito fuori dalla porta, e gli diede un bacio su una guancia. Era più bassa di lui e dovette sollevarsi in punta di piedi. «A dopo» lo salutò, accarezzandogli una spalla.

Mark osservò i genitori andare via, posando le dita nel punto in cui sua madre l'aveva baciato, poi le guardò, come se potesse trovarvi impresse le sue labbra.

«Mark?» disse Jeffrey, richiamando la sua attenzione.

«Sì, signore?» fece il ragazzo, trascinando le parole. Non riusciva a stare fermo, ma dondolava avanti e indietro.

«Per caso sei fatto?» chiese il commissario.

«Sì, signore» rispose, reggendosi allo schienale di una

poltrona per restare in equilibrio. Lena notò al suo dito un grosso anello scolastico d'oro, la cui pietra rossa rifletteva la luce, e immaginò che all'interno ci fosse incisa un'iniziale.

«Volete portarmi in prigione?» chiese Mark.

«No» rispose Jeffrey. «Voglio parlare con te di quel che è successo ieri sera.»

«Quel che è successo ieri sera» lo scimmiottò lui, biascicando. «La ringrazio per aver sparato alla persona giusta.»

Il commissario tirò fuori una penna e il blocco per gli appunti e lo aprì a una pagina bianca. Vi scrisse in cima il nome di Mark, e gli chiese: «Tu pensi che sia così?».

Lui rispose con un sorriso indolente. Girò intorno alla poltrona e si sedette, espirando quando atterrò sul cuscino. Anche in quel movimento c'era un che di sensuale, e invece di provare repulsione, come si sarebbe aspettata, Lena ne fu intrigata. Non aveva mai conosciuto nessun adulto così a suo agio con il proprio corpo, e meno che mai se lo sarebbe aspettato da un ragazzino.

«Sei tu il padre della bambina di ieri sera?» proseguì Jeffrey. Sapeva che era una domanda difficile.

Mark inarcò le sopracciglia, esattamente come aveva fatto suo padre. «No» rispose schioccando la lingua.

Il commissario tentò un approccio diverso. «Tua sorella era con te ieri sera?»

«No, amico» fece lui. «Mia madre, sa, non sta molto bene e Lace è rimasta a casa con lei.» Scrollò le spalle. «Non lo chiede spesso, capito cosa intendo? Preferisce non coinvolgerci nel fatto che sta morendo.»

Deglutì in modo visibile, poi si voltò a guardare fuori dalla finestra. Quando tornò a fissare Jeffrey, aveva di nuovo quel sorrisetto indolente. Quel ragazzo nascondeva qualcosa, dietro al suo aspetto. C'era come un'ombra sospesa sopra di lui, e non solo per via di quanto gli era capitato la sera prima. Ricordava qualcuno la cui vita era stata spezzata, cosa che Lena riusciva a comprendere. Aveva un'aria fragile, ma al tempo stesso pericolosa. Non era certo minaccioso come suo padre: più che altro, Mark Patterson sembrava capace di fare del male solo a se stesso.

Lena ritrovò la voce per la prima volta da quando aveva messo piede in casa dei Patterson. «Vai d'accordo con tua sorella?» chiese.

«È una santa» fece lui, ruotando l'anello al dito. «È l'angioletto di papà.»

«È sempre stata bene negli ultimi tempi?» domandò Lena. «Non ha avuto qualche malessere, giusto?»

Mark la fissò, ma nel suo sguardo non c'era ostilità. Sembrava incuriosito dalla detective, nulla di più. «Stamattina mi sembrava che stesse bene. Dovreste chiedere a lei» rispose.

«Perché Jenny Weaver era così in collera con te?»

Lui sollevò le spalle, le tenne così per qualche istante, poi le riabbassò. Lena lo osservò infilare una mano sotto la maglietta e cominciare ad accarezzarsi la pancia piatta, sovrappensiero. «Sa, tante ragazze si infuriano con me.»

«Avevate un legame?» chiese Jeffrey.

«Intende una relazione?» Scosse il capo lentamente. «No. Cioè, me la sono fatta qualche volta, ma niente di serio.» Sollevò la mano per impedirgli di fare la domanda seguente. «È successo quando avevo quindici anni, agente.»

«Devono esserci almeno cinque anni di differenza per lo stupro statutario» gli disse la detective.

Jeffrey si mosse sul divano: non era affatto contento che Lena gli avesse fornito quell'informazione, dato che avrebbe voluto sfruttarla a proprio vantaggio. Adesso doveva trovare un'altra strada.

«Quando è stata l'ultima volta in cui hai fatto sesso con lei?» chiese il commissario.

«Non so» fece lui, senza smettere di accarezzarsi la pancia.

Aveva un piccolo tatuaggio sulla pelle tra pollice e indice. Lena riconobbe un cuore nero con al centro un cuore bianco capovolto. Se lo era fatto di sicuro da solo, perché era un disegno rudimentale come i tatuaggi che suo padre aveva disegnato in prigione con l'inchiostro da penna a sfera.

«Facevi sesso con lei di frequente?» gli chiese la detective.

«Abbastanza» rispose lui scrollando le spalle, sempre sfiorandosi la pancia. Cominciò a giocherellare con la peluria tra pube e ombelico, lanciandole uno sguardo lascivo. Lena diede un'occhiata a Jeffrey, chiedendosi come l'avrebbe presa, ma lui era impegnato a copiare il tatuaggio sul blocco.

«Be'» riprese poi il commissario annerendo il cuore. «Prova a pensarci.»

«Forse un anno fa, più o meno?» tentò il ragazzo. «Lo voleva, amico. Mi ha pregato.»

Jeffrey terminò il disegno e sollevò lo sguardo. «Non siamo qui per accusarti di stupro, Mark. Non mi interessa se hai fatto sesso con delle capre in cortile. Sai bene di cosa stiamo parlando.»

«Del fatto che Jenny mi voleva ammazzare» disse lui. «E del motivo.»

«Esatto» intervenne Lena. «Vogliamo solo andare fino in fondo, Mark. Siamo qui per Jenny e per capire cosa l'ha spinta a quel gesto.»

Lui le rivolse un sorriso pigro. «Dio, detective, lei è davvero carina.»

Lena si sentì in imbarazzo, e si chiese quali segnali potesse avergli mandato. Il sesso era senz'altro l'ultima cosa che aveva in mente, e non avrebbe nemmeno saputo dire se trovava Mark Patterson davvero attraente o solo perfetto. Aveva l'aspetto dell'idolo delle teenager, e sembrava troppo bello per essere vero. Lena provava lo stesso interesse per lui che avrebbe avuto di fronte a un capolavoro pittorico o a una scultura meravigliosa.

«Anche tu sei molto carino, Mark» rispose usando un tono deciso. Teddy Patterson poteva anche intimidirla, ma si sarebbe fatta ammazzare piuttosto che permettere al figlio di fare lo stesso. «È proprio questo che mi stupisce. Jenny non era quel che si dice una reginetta del ballo: possibile che tu non potessi trovare di meglio?»

Le sue parole fecero centro, colpendolo dritto nell'ego.

«Ho avuto *molto* di meglio, detective, mi creda.»

«Ah, sì?» gli chiese. «Quindi te la sei fatta per bontà?»

«Qualche volta me lo sono lasciato succhiare» disse, spostando le dita più in basso e tenendo gli occhi fissi su Lena nell'evidente tentativo di suscitare in lei una reazione. Quel gesto permise alla detective di capire meglio il ragazzo. Immaginò che una persona così attraente fosse abituata ad approfittare del proprio aspetto. Non c'era da stupirsi se suo padre, che aveva la presenza fisica di un treno merci, provasse un tale disgusto per lui.

All'improvviso, Lena provò pena per quel ragazzo. Si mosse sul divano, a disagio. Aveva passato così tanto tempo ad autocommiserarsi che per un attimo quella nuova emozione la spiazzò.

«Faceva una cosa con la lingua» continuò Mark, «come se fosse un lecca-lecca. Senza denti. Era fantastico.»

Lena sentì il cuore accelerare e cercò di mantenere la

calma. Forse quel ragazzo non aveva idea di cosa le era successo. Si accorse che Jeffrey stava per intervenire, così disse la prima cosa che le venne in mente per impedirgli di intromettersi. «Quindi le permettevi di farti dei pompini?» chiese, sforzandosi di usare un tono impertinente.

Mark sorrise e la fissò, gli occhi azzurri che brillavano di soddisfazione. «Già.»

«Qui? In questa casa?»

Il ragazzo ridacchiò. «In fondo al corridoio.»

«Con tua madre in casa?»

Lui si bloccò. Sembrava più spaventato che in collera.

«Non metta in mezzo la mamma.»

Lena sorrise. «È necessario, Mark, perché è qui che ti sei tradito. Non avresti fatto niente del genere in casa di tua madre.»

Il ragazzo socchiuse gli occhi, esaminando la questione a fondo. «Forse l'abbiamo fatto a casa sua. Forse in macchina.»

«Quindi uscivi con Jenny? Vi frequentavate?»

«Cazzo, no» ribatté lui. «La portavo in giro con mia sorella.» Scrollò le spalle, e per fortuna smise di accarezzarsi la pancia. «Al centro commerciale, al cinema, in vari posti.»

«È in quelle occasioni che glielo lasciavi fare? Quando la portavi in giro?»

Lui si strinse nelle spalle.

«E tua sorella c'era? Era sul sedile davanti?»

Il ragazzo impallidì. Sembrava in perenne mutamento; era un bambino, poi ragazzo, poi un uomo e viceversa. Se qualcuno gliel'avesse chiesto, Lena avrebbe risposto che Mark Patterson aveva un'età indefinita tra i dieci e i vent'anni.

La detective si schiarì la voce. «Dov'era Lacey quando permettevi a Jenny di farti quelle cose, Mark?»

Lui fissò la composizione floreale sul tavolinetto. Restò in silenzio per un tempo che parve protrarsi all'infinito, poi disse: «Ci vedevamo alla chiesa, d'accordo?». Pronunciò quel *d'accordo* proprio come aveva fatto suo padre, trascinandolo.

«Facevi sesso con lei in chiesa» disse Lena, e non era una domanda.

«Nel seminterrato» spiegò lui. «Non chiudono mai le finestre, nemmeno di notte. Ci intrufolavamo di nascosto, okay?»

«Ha l'aria di una cosa piuttosto complicata» considerò Lena.

«Che vuol dire?»

Lei rifletté su come formulare il concetto. «Non è opportuno, Mark. Sai cosa significa?»

«Non sono uno stupido.»

«La portavi al centro commerciale, magari accompagnavi lei e tua sorella nei negozi.» Lena fece una pausa, assicurandosi che la stesse ascoltando. «Queste a me sembrano delle occasioni. Lei era lì, tu eri lì, e succedeva.»

«Giusto» concordò lui. «In effetti è andata così.»

«La chiesa, invece...» ribatté lei. «In chiesa sembra una situazione premeditata. Non erano cose che capitavano sul momento. Erano incontri pianificati.»

Mark annuì, poi si bloccò. «E allora?»

«Allora» continuò lei, «se la vostra relazione era casuale, perché vi davate appuntamento a tarda notte?»

Mark voltò appena il capo, guardando fuori dalla finestra. Stava cercando di inventarsi una risposta, ma non ci riuscì.

«Mark, è morta» lo incalzò Lena.

«Lo so» sussurrò, e i suoi occhi guizzarono verso Jeffrey per poi puntarsi a terra. «C'ero quando è successo.»

«È così che vuoi parlare di lei, come se fosse una poco di buono?» gli chiese Lena. «Davvero vuoi infangare così la sua memoria?»

Mark deglutì e la sua gola si mosse. Poco dopo borbottò qualcosa di incomprensibile.

«Cosa?» fece Lena.

«Non era cattiva» disse lui, guardandola con la coda dell'occhio. Una lacrima gli scivolò sulla guancia, e il ragazzo tornò a voltarsi verso la finestra. «Okay?»

«Okay» annuì Lena.

«Mi ascoltava» riprese, a voce così bassa che dovettero fare uno sforzo per sentirlo. «Era intelligente, sa? Leggeva, cose così, e poi mi aiutava un po' a studiare.»

Lena si appoggiò allo schienale del divano, aspettando che continuasse.

«La gente pensa di sapere tutto di me» disse, in tono da ragazzino. «Pensano che sia fatto in un certo modo, ma forse non è così. Forse c'è dell'altro in me. Forse sono un essere umano.»

«Certo che lo sei» lo incoraggiò la detective, pensando in cuor suo di capirlo meglio di quanto quel ragazzo potesse immaginare. Ogni volta che era in mezzo alla gente, Lena aveva la sensazione che la persona che era stata un tempo fosse stata cancellata. Lei era solo la donna che era stata violentata. A volte si chiedeva se non sarebbe stato meglio morire. Almeno la gente avrebbe visto solo una tragedia in lei, e non una vittima.

Mark si passò le dita sul pizzetto, riportando Lena al presente.

«Ho fatto delle cose, okay? Forse non volevo farle, e forse non voleva farle nemmeno lei...» disse. Scosse il capo e serrò gli occhi. «Cose che lei...» Non finì la frase. «Lo so che era grassa, okay? Ma non era solo quello.»

«E cos'era, Mark?»

Lui tamburellò con le dita sul bracciolo della poltrona. Quando riprese a parlare, sembrava tornato padrone di sé. «Mi ascoltava. Sapete, a proposito di mia madre.» Fece una risata mesta. «Come quando mia madre ha detto che non voleva più fare quella cazzo di chemio, che voleva lasciarsi morire e basta. Jenny lo capiva.» Trovò un filo sul bracciolo e lo tirò fino a strapparlo via. Era così concentrato su quel filo che Lena si domandò se avesse dimenticato che c'erano anche lei e Jeffrey.

Si concesse uno sguardo verso il commissario. Anche lui si era appoggiato allo schienale. Entrambi fissarono Mark, aspettando che proseguisse.

«Mi ha fatto da tutor a scuola, per un po'» continuò rigirando l'anello. «Era più piccola di me, ma sapeva più cose. Le piaceva leggere.» Sorrise, quasi gli fosse tornato in mente un lontano ricordo. Si asciugò il naso con il dorso della mano. «Ha cominciato a frequentare Lacey. Credo avessero molto in comune. Era tanto gentile con me...» Scosse la testa, come per schiarirsi le idee. «Mi piaceva solo perché era gentile.» Gli tremarono le labbra. «Quando la mamma si è ammalata...» riprese, poi tacque ancora. «Avevamo pensato che l'avesse sconfitto. Poi però è tornato, e lei ha cominciato a entrare e uscire dall'ospedale e a stare sempre male. Così male che a volte non riusciva nemmeno a camminare, e papà doveva aiutarla a stare in piedi perfino per fare una doccia.» Fece una pausa. «E poi ha detto che non ce la faceva più, che non sopportava la chemio, che non sopportava di stare così. Ha detto che non voleva che la vedessimo in quello stato, ma come preferisce che la vediamo, invece? Morta?»

Mark si coprì gli occhi con una mano. «E Jenny era lì... cioè, era lì per me e per nessun altro...» Si fermò ancora. «Era così dolce, così interessata a me, a parlare con me, capiva cosa stavo passando, ha presente? Non voleva diventare una cheerleader o portare il mio cavolo di anello scolastico. Voleva solo starmi vicino.» Abbassò le mani e fissò Lena. «Pensava che io fossi una brava persona, che valessi qualcosa.» Si prese la testa tra le mani, piangendo.

Lena cominciò a sentire l'orologio alla parete, un ticchettio forte che le risuonava nelle orecchie. Jeffrey era immobile accanto a lei. Era capace di svanire dalla scena, lasciando che fosse lei a prendere in mano la situazione. Erano di nuovo il commissario e la detective di un tempo, e lei era di nuovo Lena che sapeva fare il suo lavoro, Lena che sapeva comandare. Fece un respiro profondo, raddrizzò le spalle e lasciò che l'aria le riempisse i polmoni. In quel momento, in quella stanza, era di nuovo se stessa. Per la prima volta dopo mesi, era tornata a essere Lena Adams.

Lasciò passare un minuto intero prima di chiedere: «Mark, raccontami cos'è successo».

Lui scosse il capo. «È finita male» disse. «Malissimo.» Si chinò in avanti, il petto che quasi toccava le ginocchia, il viso distorto dal dolore, come se gli avessero dato un calcio. Si coprì il volto con le mani e ricominciò a singhiozzare.

D'istinto, Lena si mise in ginocchio accanto al ragazzo e gli prese una mano, cercando di consolarlo. «È tutto a posto» gli sussurrò.

«Io la amo» mormorò. «La amo lo stesso, anche dopo quello che ha fatto.»

«Lo so» rispose lei, accarezzandogli la schiena.

«Era furiosa con me» riprese lui tra i singhiozzi. Lena prese un Kleenex dalla scatola e glielo porse. Il ragazzo si soffiò il naso, poi mormorò: «Le ho detto che dovevamo smettere».

«Perché dovevate smettere?» mormorò lei di rimando.

«Non ho mai pensato che avesse bisogno di me. Credevo che fosse più forte di me. Più forte di tutti.» Gli si serrò la gola. «Invece non lo era.»

Lena gli accarezzò la nuca, cercando di tranquillizzarlo. «Che cosa è successo, Mark? Perché ha finito per odiarti?»

«Pensa che mi odi?» chiese lui, cercando il suo sguardo. «Davvero pensa che mi odi?»

«No, Mark» rispose Lena, scostandogli i capelli dal viso. Stava parlando al presente, comportamento diffuso tra chi non riesce ad accettare la morte di una persona cara. Anche Lena si era accorta di averlo fatto con sua sorella. «Certo che non ti odia.»

«Le ho detto che non l'avrei fatto mai più.»

«Fatto cosa?»

Lui scosse il capo. «È tutto così inutile» disse senza smettere di scuotere la testa.

«Che cosa è inutile?» chiese Lena, cercando il suo sguardo. Mark la fissò, e per un istante rapido e sconvolgente lei pensò che potesse provare a baciarla. Si tirò rapidamente indietro sui talloni e si appoggiò al bracciolo per non perdere l'equilibrio. Mark dovette notare la sua espressione sgomenta perché si voltò dall'altra parte e prese un altro fazzoletto. Mentre si soffiava il naso guardò Jeffrey, Lena invece non guardava nessuno dei due. Riusciva a pensare solo che in qualche modo aveva superato un confine, ma dove si trovasse e quando fosse stato tracciato era un mistero.

Mark si rivolse a Jeffrey, e il ragazzo che un attimo prima era in lacrime adesso era scomparso, per lasciare di nuovo il posto all'adolescente scontroso.

«C'è altro?»

«A Jenny piaceva studiare?» chiese il commissario.

Lui scrollò le spalle.

«Le interessavano altre culture, altre religioni?» domandò Lena.

«E a che cazzo dovevano servirle?» ribatté lui, astioso. «Tanto non ce ne andremo mai da questa città di merda.»

«Devo prenderlo come un no?» fece Lena.

Mark spinse in fuori le labbra, quasi come se stesse per mandarle un bacio, poi disse: «Esatto».

Jeffrey incrociò le braccia sul petto e riprese le redini della situazione. «Intorno allo scorso Natale hai smesso di essere amico di Jenny. Perché?»

«Mi ero stufato di lei.»

«Sai se frequentava qualcun altro?»

«Me e Lacey. Basta» rispose.

«Non aveva altri amici?»

«No. E nemmeno noi eravamo amici più di tanto.» Ridacchiò. «Era sola, direi. Non è triste, commissario Tolliver?»

Jeffrey lo fissò senza rispondere.

«Se non ha altre domande, vorrei che ve ne andaste» disse Mark.

«Conosci la dottoressa Linton?» chiese il commissario.

«Certo.»

«Ti presenterai alla clinica pediatrica domani mattina alle dieci per lasciare un campione di sangue» disse Jeffrey puntandogli contro un dito. «Non costringermi a venire a cercarti.»

Mark si alzò asciugandosi i palmi delle mani sui pantaloni. «Okay, come vuole.» Guardò Lena, che era ancora a terra. Era all'altezza del suo inguine e, quando se ne rese conto, lui sorrise, un'espressione che somigliava più a un ghigno. La guardò con un sopracciglio inarcato, le labbra appena dischiuse con aria lasciva, come aveva fatto poco prima, poi uscì dalla stanza.

LUNEDÌ

8

Intorno alle sei del mattino, Jeffrey rotolò giù dal letto e cadde a terra. Si mise a sedere, gemendo per il dolore alla testa e cercando di ricordare dove fosse. La sera prima ci aveva messo sei ore per raggiungere Sylacauga, e si era buttato nel letto singolo senza nemmeno spogliarsi. Aveva la camicia spiegazzata, le maniche tirate su ben oltre il gomito, i pantaloni stropicciati.

Sbadigliò mentre osservava la stanza in cui era cresciuto. Sua madre non aveva toccato nulla da quando era partito per andare alla Auburn vent'anni prima. Dietro la porta era attaccato un poster di una decappottabile Mustang del 1967 rosso ciliegia con il tettuccio bianco. C'erano sei paia di scarpe da ginnastica consumate sul fondo dell'armadio, la maglia della squadra di football della Sylacauga High School era appesa al muro sopra il letto, e sotto l'unica finestra della camera c'era una scatola piena di audiocassette.

Sollevò il materasso e trovò una pila di *Playboy* che aveva accumulato dall'età di quattordici anni, e l'adorata copia di *Penthouse* che aveva trafugato dall'emporio in fondo alla strada. Jeffrey si sedette sui talloni e lo sfogliò. C'era stato un periodo in cui conosceva a memoria ogni pagina di quella rivista, dai fumetti agli articoli alle splendide donne in pose provocanti che erano state al centro delle sue fantasie sessuali per mesi.

«Gesù» sospirò, considerando che alcune di quelle donne ormai potevano essere diventate nonne. Santo cielo, magari qualcuna aveva perfino i requisiti per prendere la pensione sociale.

Con un rantolo rimise a posto il materasso, cercando di non far uscire le riviste dall'altro lato. Si domandò se sua madre avesse mai trovato la sua scorta segreta, e si chiese anche cosa ne avesse pensato. Conoscendo May Tolliver, doveva averla ignorata, oppure aveva inventato qualche scusa che le consentisse di ignorare il fatto che suo figlio conservava sotto il materasso una quantità di immagini pornografiche sufficiente a tappezzare l'intera casa. Sua madre era bravissima a fingere di non vedere ciò che non voleva, come quasi tutte le madri, d'altra parte.

Jeffrey pensò a Dottie Weaver e a come non avesse notato tutti i segnali che sua figlia le aveva mandato. Si portò le mani sullo stomaco quando gli tornò in mente Jenny Weaver in piedi nel parcheggio dello Skatie's. Continuava a rivedere quella ragazzina con la pistola in mano, puntata contro Mark Patterson. Quell'immagine gli era rimasta impressa nelle palpebre come una polaroid. Mark era un'immagine ancora più nitida, tanto che Jeffrey riusciva a cogliere anche alcuni dettagli: il modo in cui se ne stava con le braccia allargate, con un ginocchio appena piegato mentre fissava Jenny. Non aveva mai guardato il commissario; anche dopo che aveva sparato a Jenny, il ragazzo era rimasto lì, lo sguardo fisso a terra, su di lei.

Jeffrey si strofinò gli occhi, cercando di cancellare quella visione. Lasciò correre lo sguardo verso la Mustang, osservandola come aveva fatto ogni mattina, quando era adolescente. Quell'auto aveva rappresentato molto per lui, all'epoca: era il simbolo della libertà. A volte, da ragazzo, si sedeva sul letto, con gli occhi chiusi, e immaginava di salire su quella macchina e viaggiare fino all'altra parte del paese. Jeffrey aveva desiderato a lungo di andarsene, lasciare Sylacauga e la casa di sua madre. Ma soprattutto aveva desiderato di essere qualcosa di diverso dal figlio di suo padre.

Jimmy Tolliver era stato un ladruncolo, nel vero senso della parola. Non rubava mai niente di troppo grande, il che era un punto a suo favore, dato che si faceva beccare regolarmente. Alla madre di Jeffrey piaceva dire che Jimmy non sarebbe riuscito a fare un peto in mezzo alla folla senza che tutti sapessero che era stato lui. Aveva l'aria del colpevole, e poi gli piaceva parlare: era proprio la loquacità il suo punto debole, perché non sopportava di non vantarsi in giro dei colpi andati a segno. Era stato l'unico a sorprendersi di dover morire in prigione, quando aveva ricevuto una condanna all'ergastolo per rapina a mano armata.

Quando aveva dieci anni, Jeffrey conosceva per nome quasi tutti gli agenti della polizia di Sylacauga, perché prima o poi ognuno di loro era passato da casa cercando Jimmy. A dire il vero, anche i poliziotti di pattuglia conoscevano Jeffrey, e quando lo incontravano facevano sempre in modo di scambiarci due parole. All'epoca il fatto che gli agenti non lo lasciassero mai perdere lo infastidiva: si sentiva perseguitato. Ora che lui stesso era in polizia, sapeva che gli avevano dedicato tutto quel tempo per evitare guai futuri: non avevano alcuna voglia di dover dare la caccia a un altro Tolliver per furti di tosaerba e tagliasiepi dai giardini dei vicini.

Jeffrey doveva molto a quegli agenti, in particolare la sua carriera. Quando aveva visto il panico negli occhi di suo padre, l'ultima volta in cui erano andati a prenderlo e l'avevano ammanettato, aveva capito di voler diventare un poliziotto. Jimmy Tolliver era un ubriacone di prima categoria. Per la città era un pessimo ladro e un leggero bevitore, ma quando era a casa si trasformava in uno stronzo violento che terrorizzava la sua famiglia.

Il commissario allungò le mani verso l'alto, appoggiando i palmi sul legno caldo del soffitto. Mentre andava in bagno, si accorse che aveva perfino i calzini al contrario. La parte del tallone si era spostata sul collo del piede mentre dormiva, e si mise in equilibrio su una gamba cercando di sistemarlo quando sentì il cellulare squillare nella stanza accanto.

«Maledizione» imprecò, colpendo il muro con una spalla mentre si voltava per tornare in camera sua. Quella casa sembrava molto più piccola di quando era ragazzo.

Rispose al quarto squillo, un attimo prima che scattasse la segreteria. «Pronto?»

«Jeff?» chiese Sara, in tono un po' preoccupato.

Assaporò il suono della sua voce prima di rispondere. «Ehi, piccola.»

Lei rise. «Sei in Alabama da meno di dieci ore e mi chiami *piccola*?» Fece una pausa. «Sei da solo?»

Jeffrey si infastidì, perché sapeva che una parte di lei non stava scherzando. «Certo che sono da solo. Santo cielo, Sara.»

«Mi riferivo a tua madre» disse Sara, ma la scarsa convinzione nella sua voce gli fece capire che era una scusa.

Il commissario decise di passarci sopra. «No, l'hanno trattenuta in ospedale per la notte.» Si sedette sul letto, cercando di sistemarsi il calzino. «È caduta in qualche modo. Si è rotta un piede.»

«È caduta in casa?» chiese lei, e sembrava che non fosse mossa solo dalla curiosità. Jeffrey capì dove voleva arrivare, ed era lo stesso motivo che l'aveva spinto ad andare in Alabama nel bel mezzo di un caso invece di cavarsela con una semplice telefonata. Voleva capire se il problema che sua madre aveva con l'alcol fosse fuori controllo. May Tolliver era sempre stata quella che veniva garbatamente definita un'*alcolista funzionale*. Se nel frattempo si era trasformata in un'ubriacona senza speranza, Jeffrey sarebbe dovuto intervenire. Non aveva idea di cosa fare, eppure l'istinto gli diceva che non sarebbe stato facile.

«Ho parlato col medico, ma non sono ancora riuscito a vedere lei per capire cos'è successo» le disse, e aspettò che recepisse il messaggio. «Le farò visita oggi, vediamo come va.»

«È probabile che debba usare le stampelle» ribatté Sara.

Jeffrey sentì un ticchettio attraverso il telefono e immaginò che lei fosse in ufficio. Guardò l'orologio, chiedendosi cosa facesse lì così presto, poi si ricordò del fuso orario. Sara era un'ora avanti rispetto a lui.

«La signora Harris, che abita di fronte, le darà una mano» spiegò lui, sapendo che Jean Harris era pronta a tutto pur di aiutare un vicino di casa. Faceva la dietologa all'ospedale di Sylacauga, e quando Jeffrey tornava a casa da scuola lo invitava spesso da lei per essere sicura che avesse almeno un pasto caldo. Sedersi a tavola con le sue tre adorabili figlie era un richiamo più allettante del pasticcio di pollo della signora Harris, ma all'epoca Jeffrey aveva apprezzato entrambe le cose.

«Devi dirle di fare molta attenzione a non mescolare antidolorifici e alcol» riprese Sara. «Oppure parlane col suo medico. Okay?»

Lui si guardò il calzino, accorgendosi che era ancora

al contrario. Lo sistemò, prima di passare all'altro. «È per questo che mi hai chiamato?».

«Ho ricevuto il tuo messaggio su Mark Patterson. Che analisi devo fare sul campione?»

«Test di paternità» le disse, anche se non gli piaceva affatto l'immagine che quelle parole gli evocarono.

Sara rimase in silenzio, poi chiese: «Sei sicuro?».

«No» rispose. «Niente affatto. Ma penso che sia meglio controllare tutto quello che possiamo.»

«Come hai fatto a procurarti un mandato tanto in fretta?»

«Nessun mandato. Suo padre lo manda volontariamente.»

Sara era incredula. «Senza un avvocato?»

Jeffrey sospirò. «Sara, ti ho già spiegato tutto nel messaggio di ieri sera. È successo qualcosa?»

«No» rispose piano. Poi: «In realtà sì».

Aspettò. «Che cosa?»

«Volevo essere sicura che stessi bene.»

Gli venne voglia di darle una risposta sarcastica, perché era l'unica reazione che quella domanda gli suscitava. «A parte il fatto che mi sono svegliato con la consapevolezza di aver ucciso una ragazzina di tredici anni, direi che sono fresco come una rosa.»

Lei tacque, e dato che non sapeva cosa dirle, Jeffrey rimase a sua volta in silenzio. Sara non gli telefonava da molto tempo, nemmeno per questioni di lavoro. In passato gli aveva inviato via fax documenti che riguardavano i casi, oppure aveva mandato da lui Carlos, il suo assistente, per fargli avere informazioni riservate. Dopo il divorzio le telefonate personali non erano più esistite, e anche dopo che avevano ripreso a frequentarsi era sempre stato lui a prendere in mano il telefono.

«Jeff?» disse Sara.

«Stavo solo pensando» rispose, poi, per cambiare argomento, le chiese: «Parlami un po' di Lacey».

«È una brava ragazza, te l'ho detto anche ieri sera» fece lei, e Jeffrey notò qualcosa di strano nella sua voce. Sapeva che si sentiva responsabile per Jenny Weaver, ma lui non poteva aiutarla in alcun modo. «È intelligente, ironica» continuò Sara. «Molto simile a Jenny per tanti aspetti.»

«Eri legata a lei?»

«Quanto si può essere legati a un bambino che vedi solo qualche volta l'anno.» Fece una pausa, poi aggiunse: «Sì. Con alcuni si instaura un legame. Con Lacey è successo. Credo abbia una piccola cotta per me».

«È strano.»

«Non tanto» spiegò lei. «Molti bambini prendono delle cotte per gli adulti. Non c'è nulla di sessuale, vogliono solo far colpo su di loro, farli ridere.»

«Continuo a non seguirti.»

«Quando raggiungono una certa età, non venerano più i genitori. Alcuni, non tutti, possono trasferire i loro sentimenti su un altro adulto. È un processo assolutamente naturale. Vogliono dei punti di riferimento, e in quel momento della loro vita non possono essere i genitori.»

«Quindi lei ha preso te come riferimento?»

«Mi è sembrato di sì» disse Sara, e lui notò una nota di tristezza nella sua voce.

«Credi che si sarebbe confidata con te se fosse successo qualcosa?»

«Chi lo sa?» rispose lei. «Quando cominciano le scuole medie, cambiano. Diventano molto più introversi.»

«L'ha detto anche Grace Patterson. Che hanno dei segreti, intendo.»

«È vero» concordò Sara. «Ho immaginato che fosse il

normale cambiamento che arriva con la pubertà. Tutti quegli ormoni, le sensazioni nuove. Si trovano con molto su cui riflettere, e l'unica certezza che possiedono è che gli adulti non hanno idea di cosa stanno passando.»

«Eppure» ribatté lui «non pensi che si sarebbe rivolta a te se le fosse successo qualcosa di brutto?»

«Mi piacerebbe pensarlo, ma la verità è che avrebbe dovuto chiedere a sua madre di accompagnarla da me. E non posso certo allontanare una madre dalla sala visite senza generare sospetti.»

«Credi che Grace non vi avrebbe lasciate da sole?»

«Credo che si sarebbe preoccupata. È una brava madre, si interessa dei figli e di quello che faccio.»

«È quel che ha detto Brad.»

«Cosa c'entra Brad con questa storia?» chiese Sara.

«Si occupa degli adolescenti alla chiesa battista.»

«Ah, è vero» fece lei, ricordando il collegamento. «Quindi deve aver partecipato a quel ritiro.»

«Esatto» disse Jeffrey. «Erano otto ragazzi, tre maschi e cinque femmine.»

«Non mi sembra un gran numero.»

«È una piccola parrocchia» le ricordò. «E poi lo sci è uno sport costoso, non tutti hanno abbastanza denaro, soprattutto nel periodo delle vacanze.»

«Giusto. E Brad era l'unico accompagnatore?»

«La segretaria della chiesa doveva dare una mano con le ragazze, ma all'ultimo è stata male.»

«Hai parlato con lei?»

«Ha avuto una specie di ictus. Aveva solo cinquantacinque anni» disse lui, pensando che quando era bambino cinquantacinque anni gli sembravano un'età da dinosauro. «Si è trasferita in Florida per farsi accudire dai figli.»

«Che cosa ha detto Brad a proposito di Jenny e Lacey?»

«Niente di specifico. Che se ne stavano quasi sempre in disparte mentre gli altri ragazzi sciavano e si divertivano.»

«Non è infrequente nelle ragazze di quell'età. Tendono a dividersi in gruppetti.»

«Già» sospirò lui, sentendo la frustrazione del giorno prima invadergli le viscere. «Quando Jenny ha smesso di frequentare la chiesa, Brad è andato a casa sua, e quando lei lo ha visto è scoppiata in lacrime e non ha voluto parlare.»

«E lui cos'ha fatto?»

«Se n'è andato un po' abbacchiato. Ha chiesto a Dave Fine di fare un tentativo, ma a quanto pare al pastore non è andata meglio.»

«Ne hai parlato con Dave?»

«Solo di sfuggita. Stava per iniziare una seduta di terapia.» Il commissario provò un leggero rimorso pensando a Lena. Non avrebbe dovuto permetterle di sfruttare l'appuntamento con Fine per interrogarlo, invece aveva ceduto subito per approfittare di quella coincidenza.

«Jeffrey?» lo chiamò Sara, e dal tono lui capì che gli aveva fatto una domanda e stava aspettando la risposta.

«Sì, scusami.»

«Che cosa ha detto Fine?»

«Più o meno le stesse cose di Brad. È andato da Jenny il giorno dopo per parlare un po', ma anche lui ha avuto l'impressione di non poterle essere d'aiuto.» Jeffrey si passò una mano sugli occhi, cercando di trovare uno spiraglio cui aggrapparsi. «Che ne pensi di Mark Patterson?» le chiese infine. «A te non sembra strano?»

«In che senso, *strano*?»

«Strano nel senso...» Cercò le parole giuste. Non voleva entrare nei dettagli dell'interrogatorio con Sara, soprattutto per via di quel che era successo tra Mark e Lena. C'era stato qualcosa tra la detective e il ragazzo, qualcosa che l'aveva innervosito. Era come se quei due avessero trovato un'intesa. «Strano nel senso che non lo so.»

Sara rise. «Be', allora non credo di poter rispondere.»

«Sensuale» riprese, perché gli sembrava una buona descrizione per il ragazzo. «Mi ha trasmesso un'impressione di grande sensualità.»

«Be'...» cominciò lei, e Jeffrey notò il suo tono incerto. «È un bel ragazzo. Immagino sia attivo sessualmente da un bel po' di tempo.»

«Ha appena compiuto sedici anni.»

«Jeffrey» lo richiamò, come se stesse parlando con un idiota. «Ho in cura bambine di dieci anni che non hanno ancora avuto il ciclo e mi chiedono di prescrivergli la pillola.»

«Dio santo» sospirò. «Non ce la faccio a sentire cose del genere a quest'ora della mattina.»

«Benvenuto nel mio mondo» rispose lei.

«Già.» Il commissario osservò la maglia appesa alla parete cercando di ricordare come fosse avere l'età di Mark Patterson e il mondo nelle proprie mani. Eppure quel ragazzo non sembrava rendersene conto.

Jeffrey non sopportava quella sensazione di impotenza. Doveva tornare a Grant e cercare di risolvere il caso, o almeno tenere d'occhio Lena. Per diverso tempo gli era sembrato che la detective fosse in bilico, ma solo il giorno prima si era reso conto che era molto più vicina al crollo che all'equilibrio.

«Jeff, cosa succede?» chiese Sara.

«Sono preoccupato per Lena» le disse, ed ebbe la sensazione che fosse un'abitudine consolidata. Era preoccupato per lei da dieci anni, ormai, da quando l'aveva assunta.

All'inizio era la sua aggressività quando era di pattuglia a impensierirlo, perché affrontava ogni caso come se ne andasse della sua vita. Poi aveva temuto che corresse troppi rischi come detective, per il livello di stress cui sottoponeva i sospettati, ma anche se stessa. Adesso invece temeva che stesse per crollare. Era sicuro che sarebbe esplosa, e molto presto: era solo questione di tempo. All'improvviso si rese conto che era sempre stato quello il suo timore, fin dall'inizio: l'arrivo del momento in cui Lena sarebbe crollata.

«Lo capisco» disse Sara. «Perché non la rimuovi dal servizio attivo?»

«Perché sarebbe come ucciderla» rispose lui, sicuro che fosse così. Lena aveva bisogno del suo lavoro come dell'aria che respirava.

«C'è altro?»

Il commissario ripensò alla conversazione che aveva avuto con la detective in macchina. Non gli era sembrata molto convinta, a proposito del colpo sparato a Jenny. «È che...» cominciò, ma non sapeva come dirlo. «Quando ho parlato con Lena, ieri...»

«Sì?»

«Non mi è sembrata troppo sicura di come sono andate le cose.»

«Ti riferisci a quando hai sparato?» chiese Sara, evidentemente infastidita. «Che cosa ha detto, di preciso?»

«Non è tanto quel che ha detto, ma il modo in cui l'ha detto.»

Sara borbottò qualcosa che somigliava a un'imprecazione. «Ti tratta così solo per colpire me.»

«Non lo farebbe mai.»

«Invece sì» ribatté lei. «L'ha sempre fatto.»

Jeffrey scosse il capo. «Credo che abbia solo dei dubbi.»

Sara bofonchiò un'altra imprecazione. «Fantastico.»

«Sara» fece lui, cercando di placarla. «Non dirle niente, okay? Peggioreresti solo la situazione.»

«E perché dovrei parlare con lei?»

«Sara...» Si stropicciò gli occhi assonnati. Non aveva alcuna voglia di affrontare quel discorso. «Senti, mi stavo preparando per andare all'ospedale...»

«Mi manda fuori di testa.»

«Lo so. Sei stata molto chiara.»

«È solo...»

«Sara» la interruppe. «Devo proprio andare.»

«A dire il vero» riprese lei, in tono meno aggressivo, «ti ho chiamato per un motivo preciso. Avresti ancora un minuto?»

«Okay» rispose il commissario, provando una leggera trepidazione. «Che succede?»

La sentì inspirare a fondo, come se si preparasse a saltare da una scogliera.

«Mi chiedevo se saresti tornato, stasera.»

«Sul tardi, credo.»

«Okay, allora che ne dici di domani sera?»

«Se torno stasera, non sarà necessario tornare anche domani.»

«Stai facendo lo scemo apposta?»

Jeffrey si rese conto che Sara stava cercando di chiedergli di vedersi e sorrise tra sé. Si domandò se lei avesse mai fatto una cosa del genere in vita sua.

«Non sono mai stato molto acuto» rispose.

«No» concordò lei, ma stava ridendo.

«Quindi?»

«Quindi...» disse Sara, poi sospirò. La sentì borbottare: «Ah, che idiozia».

«Che cosa?»

«Stavo dicendo...» riprese lei, ma si fermò. «Domani sera non ho impegni.»

Il commissario sorrise ancora e si chiese se fosse mai stato tanto felice in quella stanza. Forse il giorno in cui aveva ricevuto la telefonata dalla Auburn in cui gli annunciavano che avrebbe potuto frequentare il college gratis, purché si facesse ammazzare di botte sul campo da football ogni sabato.

«Ehi, nemmeno io» disse.

«Allora...» Era evidente che Sara sperava di sentirgli concludere la frase al suo posto. Jeffrey tornò a sedersi sul letto, disposto a morire pur di non aiutarla.

«Vediamoci da me» disse lei alla fine. «Verso le sette, okay?»

«Perché?»

Sentì la poltroncina di Sara cigolare quando lei si appoggiò allo schienale, e la immaginò con una mano sugli occhi.

«Dio santo, non vuoi proprio venirmi incontro, eh?»

«E perché dovrei?»

«Ho voglia di vederti» gli disse. «Vieni alle sette, preparo la cena.»

«Aspetta un attimo...»

Sara capì subito qual era il problema: non era esattamente un'ottima cuoca.

«Ordino qualcosa da Alfredo's» si corresse.

Jeffrey sorrise di nuovo. «Ci vediamo alle sette.»

Da ragazzo, Jeffrey aveva fatto la sua parte di stupidaggini. Quelli che, dalle elementari al liceo, erano stati i suoi due migliori amici abitavano in fondo alla strada, e con Jerry Long, appassionato di fuochi d'artificio, e Bobby Blankenship, che adorava le esplosioni, erano riusciti a rischiare la vita diverse volte prima che la pubertà prendesse il sopravvento e le ragazze diventassero più importanti.

Verso gli undici anni, i tre avevano scoperto il brivido di far scoppiare dei piccoli razzi in un fusto d'acciaio dietro casa di Jeffrey. Un anno dopo, quel fusto era pieno di bitorzoli e bucherellato come il viso di Bobby Blankenship, che si era guadagnato il nomignolo di *Spot*. Arrivati ai tredici anni, Jerry Long si era guadagnato il soprannome di *Possum*, perché quando alla fine il fusto era esploso, una grossa scheggia gli aveva quasi fatto lo scalpo, e lui era rimasto a terra nel cortile di Jeffrey, fingendosi morto come un opossum, finché Jean Harris non aveva chiamato l'ambulanza perché lo portasse all'ospedale e la polizia per far spaventare Jeffrey e Spot.

Il commissario non aveva ricevuto un soprannome se non molto tempo dopo, quando aveva cominciato a notare le ragazze, ma soprattutto loro avevano cominciato a notare lui. Come Possum e Spot, anche lui era nella squadra di football, e i tre avevano un certo successo a scuola perché stavano vincendo il campionato. Jeffrey era stato il primo dei tre a baciare una ragazza, il primo ad arrivare in *seconda base* e il primo a perdere la verginità. Grazie a quei risultati gli era stato affibbiato il nomignolo *Slick*.

La prima volta in cui aveva portato Sara a Sylacauga, era così nervoso da avere le mani perennemente madide di sudore. Si frequentavano da pochissimo e lui aveva la sensazione che Sara appartenesse a una classe sociale troppo elevata per Possum e Spot, ma soprattutto per il vecchio Slick. Sylacauga rappresentava alla perfezione il tipico paesino del Sud. A differenza di Heartsdale, non aveva un college, e non c'erano professori a conferire un minimo di prestigio all'ambiente. Quasi tutti quelli che abitavano lì lavoravano in una fabbrica tessile o nell'estrazione del marmo. Non che Jeffrey li considerasse dei provinciali arretrati e retrogradi, ma non erano certo il genere di persone con cui immaginava che Sara potesse sentirsi a proprio agio.

Lei non era solo quella che la gente del posto avrebbe definito *una donna istruita,* bensì un medico, e anche se proveniva da una famiglia di artigiani, Eddie Linton era il tipo d'uomo che sa bene come far fruttare il denaro. La sua famiglia aveva una proprietà lungo il lago e perfino alcuni appartamenti in affitto in Florida. Ma soprattutto, Sara era una persona intelligente, e non solo quando si trattava di libri. Aveva un senso dell'umorismo tagliente e non era il genere di donna che gli avrebbe fatto trovare le pantofole e un pasto caldo dopo il lavoro. Anzi, forse si sarebbe aspettata che fosse lui a fare questo per lei.

A circa dieci chilometri da casa Tolliver c'era un emporio, il Cat's, che Jeffrey aveva frequentato durante l'adolescenza, come tutti. Era il genere di posto in cui si potevano comprare latte, tabacco, benzina ed esche. Il pavimento era composto da tavole di legno lavorato a mano con così tanti buchi e fessure che il rischio di inciampare era sempre altissimo. Il soffitto era basso e ingiallito da macchie di nicotina e infiltrazioni d'acqua. Accanto all'ingresso erano allineati due frigoriferi colmi di ghiaccio e Coca-Cola e vicino alla cassa c'era un enorme espositore di merendine Moon Pie. Le pompe della benzina all'esterno tintinnavano ogni cinque litri di carburante erogati.

Mentre Jeffrey era alla Auburn il signor Cat era morto, e Possum, che lavorava nel negozio, l'aveva preso in gestione dalla vedova. Sei anni dopo, aveva rilevato l'esercizio e aveva cambiato il nome in Possum's Cat's. La prima volta in cui Sara aveva visto il cartello sopra l'edificio cadente, era rimasta estasiata perché aveva pensato che fosse un richiamo alla poesia di Eliot. Jeffrey aveva dovuto lottare contro il bisogno disperato di andare a nascondersi sotto l'auto per la vergogna, ma quando Sara aveva scoperto la verità, aveva fatto una gran risata. Alla fine per lei era stato un weekend molto piacevole, e il secondo giorno era sdraiata in piscina con Possum e sua moglie a ridere degli aneddoti sulla sconsiderata giovinezza di Jeffrey.

Ormai anche il commissario riusciva a sorridere a quel ricordo, ma all'epoca quella situazione l'aveva infastidito. Sara era la prima donna a prenderlo in giro in quel modo, e a dire il vero era stato proprio quello a farlo innamorare. Sua madre diceva sempre che Jeffrey amava le sfide.

Stava riflettendo sul fatto che Sara Linton rappresentava senza alcun dubbio una vera sfida, quando svoltò nel parcheggio di Possum's Cat's. Il locale era cambiato molto nel corso degli anni, e in particolare dall'ultima volta in cui Jeffrey era stato in città. L'unica cosa rimasta uguale era il grande stemma dell'università di Auburn sulla porta. L'Alabama era uno Stato diviso dai suoi due atenei, Auburn e Alabama, e per chiunque vi fosse nato esisteva una sola domanda importante da fare agli altri: *Da che parte stai?* Il commissario aveva visto spesso scoppiare una rissa quando qualcuno aveva dato la risposta sbagliata nel quartiere sbagliato della città.

Accanto al negozio, sulla destra, c'era un asilo; una novità dall'ultima volta in cui Jeffrey era stato lì. A sinistra c'era il Madam Bell's, gestito dalla moglie di Possum, Darnell. Come Cat, anche Madam Bell era morta da tempo. Jeffrey era convinto che Nell stesse al negozio solo per avere qualcosa da fare mentre i figli erano a scuola. Aveva frequentato Possum in modo saltuario al liceo, finché per lui non era diventata una cosa seria; il commissario non riusciva a convincersi che una ragazza irrequieta come lei si fosse davvero accontentata di quel genere di vita, ma aveva visto accadere cose ben più strane. D'altra parte, Nell era incinta di tre mesi il giorno del diploma: la vita non le aveva offerto grandi possibilità.

Per non occupare un posteggio di fronte al negozio, Jeffrey lasciò la macchina in folle davanti al Bell's, mentre l'autoradio suonava piano *Sweet Home Alabama* dei Lynyrd Skynyrd. Aveva trovato la cassetta nella scatola sotto la finestra in camera sua e aveva provato una leggera nostalgia nel sentire le prime note di quella che era stata una delle sue canzoni preferite. Era strano pensare di poter amare tanto qualcosa e poi dimenticarsene quando invece lo si aveva sotto il naso. Era questo che provava per la sua città e per gli amici che vi aveva lasciato. Temeva che rivedere Possum e Nell gli avrebbe dato l'impressione che negli ultimi vent'anni non fosse cambiato nulla, e non sapeva nemmeno lui come avrebbe reagito.

Sapeva solo che vedere sua madre in ospedale, dieci minuti prima, gli aveva fatto venire una gran voglia di tornare a Grant il prima possibile. Il modo in cui si era aggrappata a lui quando lo aveva abbracciato era soffocante, e poi aveva quel modo di parlare, lasciando le frasi a metà, come volesse esprimersi per sottintesi... May Tolliver non era mai stata una donna felice, e una parte di lui era convinta che suo padre fosse un ladro così maldestro solo perché voleva farsi beccare e portare in prigione, dove la sua terribile moglie non avrebbe potuto perseguitarlo ogni giorno rinfacciandogli che razza di delusione fosse. Come Jimmy, anche May era un'alcolizzata, e nonostante non avesse mai alzato un dito contro suo figlio, era in grado di annientarlo a parole più in fretta di chiunque altro. Per fortuna sembrava che fosse ancora autosufficiente, anche con in corpo una quantità di alcol che sarebbe bastata a far fare cento chilometri a un trattore. Stando al suo racconto, che fosse plausibile o meno, si era spaventata per un gatto randagio sbucato da sotto la casa dei vicini ed era scivolata per le scale. In effetti Jeffrey aveva sentito miagolare nei dintorni di casa, quella mattina, così le aveva dato il beneficio del dubbio. Non l'avrebbe ammesso con nessuno, e meno che mai con se stesso, ma era felicissimo che sua madre non avesse bisogno di ulteriore aiuto.

Scese dalla macchina e il suo piede scivolò sulla ghiaia del vialetto. Quella mattina, a casa di sua madre, si era messo un paio di jeans e una polo e adesso si sentiva strano, vestito in modo tanto informale in un giorno lavorativo. Si era chiesto se fosse il caso di indossare le scarpe eleganti, ma aveva cambiato idea dandosi un'occhiata allo specchio. Inforcò gli occhiali da sole e si guardò intorno mentre si avviava verso Madam Bell's.

Il piccolo stabile della chiromante assomigliava più a un capanno, e la zanzariera cigolò quando Jeffrey l'aprì. Bussò alla porta, poi entrò nel salottino all'ingresso. Quel posto era identico a come lo ricordava da ragazzo. Una volta Spot l'aveva sfidato a entrare e farsi leggere la mano da Madam Bell, ma il commissario non aveva affatto gradito ciò che gli aveva predetto e non aveva più messo piede lì dentro.

Jeffrey abbassò la testa per passare sotto la porta e diede uno sguardo nell'unico altro vano del capanno. Il televisore era acceso a basso volume, o forse era il condizionatore incassato nella finestra a sovrastare ogni suono. Nell stava sferruzzando qualcosa mentre guardava il programma, il corpo teso in avanti come se volesse essere sicura di non perdere una parola.

«Bu!» fece Jeffrey.

«Oddio!» Nell sobbalzò, facendo cadere il lavoro a maglia. Si alzò in piedi, portandosi una mano sul petto. «Slick, mi hai fatto prendere un colpo.»

«Non sia mai» rise lui, abbracciandola. Era una donna minuta, ma molto bella e formosa. Fece un passo indietro per osservarla meglio. Non era cambiata granché dai tempi del liceo. I capelli neri erano rimasti identici, a parte qualche filo grigio, ma erano lisci e lunghi fino alla vita, legati in una coda di cavallo, forse per il caldo.

«Sei già stato da Possum's? Che ci fai qui? È per tua madre?» gli chiese rimettendosi seduta. Nell aveva sempre parlato a macchinetta.

Jeffrey sorrise e si sedette davanti a lei. «Sì e no.»

«Era ubriaca» disse lei col solito tono diretto. Il suo candore era uno dei motivi per cui Jeffrey aveva smesso di uscire con lei. Chiamava ogni cosa col suo nome, e a diciotto anni lui non era affatto un tipo introspettivo. «Con quello che ha speso in liquori l'anno scorso praticamente abbiamo tirato avanti per tutto l'inverno.»

«Lo so» rispose lui, incrociando le braccia.

Era il commissario a pagarle le bollette, da un po' di tempo, in modo che sua madre avesse i soldi per comprarsi da bere. Era inutile mettersi a discutere con lei, e almeno così Jeffrey sapeva che avrebbe bevuto in casa piuttosto che uscire a cercare di procurarsi dell'alcol in altri modi.

«Sono appena stato all'ospedale. Le hanno dato un bicchierino di vodka davanti ai miei occhi.»

Nell prese le carte e cominciò a mescolarle. «Rischia il delirium tremens, senza.»

Jeffrey si strinse nelle spalle. Il dottore aveva detto la stessa cosa.

«Che cosa guardi?» gli chiese lei, e Jeffrey sorrise rendendosi conto che la stava fissando. Pensò che era più facile parlare dell'alcolismo di sua madre con Nell che con Sara. Non aveva idea del perché fosse così. Forse dipendeva dal fatto che Nell sapeva di quel problema da sempre. Con Sara spesso lui si sentiva in imbarazzo, poi si vergognava, e alla fine provava risentimento.

«Come mai diventi sempre più carina ogni volta che ti vedo?» scherzò.

«Slick, Slick, Slick» fece lei, schioccando la lingua. Mise un paio di carte scoperte sul tavolo e chiese: «Allora, come mai tu e Sara avete divorziato?».

Jeffrey sussultò. «Lo hai letto nelle carte?»

Lei sorrise con aria beffarda. «Sì, in quelle che mi sono arrivate con gli auguri di Natale. Sara aveva scritto *Linton* nel mittente.» Mise giù un'altra carta. «Che cosa hai fatto, l'hai tradita?»

Lui indicò le carte. «Perché non me lo dici tu?»

Nell annuì e ne scoprì altre due. «Direi che l'hai tradita e sei stato beccato.»

«Cosa?»

Lei rise. «Il fatto che non parla con te non significa che non parli nemmeno con me.»

Jeffrey rimase interdetto.

«Amico, esistono i telefoni» disse lei. «Ogni tanto ci sentiamo, per sapere come va.»

«Be', allora saprai anche che abbiamo ricominciato a vederci» ribatté lui, consapevole di aver ritrovato il tono impudente del vecchio Slick. «Che cosa ne pensano le tue carte?»

Nell ne scoprì altre due e le esaminò per qualche istante, con un'espressione corrucciata. Dopo un po' le raccolse tutte e le rimise nel mazzo.

«Queste schifezze non ti direbbero comunque un bel niente» borbottò. «Andiamo da Possum. Sono sicura che sarà felicissimo di vederti.»

Gli tese la mano e lui esitò, chiedendosi se dovesse insistere per conoscere la previsione delle carte. Non pensava affatto che Nell avesse il dono della cartomanzia, anche perché non poteva averlo nessuno, ma era snervante pensare che non potesse nemmeno inventarsi qualcosa per farlo sentire meglio.

«Andiamo» gli disse, tirandolo per una manica.

Lui obbedì e si lasciò guidare fuori dal capanno, riemergendo nel caldo implacabile dell'Alabama. Nel parcheggio non c'erano alberi e Jeffrey sentì il sole cuocergli la testa mentre si dirigevano verso la stazione di servizio.

Nell lo prese sottobraccio. «Sara mi piace.»

«Anche a me» le rispose.

«Voglio dire che mi piace sul serio, Jeffrey.»

Il commissario si fermò, perché non lo chiamava quasi mai col suo nome.

«Se ti sta dando un'altra possibilità, non gettare tutto al vento» riprese lei.

«Non ne ho alcuna intenzione, infatti.»

«Dico davvero, Slick» insisté lei, tirandolo verso il negozio. «È troppo bella per te, e direi anche troppo intelligente.» Lo aspettò alla porta in modo che fosse lui ad aprirla. «Non rovinare tutto.»

«La fiducia che riponi in me è rassicurante.»

«È solo che non voglio che il Piccolo Jeffrey ti rovini di nuovo la vita.»

«*Piccolo?*» ripeté lui, aprendo. «Per caso la memoria ti gioca brutti scherzi?»

Lei stava per rispondergli a tono, ma proprio in quel momento si sentì tuonare la potente voce di Possum.

«Chi è? Slick?» gridò, come se Jeffrey fosse andato a fare una semplice passeggiata invece di star via per anni. Il commissario lo osservò mentre usciva da dietro il bancone.

«Oh, accidenti» disse Jeffrey, massaggiando il ventre prominente del suo vecchio amico. «Nell, perché non mi hai detto che ne aspettavate un altro?»

Possum scoppiò in una risata allegra, grattandosi la pancia. «Si chiamerà Bud se è maschio, Dewars se è femmina.» Mise un braccio sulle spalle dell'amico, tirandolo dentro il negozio. «Come stai, ragazzo?»

Senza riflettere, Jeffrey gli diede la sua tipica risposta. «Non sono più un ragazzo da quando ero alto come te.»

Possum rise gettando indietro la testa. «Quanto vorrei che ci fosse anche Spot. Quanto resti in città?»

«Non molto» rispose. «A dire il vero sto andando via.» Quando si voltò, si accorse che Nell li aveva lasciati da soli.

«Una brava donna» disse Possum.

«È incredibile che non ti abbia ancora mollato.»

«Le nascondo le chiavi tutte le sere prima di andare a dormire» disse lui facendogli l'occhiolino. «Ti va una birra?»

Jeffrey guardò l'orologio alla parete. «Di solito non bevo prima di mezzogiorno.»

«Ah, giusto, giusto, giusto. Che ne dici di una Coca?» Ne tirò fuori un paio da una ghiacciaia senza aspettare la risposta.

«Fa caldo, fuori» disse Jeffrey.

«Già» concordò Possum stappando le bottiglie con le mani. «Sarai passato per chiedermi di dare un occhio a tua madre, immagino.»

«Ho un'indagine complicata in corso, a casa» disse il commissario, e fu bello pensare che adesso casa sua era Grant. «Se non ti spiace.»

«Cazzo» fece lui agitando una mano e offrendo la Coca a Jeffrey. «Non ti preoccupare. Sta proprio in fondo alla strada.»

«Grazie.» Jeffrey osservò Possum che prendeva una confezione di noccioline dallo scaffale e l'apriva coi denti. Gliene offrì qualcuna, ma lui declinò scuotendo il capo.

«Un vero disastro che sia caduta» disse Possum, infilando qualche nocciolina nella sua bottiglietta. «Ultimamente ha fatto davvero caldo. Magari l'afa le ha fatto girare la testa.»

Jeffrey bevve un sorso di Coca. Possum stava facendo quel che aveva sempre fatto, e cioè giustificare May Tolliver. Jerry Long non si era guadagnato quel nomignolo solo perché quel giorno si era finto morto nel cortile di Jeffrey. Se c'era una cosa in cui era un maestro, era ignorare quel che aveva davanti agli occhi.

Il ritmo incalzante di una canzone rap scosse le vetrine del negozio e Jeffrey si voltò appena in tempo per vedere un grosso pick-up bordeaux fermarsi lì davanti. La musica suonava a tutto volume, poi qualcuno spense il motore e un adolescente dall'aria scontrosa scese dall'abitacolo ed entrò nel negozio.

Indossava una camicia dello stesso colore del pick-up, con le parole *Forza Tide* stampate in bianco sopra un elefante imbizzarrito. Ma furono i suoi capelli ad attirare l'attenzione di Jeffrey. Aveva delle treccine fermate in fondo da piccole mollette rosse che sbattevano tra loro quando camminava. Il ragazzo portava un paio di pantaloni mimetici neri e grigi tagliati al ginocchio, ma i calzini e le scarpe da ginnastica avevano il colore dei Crimson Tide, la squadra di football dell'Alabama University.

«Ehi, papà» fece il ragazzo rivolgendosi a Possum.

Jeffrey scambiò un'occhiata col suo amico, poi tornò a guardare il ragazzo. «Jared?» chiese, senza riuscire a credere che quello fosse il dolce figlioletto di Possum e Nell. Assomigliava più a un delinquente di una gang di motociclisti.

«Ciao, zio Slick» borbottò lui, trascinando i piedi sul pavimento. Superò entrambi e andò dietro il bancone.

«Cavoli» esclamò Jeffrey. «Deve essere imbarazzante...»

Possum annuì. «Speriamo tanto che cambi idea.» Scrollò le spalle. «Gli piacciono gli animali, e lo sanno tutti che la facoltà di Veterinaria della Auburn è migliore di quella dell'Alabama.»

Jeffrey strinse le labbra per non ridere.

«Torno subito» disse Possum, seguendo il figlio. «Prendi pure quello che vuoi.»

Jeffrey finì la Coca-Cola in un sorso, poi andò sul retro del negozio per vedere che tipo di esche vendeva Possum. C'erano gabbiette metalliche con dentro grilli che frinivano a gran voce e un grosso barile di plastica pieno di terra bagnata che doveva ospitare almeno un migliaio di vermi. Sopra la gabbia dei grilli c'era una piccola vasca con dei pesciolini, una rete e qualche secchio per trasportare le esche.

A Sara piaceva pescare e per un attimo Jeffrey pensò di comprare qualche verme, ma poi immaginò che seccatura sarebbe stato un viaggio in macchina con delle esche vive.

Di sicuro si sarebbe dovuto fermare prima di Atlanta per mangiare qualcosa, e non poteva certo lasciare dei vermi a friggere al caldo. Inoltre a Grant c'erano molti posti che vendevano esche simili.

Gettò la bottiglietta vuota in un bidone che gli sembrò quello giusto per il riciclo del vetro e diede uno sguardo all'asilo accanto al negozio. Doveva essere l'ora di ricreazione e i bambini correvano da tutte le parti gridando come matti. Si chiese se Jenny Weaver si fosse mai sentita così libera. Non riusciva a immaginare quella ragazza in sovrappeso che correva qua e là, per nessun motivo. Sembrava più il tipo da starsene seduta all'ombra a leggere un libro, in attesa che suoni la campanella per poter tornare in classe.

«Lavora qui?» chiese qualcuno.

Jeffrey si voltò, sorpreso. C'era un uomo sulla trentina dietro di lui, proprio accanto alle esche. Era l'incarnazione di quello che Jeffrey considerava il tipico paesanotto: magro, fiacco, con il viso arrossato di chi si è rasato troppo a fondo. Solo le braccia sembravano abbastanza muscolose, forse perché era un operaio. Una sigaretta gli penzolava tra le labbra.

«No» rispose il commissario, sentendosi un po' in imbarazzo per essere stato a guardare dalla finestra senza uno scopo. «Stavo guardando i bambini.»

«Già» disse l'altro, facendo un passo verso di lui. «Sono sempre fuori, a quest'ora.»

«Ha un figlio lì?» chiese Jeffrey.

L'uomo lo guardò in modo strano, come se lo stesse valutando. Si portò una mano alla bocca e si grattò il mento, pensieroso. Jeffrey sussultò: aveva notato un tatuaggio sulla pelle tra il pollice e l'indice, identico a quello di Mark Patterson.

Il commissario si voltò, cercando di elaborare una strategia. Guardò di nuovo fuori dalla finestra e osservò il riflesso parziale dell'uomo nel vetro.

«Bel tatuaggio» gli disse.

«Ne hai uno anche tu?» domandò l'altro a voce bassa, in un sussurro cospiratorio.

Jeffrey scosse il capo.

«Come mai?»

«Lavoro» rispose il commissario, cercando di usare un tono neutro. Aveva un pessimo presentimento, come se il suo istinto avesse già intuito qualcosa ma si rifiutasse di comunicarglielo.

«Non sono in molti a sapere cosa significa» proseguì l'uomo, chiudendo la mano a pugno. Si guardò il tatuaggio con un sorrisetto.

«L'ho visto addosso a un ragazzino» tentò Jeffrey. «Non come loro...» Fece un cenno col capo verso l'asilo. «Più grande.»

Il sorriso dell'uomo si allargò. «Ti piacciono più grandi?»

Jeffrey diede uno sguardo oltre la spalla dell'uomo per controllare dove fosse Possum.

«Non tornerà per un po'» lo rassicurò l'altro. «Quel ragazzo si caccia nei guai quasi ogni giorno.»

«Ah, sì?»

«Sì.»

Jeffrey si voltò di nuovo verso la vetrina e guardò i bambini che correvano nel giardino con occhi diversi. Non gli sembravano più piccoli e spensierati, ma vulnerabili ed esposti al pericolo. L'uomo fece un passo avanti e con la mano tatuata indicò fuori. «Vedi quella laggiù? La piccola che legge un libro?»

Il commissario seguì la direzione indicata e notò una

bambina seduta sotto l'albero al centro del giardino. Leggeva, proprio come si era immaginato che facesse Jenny Weaver.

«Quella è mia» mormorò l'uomo.

Jeffrey sentì i peli sulla nuca rizzarsi. Dal modo in cui l'aveva detto era evidente che non stava parlando di sua figlia. C'era una nota possessiva nella sua voce, e andando ancora più a fondo, un sottinteso che poteva essere solo sessuale.

«Da qui non si vede, ma se ti avvicini ti accorgi che ha la boccuccia più bella del mondo» aggiunse.

Jeffrey si voltò lentamente, cercando di nascondere il proprio disgusto. «Perché non andiamo da qualche altra parte a parlarne?» propose.

L'uomo socchiuse gli occhi. «Qui non ti sta bene?»

«Stare qui mi rende nervoso» rispose lui, costringendosi a sorridere.

L'altro lo fissò a lungo, poi gli rivolse un cenno d'assenso quasi impercettibile.

«Sì, okay» disse, e si avviò verso la porta.

Una volta fuori, l'uomo fece per voltarsi, ma Jeffrey gli sferrò un calcio dietro le ginocchia e lo fece cadere a terra.

«Ah, Gesù» esclamò, rannicchiandosi.

«Sta' zitto» ordinò Jeffrey, dandogli un altro calcio alla coscia abbastanza forte da fargli capire che era inutile provare ad alzarsi.

L'altro restò immobile, raggomitolato su se stesso, aspettando di essere colpito. C'era un che di patetico e disgustoso nel suo comportamento, come se sapesse benissimo perché qualcuno potesse picchiarlo e accettasse passivamente la punizione. Jeffrey si guardò intorno, assicurandosi che nessuno potesse vederlo. Moriva dalla voglia di pestarlo a sangue, ma parte della sua collera svanì di fronte a quell'ammasso piagnucolante che se ne stava rannicchiato a terra.

«Alzati» disse infine il commissario.

L'uomo lo guardò attraverso le braccia incrociate sulla faccia, cercando di capire se fosse un trucco. Quando Jeffrey fece un passo indietro, si tirò su lentamente. Tutto intorno si era alzata una nuvola di polvere, e il commissario tossì per schiarirsi la voce.

«Che cosa vuoi?» chiese l'uomo, tirando fuori un pacchetto di sigarette dal taschino della camicia. Si erano schiacciate, e quella che si mise in bocca era piegata in due. Cercò di accenderla con le mani che gli tremavano.

Jeffrey lottò contro il bisogno di buttargliela a terra con un ceffone. «Che significa quel tatuaggio?»

L'uomo scrollò le spalle.

«È di qualche club di cui fai parte?» insisté il commissario.

«Sì, il club di quelli a cui piacciono le bambine. È questo che vuoi sapere?»

«Quindi ce l'hanno anche altre persone?»

«Non lo so. Non conosco nessun nome, se è questo che vuoi. Gira su Internet. Siamo tutti anonimi.»

Jeffrey sospirò. Tra le altre cose, Internet era una fonte inesauribile per molestatori e pedofili, che lì trovavano il modo di associarsi e condividere racconti, fantasie e a volte anche le loro prede. Il commissario aveva seguito un corso di aggiornamento per la polizia proprio a questo proposito. Di recente c'erano stati arresti eclatanti, ma l'FBI non ce la faceva a tenere il passo con quella gente.

«Che cosa significa?» chiese ancora il commissario.

L'uomo lo guardò serio. «Secondo te che cazzo significa?»

«Dimmelo, a meno che tu non voglia tornare per terra a chiederti perché l'intestino ti sta uscendo dal culo.»

L'altro annuì, prendendo un tiro dalla sigaretta e poi buttando fuori lentamente il fumo dalla bocca e dal naso.

«Il cuore» cominciò, indicandosi la mano. «Quello grande è nero.»

Jeffrey annuì.

«Dentro però c'è questo più piccolo, giusto?» Osservava il tatuaggio con uno sguardo quasi affettuoso. «Quello piccolo è bianco. È puro.»

«Puro?» ripeté il commissario, perché aveva sentito quella parola di recente, ma non ricordava in quale occasione. «Cosa intendi per *puro*?»

«Puro come un bambino, amico.» Riuscì a sorridere. «Il cuore bianco rende pura una piccola parte di quello nero, capito? È amore. Nient'altro che amore.»

Il commissario cercò qualcosa da fare con le mani che gli impedisse di strangolare quell'uomo. Poi gli mostrò il palmo e disse: «Dammi il portafoglio».

Lui obbedì senza esitare e non protestò quando il commissario tirò fuori un bloc-notes da una tasca e copiò i suoi dati.

«Tieni» fece poi Jeffrey, tirandogli il portafoglio addosso così forte che gli rimbalzò sul petto prima che l'uomo potesse afferrarlo. «Adesso ho il tuo nome e il tuo indirizzo. Se rimetterai piede in questo negozio, se ti farai anche solo venire in mente di passare accanto a quest'asilo, il mio amico che sta lì dentro ti ammazzerà di botte.» Fece una brevissima pausa. «Ci siamo capiti?»

«Sì, signore» disse l'altro, gli occhi a terra.

«Qual è il sito di cui parlavi?» chiese.

L'altro continuava a tenere lo sguardo basso. Jeffrey

fece un passo verso di lui, e quello arretrò, alzando le mani.

«È un newsgroup per amanti delle ragazzine» disse. «A volte viene spostato. Lo devi cercare.»

Jeffrey scrisse quella frase, anche se l'aveva già sentita al corso.

L'uomo prese un'altra boccata dalla sigaretta e trattenne il fumo per qualche istante. Poi lo espirò chiedendo: «È tutto?».

«Quella bambina» fece il commissario, sforzandosi di non perdere il controllo. «Se le torci anche solo un capello...»

«Non sono mai stato con nessun bambino, okay? È solo che mi piace guardare.» Diede un calcio a un sasso. «Sono così teneri... Insomma, come si fa a far del male a creature così tenere?»

Senza riflettere, Jeffrey gli sferrò un pugno alla bocca. Un dente schizzò via, seguito da un fiotto di sangue, e l'uomo crollò di nuovo a terra, pronto a essere pestato.

Il commissario tornò nel negozio con addosso un profondo disgusto.

9

Il liceo Robert E. Lee veniva definito dalla gente del posto un *super istituto*, perché era stato concepito per ospitare i circa quindicimila studenti della contea di Grant. La scuola però non era abbastanza grande, e dietro l'edificio principale, a occupare il campo da baseball, erano state sistemate alcune classi provvisorie dette anche *i container*. C'erano quattro vicepresidi e un preside, George Clay, un uomo che sembrava trascorrere quasi tutto il tempo dietro la scrivania a compilare scartoffie per il nuovo e rivoluzionario programma educativo del governatore, un progetto che costringeva i professori a passare più tempo ai corsi di aggiornamento e a riempire moduli che a insegnare ai ragazzi.

Brad giocherellava col cappello mentre avanza insieme a Lena nel corridoio, le scarpe d'ordinanza che risuonavano sul pavimento. Senza riflettere, la detective aveva cominciato a contare i passi lungo il percorso costeggiato da una fila di armadietti. Era il tipico ambiente istituzionale, senza una vera identità, con il pavimento di piastrelle bianche e le pareti insonorizzate. Per rispettare i colori dell'istituto, gli armadietti erano stati dipinti di rosso scuro e i muri di grigio più scuro. Ogni spazio disponibile era occupato da poster che incitavano i Rebels alla vittoria, ma più che incoraggiare creavano solo disordine. Manifesti appesi nelle bacheche invitavano gli studenti ad astenersi da droghe, fumo e sesso.

«Sembra piccolissima» disse Brad in un sussurro.

Lena si trattenne a fatica dall'alzare gli occhi al cielo. Da quando avevano parlato con George Clay, Brad non aveva fatto altro che comportarsi come uno studentello al primo anno invece che come un poliziotto. Ed era perfetto in quella parte, col viso rotondo e i ciuffi di capelli biondi che gli finivano negli occhi ogni tre secondi.

«Questa è l'aula della signorina Mac» disse lui indicando una porta chiusa. Diede uno sguardo alla finestrella mentre passavano. «Era la mia insegnante di inglese» aggiunse scostandosi i capelli dal viso.

«Mmm» fece Lena senza guardare.

Le porte delle classi che si affacciavano lungo il corridoio erano chiuse a chiave. Come accadeva in quasi tutte le scuole rurali, anche alla Lee prendevano precauzioni contro le intrusioni. Gli insegnanti passavano spesso nei corridoi e di fronte alla segreteria c'erano due agenti in pianta stabile, quelli che Jeffrey chiamava *cani da guardia*. Essendo di pattuglia, Lena veniva chiamata dalla scuola ogni volta che si verificava qualche problema serio con spacciatori e attaccabrighe, il che era piuttosto frequente. Per la sua esperienza, i giovani delinquenti erano peggiori da gestire rispetto ai loro colleghi adulti. Conoscevano le leggi che regolavano la loro detenzione molto meglio della maggior parte dei poliziotti, e non avevano paura di nulla.

«Le cose sono cambiate parecchio» commentò Brad facendo eco ai pensieri di lei. «Non so come facciano gli insegnanti.»

«Esattamente come facciamo anche noi» ribatté lei, secca, cercando di chiudere la conversazione. Non le era mai piaciuta la scuola e non si sentiva a suo agio, lì dentro. Anzi, in realtà si sentiva particolarmente turbata dall'interrogatorio di Mark Patterson. Provava stima verso se stessa, per essere riuscita a entrare in sintonia con lui, e al tempo stesso l'inquietante sensazione di esservi entrata *troppo*. E la cosa peggiore era che Jeffrey l'aveva notato.

«Eccoci» disse Brad fermandosi davanti all'armadietto di Jenny Weaver. Tirò fuori un foglio dalla tasca e lo aprì, dicendo: «La combinazione è...» mentre Lena infilava un pollice sotto la serratura, aprendola di scatto.

«Come hai fatto?» chiese Brad.

«Solo gli sfigati usano le combinazioni.»

Brad arrossì, ma lo nascose tirando fuori gli oggetti dall'armadietto. «Tre libri di testo» disse porgendoli alla detective. «Un blocco per gli appunti... due matite e un pacchetto di gomme.»

Lena sbirciò nel piccolo armadio, pensando che Jenny Weaver era molto più ordinata di quanto lei fosse mai stata. Non c'era nemmeno una foto incollata dentro lo sportello. «Tutto qui?» chiese, anche se lo vedeva da sola.

«Tutto qui» rispose Brad, controllando i libri che Lena aveva già esaminato.

La detective aprì il blocco, che aveva un cucciolo di cane in copertina. C'erano sei segnalibri colorati, uno per ciascun corso, che dividevano il blocco in sezioni. Le pagine erano quasi tutte piene, ma sembravano solo appunti presi durante le lezioni. Jenny Weaver non faceva nemmeno uno scarabocchio sui fogli.

«Doveva essere una brava studentessa» commentò Lena.

«A tredici anni era in prima superiore.»

«Ed è tanto inconsueto?»

«Significa solo che ha saltato un anno» le spiegò Brad, rimettendo i libri nell'armadietto come li avevano trovati. Controllò il pacchetto di gomme per accertarsi che dentro non ci fosse altro. «Di sicuro era pulita.»

«Già» concordò Lena, restituendogli il blocco. Aspettò mentre Brad lo sfogliava, in cerca di qualcosa che poteva esserle sfuggito.

«Aveva una grafia molto precisa» disse lui con tristezza.

«Che opinione ti sei fatto di lei durante quel ritiro?»

Brad si tirò indietro i capelli. «Era silenziosa. Detesto dirlo, ma quasi non mi sono accorto di lei, anche se le ragazze sono spesso molto riservate. Avrebbe dovuto esserci la signora Fray per dare una mano, ma all'ultimo si è sentita male. Non volevo deludere tutti, e poi gli acconti non erano rimborsabili...» Scosse il capo. «I ragazzi erano tremendi, e ho passato quasi tutto il tempo dietro a loro.»

«Cosa puoi dirmi di Jenny e Lacey?»

«Be'...» Si concentrò, e sulla fronte gli apparvero delle rughe. «Non facevano granché, è questo il punto. Gli altri sciavano e si divertivano, mentre loro avevano una stanza tutta per sé e in pratica le vedevo solo all'ora di cena.»

«Come si comportavano?»

«Era come se avessero un codice tutto loro. Mi guardavano e ridacchiavano, sai, come fanno le ragazzine.» Si mosse, a disagio, e Lena capì perché quelle due avevano riso di lui. Brad doveva capire le adolescenti un po' come poteva capirle una capra.

«Ma non si comportavano in modo strano?»

«Più strano del ridere senza motivo?»

«Brad...» cominciò la detective, ma si interruppe. Spiegargli che forse pensavano che fosse un idiota lo avrebbe messo di cattivo umore, e lei non aveva alcuna voglia di doverlo sopportare per il resto della giornata.

Lui la fissò, aspettando che finisse la frase.

«È che...» riprese Lena, ma si fermò di nuovo. «Ti è sembrato che Jenny stesse male?»

«Me l'ha chiesto anche il capo» disse lui, e alla detective sembrò che volesse farle un complimento. «Mi ha fatto un sacco di domande su Jenny, su che impressione mi aveva fatto, su chi frequentava...»

Lena chiuse l'armadietto e gli fece cenno di riprendere a camminare. «Quindi?»

«A me non sembrava malata» disse. «Cioè, stavano per conto loro, okay. E non sembravano interessate agli altri ragazzi. Se devo essere sincero, non so perché siano venute: in fondo non facevano parte del gruppo.»

«Che vuoi dire?»

Brad scrollò le spalle. «Non erano popolari, ecco. Cioè, Lacey avrebbe potuto esserlo, è molto carina, sembra una cheerleader.» Scosse la testa, come se stesse ancora cercando di capirci qualcosa. «Jenny proprio no. Non ho mai visto nessuno offenderla o farle qualcosa di male, altrimenti sarei intervenuto, ma non ho mai visto nemmeno qualcuno andare da lei spontaneamente, tanto per essere gentile.»

«Non avresti dovuto far loro da accompagnatore, in teoria?»

Brad colse la frecciatina e si mise subito sulla difensiva. «Le ho tenute d'occhio meglio che ho potuto, ma ero da solo, e i ragazzi si mettevano molto più nei guai delle ragazze.»

Lena si morse la lingua, chiedendosi come avesse fatto una persona ottusa come Brad a entrare in polizia.

«Eccoci» disse lui fermandosi davanti alla biblioteca. Le

tenne aperta la porta, come gli aveva insegnato a fare la mamma fin da quando era piccolo. Lavorando prima con Frank e poi con Jeffrey, Lena era talmente abituata agli uomini che le aprivano le porte che quasi non ci faceva nemmeno più caso.

La biblioteca era un ambiente gelido, eppure accogliente. C'erano progetti di studenti appesi alle pareti, e le numerose file di scaffali traboccavano di volumi. C'erano circa venti postazioni con computer – un'altra iniziativa didattica finanziata dalla lotteria della Georgia – i monitor spenti perché l'impianto elettrico della scuola non era ancora stato attrezzato per gestire il carico di energia in più. C'era un piano sopraelevato che formava una balconata con una ringhiera aperta lungo la parete sul fondo, e per un attimo Lena immaginò che un ragazzo potesse piazzarsi lassù e aprire il fuoco sui compagni.

«Eccoli là» disse Brad, indicando tre ragazze e tre ragazzi seduti accanto alla postazione della bibliotecaria. Lena capì subito che cosa intendesse il suo collega: erano i *ragazzi popolari*. C'era qualcosa nel modo in cui se ne stavano seduti a un tavolo a parlare e ridere tra loro... Erano tutti carini, vestiti all'ultima moda e con quell'atteggiamento di superiorità tipica dei ragazzi che hanno i compagni ai propri piedi.

«Vediamo di fare una cosa veloce» disse Lena, avvicinandosi a passo deciso. Si fermò accanto a loro per alcuni secondi, ma nessuno dei ragazzi si accorse di lei. Lena rivolse a Brad un'occhiata sospettosa e si schiarì la voce. Nemmeno questo funzionò, così batté con le nocche sul ripiano di legno del tavolo. Il gruppetto si zittì, ma due ragazze finirono il discorso iniziato prima di sollevare lo sguardo.

«Sono il detective Adams, e lui è l'agente Stephens» disse Lena.

Le ragazze ridacchiarono, come se qualcuno avesse appena raccontato loro un pettegolezzo, e Lena si ricordò perché non sopportava le adolescenti. Non esisteva niente di più crudele delle ragazze di quell'età. I maschi erano capaci di chiudere una discussione a pugni, ma le femmine erano molto più contorte e malvagie di quanto si potesse immaginare.

Una ragazza fece scoppiare la gomma da masticare, mentre un'altra disse: «Conosciamo *Brad*».

Lena cercò di non mostrarsi ostile quando Brad gliele presentò. «Heather, Brittany e Shanna» disse indicandole, poi passò ai ragazzi, che se ne stavano stravaccati sulle sedie. «Carson, Rory e Cooper.» La detective si chiese quando i genitori avessero smesso di dare ai figli dei nomi normali. Forse più o meno quando avevano smesso di insegnare loro le buone maniere.

«Okay» riprese Lena, sedendosi di fronte a loro. «Cerchiamo di sbrigarci, così potrete tornare tutti in classe.»

«Perché ci avete fatti venire qui?» le chiese Brittany con un tono ostile che rispecchiava il suo atteggiamento.

«Eravate al ritiro sulla neve insieme all'agente Stephens» spiegò Lena. «C'era anche Jenny Weaver. Sapete che cosa le è successo sabato?»

«Sì» fece Shanna, scoppiando la gomma. «Le avete sparato.»

Lena fece un respiro profondo. Pur essendo stata anche lei un'adolescente odiosa, non si sarebbe mai sognata di rivolgersi così a un poliziotto, a quell'età. «Vi faremo solo qualche domanda di routine su di lei, per cercare di capire perché ha fatto quello che ha fatto» disse.

«Mio padre sa che mi state interrogando?» si intromise uno dei ragazzi, fissandola. Lena non ricordava il suo nome, ma erano tutti uguali, quindi non aveva molta importanza.

«Come ti chiami?» gli chiese.

«Carson.»

«Carson» ripeté, restituendogli lo stesso sguardo di sfida. Il ragazzo aveva gli occhi iniettati di sangue e le pupille dilatate.

«Che c'è?» fece lui, interrompendo il contatto visivo. Incrociò le braccia e si guardò intorno con aria annoiata.

«Una tua compagna di classe è morta» gli ricordò Lena. «Non ti interessa aiutarci a scoprire perché?»

«Il *perché* è che le avete sparato» rispose Carson, raccogliendo lo zaino. «Adesso posso andare?»

«Certo» rispose Lena. «Però forse prima possiamo chiedere al dottor Clay di dare uno sguardo nel tuo zaino, che ne pensi?»

Lui fece un sorrisetto. «Non avete indizi di colpevolezza.»

«No, certo, ma il dottor Clay non ne ha bisogno.»

Carson sapeva che la detective aveva ragione. Posò la borsa a terra. «Che volete sapere?»

Lena espirò lentamente. «Parlami di Jenny Weaver.»

«Non la conoscevo, okay? Era al ritiro, è vero, ma lei e Lacey non socializzavano con noi.»

Gli altri ragazzi annuirono e uno aggiunse: «A loro non piaceva spassarsela».

Lena immaginò che per *spassarsela* intendesse drogarsi. Da quel poco che sapeva di Jenny Weaver, la cosa non la sorprendeva.

«Era più piccola di noi» continuò Carson, «e noi non frequentiamo i ragazzini.»

Lena si rivolse alle ragazze. «E voi?»

Fu Brittany a cominciare. Come gli altri, era stravaccata sulla sedia e parlò esattamente con il tono che Lena si aspettava: piagnucoloso e irritante. C'era davvero qualcosa che non andava in una società che consentiva agli adolescenti di rivolgersi così agli adulti.

«Jenny era strana» disse.

Lena cercò di tirarle fuori qualcos'altro. «Credevo che foste tutti amici.»

«Non lo eravamo proprio per niente» fece Shanna. «Io non la sopportavo.» Lo disse come se ne fosse orgogliosa.

«Davvero?» chiese Lena.

Shanna perse un po' di spavalderia quando si accorse che la detective la stava prendendo sul serio, e con molta meno sicurezza ribadì: «Non eravamo amiche».

«Nessuna di noi lo era, in realtà» aggiunse Heather, che sembrava la più razionale del gruppo. Non aveva più le braccia incrociate e Lena pensò che, di quei sei, fosse l'unica a mostrare un minimo di rimorso. In effetti le ricordava un po' se stessa a quell'età: un po' superficiale e più interessata allo sport che ai pettegolezzi scolastici.

«Jenny stava quasi sempre in silenzio, anche quando andavamo alle medie» disse la ragazza.

«Eravate tutti compagni di scuola?»

Annuirono.

Heather indicò le altre ragazze. «Vivevamo tutte vicino a casa sua, per un po' abbiamo preso lo stesso autobus.»

«Ma non eravate amiche?» domandò Lena.

«Lei non aveva molti amici.» Heather restò in silenzio per qualche istante, poi aggiunse: «Quando si è trasferita nel nostro quartiere, ho provato a scambiarci due parole, ma a lei piaceva stare a casa e leggere. Un paio di volte l'ho invitata a uscire, ma non ha voluto, così alla fine ho lasciato perdere».

«Non piaceva a nessuno» intervenne Brittany. «Era una... com'è che si dice? Introversa.»

Shanna rise, coprendosi la bocca con una mano. «Sì, esatto» confermò.

«Era amica di Lacey Patterson» fece notare Lena.

Le ragazze si scambiarono un'occhiata.

«Che c'è?»

Scrollarono tutte le spalle, contemporaneamente. I ragazzi erano letargici o disinteressati.

Lena sospirò e si appoggiò allo schienale. «Ce ne staremo qui anche tutta la notte, se non mi dite quel che voglio sapere.»

Le ragazze le credettero, sebbene l'unico desiderio della detective fosse andarsene da quella scuola.

Brittany ruppe il silenzio. «Lacey era sua amica solo per via di Mark.»

«Mark Patterson, suo fratello?»

«Okay» intervenne Shanna, alzando una mano, in tono agitato, come se Lena l'avesse torchiata per bene e all'improvviso lei non vedesse l'ora di raccontare tutto ciò che sapeva. «Era una puttana.»

«Shanna!» fece Heather, stupefatta.

«Lo sai anche tu» ribatté lei. «Faceva sesso con tutti, non solo con Mark.»

Brad si mosse sulla sedia. Sembrava più a disagio che mai.

«Con chi faceva sesso?» chiese la detective, guardando i ragazzi. Nessuno incrociò il suo sguardo.

«A parte Mark, non lo so di sicuro» disse Shanna. Sembrava che stesse chiacchierando con le amiche in sala mensa. «Ma girava voce che lo succhiasse ai ragazzi...»

«*Dio!*» la interruppe Heather. «È morta, okay? Perché devi dire queste cose?»

«Perché è la verità!» rispose lei, stizzita.

Heather sembrava in collera. «Erano solo voci. Nessuno sa se fossero vere o no.»

«Cosa dicevano di preciso queste voci?» insisté Lena.

Shanna fu felice di risponderle. «Faceva sesso con alcuni ragazzi dietro la palestra dopo la quinta ora.»

«Rapporti sessuali oppure orali?» chiese Lena, continuando a osservare i ragazzi.

Shanna si strinse nelle spalle, lanciando un'occhiata in tralice a Heather. «Io non c'ero.»

«Heather invece sì?»

«A lei non piacciono i ragazzi» disse Shanna.

«Sta' zitta!» le ordinò Heather, spaventata.

Lena si chiese se fosse più sgomenta lei o Brad. Era come una puntata del *Jerry Springer Show* in diretta dalla biblioteca scolastica.

«Okay» disse, alzando le mani e cercando di ripristinare l'ordine. «Che prove avete che Jenny facesse sesso occasionale?»

Le ragazze tacquero, guardandosi tra di loro.

«Nessuna, vero?» continuò la detective. «Non sapete dirmi il nome di nessun ragazzo con cui è stata?»

Carson si riscosse, ma non intervenne.

«Mark» fece Shanna. «Ma dire Mark è come dire tutti.»

«Eh, già...» mormorò Brittany, con una nota nella voce che sembrava di rimorso.

Lena sospirò e si massaggiò le tempie. Le stava venendo un mal di testa che di sicuro l'avrebbe accompagnata per tutto il giorno. «Okay. Chi ha dato il via a questi pettegolezzi?»

I ragazzi scrollarono le spalle. Sembrava la risposta universale degli adolescenti a ogni domanda. Lena si chiese se un giorno avrebbero avuto problemi alle cuffie dei rotatori.

«A me l'ha detto Pansy Davis» disse Shanna.

«A me ha detto che Jenny è andata a letto con Ron Wilson giovedì sera» disse Brittany, «e sai anche tu che Ron era a casa di Frank, quella sera.»

«Frank ha detto che è sgattaiolato fuori!» strillò Shanna.

«Un attimo, un attimo» intervenne Lena, le mani alzate. Era come essere in mezzo a un branco di papere intento a beccarsi. «Nessuna di voi ricorda dove ha sentito queste voci?»

«Era una cosa che sapevamo tutti» disse Heather. «Cioè, non ricordo chi me l'abbia detto, ma Jenny era strana, okay? Pare che sia andata con ragazzi che non conosceva. Anche con quelli dell'ultimo anno.»

«Ma non sai come si chiamano?»

Heather scosse la testa. «Sono grandi...»

«Ma non popolari?» domandò Lena.

«Alcuni erano orrendi» intervenne Brittany. «Non erano ragazzi che potrei conoscere. Non erano popolari, insomma. Un po' come Jenny.»

«Tornava a casa in autobus con loro?»

«Loro hanno la macchina» disse Heather. «All'ultimo anno possono guidare.»

«Ricordi per caso di aver visto salire Jenny su qualche macchina?»

Lei scosse la testa, ma Brittany schioccò le dita. «Una me la ricordo.» Si rivolse a Shanna. «Hai presente quella bella Thunderbird nera?»

«Era un modello vecchio o nuovo?» chiese Lena.

«Una di quelle vecchie, che dietro sono enormi» fece

Shanna. «Era rumorosissima, come se avesse problemi al motore.»

«E il ragazzo che la guidava frequenta questa scuola?»

Le ragazze si guardarono di nuovo.

«Forse» disse Brittany.

«Non credo» aggiunse Shanna.

Heather era incerta. «Non ne ho idea... non faccio caso alle auto.»

Lena scrutò i ragazzi. «Uno di voi ha presente la macchina di cui si parla?»

Fecero tutti cenno di no.

La detective tentò un approccio diverso. «Qualcuno ha idea del motivo per cui Jenny voleva uccidere Mark?»

Dopo un po' Brittany rispose: «Prima o poi è venuta voglia a tutte di farlo».

Lena si appoggiò all'indietro, le braccia incrociate. Osservò ancora i ragazzi, chiedendosi perché non parlassero. «Okay» disse, e tutti fecero per alzarsi, ma lei li fermò. «Carson, Cory, Roper...»

«Rory e Cooper» la corresse Brad.

«Sì, okay» fece lei. «Voi restate qui. Le ragazze possono andare.» Si rivolse a Brad: «Fatti lasciare numeri di telefono e indirizzi».

Lui annuì. Aveva capito che Lena voleva allontanarlo, ma non sembrò restarci male.

La detective si sedette di fronte ai tre e rimase in silenzio finché non cominciarono ad agitarsi.

«Allora?» chiese.

Fu Carson a parlare per primo. «È vero, lo faceva.»

Gli altri annuirono.

«Ci siete andati a letto tutti?»

Non risposero.

«Lavori di bocca? Di mano?»

«Sesso» puntualizzò Carson.

Lena si sentì arrossire, ma non per l'imbarazzo. «Quando è successo?»

«Una volta Mark l'ha portata a casa mia. Ce la spassavamo un po'.»

«Mi sembrava aveste detto che a Jenny non piaceva spassarsela.»

«No, infatti» confermò lui. «Di solito no, ma Mark le aveva detto di prendere qualcosa per rilassarsi.» Rise. «Faceva tutto quello che le diceva.»

«Quindi eravate Mark, Jenny e voi tre?»

Annuirono.

«Si è ubriacata un po' e ha cominciato a provarci con noi» disse Carson.

Lena serrò le labbra per impedire a se stessa di parlare.

«Mark ha detto che avrebbe fatto tutto quello che volevamo.»

Uno di loro sorrise. «E direi che l'ha fatto...»

«Avete fatto tutti sesso con lei?» domandò Lena.

Carson scrollò le spalle con un sorrisetto. «Era bella ubriaca.»

Lena abbassò lo sguardo sul tavolo, cercando di non perdere la calma. «E così Jenny si è ubriacata e voi avete fatto tutti sesso con lei, compreso Mark?»

«Mark guardava e basta» disse un altro. «Jenny ci ha lasciato fare tutto quello che volevamo.» La collera divampò in lui come un incendio. «Era una puttana, okay? E poi a lei che gliene importa?»

Lena rimase sorpresa dall'odio nella sua voce, come se quello che avevano fatto fosse tutta colpa di Jenny. «Com'è che ti chiami?» gli chiese.

«Rory» borbottò lui abbassando lo sguardo.

«Okay, Rory. Durante il ritiro, Jenny ha fatto sesso con qualcuno di voi?»

«Cazzo, no.» Carson incrociò le braccia, rabbioso. «Era proprio quello il problema. Altrimenti perché cavolo saremmo andati a quello stupido ritiro?»

«Quindi *non* avete fatto sesso con lei?»

«No. Non si avvicinava nemmeno a noi. A casa mia era andato tutto bene. Non ne aveva mai abbastanza.» Si toccò i genitali, come se Lena avesse bisogno che glielo spiegasse a gesti. «Ma sotto Natale se ne stava sulle sue, non ci rivolgeva nemmeno la parola.» Increspò le labbra. «Quella troia.»

Lena si morse la lingua.

«Era una gattamorta» riprese Carson. «Si sarebbe scopata un cane, se glielo avesse chiesto Mark, invece al ritiro si è messa a fare la superiore.»

«Secondo te perché era cambiata?»

«E chi cazzo se ne frega?» fece lui.

«Avete provato ad avvicinarla durante il ritiro oppure vi ha soltanto ignorati?»

Il ragazzo assunse un'espressione disgustata. «È andata così, okay? Le abbiamo proposto qualcosa per rilassarsi un po', le abbiamo detto che ci volevamo divertire tutti, e lei è stata gelida.»

«Esatto» disse Rory. «Era come se all'improvviso non fossimo alla sua altezza.»

«Cazzo, sì» concordò Carson. «Faceva finta che non fosse mai successo, e allora le ho detto: "Ehi, lo sai benissimo quello che hai fatto, puttana".»

«Le dovevi offrire dei soldi» suggerì Rory. «Anzi, li dovevi offrire a *Mark*.»

«Bene» borbottò Lena, cercando di farsi venire in mente il nome del terzo ragazzo, che era rimasto in silenzio per tutto il tempo, senza mostrare la stessa ostilità degli altri.

«Cooper?» tentò. Lui sollevò lo sguardo. «Ti sei mai chiesto cosa possa spingere una ragazzina di tredici anni a fare una cosa del genere?»

«Le piaceva» disse lui, scrollando le spalle come tutti gli altri. «Cioè, altrimenti perché l'avrebbe fatto?» Guardò i suoi amici e il suo atteggiamento mutò radicalmente. Divenne deciso e pieno d'odio come loro, e aggiunse: «Era una puttana, e le piaceva».

«Già» confermò Rory, pieno di disprezzo. «Insomma, si vedeva proprio che le piaceva.»

«Anche se era ubriaca?» suggerì Lena.

Non le risposero.

«E come facevate a sapere che le piaceva?»

«In effetti è una bella domanda» disse Rory. «Ha avuto la faccia affondata nel divano per tutto il tempo.»

«Amico» rise Carson, sollevando la mano per dargli il cinque.

Con uno scatto fulmineo Lena gli afferrò il polso, stringendolo abbastanza forte da strappargli una smorfia di dolore.

«Credi che lei fosse contenta, eh?» gli disse.

«Ehi» fece Carson, guardandosi intorno in cerca d'aiuto. «E dai, ci stavamo solo divertendo un po'.»

«Divertendo?» ripeté Lena, torcendogli il braccio come se volesse strapparlo via dalla spalla. «Dove vivo io, questo si chiama stupro, merdina.» Lo lasciò andare perché non poteva fare altro, a parte tirare fuori la pistola e picchiarlo con il calcio, una bella tentazione di fronte al sorriso beffardo che riapparve sul volto di Carson quando si rimise seduto.

Suonò la campanella del cambio dell'ora, e Lena dovette fare uno sforzo per non sobbalzare. Per un riflesso condizionato i ragazzi cominciarono a raccogliere gli zaini senza aspettare il permesso di andarsene.

«Date all'agente Stephens i vostri numeri di telefono e gli indirizzi nel caso avessimo altre domande da farvi» disse Lena. Si assicurò di avere la loro attenzione. «Farò in modo che tutti i poliziotti alla centrale conoscano i vostri nomi.»

«Sì, okay. Come ti pare» borbottò Rory.

I ragazzi fecero per andarsene, ma Carson si trattenne per un istante e chiese: «Allora, dirà al dottor Clay di perquisirmi?».

«Farò tutto quello che è in mio potere per farti finire dietro le sbarre prima che tu abbia l'età per votare.»

«Cazzo» sbraitò lui, uscendo dalla biblioteca.

Lena si alzò, con una gran voglia di allontanarsi da quel tavolo. Andò verso le postazioni con i computer e appoggiò una mano su un monitor, sudando freddo. Le dava la nausea l'idea che ragazzi tanto giovani avessero già imparato a considerare le donne in quel modo. Immaginò *lui* che provava le stesse cose a quell'età, come se le ragazze fossero qualcosa da usare. A cui *piaceva*. Perché erano tutte delle puttane.

«Lena?» la chiamò Brad, strappandola al flusso dei suoi pensieri. Lei guardò verso il tavolo e vide, seduti, due donne di mezza età e un uomo. «Sono gli insegnanti di Jenny» le disse lui.

La detective si portò una mano sul petto, provando un senso di oppressione. Brad le stava troppo vicino e la stanza sembrava sempre più piccola. «Perché non cominci tu?» gli suggerì, pensando di aver bisogno di uscire un momento a prendere fiato. Andò verso la porta, ma lui la fermò.

«Da solo?» le chiese, di nuovo troppo vicino. Lena sentì l'odore del suo dopobarba e di qualcosa che somigliava a una caramella alla menta forte. Non poteva crollare lì. Se avesse dato di stomaco di fronte a Brad, non sarebbe più riuscita a tornare al lavoro.

Indicò il cellulare, muovendosi un passo indietro. «Faccio uno squillo in centrale per sapere come va, magari riesco a scoprire chi possiede una Thunderbird nera in zona.»

«Scommetto che il preside lo sa» suggerì Brad facendo un passo avanti. «Hanno dei registri per queste cose, no? Non si può parcheggiare davanti alla scuola senza un permesso.»

«Ottima idea» fece lei, arretrando ancora, sapendo che se non avesse ripreso in fretta il controllo della respirazione avrebbe cominciato a iperventilare. «Controllo mentre li interroghi. Ricordati di fare domande basandoti sulle dichiarazioni delle ragazze.»

Brad la guardò in modo strano. «Ti senti bene?»

«Sì» mentì lei. All'improvviso sentì un caldo insopportabile, e le si incollò la camicia alla schiena. «Parti con le questioni preliminari, fatti dire cosa pensavano di lei. Faccio qualche telefonata e torno.»

Brad annuì. «Va bene...»

Uscì rapida nel corridoio e fece un respiro profondo per calmarsi. Continuava a sudare, e si tolse la giacca. Un ragazzo passò di corsa, ma rallentò quando vide la pistola nella fondina da spalla.

Lena si rimise la giacca e appoggiò la fronte al muro, poi

chiuse gli occhi aspettando che la nausea passasse. Dopo qualche altro respiro cominciò a sentirsi meglio.

Tirò fuori il cellulare, fece il numero della centrale e disse a Marla della macchina, felice che Frank non ci fosse. Aveva ancora difficoltà a parlare con il collega, e una parte di lei era convinta che lui la incolpasse di quel che le era successo. Quella stessa parte gli dava ragione. Era stata una tale ingenua.

Anche se si trovava a meno di cento metri dall'ufficio, Lena telefonò al preside e gli chiese se sapesse qualcosa di una Thunderbird nera. Lui controllò i registri lasciandola in attesa prima di darle la risposta che si aspettava: nessuno in quella scuola aveva registrato un'auto che corrispondesse alla descrizione. Lo ringraziò e attaccò, soddisfatta di essere riuscita a fare qualcosa di utile invece che aspettare e basta. Più tempo passava, più sembrava che si allontanassero dalla soluzione del caso. Doveva tornare a parlare con Mark per scoprire come avrebbe reagito di fronte a quell'ultima informazione, anche se era difficile che Jeffrey le permettesse di incontrare ancora quel ragazzo.

Lena prese di nuovo il telefono e controllò la segreteria telefonica. Il primo messaggio era del videonoleggio: era in ritardo nella riconsegna di alcuni film. Il secondo arrivava da Nan Thomas, la compagna di Sibyl.

«Lena» diceva la donna, in tono irritato. «Ho sempre queste cose di Sibby. Se le vuoi, fammelo sapere. Non... È che...» Lena guardò l'orologio, chiedendosi quanto le sarebbe costato ascoltare i balbettii di Nan.

«Stasera sarò al Suddy's intorno alle otto. Metto le scatole in macchina. Ci possiamo vedere lì, se... Altrimenti, be'...»

Lena mandò avanti il messaggio, saltando il resto. Il Suddy's era un bar gay alla periferia di Heartsdale, e lei non aveva la minima intenzione di incontrare l'ex amante di sua sorella in un locale del genere.

Quando sentì il messaggio successivo, il cuore le sprofondò. Era Hank. «Lee, Barry si è ammalato. Devo coprire il turno stasera, forse anche domani.» Chiuse gli occhi e appoggiò la schiena al muro mentre suo zio le spiegava che sarebbe stato più semplice per lui restare a dormire a Reece, perché aveva una consegna di birra la mattina dopo. Provò di nuovo quel senso di panico, poi di collera, perché Hank si era comportato come un vigliacco, lasciandole un messaggio in segreteria anziché chiamarla al cellulare.

Andò dall'altra parte del corridoio e guardò fuori dalla finestra. Al centro della scuola c'era un cortile, e dalla parte opposta della strada vide gli addetti di un bar che preparavano i tavoli. Era così concentrata sui loro movimenti che perse parte dell'ultimo messaggio, così lo mandò indietro e lo riascoltò.

«Lena, sono il pastore Fine» cominciava. «Le chiedo scusa, ma devo annullare l'appuntamento di oggi pomeriggio. Un parrocchiano non sta bene e devo andare a dare conforto alla famiglia.»

Lena chiuse il telefono di scatto mentre lui le chiedeva di richiamarlo per fissare un nuovo appuntamento. Avrebbe lasciato che fosse Jeffrey a decidere. Non era il tipo da programmi a lungo termine, ma ormai si era abituata all'idea di avere quell'impegno con Fine nel pomeriggio. Di colpo si immaginò mentre tornava in una casa vuota, da sola, e fu invasa dal terrore. Si portò una mano al petto, sentendo il cuore che batteva forte contro la cassa toracica, e si accorse che aveva ricominciato a sudare. Voleva riascoltare il messaggio di Hank per scoprire se ci fosse qualcosa nel suo tono di voce che poteva esserle sfuggito. Forse aveva lasciato uno spiraglio, forse era stato solo un trucco per costringerla a dirgli che voleva che restasse.

Suonò l'ultima campanella, un trillo lacerante che le fece vibrare i timpani. Lena si guardò intorno nel corridoio vuoto, dimenticando per un attimo dove si trovasse e perché. Come in sogno, vide l'immagine di una donna che andava verso di lei e le parve di non riuscire a metterla a fuoco, poi di colpo si rese conto che era nella scuola di Jenny Weaver e che Dottie, sua madre, le stava andando incontro.

«Cazzo» mormorò la detective, fissando il cellulare e sperando che suonasse. Lo aprì come se dovesse fare una telefonata, ma era troppo tardi. Dottie Weaver era a meno di tre metri da lei e aveva tra le mani un libro scolastico piuttosto pesante.

La donna si fermò in mezzo al corridoio, la bocca tesa in una linea astiosa. Aveva gli occhi arrossati, come se non avesse fatto altro che piangere per mesi, e chiazze rosse sul viso.

«Signora Weaver» la salutò Lena, chiudendo il telefono.

Dottie scosse il capo, come se fosse troppo in collera per parlare.

«Stiamo ascoltando alcuni compagni e professori per vedere se possono aiutarci a capire...»

«Perché non la lasciate stare?» la implorò Dottie. «Perché non potete lasciarla riposare in pace?»

«Mi dispiace» disse Lena con sincerità.

«Era la mia bambina.»

«Lo so...»

«Se ne sta qui a frugare nella sua vita, cercando di dimostrare che era una brutta persona.»

«Non è affatto questo il mio scopo.»

«Bugiarda!» urlò Dottie, gettandole addosso il libro. Lena

lasciò cadere il cellulare per afferrarlo, ma non ci riuscì. Le finì contro lo stomaco, facendola sussultare, poi cadde a terra.

«Signora Weaver» cominciò Lena, chinandosi per raccogliere il volume.

«La scuola rivuole indietro il suo libro» riprese la donna, il labbro inferiore che tremava. «Lo prenda. Lo prenda e gli dica che possono andare tutti al diavolo.»

Lena cercò di chiudere il libro senza rovinare le pagine. Raccolse il telefono, che per fortuna non sembrava rotto.

Dottie si tamponò gli occhi con un fazzolettino, poi si soffiò il naso, ma non se ne andò.

«Jenny amava questa scuola» disse dopo un po', stringendosi le braccia intorno allo stomaco, come se parlare le causasse dolore. «Le piaceva stare qui.»

Lena immaginò che fosse un momento come un altro per togliersi il pensiero. «Vedeva qualcuno, signora Weaver?»

Dottie scosse il capo. «Uno psichiatra, dice?»

«Un ragazzo» precisò. «Frequentava qualche ragazzo?»

«No» sbottò la donna. «Certo che no, era solo una bambina.»

Lena annuì, con addosso un'angoscia raggelante. «Alcune delle ragazze dicevano di sì.»

«Quali ragazze?» chiese Dottie, guardandosi intorno come se potesse trovarle lì, in corridoio.

«Altre studentesse» rispose lei. «Amiche di scuola.»

«Lei non aveva amiche» puntualizzò la madre, scrutandola con diffidenza. «Che cosa hanno detto di mia figlia?»

Lena cercò un modo per spiegarglielo. «Che lei...»

«Che lei cosa?» insisté Dottie.

«Che vedeva molti ragazzi. Che era stata con molti ragazzi.»

Lo schiaffo fu improvviso e bruciò così tanto che fu sufficiente qualche secondo perché il lato destro del viso di Lena perdesse sensibilità. Prima che avesse il tempo di rispondere, o anche solo di reagire, si ritrovò a fissare la schiena di Dottie Weaver che se ne andava via.

In quel momento la porta della biblioteca si spalancò, e Brad la tenne aperta per lasciar uscire i tre insegnanti che aveva ascoltato. Sembravano stanchi e un po' irritati, ma dai ricordi che Lena aveva dei professori era normale vederli così intorno all'ora di pranzo. Una di loro la guardò, e dal modo in cui la osservava, la detective capì che si era accorta che qualcosa non andava.

«Lena?» la chiamò Brad. La detective annuì per dirgli che era tutto a posto, chiedendosi se le si fosse arrossato il viso nel punto in cui Dottie l'aveva schiaffeggiata.

Brad le presentò tutti i docenti, i cui nomi lei dimenticò all'istante. «Sanno delle dicerie» le spiegò.

Lena batté le palpebre senza capire.

«Le voci su Jenny. Dicono di averle sentite anche loro.»

«Nessuno di noi ci credeva» spiegò una professoressa col tono di chi si è rassegnato da tempo all'idea che in quella scuola accadessero cose che non sarebbero mai arrivate all'orecchio dei professori.

«Era una brava alunna» si intromise la collega. «Molto silenziosa, ma consegnava sempre i compiti per tempo. Sua madre la seguiva.»

Gli altri annuirono, e Lena fece lo stesso, ancora troppo scioccata per dire qualcosa di significativo.

«Grazie per il tempo che ci avete dedicato» disse Brad per concludere. Strinse la mano a tutti, e loro risposero con uno sguardo incoraggiante.

«Mi spiace non poter essere più d'aiuto» intervenne il professore.

«Se dovesse venirci in mente qualcosa, vi chiameremo» aggiunse una collega.

La donna che aveva guardato Lena fu l'ultima a salutare e disse a Brad: «Hai fatto un ottimo lavoro, Bradley. Sono molto colpita».

Lui divenne raggiante. «Grazie, signora» rispose, chinando la testa come un cucciolo felice. Aspettò che gli insegnanti si fossero allontanati, poi chiese a Lena: «Di chi è quel libro?».

«Di Jenny Weaver» spiegò lei, sfogliando le pagine per controllare se ci fossero biglietti. Era vuoto, come tutti gli altri.

«Come l'hai avuto?»

Non riuscì a rispondergli. «Tieni» disse invece, porgendoglielo. «Portalo in segreteria, ci vediamo in macchina.»

Il parcheggio del Suddy's era quasi vuoto perfino alle otto di sera. Se la vita che conducevano Sibyl e Nan era esemplificativa, era probabile che la maggior parte delle lesbiche della città se ne stesse a casa a guardare telefilm. Non che sua sorella potesse vederli, dato che era cieca, ma a volte le piaceva ascoltarli, e Nan le raccontava le scene.

Lena incrociò le braccia, pensando a Sibyl e all'ultima volta in cui l'aveva vista; non all'obitorio, ma il giorno prima della sua morte. Come sempre era piena di energie, e scherzava su un aneddoto che riguardava una delle sue lezioni. Sibyl adorava insegnare, e per lei era una vera gioia entrare in classe. Forse anche per questo Lena aveva avuto una reazione tanto violenta e negativa al liceo Lee.

Scese dall'auto senza darsi il tempo di riflettere. Il Suddy's era un locale piuttosto carino, e rispetto a quello di

Hank, l'Hut, era una reggia. All'esterno l'edificio era semplice, forse perché un posto del genere non voleva attirare più di tanto l'attenzione. A parte l'insegna della Budweiser e una bandiera arcobaleno lampeggiante, era piuttosto anonimo.

L'interno era più allegro, ma le luci erano soffuse e rendevano l'ambiente un po' troppo intimo per Lena. Una musica dolce arrivava dal juke-box e una strobosfera girava lenta, sospesa su quella che sembrava la pista da ballo. Lena era sempre stata a disagio con quel lato di Sibyl, e non aveva mai capito perché una persona così carina, estroversa e piena di energie potesse scegliere uno stile di vita tanto riservato. Sibyl aveva sempre desiderato dei figli, aveva sempre voluto essere accudita e amata, e lei non si sarebbe mai aspettata che finisse per vivere in quel modo.

La prima volta in cui aveva fatto outing con lei, quindici anni prima, la sua risposta era stato un deciso: «No, non è possibile». E persino dopo che Sibyl era andata a vivere con Nan, Lena nutriva dei dubbi che fosse davvero gay. Dentro di sé era convinta che sua sorella stesse attraversando una fase particolare; un giorno si sarebbe fatta una gran risata sulla propria confusione e si sarebbe sistemata con un uomo, e magari avrebbe avuto anche dei figli. Essere la sua gemella non faceva che complicare le cose, perché Lena aveva sempre pensato che una parte di sé fosse in Sibyl, e una parte di Sibyl fosse in lei. La disturbava l'idea che nei recessi della sua psiche potesse condividere con lei anche le sue tendenze sessuali.

Lena scacciò dalla mente quei pensieri mentre attraversava il locale. Due donne sedute a un tavolo d'angolo la ignorarono, troppo impegnate a infilarsi la lingua in bocca per far caso a lei. La barista stava leggendo un giornale quando Lena arrivò al bancone. Sollevò lo sguardo, fissandola a lungo, sorpresa. «Devi essere sua sorella» disse.

Lena si sedette un paio di sgabelli più in là rispetto a lei. «Ho appuntamento con una persona.»

La donna chiuse il giornale, si avvicinò e le porse la mano. «Mi chiamo Judy.»

La detective la strinse con riluttanza. Judy era alta, aveva i capelli lunghi e il viso a forma di cuore, gli occhi di un color nocciola intenso, che Lena notò perché la donna non smetteva più di guardarla.

«Una birra, per favore» disse, poi cambiò idea: «Anzi, facciamo un Jim Beam».

Judy ebbe un attimo di incertezza, poi andò allo scaffale dei liquori dietro il bancone. «Sibyl non beveva mai» dichiarò, come se per estensione anche Lena non dovesse farlo.

«Non scopava nemmeno con gli uomini, se è per questo» puntualizzò lei, e Judy non poté controbattere.

Lena era passata da casa, e aveva indossato un paio di jeans e una maglietta sformata, ma ora si pentiva di quella decisione. Probabilmente agli occhi dei presenti sembrava più gay lei delle due donne al tavolo d'angolo.

«Però le piaceva il succo di mirtilli» disse Judy.

«Me lo fai doppio?» ribatté Lena, gettando una banconota da venti dollari sul bancone.

La donna le lanciò un'occhiata prima di prepararle l'ordinazione. «Manca tantissimo a tutti noi.»

«Ne sono sicura» disse lei, consapevole di essere un po' troppo superficiale. Fissò il liquido scuro nel bicchiere, pensando che l'ultima volta in cui aveva bevuto alcolici era stata la sera in cui era morta Sibyl. Non le piaceva bere, perché detestava la sensazione di perdere il controllo, ma ultimamente anche da sobria le sembrava di non avere più il controllo di niente.

Diede uno sguardo all'orologio sopra il bancone. Mancavano cinque minuti alle otto.

«Con chi hai appuntamento?» le chiese Judy.

Lena mandò giù il drink in un sorso. «Jim Beam» disse, dando un colpetto sul bicchiere.

La barista le lanciò un'altra occhiata ma prese la bottiglia dallo scaffale.

Per scoraggiare ulteriori chiacchiere, Lena si voltò sullo sgabello e guardò verso la pista da ballo. C'era una donna da sola, che dondolava al ritmo della musica con gli occhi chiusi. C'era qualcosa di familiare in lei, ma la luce era scarsa, e i ricordi di Lena si rifiutavano di collaborare. Eppure la osservò, stupita da quella danza così personale, come se nel locale non ci fosse nessun altro. Come se nient'altro avesse importanza. La canzone cambiò e Lena riconobbe il motivo prima che dalle casse si sprigionassero le parole della canzone *Debra* di Beck. Per l'ennesima volta le tornò in mente Mark Patterson. C'era qualcosa di sensuale e allarmante nel modo in cui quella donna si muoveva ricordandole il ragazzo. La osservò, continuando a chiedersi cosa diavolo potesse essere successo con Jenny Weaver. Che genere di potere esercitava Mark su di lei? In che modo poteva aver convinto una ragazzina di tredici anni a prostituirsi? Quella storia non aveva alcun senso.

Lena si chiese se Mark Patterson avrebbe danzato in quel modo, anche se non riusciva a immaginare che potesse fare qualcosa di tanto audace come starsene da solo al centro di una pista da ballo vuota. Quel pensiero la sorprese, perché non si era resa conto di essersi arrogata la capacità di trarre delle conclusioni sulla personalità di Mark. Sapeva così poco di lui, eppure in qualche modo il suo subconscio gli aveva assegnato alcune caratteristiche.

Lena si voltò di nuovo per spezzare quell'incantesimo.

Judy aveva ripreso a leggere il giornale, dopo aver lasciato il drink e il resto sul bancone. La detective si stava chiedendo quanto dovesse lasciare di mancia quando notò il proprio riflesso nello specchio. Ebbe un sussulto, e si rese conto che doveva davvero essere sembrata identica a sua sorella, quando era entrata nel locale. Per un attimo pensò di avere di fronte Sibyl, e il cuore le balzò nel petto.

All'improvviso dall'esterno arrivarono delle grida e un gruppo di persone si riversò nel bar. Ridevano e parlavano a voce alta, tutti con indosso divise da softball simili: pantaloni neri con strisce bianche sui lati e maglie bianche con scritto *Bushwhackers* sul petto.

«Dio santo» mormorò Lena. Si alzò quando vide Nan Thomas al centro del gruppo. La grigia bibliotecaria portava una fascia rosa fosforescente per tenere fermi gli occhiali e aveva delle macchie di terra sulla maglia, come se fosse andata in scivolata verso una base. A differenza degli altri, non diede alcun segno di aver scambiato Lena per sua sorella. Anzi, in realtà quando la vide si fece scura in volto.

Qualcuno diede una pacca sulla schiena alla detective, che con sua sorpresa si trovò accanto Hare Earnshaw. Portava un paio di jeans e una maglietta dei Bushwhackers, più un cappello con su impressa una grande B.

«Come te la passi, Lena?» le chiese.

Forse fu colpa dell'alcol, ma Lena esclamò, sorpresa: «Sei gay?».

Hare era un medico, a cui lei si era rivolta un paio d'anni prima per un raffreddore che non ne voleva sapere di guarire.

Hare scoppiò a ridere. «Gioco nella squadra» disse indicando la maglia. Poi si chinò e le strizzò l'occhio con aria complice. «Sono il *catcher.*»

Lena si tirò indietro di scatto e andò a sbattere contro Nan. All'improvviso, nel locale c'era troppa gente per i suoi gusti, anche se sembravano tutti presi dalle loro chiacchiere sulla partita appena disputata. Tirò il colletto della maglietta, con un senso di claustrofobia addosso. Si allontanò dal gruppo, dirigendosi verso la porta.

«Lee?» fece Nan, ma si corresse subito. «Lena.»

«Ti ho detto che non devi chiamarmi così» sibilò la detective, a braccia conserte.

«Lo so» fece l'altra, allargando le braccia. «Mi dispiace. È che Sibby ti chiamava sempre così.»

Lena la interruppe. «Possiamo prendere quelle cose, per favore? Devo andare a casa.» Alla parola *casa* la sua voce ebbe un tremito, perché le venne in mente che non ci avrebbe trovato nessuno. Hank non aveva risposto al telefono quando aveva chiamato all'Hut chiedendo di lui. Quel bastardo la stava ignorando, era evidente. Era così tipico di lui, abbandonarla proprio quando aveva più bisogno d'aiuto.

«Sono fuori, nel parcheggio» disse Nan, tenendole la porta aperta. Lena si fermò e aspettò che fosse lei a uscire per prima. Una cosa era lasciare che Brad Stephens le aprisse la porta, ma preferiva morire piuttosto che permettere a una donna di farlo.

«Ho cercato di tenere tutto come faceva lei» disse Nan mentre andavano verso l'auto, sforzandosi di usare un tono disinvolto. «Sai quanto Sibby tenesse all'ordine.»

«Per lei era *necessario*» ribatté Lena, perché trovava ovvio che una non vedente dovesse attenersi a un sistema preciso per non perdere le cose.

Nan decise di ignorare il suo tono pungente. «Siamo arrivati» disse, fermandosi davanti a una Toyota Camry bianca. Il finestrino dal lato del guidatore era abbassato, e lei infilò una mano all'interno, facendo scattare la serratura del portabagagli.

«Dovresti tenere gli sportelli chiusi a chiave» le disse Lena.

«Perché?» chiese Nan, con l'aria davvero spiazzata.

«Hai parcheggiato di fronte a un locale gay. Ti consiglierei di stare un po' più attenta.»

«Sibyl è stata assassinata in un ristorante in pieno giorno. Credi davvero che se chiudo a chiave la macchina correrò meno rischi?»

Non aveva torto, ma Lena non aveva alcuna voglia di concederglielo. «Non stavo dicendo che potrebbero ucciderti. Qualcuno potrebbe danneggiarti la macchina o cose del genere.»

«Be'...» Nan si strinse nelle spalle e per un attimo soltanto divenne identica a Sibyl, in quell'atteggiamento di rassegnazione di fronte a ciò che poteva accadere.

«Questi sono alcuni dei suoi nastri» disse poi, porgendole una scatola quadrata di circa quarantacinque centimetri di lato. «Le etichette sono in braille, ma quasi su tutti ci sono i titoli originali.»

Lena prese la scatola e rimase sorpresa sentendola molto pesante.

«Qui ci sono delle foto» proseguì Nan, posando un'altra scatola sulla prima. «Non so perché le avesse.»

«Le avevo chiesto di tenermele» spiegò Lena, ricordando il giorno in cui aveva portato quella scatola a sua sorella. Greg Mitchell, il suo ultimo fidanzato, l'aveva appena lasciata, e lei non voleva tenere in casa le sue foto.

«Questa la porto io» propose Nan, prendendo l'ultima. Era più grande delle altre due, e la appoggiò in equilibrio su un ginocchio mentre chiudeva il portabagagli. «È solo un mucchio di roba che aveva nell'armadio. Un paio di premi vinti al liceo, un trofeo di atletica che immagino abbia vinto tu...»

Lena annuì avviandosi verso la sua Celica.

«Ho trovato una foto di voi due in spiaggia» aggiunse Nan, ridendo. «Sibyl si era scottata. Ha un'aria distrutta.»

Dato che si trovava davanti a lei, Lena si concesse un sorriso. Ripensò a quel giorno, a quanto Sibyl avesse insistito per restare fuori anche se Hank l'aveva avvisata che faceva troppo caldo. Gli occhiali scuri le avevano protetto gli occhi, e quando se li era tolti, gli unici punti del suo viso che non fossero paonazzi erano quelli su cui erano posati gli occhiali. Per giorni era sembrata un procione.

«... entro sabato per prenderle» stava dicendo Nan.

«Che cosa?» chiese Lena.

«Ho detto che puoi passare entro sabato per dare un'occhiata alle altre cose. Regalerò il computer e l'attrezzatura alla scuola per non vedenti di Augusta.»

«Quali altre cose?» chiese Lena, immaginando che Nan avesse intenzione di buttare via oggetti che erano appartenuti a sua sorella.

«Sono solo documenti» disse Nan, appoggiando la scatola ai suoi piedi. «Soprattutto dell'università. La tesi di laurea, un paio di tesine, cose del genere.»

«E volevi buttarli via?»

«No: volevo darli via. Non sono oggetti di valore» le rispose, come se stesse parlando con una bambina.

«Lo erano per Sibyl» ribatté Lena. «Come hai potuto anche solo pensare di darli via?»

Nan puntò lo sguardo a terra, poi di nuovo su di lei. Quando parlò, non aveva perso il tono condiscendente. «Ti ho già detto che puoi passare quando vuoi per prenderli. Sono in braille. Non puoi nemmeno leggerli.»

Lena scoppiò a ridere e posò le scatole a terra. «Che gran compagna eri.»

«E con questo che diavolo vorresti dire?»

«Che è evidente che per Sibyl erano importanti, altrimenti non li avrebbe tenuti. Ma fa' pure come ti pare, regalali.»

«Scusa tanto» fece Nan, indicando le scatole. «Quante volte ti ho dovuto chiamare implorandoti di prendere queste cose?»

«È diverso» disse Lena, infilandosi una mano in tasca in cerca delle chiavi.

«Perché? Perché tu eri all'ospedale?»

Lena lanciò un'occhiata verso il bar. «Abbassa la voce.»

«Non venirmi a dire cosa devo fare» gridò lei, ancora più forte. «Non hai il diritto di mettere in dubbio se amavo o no tua sorella. Capito?»

«Non ho messo in dubbio un bel niente» disse Lena, chiedendosi come mai la situazione fosse precipitata così in fretta. Non ricordava nemmeno come avessero iniziato, ma Nan era evidentemente incazzata.

«Credi di essere l'unica che le voleva bene?» ruggì Nan. «Io condividevo la vita con lei!» Poi, a voce bassa, aggiunse: «E anche il mio letto».

Lena trasalì. «Lo so.»

«Davvero? Perché voglio dirti una cosa, Lena, sono stufa marcia del modo in cui mi tratti, come se fossi una specie di appestata.»

«Ehi» la fermò lei. «Non sono io che gioco a softball per il Suddy's...»

«Non so come facesse a sopportarlo» borbottò Nan, quasi tra sé.

«Sopportare cosa?»

«Questa tu misoginia da poliziotto del cazzo, tanto per dirne una.»

«Misoginia? Mi stai dando della misogina?» ripeté Lena.

«E dell'omofoba» aggiunse.

«Omofoba?»

«Cos'è, sei diventata un pappagallo?»

Lena sentì la collera montare. «Non mi provocare, Nan. Non te lo puoi permettere.»

Nan non parve cogliere l'avvertimento. «Perché non torni in quel locale e parli con gli amici di tua sorella, Lee? Perché non ti confronti con chi la conosceva davvero e le voleva bene?»

«Parli come Hank» disse Lena. «Ah, ecco» aggiunse, facendo due più due. «Hai parlato di me con Hank.»

Nan serrò le labbra. «Siamo preoccupati per te.»

«Ah, davvero?» rise lei. «Fantastico, il mio zio drogato e la fidanzata lesbica di mia sorella morta si preoccupano per me.»

«Esatto, proprio così» ribadì Nan.

«Che gran stronzata» fece Lena, cercando di liquidarla con il sarcasmo. Infilò la chiave nella serratura e aprì il bagagliaio.

«Hai ragione. Vuoi sapere qual è la vera stronzata?»

chiese Nan. «La vera stronzata è pensare che me ne freghi qualcosa di quello che fai. Così come è una stronzata che a me dispiaccia vederti gettare al vento la tua vita.»

«Nessuno ti ha chiesto di interessarti a me, Nan.»

«È vero. Ma è quel che avrebbe voluto Sibyl.» Parlava in tono più calmo, adesso. «Se lei fosse qui, ora, direbbe la stessa cosa.»

Lena deglutì a forza, sforzandosi di non farsi sfiorare dalle parole di Nan, soprattutto perché sentiva che aveva detto la verità. Sibyl era l'unica persona al mondo che fosse mai riuscita a entrare in contatto con lei.

«Lei ti direbbe che devi trovare un modo per uscirne. Sarebbe in pensiero per te» aggiunse Nan.

La detective fissò il crick che aveva nel portabagagli, perché era l'unica cosa che riuscisse a guardare.

«Sei piena di rabbia» insisté Nan.

Lena rise di nuovo; una risata che sembrò vuota perfino a lei. «Credo di avere ottimi motivi per esserlo.»

«Perché? Perché tua sorella è stata uccisa? Perché tu sei stata stuprata?»

Lena allungò una mano e si appoggiò al bagagliaio. *Se solo fosse così semplice,* pensò. Non stava soffrendo soltanto per la morte di Sibyl, ma anche per la propria. Non sapeva più chi era, e nemmeno perché si alzava dal letto la mattina. Tutto ciò che Lena era stata prima dello stupro le era stato strappato via. Non si riconosceva più.

Quando Nan pronunciò il nome di *lui,* Lena vide la sua bocca dar forma a quella parola, vide il nome fluttuare nell'aria tra loro, come una nube carica di veleno.

«Lee, non permettergli di rovinarti la vita.»

Lei restò aggrappata alla macchina, sicura che se si fosse lasciata andare le avrebbero ceduto le ginocchia.

Nan pronunciò di nuovo il *suo* nome, poi aggiunse: «Devi fartene una ragione, Lena. Devi trovare il modo di andare avanti, o resterai bloccata per sempre».

«Vaffanculo, Nan» sibilò.

L'altra fece un passo avanti, come se volesse metterle una mano su una spalla.

«Stammi lontano, cazzo.»

Nan fece un lungo respiro. Poi si voltò e tornò nel bar senza guardarsi indietro.

Lena sedeva nel parcheggio vuoto del supermercato Piggly Wiggly di Grant e beveva whiskey da due soldi dalla bottiglia. Ormai si era abituata al sapore pessimo, e l'alcol le aveva reso così insensibile la gola che quasi non lo sentiva scendere. C'era un'altra bottiglia accanto a lei, ed era probabile che avrebbe bevuto anche quella prima che facesse giorno. Il suo unico desiderio era starsene lì in macchina in quel parcheggio e cercare di capire cosa le stava succedendo. Nan aveva ragione, almeno in parte. Doveva trovare il modo di rimettersi in piedi, ma non parlando con un idiota come Dave Fine. Aveva bisogno di riprendersi e smetterla di ossessionarsi. Doveva ricominciare a vivere. Forse una notte di autocommiserazione, per sfogare tutto il dolore e lasciarlo andare, sarebbe stata sufficiente.

Ascoltò qualche brano delle cassette di Sibyl, infilandone una dopo l'altra nel lettore. Avrebbe dovuto etichettarle, ma non trovò una penna. E poi le sembrava sbagliato scrivere sulle cose di sua sorella, anche se lei non se la sarebbe presa. Alcune cassette avevano già l'etichetta, ed erano quasi tutte di cantanti di Atlanta: Melanie Hammet, Indigo Girls, un paio di altri nomi che Lena non riconobbe. Fece uscire l'ultima, con una specie di compilation di musica classica da un lato e vecchie canzoni dei Pretenders sull'altro, e la gettò insieme alle altre.

Si voltò verso il sedile posteriore e prese l'ultima scatola che aveva tirato fuori dal bagagliaio. Era più pesante delle altre, e quando infine riuscì a spostarla davanti, sul sedile si riversarono delle foto. Erano quasi tutte di Greg Mitchell e Lena in vari momenti della loro relazione. C'erano fotografie scattate sulla spiaggia, ovviamente, più altre risalenti a quando erano andati a vedere l'acquario a Chattanooga. Lena ricacciò indietro le lacrime, cercando di ricordare com'era stata quella giornata, quando erano in fila per entrare e dal fiume Tennessee arrivava un vento così forte che Greg si era messo dietro di lei per scaldarla. Aveva provato una sensazione meravigliosa quando lui le aveva cinto la vita con le braccia, poggiandole il mento su una spalla. Era stata l'unica volta in vita sua in cui ricordava di essere stata davvero felice. Poi la fila si era mossa, Greg si era staccato da lei dicendo qualcosa a proposito del tempo, o di una notizia sentita in televisione, e aveva trovato il modo di litigare con lui senza alcun motivo.

Lena sfogliò altre fotografie, continuando a bere, ma con grande attenzione. Era molto più che ubriaca, ormai, ma non abbastanza perché non le importasse più di non rovinarle. Guardandole si chiese come fosse potuto esistere un momento della sua vita in cui aveva desiderato la compagnia di un uomo, per non parlare dell'intimità. Nonostante tutte le cose terribili che aveva detto a Greg quando lui l'aveva mollata, la verità era che Lena non avrebbe voluto lasciarlo andare.

Trovò la foto di cui le aveva parlato Nan.

Sibyl aveva davvero un'aria distrutta, ma sorrideva comunque per l'obbiettivo. Avevano circa sette anni, in quella foto. Erano quasi identiche, all'epoca, anche se a Sibyl mancava un incisivo perché l'aveva perso cadendo sul portico di casa. Il dente che era cresciuto sotto, sostituendolo, era un po' storto, ma conferiva un certo carattere alla bocca di sua sorella. Almeno così le aveva detto Hank.

Sorrise quando individuò una serie di foto tenute insieme da un elastico. Hank le aveva regalato una macchina fotografica istantanea per i suoi quindici anni, e lei aveva usato due confezioni di pellicole in un giorno solo, immortalando tutto ciò che le veniva in mente. Poi le aveva modificate a mano, unendone alcune. Ce n'era una in particolare che ricordava, e si mise a cercarla finché non la trovò. Con una lametta aveva inciso l'immagine e aveva grattato via Hank dalla scena, incollando poi al suo posto Bonnie, il loro labrador.

«Bonnie» sospirò, accorgendosi che stava piangendo a dirotto. Ecco perché non beveva mai: quel cane era morto ormai da dieci anni e lei si disperava come se fosse successo il giorno prima.

Scese dalla macchina portando con sé le bottiglie. Non voleva restare lì perché sapeva che avrebbe finito per perdere i sensi. Un po' d'aria le avrebbe fatto bene. Mentre camminava però si rese conto di essere ridotta peggio di quanto pensasse. Aveva la sensazione che i piedi procedessero da soli, e inciampò più volte sul nulla. Il negozio aveva chiuso ore prima, ma controllò comunque le vetrine per essere sicura che nessuno la vedesse barcollare per il parcheggio. Tenne una mano appoggiata contro il muro mentre girava intorno all'edificio, ed entrambe le bottiglie nell'altra. Quando raggiunse il retro, le ginocchia le cedettero e lei cadde. In qualche modo riuscì a reggersi su una mano per non finire con la faccia sull'asfalto.

«Cazzo» imprecò, guardando la ferita sul palmo ma senza sentirla. Si rialzò, più determinata che mai a buttare via l'alcol rimasto. Avrebbe dormito in macchina per smaltirne un po', e sarebbe tornata a casa quando se la fosse sentita.

Gettò nel cassonetto la bottiglia semivuota, a fatica. Con una certa soddisfazione sentì il vetro infrangersi contro il metallo del contenitore. Poi fece lo stesso con l'altra bottiglia. Ci furono un paio di tonfi, ma non si ruppe. Per un attimo ebbe la tentazione di infilarsi lì dentro per recuperarla, ma riuscì a impedirselo.

Dietro l'edificio c'erano degli alberi e lei vi si diresse, sempre con la sensazione di avere i piedi addormentati. Si chinò in avanti e diede di stomaco. L'alcol che le salì in gola era amaro, e quel sapore innescò dei conati ancora più violenti. Alla fine si ritrovò in ginocchio a dare sfogo a spasmi a vuoto, come le era successo in macchina con Hank.

Hank, pensò, cercando di rialzarsi. Era così in collera con lui che per un attimo valutò di guidare fino a Reece, all'Hut, e affrontarlo. Quattro mesi prima le aveva assicurato che sarebbe rimasto finché avesse avuto bisogno di lui. Dove diavolo era adesso? Magari a qualche stupida riunione degli Alcolisti Anonimi a parlare di quanto fosse preoccupato per sua nipote, di quanto volesse aiutarla, invece di stare lì con lei e aiutarla concretamente.

La Celica si avviò con un dolce ronzio, e Lena diede gas, immaginando per un attimo di lasciar andare il freno e lanciarsi contro le vetrine del Piggly Wiggly. Quell'istinto la sorprese, ma non era nemmeno del tutto inatteso. Un senso di inutilità stava prendendo il sopravvento su di lei, e Lena non vi opponeva resistenza. Anche se aveva vomitato gran parte dell'alcol, la sua mente era ancora ottenebrata. Le sue barriere erano state abbattute, lasciando liberi dei pensieri che lei non avrebbe voluto ascoltare.

Pensieri di *lui*.

Il viaggio fino a casa fu complicato, e Lena superò la linea gialla un po' troppo spesso. Per poco non andò a finire contro il capanno dietro casa sua, inchiodando all'ultimo momento con un gran stridore di freni. Hank non si era nemmeno preso la briga di accenderle la luce del portico posteriore.

Lena si allungò e aprì il cassetto del cruscotto. Tirò fuori il revolver di servizio e mise un colpo in canna. Lo scatto che produsse le risuonò nelle orecchie, e all'improvviso si accorse che stava osservando quell'arma sotto una luce diversa. Fissò il rivestimento di metallo nero, annusò perfino l'impugnatura. Senza nemmeno rendersi conto di quel che faceva, si trovò con la canna in bocca, le dita sul grilletto. Lena aveva visto una ragazza farlo: si era infilata la pistola tra le labbra e quasi senza esitare aveva fatto fuoco, perché per lei era l'unico modo di cancellare i ricordi dalla sua mente. Quel singolo colpo ancora le echeggiava dentro, e il ricordo più netto di quella giornata erano i frammenti di ossa che erano andati a conficcarsi nella parete di cartongesso dietro di lei, insieme a brandelli di cervello.

Rimase seduta in macchina e fece dei respiri lenti, assaporando il freddo del metallo. Premette la lingua contro la canna ed esaminò la situazione. Chi l'avrebbe trovata? Forse Hank, se fosse tornato a casa prima del previsto? O più probabilmente Brad, quando fosse passato a prenderla la mattina dopo per andare al lavoro. Che cosa avrebbe pensato? Che effetto avrebbe avuto su di lui vederla in auto con il cranio esploso? Sarebbe riuscito ad andare avanti con la sua vita, con il suo lavoro, dopo averla trovata in quello stato?

«No» disse. Estrasse il caricatore e tirò fuori il colpo, poi rimise tutto nel cruscotto.

Scese dall'auto in fretta, superando di corsa i gradini del portico. Quando girò la chiave nella serratura aveva le mani salde. Entrò in casa e, passando, accese tutte le luci. Salì al piano di sopra facendo due gradini alla volta e ne accese altre. Quando ebbe finito, la casa era completamente illuminata. Poi pensò che così chiunque avrebbe potuto guardare dalle finestre e vederla. Tornò sui suoi passi e scese di corsa le scale, spegnendo tutte le luci. Avrebbe potuto chiudere le tende e le persiane, ma il movimento le dava un senso di soddisfazione; riusciva finalmente a sentire il cuore che pompava il sangue.

Quando era stata dimessa dall'ospedale, i medici le avevano dato abbastanza antidolorifici da abbattere un cavallo. Era come se volessero a tutti i costi ottenebrarle la mente. Forse avevano pensato che per lei sarebbe stato più facile essere sedata che riflettere su quanto le era successo. Lo strizzacervelli dell'ospedale con cui l'avevano obbligata a parlare le aveva anche offerto dello Xanax.

Corse ancora di sopra, in bagno, e aprì l'armadietto delle medicine. Insieme alle solite cose c'erano mezzo flacone di Darvocet e uno intero di Flexeril. Il primo era un antidolorifico, mentre l'altro era un potente miorilassante che l'aveva stesa, la prima volta in cui l'aveva preso. Lena aveva smesso quasi subito di assumerli perché era convinta che fosse più importante restare vigile che evitare il dolore.

Lesse le etichette, senza soffermarsi sul consiglio di assumere le medicine a stomaco pieno e di non mettersi alla guida. C'erano almeno venti Darvocet e circa il doppio di Flexeril. Aprì il rubinetto e lasciò scorrere l'acqua fresca per un po'. Quando prese il bicchiere lì accanto e lo riempì quasi fino all'orlo, aveva la mano perfettamente immobile.

«Allora» mormorò, osservando l'acqua trasparente e immaginando di dover dire qualcosa di significativo o importante sulla sua vita. Ma non c'era nessuno lì ad ascoltarla, quindi le parve sciocco mettersi a parlare da sola. Non aveva mai creduto davvero in Dio, quindi non si aspettava di ritrovare sua sorella nell'aldilà. Niente campi fioriti dove passeggiare. Non era un'esperta di dottrina religiosa, ma era abbastanza sicura che chiunque si suicidasse non potesse contare più di tanto su un posto in paradiso.

Si sedette sul water, riflettendo.

Per un istante si domandò se fosse ancora ubriaca o meno. Di sicuro non avrebbe preso in considerazione l'idea di farla finita da sobria.

O forse sì?

Si guardò intorno: il bagno non era mai stato la sua stanza preferita. Le mattonelle erano arancioni, un colore che andava di moda all'epoca della costruzione di quella casa, negli anni Settanta, e che ormai risultava pacchiano. Aveva provato a sdrammatizzare quel colore aggiungendone altri: un tappetino blu davanti alla vasca da bagno, un contenitore verde scuro per la scatola di Kleenex dietro il water.

Gli asciugamani facevano da collegamento tra le varie tonalità, ma non in modo gradevole. Non c'era nulla che potesse salvare quell'ambiente. In quel momento morire lì le sembrò appropriato. Aprì i flaconi e sparse le pillole sulla mensola. Quelle di Darvocet erano grandi, mentre i Flexeril somigliavano più a delle mentine. Le spostò con l'indice, alternandone di grandi e di piccole, poi le risistemò in file separate. Bevve qualche sorso d'acqua mentre lo faceva, e si rese conto che in un certo senso era come se stesse giocando.

«Okay» disse. «Questa è per Sibby.» Aprì la bocca e vi infilò un Darvocet. «Per Hank» aggiunse, aggiungendo un Flexeril.

Poi, siccome erano piccoli, prese due Flexeril insieme, seguiti da altri due Darvocet. Ma aspettò a mandarli giù. C'era ancora una persona che sentiva di dover nominare.

Aveva la bocca così piena che quando pronunciò il *suo* nome, le uscì un suono confuso.

«Queste sono per te» mormorò mettendo i Flexeril rimasti nel palmo della mano. «Queste sono per te, maledetto bastardo.»

Si infilò la manciata in bocca, gettando indietro la testa, ma si bloccò perché scorse Hank sulla soglia. Restarono entrambi in silenzio, gli occhi negli occhi. Lui se ne stava lì, a braccia conserte, le labbra serrate.

«Fallo» le disse infine.

Lena era sul sedile del water, con le pillole in bocca. Alcune avevano cominciato a sciogliersi, e sentiva un sapore amaro in fondo alla gola.

«Non chiamerò l'ambulanza, se è di questo che hai paura.» Scrollò le spalle, teso. «Fa' pure, se è quello che vuoi.»

Lena sentì la lingua perdere sensibilità.

«Hai paura?» le chiese lui. «Troppa per premere il grilletto, troppa per ingoiare le pillole?»

Il sapore le fece venire le lacrime agli occhi, ma non deglutì. Lena era bloccata. Da quanto la stava osservando? Era una specie di esame, e lei aveva fallito?

«Avanti!» gridò Hank, così forte che la sua voce riverberò sulle piastrelle.

Lena aprì la bocca per sputare le compresse sulla mano, ma Hank la fermò. La raggiunse in due passi e le premette una mano sulle labbra e l'altra sulla nuca, in modo che non potesse liberarsi. Lena gli affondò le unghie nella carne, ma Hank era troppo forte per lei. Cadde a terra, in ginocchio, ma lui accompagnò il suo movimento senza lasciarle andare la testa.

«Ingoiale» le ordinò, la voce roca e bassa. «È quello che vuoi, no? Mandale giù!»

Lei cominciò a scuotere la testa per dirgli di no, che non voleva farlo, che non ce la faceva... Qualche compressa cominciò a scivolarle giù per la gola e lei contrasse i muscoli del collo per bloccarle. Il cuore le batteva così forte che pensò stesse per esplodere.

«No?» le chiese lui. «Non vuoi?»

Lena continuò a scrollare il capo, e quando alla fine Hank la liberò, cadde contro la vasca, la testa contro il bordo. Hank aprì il coperchio del water, afferrò la nipote e la trascinò verso di esso. Le spinse la testa dentro e alla fine lei aprì la bocca, buttando fuori le pillole tra i conati, un suono che sentì vibrare dentro di lei finché non si fu svuotata. Con le dita si tolse i residui dalle gengive e poi li grattò via dalla lingua per cancellare quel sapore acre.

Hank era in piedi, e quando Lena lo guardò capì che era fuori di sé dalla collera.

«Bastardo» gli disse, asciugandosi la bocca col dorso della mano.

Lui si mosse e Lena pensò che volesse darle un calcio. Si raggomitolò, aspettando il colpo, ma non arrivò.

«Lavati» le ordinò. Con il palmo della mano tolse le pillole rimaste sul bordo del water e le gettò a terra. «Pulisci questa merda.»

Lei obbedì, a quattro zampe, e si mise a raccogliere i Darvocet. Hank era appoggiato alla parete, le braccia conserte. Le parlò in tono più pacato, e quando lei lo guardò di nuovo si accorse con stupore che aveva le lacrime agli occhi. «Se lo fai un'altra volta...» cominciò, ma poi distolse lo sguardo. Si coprì la bocca con una mano, come se volesse impedirsi di parlare. «Ho solo te al mondo, piccola.»

Anche Lena piangeva. «Lo so, Hank...»

«Non...» riprese lui.

«Non cosa?»

Lui scivolò lungo la parete, sedendosi a terra con le mani lungo i fianchi. La guardò in modo diretto, scrutandola come se cercasse qualcosa in lei. «Non mi lasciare» mormorò.

Solo pochi passi li dividevano, ma a Lena sembrava un abisso infinito. Avrebbe potuto andare da lui, ringraziarlo, promettergli che non ci avrebbe provato mai più. Avrebbe potuto fare tutte queste cose, invece finì di raccogliere le pillole da terra e le gettò nel gabinetto.

MARTEDÌ

10

«Un momento, Sam.» Sara cercava di convincere il bambino di due anni che aveva sulle gambe a farsi auscultare.

«Sammy, sta' fermo, ascolta la dottoressa Linton» tentò la madre in tono cantilenante.

«Sara?» Elliott Felteau, che lavorava con lei alla clinica, fece capolino nella stanza. Aveva assunto Elliott prendendolo direttamente dal praticantato, ma per il momento sembrava che lui avesse bisogno della sua guida costante. Era stato un compromesso, perché un medico più esperto le aveva chiesto di entrare in società, ma lei non aveva alcuna intenzione di cedere il controllo. Aveva fatto troppi sacrifici per arrivare dov'era per sopportare le opinioni altrui.

«Mi perdoni» si scusò Elliott con la madre, poi riprese, rivolto a Sara: «Hai per caso detto a Tara Collins che Pat può giocare a football questo fine settimana? A scuola vogliono il certificato medico per riammetterlo in squadra».

Sara si alzò, portando con sé Sam, che le strinse le gambe intorno alla vita. Se lo sistemò su un fianco e chiese: «Perché mi fai questa domanda?».

«Ha chiamato e ha chiesto di me» le disse. «Ha detto che non voleva disturbarti.»

Sara cercò di aprire i pugnetti del bambino, che le stava tirando i capelli. «No, non può giocare questo fine settimana» sussurrò. «Gliel'ho detto venerdì.»

«È solo un'amichevole.»

«Ha una commozione» ribatté lei in tono d'avvertimento.

«Mmm» fece lui, uscendo dalla stanza. «Avrà pensato che con me l'avrebbe passata liscia.»

Sara fece un respiro profondo, poi si voltò. «Mi scusi» disse, e tornò a sedersi. Per fortuna nel frattempo Sam si era placato, e lei riuscì a sentirgli i polmoni.

«Pat Collins è il loro miglior quarterback» disse la donna. «Non lo lascerà giocare?»

Sara ignorò la domanda. «I polmoni sembrano liberi. Ma porti a termine il ciclo di antibiotici.»

Stava per restituire il piccolo a sua madre, ma si fermò. Gli sollevò la maglietta e controllò il petto e la schiena.

«Qualcosa non va?»

Sara scosse il capo. «Tutto a posto» disse, e in effetti era così. Non aveva motivo di sospettare violenze. Certo, aveva pensato lo stesso anche di Jenny Weaver...

Andò verso la porta scorrevole e l'aprì. Molly Stoddard, la sua infermiera, era alla sua postazione a compilare una richiesta di analisi. Aspettò che finisse, e le dettò le prescrizioni per Sam. «Poi fammi controllare» le disse.

Molly annuì senza smettere di scrivere. «Stai bene, oggi?»

Sara ci pensò su e decise che no, non stava affatto bene. Era molto nervosa, e si sentiva così dallo scontro con Lena del giorno prima. Si sentiva in colpa e si vergognava per essersi lasciata travolgere dalla collera. La detective aveva svolto il suo lavoro, e ciò che pensava lei era irrilevante. Non era professionale mettere in dubbio le capacità della giovane detective, soprattutto davanti a Jeffrey. E poi le aveva detto una cosa crudele, oltre che ingiustificabile. E Sara odiava essere crudele. L'aggressività non faceva parte della sua natura, e più ci pensava, più si convinceva di aver aggredito Lena. Proprio lei, che avrebbe saputo e potuto risparmiarselo.

«Sara?» la chiamò Molly. «Ci sei?»

«Sì?» chiese lei. «Ah, scusami. È che...» Fece un cenno col capo verso il suo studio perché si allontanassero dal corridoio.

L'infermiera lasciò passare Sara e poi chiuse la porta dietro di sé. Molly Stoddard era una donna massiccia con quello che si sarebbe potuto definire un bel viso. In grande contrasto con Sara, era sempre vestita in modo impeccabile, l'uniforme bianca inamidata fino all'estremo. L'unico gioiello che portava era una catenina d'argento infilata sotto il colletto dell'uniforme. Assumere Molly era stata la cosa più intelligente che Sara avesse mai fatto, ma c'erano giorni in cui le veniva una gran voglia di strapparle via il cappellino da infermiera e scompigliarle i capelli, oppure di versarle accidentalmente dell'inchiostro sull'uniforme perfetta.

«Hai circa cinque minuti prima del prossimo appuntamento» le disse Molly. «Che ti succede?»

Sara appoggiò la schiena alla parete, infilando le mani nelle tasche del camice bianco. «Ci è sfuggito qualcosa?» disse. Poi si corresse: «*Mi* è sfuggito qualcosa?».

«Parli della Weaver?» chiese Molly. «Mi sono fatta la stessa domanda, e la risposta è che non lo so.»

«Chi farebbe mai una cosa del genere?» disse Sara, poi si rese conto che Molly non aveva idea di cosa lei stesse parlando. Le scoperte fatte sul corpo della ragazzina durante l'autopsia non erano state rese pubbliche, e anche se si fidava dell'infermiera, non se la sentiva di condividere con lei quei dettagli. Inoltre era probabile che Molly non volesse nemmeno sentirli.

«I ragazzi sono complicati» tentò la donna.

«Mi sento responsabile» ammise Sara. «Avrei dovuto starle accanto, o almeno prestarle più attenzione.»

«Visitiamo quasi trenta bambini al giorno, sei giorni a settimana.»

«Descritta così sembra una catena di montaggio.»

Molly scrollò le spalle. «Magari lo è» disse. «Facciamo quello che possiamo. Ci prendiamo cura di loro, gli diamo le medicine, ascoltiamo i loro problemi. Che altro potremmo fare?»

«Curali e dimettili» borbottò Sara, ripensando al motto dei tempi del pronto soccorso.

«È quello che facciamo.»

«Non sono tornata qui per lavorare in questo modo» disse Sara. «Volevo fare la differenza.»

«E la fai» le assicurò l'infermiera. Si avvicinò e le posò una mano su un braccio. «Ascolta, tesoro, so cosa stai passando, ma ti garantisco che ogni giorno ti vedo mettere il cuore e l'anima nel tuo lavoro.» Fece una breve pausa. «Dimentichi com'era il dottor Barney. Quella sì che era una catena di montaggio.»

«È sempre stato gentile con me» ribatté lei.

«Perché gli stavi simpatica» disse Molly. «E per ogni ragazzino che gli piaceva ce n'erano dieci che non sopportava, e quando è stato prossimo alla pensione ha cominciato a passare quelli che detestava a te.»

Sara scosse la testa. «Non è vero.»

«Sara» insisté lei. «Chiedilo a Nelly. È qui da prima di me.»

«E così il mio standard sarebbe migliore del dottor Barney?»

«Il tuo standard è che tratti tutti i bambini allo stesso modo. Non fai favoritismi.» Indicò le foto appese alla parete. «Quante foto aveva il dottor Barney?»

Sara scrollò le spalle anche se conosceva la risposta: nessuna.

«Sei troppo dura con te stessa» riprese Molly. «E non ti servirà a nulla.»

«È solo che voglio stare più attenta, d'ora in poi. Forse potremmo diminuire il numero di appuntamenti in modo che possa passare più tempo con i singoli pazienti.»

Molly scoppiò a ridere. «Non credo che cambierebbe granché. Già così abbiamo un sacco di richieste di appuntamenti che non riusciamo a gestire. Tra quelle e l'obitorio...»

Sara la interruppe. «Forse dovrei lasciare il lavoro di medico legale.»

«Forse dovresti assumere un altro dottore» suggerì Molly.

Sara diede dei colpetti alla parete con la testa, mentre rifletteva. «Non lo so...»

Qualcuno bussò alla porta.

«Se è Elliott...» cominciò Sara, ma non era lui. Nelly, la segretaria della clinica da prima che lei nascesse, aprì la porta scorrevole.

«C'è Nick Shelton al telefono» annunciò. «Vuoi che mi faccia lasciare un messaggio?»

Sara scosse il capo. «Lo prendo» rispose, e aspettò che Molly fosse uscita prima di sollevare la cornetta.

«Buongiorno, splendore» fece Nick con la sua pronuncia strascicata tipica della Georgia del Sud.

Sara si concesse un sorriso. «Ehi, Nick.»

«Quanto vorrei avere tempo per corteggiarti» le disse. «Purtroppo ho una riunione tra circa dieci secondi, devo essere telegrafico.» Sara lo sentì muovere dei fogli. «Niente di niente sulla mutilazione femminile, almeno non negli Stati Uniti. Ma immagino che questo non ti sorprenda.»

«Già» ammise lei. «Un fatto così eclatante sarebbe finito sui giornali.»

«Qualche anno fa, in Francia, una donna è stata processata per aver eseguito oltre cinquanta di questi interventi. Credo fosse originaria dell'Africa.»

Sara scosse il capo, chiedendosi come una donna potesse fare una cosa del genere a una bambina.

«Senti, tu cosa sai già di questa roba?» le chiese Nick.

«L'infibulazione è una forma di mutilazione genitale femminile» rispose lei. «Viene praticata soprattutto in Medio Oriente e in alcune regioni dell'Africa, e a volte è connessa con la religione.»

«Sì, un po' come le missioni suicide» la corresse lui. «Ormai giustificano qualsiasi cosa con la fede.»

Sara emise un suono per fargli capire che era d'accordo.

«È soprattutto un'usanza che si trasmette da un villaggio all'altro» riprese Nick. «Meno evoluto è un gruppo, più è probabile che l'adotti. Non esiste una motivazione religiosa valida per giustificarlo, ma agli uomini di quelle parti piace l'idea che le loro donne non possano tradirli.»

«Già, così fanno in modo che non siano più in grado di apprezzare il sesso: la soluzione perfetta. Se lo facessero agli uomini, l'Africa e il Medio Oriente si spopolerebbero.»

Nick non disse niente, e lei si sentì in colpa per aver fatto di tutta l'erba un fascio. «Scusami, Nick. È che...»

«Non devi spiegarmi niente, Sara» la rassicurò a bassa voce.

«C'è altro?» chiese lei dopo un istante.

«Be'...» proseguì lui, «dopo l'intervento, in genere legano insieme le gambe alle bambine per facilitare la guarigione.» Fece una pausa, come se dovesse riprendere fiato. «In molti casi le cuciono, come è successo alla tua ragazza, lasciando solo un'apertura per il ciclo.»

«Sì, l'ho letto» confermò Sara. Sapeva anche che le donne di un villaggio che non avessero subito la mutilazione non venivano considerate degne del matrimonio.

«Il campione di filo che hai preso durante l'autopsia sembra di tipo comune. L'ho mandato a esaminare in laboratorio, ma sono quasi sicuri che si possa comprare anche al supermercato.» Fece un sospiro, come se si stesse concentrando. «Secondo te chi ha eseguito quella procedura ha un minimo di esperienza medica?»

«Stai guardando le foto?»

«Sì» rispose lui. «Non è un lavoro perfetto, ma nemmeno fatto coi piedi.»

«Sono d'accordo» gli disse. Chiunque avesse cucito quella povera ragazza doveva cavarsela bene con ago e filo.

«Ho letto le statistiche» continuò Nick. «Molte bambine muoiono per lo shock. Non viene praticata una vera e propria anestesia, e in genere usano un pezzo di vetro rotto per eseguire il taglio.»

Sara rabbrividì, ma cercò di restare calma. «Hai idea di chi potrebbe fare una cosa del genere qui?»

«Intendi qualcuno che non sia nella comunità di immigrati?» le chiese, ma non le diede il tempo di rispondere. «Laggiù lo fanno per assicurarsi che una ragazza rimanga pura. Di solito il marito riapre la cucitura la prima notte di nozze.»

«Pura» ripeté Sara, concentrandosi su quella parola. Jenny Weaver l'aveva usata con sua madre.

«Era vergine?» chiese Nick.

«No» rispose Sara. «A giudicare dalle dimensioni della vagina rispetto all'uretra, era sessualmente attiva molto prima della mutilazione. Probabilmente ha anche avuto diversi partner.»

«Hai controllato le malattie a trasmissione sessuale?»

«Sì, è risultata negativa.»

«Be', valeva la pena tentare.»

«Hai nient'altro?»

Nick tacque per qualche istante, poi le chiese: «Questa settimana parlerai con Jeffrey?».

«Sì» rispose lei, con un po' di imbarazzo.

«Digli che il disegno che ci ha mandato non trova riscontri nei nostri database. L'abbiamo mandato via fax all'FBI per una verifica, ma ci vorrà un po'.»

«Quale disegno?» chiese Sara.

«Un tatuaggio. Non so. Ha detto che l'ha visto tra pollice e indice di una persona.»

«Glielo dirò.»

«A cena?»

Sara rise. «Dove vuoi arrivare, Nick?»

«Se non sei impegnata, questo fine settimana devo passare dalle tue parti...»

Lei sorrise. Nick le aveva chiesto di uscire diverse volte, in passato. Era più basso di lei di una quindicina di centimetri e portava gioielli d'oro in quantità davvero eccessiva. Non le sembrava affatto probabile che tra loro potesse esserci qualcosa, ma Nick era il tipo d'uomo che non lasciava mai niente di intentato.

«Forse lo sto vedendo di nuovo» gli rispose.

«Forse?»

«Cioè...» fece lei, poi si fermò. «Ebbene sì, ci frequentiamo.»

Nick incassò il rifiuto bonariamente, come sempre. «Be', io ci ho provato.»

Dopo averlo salutato, Sara restò seduta sulla sua poltroncina a riflettere su quanto le aveva detto Nick. Doveva esserci un collegamento tra il desiderio di purezza di Jenny e la mutilazione. Qualcosa le sfuggiva, eppure doveva essere qualcosa di molto evidente. Si domandò che cosa potesse far sentire sporca una ragazza, e purtroppo l'unica risposta che le venne in mente fu il sesso. Jenny Weaver era stata attiva, su questo non c'era dubbio. Forse non riusciva a sopportare il senso di colpa per la sua promiscuità sessuale.

E poi restava l'interrogativo più grande: chi aveva eseguito la mutilazione? Non poteva essersela certo fatta da sola. Sarebbe svenuta per lo shock o per il dolore senza riuscire a portarla a termine. Doveva esserci per forza un'altra persona, qualcuno in grado di tagliare e cucire. Forse Jenny aveva bevuto fino a perdere i sensi o aveva comprato antidolorifici da un compagno a scuola. In quel liceo giravano così tante medicine sottobanco da poter mettere su una farmacia vera e propria.

Nelly aprì la porta scorrevole. «C'è Patterson» disse. «Senza la madre» aggiunse in un sussurro.

Sara diede uno sguardo all'orologio. Mark sarebbe dovuto andare da lei il giorno prima. Il fatto che fosse passato di martedì le avrebbe fatto saltare la tabella di marcia. «Mettilo nella sei e digli che deve aspettare.»

«Mettilo?» ripeté Nelly. «È Lacey, la ragazza.»

Sara raddrizzò la schiena di scatto. «Ti ha detto perché è venuta?»

«Ha detto solo che non si sente bene» rispose lei. Poi, ancora sussurrando, aggiunse: «E se devo dire la verità, non sembra affatto stare bene».

«Perché parli sottovoce?» chiese Sara, mormorando a sua volta.

Nelly sorrise ed entrò nello studio, chiudendosi la porta alle spalle. «Si comporta in modo strano. E non è con sua madre.»

Sara sentì i peli della nuca rizzarsi. «Da quanto tempo aspetta?»

«Non tanto» rispose Nelly. «La faccio accomodare nella sei?»

Lei annuì, ma si sentì invadere dall'angoscia. Prese il telefono per chiamare Jeffrey ma poi ci ripensò. Lacey era andata lì perché si fidava di lei, e Sara non voleva tradire la sua fiducia. Quella ragazzina aveva bisogno d'aiuto, questo era certo, e se anche aveva infranto delle leggi, Sara ci avrebbe pensato in un secondo momento. La sua priorità era fare in modo che Lacey Patterson stesse di nuovo bene.

La sala visite sei era sul retro dell'edificio, in fondo al corridoio a forma di L. In genere era riservata ai bambini con malattie gravi o usata come sala d'aspetto per i genitori mentre Sara parlava con i loro figli di sesso, contraccezione o qualsiasi argomento volessero affrontare con la pediatra in privato. Si augurò che accogliendola laggiù avrebbe conquistato la sua fiducia. I ragazzini non andavano in clinica senza genitori al seguito, nemmeno quelli che sapevano già guidare.

Quando svoltò l'angolo, trovò Molly accanto alla porta chiusa della saletta.

La donna le porse la cartella clinica. «Se hai bisogno di me, sono nella due.»

Sara aprì la cartella per dare uno sguardo agli appunti dell'ultima visita, anche se li aveva riletti di recente. Due mesi prima la ragazza era andata da lei con quella che sembrava una brutta faringite. Per sicurezza Sara le aveva prescritto un antibiotico, in attesa dei risultati del tampone. Sfogliò le pagine, ma il foglio rosa del laboratorio non c'era. Stava per chiamare Molly quando sentì un rumore che proveniva dalla sala visite.

«Lacey?» chiamò, aprendo la porta. «Stai...» Non terminò la frase, perché l'ultima volta in cui aveva visto qualcuno così pallido era all'obitorio. La ragazza era seduta sulla sedia accanto al lettino per le visite, le braccia strette intorno alla pancia. Nonostante fosse bel tempo, indossava un impermeabile giallo fosforescente. Era piegata in due, come se provasse un dolore lancinante.

Sara le posò una mano sulla schiena, e sentì che era bagnata di sudore anche attraverso l'impermeabile.

Lacey batteva i denti. «H-ho bisogno di p-parlare con lei» riuscì a dire.

«Vieni» le disse, aiutandola ad alzarsi. «Stenditi sul lettino.»

Lacey esitò e Sara la sollevò per farla salire.

«N-non...» cominciò lei, ma tremava troppo per parlare. Sara le posò una mano sulla fronte, chiedendosi se tremasse per la paura o per la febbre, ma dato che anche quel giorno le temperature erano elevate, non riuscì a capirlo.

«Devi toglierti questo» suggerì, ma Lacey si rifiutava di allargare le braccia.

«Che cosa è successo?» chiese Sara, cercando di mantenere un tono di voce calmo. La saletta era dotata di un defibrillatore per i casi peggiori.

Lacey si piegò in avanti e Sara l'afferrò impedendole di cadere dal lettino.

«Ho tanto sonno» disse.

«Mettiti seduta un istante» le chiese Sara. Alzò la voce e chiamò verso il corridoio: «Molly?».

«Non mi sento bene» aggiunse la ragazza.

Sara tenne le mani sulle sue spalle esili. «Dove ti fa male?»

La ragazza aprì la bocca per rispondere ma finì per vomitarle addosso.

A Sara era già capitato molte volte, e arretrò istintivamente, ma non abbastanza in fretta da evitare di essere colpita.

Quando i conati furono passati, Lacey mormorò: «Mi scusi».

«Non ti preoccupare, tesoro.»

«Mi fa male la pancia.»

«Stai tranquilla.» Sostenendola con una mano, si allungò verso il dispenser della carta assorbente e gliene porse qualche foglio.

«Ho la nausea.»

Sara chiamò di nuovo, questa volta più forte. «Molly?!» gridò, ma sapeva che era inutile. La sala visite due era dall'altra parte dell'edificio.

«Stenditi» disse a Lacey. «Se ti viene da vomitare, mettiti di fianco.»

«Non mi lasci!» strillò lei, aggrappandosi alla sua mano. «La prego, dottoressa Linton, devo parlare con lei, devo dirle cos'è successo.»

Sara aveva già intuito, ma in quel momento aveva problemi più urgenti della confessione della ragazza.

«Devo dirglielo» ripeté Lacey.

«Della bambina?» tentò, e dall'espressione che scorse sul viso della ragazzina intuì di avere indovinato.

Si sentì una sciocca per non averlo capito prima.

«Lo so, tesoro, lo so. Resta distesa, torno subito.»

La ragazza si irrigidì. «Come fa a saperlo?»

«Sdraiati» ribadì lei. Pensando di tranquillizzarla, aggiunse: «Vado a chiamare tua madre».

Lacey però saltò su. «No! Non può dirlo a mia madre.»

«Non ti devi preoccupare.»

«Non deve dirglielo... La prego» insisté lei, il viso bagnato di lacrime. «Sta male. È tanto malata.»

Sara non sapeva a cosa si riferisse, ma la rassicurò ugualmente. «Andrà tutto bene.»

«Mi giuri che non glielo dirà.»

«Tesoro, ne parleremo più tardi.»

«No!» gridò la ragazza, stringendole forte un braccio. «Non può dirlo a mia madre, la prego. Per favore, non le dica niente.»

«Resta qui, torno subito» le ordinò Sara, e senza aspettare una risposta uscì nel corridoio, togliendosi il camice mentre andava verso la postazione delle infermiere.

«Che è successo?» chiese Nelly.

«Chiama un'ambulanza» disse lei gettando il camice nel bidone dei panni sporchi e sbirciando oltre l'angolo per assicurarsi che Lacey non fosse uscita dalla stanza. «Manda subito Molly nella sei e poi chiama Frank al commissariato.»

«Oddio» mormorò la donna prendendo il telefono.

Elliott uscì da una sala visite. «Ehi, Sara, ho un bambino di sei anni con...»

«Non ora» rispose lei, sollevando una mano. Dopo un ultimo sguardo nel corridoio entrò nel suo studio e fece il numero del cellulare di Jeffrey. Al quarto squillo riagganciò e chiamò la centrale.

Rispose Marla Simms. «Stazione di polizia di Grant County, come posso aiutarla?»

«Marla, rintraccia Jeffrey e fallo venire subito qui in clinica» le disse.

Un forte tonfo risuonò nel corridoio e Sara riconobbe la porta di servizio che veniva spalancata.

«Sara?» la chiamò Marla.

Lei buttò giù la cornetta e corse fuori, pronta a inseguire Lacey, ma in fondo al corridoio c'era Mark Patterson, ogni singolo muscolo del suo corpo teso. Aveva un taglio sulla pancia che gli macchiava la maglietta blu e i jeans erano strappati al ginocchio, come se fosse scivolato sull'asfalto.

«Lacey?» gridò, aprendo la prima porta che trovò.

Sara udì lo strillo della madre del paziente che si trovava in quella sala, seguito dal pianto spaventato del bambino.

«Sara?» disse Nelly. Era alla postazione delle infermiere con il telefono in mano.

«Chiama la polizia» le disse. «Chiedigli di mandare chiunque il prima possibile.»

«Lacey?» ripeté Mark, e la sua voce echeggiò contro le pareti. Per fortuna non si era accorto che il corridoio curvava, e che dietro l'angolo c'erano altre due sale per le visite.

Si avvicinò ancora e Sara si accorse che era ricoperto di chiazze di vernice bianca e aveva i capelli unti e in disordine, come se non si lavasse da un po'. L'aveva visto diverse volte, negli ultimi dieci anni, ma mai in quello stato.

«Maledizione!» urlò il ragazzo, sollevando le braccia. «Dove cazzo è mia sorella?»

Si aprì un'altra porta sul corridoio, e Sara fece cenno ai genitori che si erano affacciati di restare all'interno. Molly era accanto a lei e si stringeva al petto una cartella clinica. Non l'aveva mai vista così sconvolta.

«Mark» disse Sara, imprimendo nella sua voce una certa autorevolezza. «Che ci fai qui?»

«Dov'è Lacey?» sbraitò lui, dando una manata contro la porta più vicina e facendola vibrare. All'interno, Sara sentì un bambino gridare.

Nel frattempo, Nelly stava sussurrando al telefono e Sara non riuscì a capire cosa dicesse, ma sperò con tutta se stessa che la polizia arrivasse di corsa.

«Mark» riprese, cercando di usare un tono calmo. «Fermati. Lacey non è qui.»

«Col cazzo» ribatté lui, avanzando verso di lei. «Dov'è quella troietta?» Colpì di nuovo la porta, lasciando sul legno il segno del suo pugno. Nelly urlò e si accucciò dietro il bancone.

«Dov'è?» insisté lui.

Sara lanciò di proposito quella che sperò sembrasse un'occhiata nervosa verso il suo ufficio e Mark abboccò all'istante.

«Aha! È lì dentro?»

«No» fece lei.

Lui sorrise e si avvicinò. Sara si accorse che aveva le pupille piccole come capocchie di spilli e immaginò che qualsiasi cosa avesse preso, non avrebbe avuto effetto breve. Da vicino le sembrò di sentire uno strano odore; non ne era sicura, ma le pareva che fosse qualcosa di chimico.

«Che cosa hai preso, Mark?» chiese.

«Prenderò a calci in culo mia sorella, se non tiene chiusa quella cazzo di bocca.»

«Lei non c'è» ribadì Sara.

«Lace?» chiamò Mark, infilando la testa nello studio. «Meglio per te se esci subito.»

Con la cosa dell'occhio Sara notò un movimento, e il colore giallo fosforescente le fece capire che era Lacey che cercava di scappare dalla porta sul retro. Un sudore freddo le colò lungo la schiena mentre mentalmente faceva il calcolo di quanto tempo avrebbe impiegato a raggiungere l'uscita. Fissò Mark sperando che la ragazza si sbrigasse, ma si era bloccata. Se ne stava immobile, come se l'avessero inchiodata al muro.

«È qui?» chiese Mark.

«No» ripeté lei, guardando oltre la spalla del ragazzo. «È dietro di te» mentì.

«Sì, come no» fece lui guardando Sara con disprezzo.

«Voglio che te ne vada subito, Mark. Stai commettendo un abuso.»

Lui la ignorò e avanzò nello studio. Sara lo seguì tenendosi a distanza, augurandosi che il ragazzo non capisse che lo stava intrappolando lì dentro. Pregò che nel frattempo Marla fosse riuscita a mandare qualcuno, fosse anche Brad Stephens.

«Lacey?» chiamò Mark, piano, ma con un tono sempre minaccioso. «Se non esci subito, sarà anche peggio.»

Sara incrociò le braccia. «Che cos'è la purezza, Mark?»

Lui guardò sotto la scrivania, imprecando quando non trovò nulla. Sferrò un calcio allo schedario di ferro e riuscì a spostarlo di una decina di centimetri.

«Hai fatto sentire sporca Jenny? Per questo voleva rendersi pura?»

«Si tolga di mezzo» le ordinò, andando verso di lei.

Sara mise una mano sulla porta, sbarrandogli l'uscita.

«Si sposti.»

«Che cos'è la purezza?»

Mark sembrò sul punto di rispondere, ma Sara si rese conto solo troppo tardi che era un modo per sviare la sua attenzione. Un istante dopo si sentì spingere all'indietro con forza. Cadde nel corridoio, battendo la testa a terra.

«Sara!» gridò Molly, correndo in suo aiuto.

«Sto bene» riuscì a risponderle, cercando di mettersi a sedere. Guardò verso il fondo del corridoio e si accorse che Lacey era ancora lì nel preciso istante in cui la vide anche suo fratello.

«Scappa!» le gridò. La ragazzina ebbe un attimo di esitazione, poi corse verso la porta e la spalancò.

«Stronza!» urlò Mark. Stava per partire all'inseguimento quando Sara, d'istinto, allungò una mano e gli afferrò una caviglia. Lui cercò di sottrarsi alla presa, ma lei riuscì a stringere i jeans nel pugno.

«Fermati» gli disse, cercando di resistere.

Mark le diede un pugno sulla mano, ma non avendo ottenuto l'effetto desiderato mirò alla faccia. Sara vide la pietra rossa del suo anello brillare un attimo prima di essere colpita sulla fronte, e fu così sorpresa dal dolore che mollò la presa.

«Oddio» ansimò Molly, coprendosi la bocca con una mano.

«Cazzo» sibilò lei, toccandosi la fronte. L'anello di Mark l'aveva graffiata; si trovò del sangue sulle dita, ma poi pensò a Lacey e si costrinse ad alzarsi.

«Forse dovresti...» tentò Molly.

Sara corse dietro ai due ragazzi, gridando: «Dove diavolo è Jeffrey?!». Si fermò appena uscita dalla porta di servizio, cercando di orientarsi. Il sole era abbagliante e lei si schermò gli occhi con una mano provando a individuarli tra gli alberi alle spalle dell'edificio.

«Forse sono andati verso l'ingresso principale» disse Molly correndo verso l'entrata della clinica. Sara la seguì e andò a sbattere contro di lei appena voltato l'angolo.

Molly indicava la strada. «Eccoli!»

Ripartirono insieme, ma Sara aveva il passo più lungo e presto seminò l'infermiera.

La strada davanti alla clinica non era molto trafficata, ma all'ora di pranzo i professori e gli studenti uscivano dal campus per andare in città. Sara osservò Lacey che correva, inseguita da Mark che urlava come un pazzo. In qualche modo riuscirono entrambi ad attraversare e la ragazza andò verso il lago, poi Sara colse una figura indistinta che sbucava da un lato e si avventava su Mark, gettandolo a terra. Quando lei e Molly raggiunsero quel punto, trovarono Lena Adams seduta sulla schiena del ragazzo come in un rodeo, mentre gli tirava le braccia dietro la schiena e lo ammanettava.

«Oh, cazzo» esclamò la detective guardando verso la strada.

Lacey ormai era troppo lontana. Senza poter fare nulla, Sara vide una vecchia auto nera fermarsi accanto alla ragazza. Lo sportello del passeggero si spalancò e un braccio si sporse verso di lei, afferrandola per la vita e tirandola nell'abitacolo.

Sara si toccò la medicazione sulla fronte mentre scendeva dalla macchina. Molly l'aveva suturata in due punti e aveva annullato tutti i suoi appuntamenti in modo da darle il tempo per riprendersi. Le faceva male la testa, sentiva caldo ed era furiosa. Avrebbe preferito rimanere alla clinica a visitare i pazienti, ma Molly non le aveva dato scelta. Forse dopotutto aveva ragione lei.

Ogni volta che ripensava a quella mattina, aveva la sensazione che le stringessero una benda intorno al petto. Sapere che un'altra delle sue pazienti era in pericolo e che non c'era nulla che lei potesse fare la distruggeva.

«Mamma?» chiamò, togliendosi le scarpe mentre chiudeva la porta di casa. Si spostò in cucina. «Mamma?»

Ancora nulla, e Sara sentì il cuore sprofondare. Si riempì un bicchiere d'acqua e la bevve tutta, poi si asciugò la bocca col dorso della mano.

Si accasciò su uno sgabello e prese il telefono, per telefonare a Jeffrey. Lena aveva portato Mark al commissariato prima ancora che Sara avesse il tempo di domandarle dove fosse finito.

«Tolliver» rispose lui, e dall'eco in sottofondo lei capì che era in macchina.

«Dove sei?» chiese.

«Sono stato trattenuto in Alabama. Ho parlato con Lena, mi ha detto di Lacey. Non sei riuscita a vedere chi c'era in quella macchina?»

«No» rispose lei. «Tu hai sentito i genitori?»

«C'è Frank con loro. Non conoscono nessuno che guidi un'auto del genere.»

«Che cosa ha detto Mark?»

«Non vuole parlare con nessuno. Nemmeno con Lena.»

«Chi potrebbe averla rapita?»

«Non ne ho idea. Abbiamo diramato un'allerta generale in tutto lo Stato. Voglio interrogare Mark per vedere se riusciamo a scoprire qualcosa.»

«Ho la sensazione che ci stia sfuggendo qualcosa di grosso» gli disse. «Qualcosa che abbiamo proprio sotto il naso.»

«Già.» Il commissario rimase in silenzio e lei sentì il motore che accelerava in sottofondo. «Raccontami quel che è successo oggi, dall'inizio alla fine» le chiese.

Sara fece un respiro profondo e gli spiegò tutto. La parte su cui Jeffrey parve concentrarsi di più fu quella relativa allo scontro con Mark, forse perché era l'unica della quale potesse occuparsi.

«Con cosa ti ha colpito?»

«Con l'anello» rispose lei, poi si corresse. «In realtà con il pugno, ma è stato l'anello a fare il danno peggiore. Non era un colpo molto forte, voleva solo che lo lasciassi andare.» Si portò le dita sulla medicazione. «Non è grave.»

«Lena gli ha fatto un verbale per aggressione?»

«Probabile» replicò Sara, cercando di fargli capire che voleva cambiare argomento.

Lui intuì. «Ti è sembrato che Lacey conoscesse chi c'era su quell'auto?»

«Era lontana, Jeffrey. Non lo so. Non l'avrei nemmeno riconosciuta, se non avesse avuto addosso quell'impermeabile giallo fosforescente.»

«Lena conosceva la macchina. Alcuni compagni di scuola hanno visto Jenny Weaver che saliva su un'auto simile.»

Lei giocherellò col cavo del telefono mentre Jeffrey le raccontava le scoperte che la detective aveva fatto al liceo. Quando finì, l'unica risposta di Sara fu: «Non somiglia affatto alla Jenny che conoscevo io».

«Comincio a pensare che nessuno la conoscesse davvero.»

«Jeffrey... secondo te i genitori sono Mark e Lacey?» chiese. «Insomma, so che è per questo che volevi il campione di sangue di Mark, ma a me non era mai venuto in mente che...»

«Lo so» le disse. Dalla velocità con cui le aveva risposto capì che Jeffrey stava valutando quell'ipotesi da un po'. «Credo sia possibile.»

«Che idea ti sei fatto di Teddy Patterson?» gli chiese.

«Sarebbe possibile anche quello.»

«Non credo che si sottoporrebbe al test senza un mandato.»

«Hai ragione.»

Sara sospirò, chiedendosi che senso dare a tutta la situazione. «Forse Jenny l'ha scoperto ed era gelosa?»

«Forse» disse lui, e Sara capì che stava pensando a qualcos'altro.

«Jeff...» cominciò senza sapere come affrontare l'argomento senza farlo infuriare. «Mark aveva un taglio sulla pancia. Non era grave, ma penso che qualcuno abbia cercato di fargli del male.»

«Bene.»

«No» lo fermò. «È un ragazzino. Giurami che lo terrai a mente.»

«Un ragazzino che potrebbe aver stuprato sua sorella e fatto prostituire la sua amica» fece lui. «Un ragazzino che ti ha preso a pugni in faccia.»

«Lascia perdere quello che riguarda me» disse Sara. «Sono seria, Jeffrey. Che non diventi una questione personale.»

Il commissario borbottò qualcosa.

«Jeff?»

«Non sei riuscita a sapere altro da Lacey?» le chiese.

«Sembrava confusa e terrorizzata.»

«Credi che abbia qualcosa di grave?»

«Non so se sia la paura, lo shock o una conseguenza del parto. Non ho avuto molto tempo. Mi...»

«Cosa?»

«Mi sento responsabile per non averla seguita in modo

adeguato. Era nella mia clinica, se fossi riuscita a trattenerla...»

«È scappata, Sara. Hai fatto quello che potevi.»

Lei serrò le labbra. «Vorrei che questo potesse farmi sentire meglio.»

«Anch'io lo vorrei. Vorrei poterti dire come liberarti dal senso di colpa, ma la verità è che non ne ho idea.»

Sara sentì gli occhi riempirsi di lacrime e si mise una mano sulla bocca in modo che lui non potesse sentirla piangere.

«Sara?»

Si schiarì la voce e tirò su col naso. «Sì?»

«Lacey ha detto nient'altro? Magari qualcosa a proposito di Mark?»

Sara si irritò, perché ripeterle le stesse domande mille volte non sarebbe servito a ritrovare quella povera ragazza. «Piantala di interrogarmi. Ho già avuto una giornata abbastanza spiacevole, non ho bisogno che tu mi faccia il terzo grado.»

Il commissario tacque e lei sentì il motore accelerare di nuovo. Chiuse gli occhi e appoggiò la testa all'indietro, contro la parete, aspettando che dicesse qualcosa.

«Vorrei...» Si interruppe. «Senti, te lo devo dire: l'idea che qualcuno ti faccia del male mi fa incazzare da morire.»

Lei rise. «Anche a me.»

«Ora stai bene?» le chiese di nuovo.

«Sì» rispose, anche se si sentiva destabilizzata. La clinica era sempre stata un luogo sicuro per lei, e non tollerava il fatto che il lavoro all'obitorio in qualche modo si fosse infiltrato nella sua attività privata. Si sentiva vulnerabile, e la cosa non le piaceva affatto.

«Ha chiamato Nick» disse a Jeffrey, e gli riferì ogni cosa.

«Purezza?» ripeté lui. «È la stessa cosa che ha detto Jenny.»

«Esatto» confermò Sara. «Credo che sia tutta una questione legata al sesso. Lei voleva tornare a essere pulita.»

«Giusto.»

«E cosa l'aveva fatta sentire sporca?»

«Forse aver fatto sesso con tutti quei ragazzi alla festa.»

«Era ubriaca» gli ricordò lei, sentendo la rabbia montarle dentro.

«Ma non abbastanza ubriaca da non sapere cosa stava facendo, secondo quei ragazzi.»

«È ovvio che abbiano detto così. Che altro dovevano dire, che l'hanno stuprata?»

«In effetti...»

«Altrimenti perché l'avrebbe fatto? Jenny non era proprio il tipo. Era solo una ragazzina, santo cielo.»

Jeffrey le parlò in tono condiscendente. «Non sappiamo di preciso cosa sia successo. Forse non lo sapremo mai.»

Sara decise di cambiare argomento; in quel momento era impossibile riuscire a ragionare con lui in proposito, lo sapeva. «Nick ha mandato quel tatuaggio all'FBI, ma dai loro database non è uscito niente.»

«In effetti è stato proprio questo a trattenermi» le disse. «Ti racconto tutto stasera.»

«No» fece lei. «Raccontamelo domani.»

Il commissario tacque per qualche istante. «Credevo volessi vedermi, stasera.»

«Sì» confermò lei. «Voglio vederti, ma non per parlare di lavoro.» Fece una breve pausa. «Stasera non ci voglio pensare. Okay?»

«Okay» concordò lui. «Se ti vedrò comunque, allora va bene.»

«Sempre se riesci a sopportarlo» fece lei, cercando di sdrammatizzare. «Ho un grosso cerotto verde sulla testa.»

«Ti fa male?»

«Mmm» mormorò lei, guardando fuori dalla finestra. Vide sua madre salire le scale che portavano all'appartamento di Tessa.

«Sara?»

Lei tornò a concentrarsi sulla conversazione. «Conto su di te: devi aiutarmi a smettere di pensarci» scherzò.

Jeffrey rise. Sembrava sollevato. «Devo parlare con Mark e fare una riunione veloce con la squadra di pattuglia serale per la ricerca di Lacey. Non che ci sia molto che possiamo fare, stasera. Arrivo appena posso, okay?»

«Credi che sarà tardi?»

«Immagino di sì. Vuoi che ti lasci dormire?»

«No, svegliami» gli disse, e quasi riuscì a sentirlo sorridere.

«Allora ci vediamo.»

«Okay» rispose lei prima di riattaccare. Bevve un altro bicchiere d'acqua prima di uscire. Il vialetto d'asfalto era bollente come lava fusa sotto i piedi nudi, e Sara fece gli ultimi due metri sulle punte per raggiungere le scale.

La casa di Tessa era grande, con due camere da letto e due bagni. Aveva dipinto le pareti con i colori primari che venivano evidenziati da comode poltrone e un divano spazioso che tendeva a far venire una gran voglia di un pisolino a chiunque ci si sedesse. Sara aveva dormito spesso da sua sorella, soprattutto dopo il divorzio, perché lì si sentiva più al sicuro che in casa sua.

«Tessie?» la chiamò, cercando di non far sbattere la zanzariera alle sue spalle. Cathy aveva lasciato la porta di legno spalancata, ed era strano, l'aria condizionata era accesa.

La voce di Tessa le parve strozzata. «Un attimo.»

Sara andò verso la camera da letto di sua sorella, chiedendosi che cosa stesse succedendo. «Tess?» disse e si fermò sulla soglia.

Tessa aveva in mano un fazzoletto e non sollevò lo sguardo quando lei entrò. Cathy era al suo fianco, le braccia conserte.

«Che cos'è successo?» chiese Sara. «Che cos'hai, Tess? Perché piangi?»

Cathy si avvicinò alla figlia maggiore e le posò una mano sulla testa. «E qui cos'è successo? Ti sei fatta male?»

«È una storia lunga» fece lei, allontanando la mano di sua madre. «Tessie, che ti succede?»

Sua sorella scrollò il capo, e all'improvviso a Sara girò la testa. Si sedette sul letto. «Si tratta di papà?»

Cathy si fece scura in volto. «Non dire sciocchezze, è sano come un pesce.»

Sara si portò una mano al petto ed emise un sospiro. «Allora cosa succede?»

Tessa andò verso la cassettiera e prese un bastoncino di plastica bianca. Sara riconobbe il test di gravidanza prima ancora che glielo porgesse.

Non aveva idea di cosa dire, così commentò: «Dovresti farlo la mattina appena sveglia».

«È quello che ho fatto» rispose Tessa. «Poi l'ho ripetuto all'ora di pranzo e di nuovo poco fa.»

«Sono tutti positivi» disse Cathy. «Immagino che possiamo accompagnarla in città il prossimo fine settimana.»

«In città?» chiese Sara, domandandosi perché dovessero andare ad Atlanta, poi capì. «Vuoi abortire?»

Tessa riprese il test. «Non è che abbia scelta.»

«Non è vero» sbottò Sara, alzandosi. Non poteva accettarlo. «Hai sempre una scelta.»

«Sara...» l'ammonì Cathy.

«Mamma» fece lei, poi riprese: «Dio santo, Tess, hai trentatré anni, un ottimo lavoro, e Devon ti ama da impazzire».

«E questo cosa c'entra?» chiese Tessa.

«C'entra, eccome.»

«Non sono pronta.»

Lo shock di Sara fu tale che per un attimo non riuscì a parlare. Alla fine le chiese: «Sai che cosa ti faranno, Tessa? Conosci i dettagli della procedura? Sai come...».

Tessa la fermò. «So che cos'è un aborto.»

«Come puoi anche solo pensare...»

«Pensare cosa?» la interruppe sua sorella. «Pensare che non sono pronta per avere un figlio? Non ci vuole tanto a pensarlo, Sara. Non sono pronta.»

«Nessuno è mai pronto» ribatté lei, sforzandosi di non gridare. «Come fai a essere così egoista?»

«Egoista?» ripeté Tessa, incredula.

«Pensi solo a te stessa.»

«Non è vero» sibilò sua sorella.

Sara si coprì gli occhi con una mano. Non riusciva a credere che fosse tutto vero. «Sai che cosa faranno? Hai idea di cosa succederà al bambino?»

Tessa si voltò dall'altra parte. «Non è ancora un bambino.»

Sara afferrò sua sorella per un braccio e la fece girare. «Guardami.»

«Perché? Così puoi cercare di convincermi a non farlo? È una mia scelta, Sara.»

«E Devon?» le chiese Sara. «Lui che cosa ne pensa?»

«Non sta a lui decidere» rispose Tessa a denti stretti.

Sara sapeva cosa intendeva, ma continuò comunque: «Perché, non sei sicura che il padre sia lui?».

«Sara...» l'ammonì Cathy.

«È lui?»

«Certo che è lui» replicò Tessa, risentita.

Sara fissò sua sorella, cercando qualcosa da dire che potesse fermarla. «Lo crescerò io» dichiarò, sorprendendo anche se stessa.

Tessa scosse il capo. «Non ce la farei mai.»

«Perché?»

«Sara, non potrei mai permetterti di fare da madre a mio figlio» le disse, rivolgendosi a lei come se si comportasse da ottusa di proposito.

Sara si portò le mani sui fianchi, cercando di controllare la collera. «Credo sia la cosa più immatura che ti abbia mai sentito dire. Perché? Se non puoi averlo tu, allora non può averlo nessuno?»

«E da quando sei una paladina della moralità? Mi sembra di ricordare che un tempo eri molto favorevole all'aborto.»

Sara si sentì avvampare. La presenza di sua madre nella stanza la metteva in imbarazzo. «Smettila.»

«Perché, non vuoi raccontare alla mamma di quando pensavi che Steve Mann ti avesse messo incinta?»

Cathy restò in silenzio, ma Sara sentiva che sua madre era ferita. Aveva sempre detto alle sue figlie che avrebbero potuto rivolgersi a lei per qualsiasi cosa. E lei l'aveva sempre fatto, tranne in quell'occasione.

«Era un falso allarme» si giustificò. «Stavo preparando gli esami di fine anno ed ero sotto stress. Ho avuto un ritardo nel ciclo...» Cathy alzò una mano per fermarla. «Ero un'adolescente» aggiunse, la voce incerta. «Avevo tutta la vita davanti.»

«E la prima cosa che hai fatto è stata chiamare il consultorio di Atlanta per sapere quanto ci avresti messo a liberartene» disse Tessa.

Sara scosse la testa: non era quella la verità.

La prima cosa che aveva fatto era stata scoppiare in lacrime e strappare la lettera di ammissione alla Emory. «Non è andata così.»

Ma Tessa non aveva finito, e la sua frecciata andò dritta al cuore di sua sorella. «Per te è facile, perché sai che non potrai mai restare incinta.»

«Tessa» sibilò Cathy, ma era troppo tardi. Il danno ormai era fatto.

Sara aprì la bocca, ma non ne uscì alcun suono. Si sentiva come se l'avessero presa a schiaffi. Cathy provò a dire qualcosa, ma a quel punto fu Sara a fermarla con un cenno.

«Ora non ce la faccio» tagliò corto, perché era così. Non riusciva a ricordare un'altra occasione in cui Tessa l'avesse ferita in modo così profondo. Le sembrava di aver perso la sua migliore amica.

Senza aggiungere altro, uscì dalla casa di sua sorella, sbattendo la zanzariera dietro di sé.

11

Marla porse a Jeffrey una pila di messaggi senza nemmeno dargli il tempo di togliersi la giacca. Il commissario ebbe l'impressione di essere stato via tre mesi, anziché un giorno soltanto.

«Questo è importante» disse la donna, indicandone uno. «E anche questo.» Continuò finché non li ebbe definiti tutti importanti, tranne uno.

Jeffrey diede uno sguardo proprio a quello meno significativo. C'era scritto il nome di un uomo che non riconobbe, seguito da un numero che cominciava con 1-800.

«Quello cos'è?»

Marla si sforzò di ricordare. «Infissi in vinile oppure rifornimento delle macchinette del caffè. Non ricordo quale dei due.» Scrollò le spalle con aria colpevole. «Ha detto che avrebbe richiamato.»

Jeffrey appallottolò il messaggio e lo gettò nella spazzatura. «Lena è qui?»

«Vado a chiamarla» disse Marla, uscendo dall'ufficio.

Il commissario si sedette alla sua scrivania e per prima cosa notò un piccolo manifesto con Lacey Patterson, la ragazza scomparsa. Era magra, un po' mascolina e dai capelli biondi, come sua madre. Era una foto scolastica, con una bandiera americana sullo sfondo e un mappamondo in primo piano. Sotto l'immagine venivano indicati peso e altezza, il luogo in cui era stata vista l'ultima volta e un numero a cui telefonare per chi fosse stato in possesso di eventuali informazioni. La locandina era stata inviata via fax a tutti i distretti della zona e inserita nel database nazionale per la ricerca dei bambini scomparsi. Il Georgia Bureau of Investigation ci avrebbe impiegato un po' a mettere insieme una cartella informativa da mandare alle forze di polizia in tutto il sud-est. Se quello era un giorno come tanti altri, in America, il nome di Lacey Patterson era finito insieme a quello di centinaia di altri ragazzini appena scomparsi o rapiti.

Jeffrey prese il telefono e fece il numero di Nick Shelton. Fu sorpreso, quando lo sentì rispondere: Shelton era un agente operativo, e solo di rado era alla scrivania.

«Nick? Sono Jeffrey Tolliver.»

«Ehi, capo» lo salutò lui, col suo accento e quel modo di fare da vecchio ragazzone che suonò un po' fastidioso alle orecchie di Jeffrey, soprattutto dopo le ultime ventiquattro ore trascorse in Alabama.

«Vai in giro con la scrivania, oggi?» scherzò il commissario.

«Sai com'è, qualcuno deve pur occuparsi di tutte queste scartoffie. Ancora niente sulla tua ragazza scomparsa?»

«No» disse Jeffrey. «Notizie dall'allerta in tutto lo Stato?»

«Niente di niente. Aiuterebbe avere almeno una targa.»

«Era troppo lontana per riuscire a vederla.»

Nick sospirò. «Be', ho mandato tutto al laboratorio informatico. Solo che non ho idea di quanto ci metteranno prima di assegnare il fascicolo a qualcuno. Non vi daranno la priorità, in mancanza di sviluppi eclatanti.»

«Lo so» disse Jeffrey. Serviva una svolta nelle indagini, qualche indizio da seguire o una nuova pista su cui lavorare, per attirare i pezzi grossi. In quel momento potevano solo stare a guardare con le mani in mano. «Non c'è un modo per ottenere la priorità? Dio santo, Nick. Quella bambina è stata rapita sotto gli occhi di Sara e Lena» disse il commissario.

«Sai quanti bambini sono scomparsi nelle ultime dodici ore?»

«Ma...»

«Ascolta» fece Nick abbassando la voce. «Oggi ho provato a parlare con un tizio che si occupava dei crimini contro l'infanzia. Farà un paio di telefonate e cercherà di far assegnare al caso una certa priorità.»

«Grazie, Nick.»

«Nel frattempo non sarebbe male se qualcuno dei tuoi facesse qualche telefonata per assicurarsi che i fax siano stati presi in considerazione.»

Jeffrey se l'appuntò, pensando che Nick avesse ragione. Attraverso i fax arrivava così tanta immondizia che a volte ci volevano ore per dividerla dai documenti importanti.

«C'è qualche possibilità che sia un gesto fatto a fin di bene, che qualcuno l'abbia presa per tenerla al sicuro?» chiese Shelton.

«Che diamine, Nick! Magari potessi saperlo.»

«Nessuno dei tuoi agenti guida una Thunderbird nera?»

«No» rispose il commissario. Avevano controllato le auto di chiunque potesse avere un collegamento anche vago col caso, e poi avevano esteso la ricerca in tutta Grant. Nessuno in tutta la contea aveva una Ford Thunderbird nera intestata.

«Che cosa posso fare per te, intanto?» chiese Nick.

«Purezza» rispose Jeffrey. «Dimmi che significato ha per i pedofili.»

«Non lo so. Posso cercare nei database e farti sapere.»

«Te ne sarei grato.»

«Prima ho sentito al telefono la tua signora, e anche lei parlava di purezza» riprese Nick. «È quel caso di mutilazione, giusto?»

«Giusto.»

«Be', questo genere di mutilazione ha quasi sempre una valenza religiosa. Lo fanno per assicurarsi che la ragazza resti vergine.»

«In questo caso però sappiamo che non lo era.»

«Diamine, no» concordò lui. «Da quel che ho sentito, si era data da fare parecchio.»

Il commissario cercò di lasciar correre quella considerazione, ma quel modo di parlare di una ragazzina come Jenny Weaver era un po' troppo rude perfino per lui. Chi lavorava nelle forze dell'ordine tendeva a indurirsi, su argomenti del genere, e Jeffrey non era diverso. Avrebbe anche potuto riderci su, se non fosse stato lui a uccidere la ragazzina in questione.

Alla fine disse soltanto: «Ho un nome da farti cercare al computer».

«Spara» fece Nick.

«Arthur Prynne» rispose, e scandì lettera per lettera il nome dell'uomo che aveva quasi ammazzato di botte fuori dal negozio di Possum.

Nick borbottò qualcosa mentre si appuntava il nome. «Cos'è, polacco, o roba del genere?»

«Non lo so proprio. Ha un tatuaggio identico a quello che ti ho mandato.»

«Che cosa devo cercare?»

«Puntava un asilo quando l'ho incontrato.»

«E purtroppo non ci sono gli estremi per arrestarlo...» disse Nick.

«Ha un computer a casa. Probabilmente lo usa per tenersi in contatto con altri pedofili» spiegò Jeffrey. «Ha detto che gli piacciono le ragazzine.»

«Dio» sospirò Nick, «quanto odio quella frase.»

«Potremmo fare una ricerca qui alla centrale, ma se devo essere sincero, Nick, credo che nessuno di noi abbia idea di come trovare o entrare in questo genere di siti web.»

«I federali hanno una squadra apposita. E un nome consente di acquisire una priorità. Forse possono torchiare questo tizio e farlo crollare.»

«Possibilissimo» commentò il commissario. «Non ha opposto molta resistenza quando l'ho interrogato io. Mi sembra il tipo capace di denunciare un amico per salvarsi il culo.»

«Interrogato, eh?» ridacchiò Nick. «E lui sapeva che eri un poliziotto?»

Jeffrey sorrise. Di Nick si potevano dire molte cose, ma di sicuro non che fosse uno sciocco. «Abbiamo scambiato due chiacchiere, tutto qui.»

Lui rise ancora. «Quanto devo fare in fretta?»

«Molto» rispose Jeffrey, perché non voleva responsabilità nel caso Prynne si fosse rivelato meno innocente di quel che sembrava.

«Lo passo subito ai ragazzi dell'Alabama» disse Nick. «Abbiamo appena trovato una cosa ad Augusta che potrebbe interessarti» aggiunse.

«Che cosa?»

«La polizia di Augusta ha beccato un tizio in un motel

mentre spacciava coca. E poi hanno trovato un mucchio di giornalini che non erano esattamente legali.»

«Pornografia?» indovinò Jeffrey.

«Pedopornografia» confermò lui. «C'era della roba agghiacciante.»

«Ad Augusta?» chiese ancora il commissario, sorpreso di non esserne già al corrente. Augusta era molto vicina a Grant, e in genere le forze di polizia si passavano informazioni per tenere tutti aggiornati.

«Gli stiamo col fiato sul collo. Vogliamo prendere i pezzi grossi» disse Nick.

«Il sospettato testimonierà per l'accusa?» chiese Jeffrey.

«Ha cambiato partito più in fretta di una puttana da due dollari» spiegò Nick. «E prima che tu me lo chieda, non sa nulla di una Thunderbird nera o della ragazzina rapita.»

«Sicuro?»

«Sicuro quanto un pugno in faccia.»

Jeffrey si accigliò, anche se non era certo nella posizione di fare il superiore. «Be'... grazie per aver controllato.»

«Senza offesa, capo, ma sarà meglio sperare che quella ragazzina non sia con questi tizi. Si scambiano i bambini come facevamo noi con le figurine di baseball.»

«Lo so» disse Jeffrey, ma la verità era che non voleva saperlo. Immaginare Lacey Patterson nelle mani di qualcuno come Arthur Prynne gli dava il voltastomaco.

«Comunque» sospirò Nick, «dovrebbe esserci una consegna stasera o domani. È evidente che Augusta è il centro di distribuzione per tutto il sud-est.»

«Non riesco a credere che stampino ancora quella merda quando si può scaricare gratis da Internet.»

«Su Internet puoi rintracciarli, se sai come fare» gli ricordò l'agente. «Vuoi che ti faccia un fischio quando succede?»

«Hai il mio numero di cellulare, giusto?»

«Sì. Pensi che questo pervertito, Prynne, sia attivo?»

«No» rispose il commissario, perché aveva avuto l'impressione che Arthur Prynne fosse il genere di pedofilo a cui bastava guardare le foto senza dare seguito alle proprie fantasie. «Ma non so quanto resisterà.»

«Credi che si aspetti di ricevere visite?» chiese Nick.

«Secondo me se l'aspetta da una vita» rispose lui, alzando lo sguardo e trovando Lena sulla soglia. «Nick, devo andare. Chiamami quando hai notizie della retata, okay?»

«Certo, capo.»

Il commissario chiuse la telefonata e fece cenno a Lena di entrare, colpito dal suo aspetto. Aveva gli occhi iniettati di sangue, come succede a chi ha pianto molto a lungo, il naso arrossato e profonde occhiaie nere. «Ti va di parlarne?» le chiese indicando una sedia davanti alla sua scrivania.

La detective gli rivolse un'occhiata confusa, come se non avesse capito. «Si sa qualcosa di Lacey?»

«Niente. Hai fissato l'appuntamento di cui abbiamo parlato?»

Lena si morse il labbro inferiore. «Non ho avuto il tempo.»

«Trovalo» le disse.

«Sì, signore.»

Jeffrey si appoggiò allo schienale e la fissò per qualche istante. «Raccontami come sono andate le cose quando hai preso Mark. Ha detto niente?»

«All'improvviso aveva la bocca cucita» rispose lei. «Non ha detto una parola.»

«Ha già un avvocato?»

«Buddy Conford. Non dovrebbe essere conflitto d'interessi?»

Il commissario ci pensò su. Buddy era l'avvocato che avrebbe rappresentato lo Stato se e quando Dottie Weaver avesse deciso di fare causa a Jeffrey. «Buddy sa che esiste un collegamento tra Mark e quello che è successo a Jenny Weaver?»

«Sa che Mark è la persona a cui Jenny voleva sparare. Ma questo lo sanno tutti.»

«Quello che voglio dire è: sa che sospettiamo che Mark sia il padre della bambina?»

Lena sgranò gli occhi. «Sul serio?»

«Spiegami perché non dovrebbe essere lui.»

«Potrebbe essere coinvolto un altro ragazzo...»

«Con la madre sempre in casa?»

«È molto malata» fece Lena, scrollando le spalle. «Piuttosto, il padre mi trasmette delle brutte sensazioni. Gli piace fare il prepotente.»

«Questo te lo concedo» disse Jeffrey, perché in effetti era così che Teddy Patterson si era comportato con la detective, quando erano andati a casa sua, al punto che il commissario si era chiesto se intervenire o lasciare che fosse Lena a difendersi.

«Forse ha molestato Mark, che a sua volta ha molestato sua sorella? Una sorta di causa ed effetto?» tentò Lena.

«Non è così che funzionano i pedofili» disse Jeffrey.

«Non ti seguo.»

«Non tutti i pedofili hanno subìto abusi da bambini. Non possiamo darlo per scontato.»

«Stiamo facendo delle ipotesi, giusto?» chiese lei. «Voglio dire, potrebbe anche essere andata così. Solo che Patterson non mi sembra uno interessato ai ragazzi.»

«Hai sempre quella sensazione?»

«Sì, esatto» annuì lei.

«E che mi dici di Mark?» le chiese, ripensando a come si era comportata quando lo avevano interrogato la prima volta. «Lui che genere di sensazioni ti trasmette?»

Lena abbassò lo sguardo. «Be', mi è sembrato un ipersessuale.»

«Va' avanti.»

«Sembra che sia molto concentrato sul suo aspetto, sulla sua sessualità.» Guardò di nuovo il commissario. «E che non sia capace di comunicare in altro modo.»

«Quel tatuaggio» disse Jeffrey. «In Alabama ho trovato un tizio che ne aveva uno identico.»

«Quello coi cuori?»

«Stava spiando un asilo» fece lui, con addosso lo stesso disgusto che aveva provato nel negozio di Possum. «Guardava i bambini.»

«I bambini *piccoli*? È un molestatore?» chiese Lena.

«Più un pedofilo» la corresse. Sara gli aveva spiegato la differenza molto tempo prima, durante un altro caso, e lui la riferì alla detective. «I molestatori in genere detestano i bambini e non vogliono contatti con loro al di fuori degli abusi. I pedofili invece sono convinti di fargli del bene; pensano di amarli.»

«A-ha...» fece Lena, scettica.

«La pedofilia è considerata una malattia mentale.»

«Anche l'omosessualità lo era, fino all'inizio degli anni Sessanta. Continuo a non trovare differenze.»

«Immagino che la differenza fondamentale stia nel fatto che nel caso dell'omosessualità si parla di adulti *consenzienti*.» Lei non rispose, così riprese: «Invece, in una relazione bambino-adulto, c'è sempre uno squilibrio di potere a favore dell'adulto. Non giocano alla pari. È sempre l'adulto ad avere il controllo sul più piccolo».

Lena lo fissò con aria incredula. «Ne parli come se lo giustificassi.»

«Non è affatto così» ribatté, infastidito da quell'accusa. «Ti sto solo descrivendo il genere di mentalità.»

«È una mentalità da pervertiti del cazzo.»

«Sono d'accordo. Ma non puoi permettere al disgusto che provi di influenzare il tuo modo di affrontare la questione, Lena. Se Mark ha quel tatuaggio perché è un pedofilo o un molestatore, non puoi fargli capire che lo disapprovi. Altrimenti non si confiderà mai con te.» Poi, dato che non era la prima volta che glielo spiegava, aggiunse: «Lo sai».

«Be', quindi quale delle due cose pensi che sia? È poco più grande di Lacey.»

«Ha almeno tre anni in più.»

«Non fa una gran differenza.»

«Forse fra trenta e trentatré no, ma per degli adolescenti è un bel salto, se ci pensi bene. È la differenza tra l'essere ancora bambini e giovani adulti.»

Lena sembrò rifletterci su.

«Vedila così» riprese il commissario, «un pedofilo è più a suo agio con i bambini perché le relazioni con gli adulti lo spaventano. I grandi gli fanno paura.»

«E Jenny? Perché è stata cucita in quel modo? Che cosa c'è dietro?»

«Questo non lo so» disse Jeffrey. «Forse potrebbe rivelarcelo Mark?»

«Non parla. Frank ci ha provato, e lui ha fissato il vuoto per tutto il tempo.»

«È ancora fatto?»

Lena scosse il capo. «Prima sì, ma ormai gli è passata.»

«Credi che abbia bisogno di una dose?»

«Non sembra. Non ha tremori, se è questo che vuoi sapere.»

«E come sono le sue condizioni fisiche? Sara mi ha detto che sembrava che qualcuno l'avesse pestato.»

«Già» confermò la detective tirando fuori alcune Polaroid dal taschino. «Gli abbiamo scattato qualche foto per documentarlo. La dottoressa Linton ha detto che il taglio sulla pancia sembra fatto con un coltello affilato, ma non era così profondo da richiedere punti. Gli si sta anche formando un livido a un occhio.»

Jeffrey esaminò le foto, una dopo l'altra. Mark fissava l'obbiettivo con sguardo assente. In uno scatto era senza maglietta, e aveva delle macchie di unto sulla vita dei jeans e graffi superficiali sul basso ventre.

«Nessuno di questi segni è stato fatto da noi?» chiese per averne la certezza.

«Ovviamente no» disse lei con una certa durezza nella voce, ed era strano, perché Jeffrey le aveva posto la stessa domanda lavorando ad altri casi e aveva sempre ricevuto una risposta priva di risentimento. Come a voler sottolineare la cosa, Lena aggiunse: «Chiedilo alla tua ragazza, lei l'ha visto prima di me».

«Qualcuno lo inseguiva?» continuò Jeffrey senza raccogliere la provocazione. «Oppure lui inseguiva qualcuno?»

«O l'una o l'altra» fece lei. «Ha anche delle ferite sulle braccia. Ferite da difesa.»

A Jeffrey venne in mente Arthur Prynne e a come si era protetto con le braccia per impedirgli di colpirlo al volto.

«Abbiamo prelevato i suoi vestiti, penso che la dottoressa Linton farà esaminare il sangue sulla maglietta per i riscontri sul DNA» aggiunse Lena.

«Gli hai fatto domande sulla sorella?»

«Se gliene importa qualcosa, non lo ha dimostrato. Ti ripeto, non vuole parlare.»

Il telefono sulla scrivania di Jeffrey emise un segnale d'avviso e lui premette il tasto dell'interfono.

«Il pastore Fine è venuto a trovare Mark» gli disse Marla.

Jeffrey e Lena si guardarono. «A che titolo?»

«Dice che i genitori gli hanno chiesto di rappresentarli durante l'interrogatorio.» A voce più bassa aggiunse: «C'è anche Buddy Conford».

«Grazie» rispose Jeffrey, chiudendo la comunicazione.

Si tirò indietro e fissò Lena.

«Che c'è?» chiese lei dopo un po'.

«Ho notato una specie di connessione, tra te e Mark. Non so cosa sia, ma devi starci molto attenta.»

«Non ho nessuna connessione con lui» ribatté la detective, ed era evidente che quel pensiero la metteva a disagio.

«Forse trasferisce su di te alcune emozioni per via della malattia di sua madre.»

Lena scrollò le spalle, poco convinta. «Se lo dici tu. Possiamo cambiare argomento?»

Buddy Conford aveva avuto una vita d'inferno. A diciassette anni gli avevano amputato la gamba destra dal ginocchio in giù in seguito a un incidente stradale. Tempo dopo aveva perso l'occhio sinistro per colpa del cancro e un rene per mano di un cliente insoddisfatto armato di pistola. Tuttavia, quelle perdite l'avevano rafforzato, anziché indebolirlo, e quando Buddy si poneva un obiettivo era capace di lottare come un cane che difende il suo osso. D'altro canto, era anche una persona dotata di grande logica, e a differenza della maggior parte degli avvocati era in grado di distinguere il bene dal male. Aveva aiutato Jeffrey in più di un'occasione, e il commissario decise di affrontare l'interrogatorio di Mark Patterson sperando di avere ancora fortuna.

«Commissario» disse Dave Fine, «voglio ringraziarla per avermi permesso di assistere. La madre di Mark purtroppo sta molto male, e i signori Patterson hanno voluto che venissi io a rappresentarla.»

Jeffrey annuì, sforzandosi di non fargli notare che non aveva avuto scelta. Qualsiasi crimine avesse commesso, Mark era comunque un minore, e solo il tribunale poteva intervenire su tale condizione dal punto di vista giuridico, sempre se fossero arrivati al processo.

«Si sa qualcosa di Lacey?» domandò il pastore.

«No» rispose Jeffrey fissando il ragazzo e cercando di capire cosa passasse per la testa di quel sedicenne. Aveva un aspetto terribile: il suo occhio diventava sempre più nero, aveva un taglio sul labbro inferiore e gli occhi arrossati come quelli di Lena. La tuta arancione della prigione lo faceva sembrare ancora più pallido. Inoltre sembrava anche più piccolo, come se le circostanze avessero ridotto le sue dimensioni.

«Mark?» lo chiamò Jeffrey.

Il ragazzo mosse le labbra senza parlare, lo sguardo fisso sul tavolo, come se non volesse alzarlo per evitare di affrontare la situazione. C'era un che di patetico in lui e per un attimo Jeffrey provò pena. Sara aveva ragione: qualsiasi cosa avesse fatto, era pur sempre un ragazzino. Buddy sfogliò i documenti di Mark.

«Quali sono le accuse, commissario?»

«Aggressione» disse lui, senza staccare gli occhi di dosso al ragazzo. «Ha colpito Sara al viso.»

Buddy guardò il suo cliente, accigliato. «Sara Linton?»

chiese, e la sorpresa conferì una nota stridula alla sua voce. Era cresciuto a Grant, e come quasi tutti i suoi concittadini considerava Sara una specie di santa per il lavoro che svolgeva alla clinica.

Da sotto il tavolo arrivò un suono metallico. Mark era ammanettato e Jeffrey immaginò che fossero le manette che rimbalzavano sulle sue gambe. Aveva già sentito quel rumore durante numerosi interrogatori.

«Davanti a una decina di testimoni» aggiunse il commissario, sovrastando il rumore. «E ha minacciato l'incolumità fisica di sua sorella, Lacey Patterson.»

«A-ha» fece Buddy, sistemando i fogli in una pila. «Si è procurato quei lividi al viso prima o dopo l'arresto?

«Prima» sbottò Lena, e fu chiaro a tutti il sottinteso nel suo tono: *idiota*.

Buddy le scoccò un'occhiataccia. «Testimoni che possono confermarlo?»

«Abbiamo delle foto» disse Jeffrey, tirando fuori da una cartellina le Polaroid che gli aveva dato Lena. Le spinse sul tavolo verso l'avvocato. Mark ebbe un sussulto, e ancora una volta il commissario si sorprese nel vederlo tanto fragile.

Buddy le sfogliò senza guardare il ragazzo fin quando non ebbe finito. «Chi l'ha ridotto così?» domandò a Jeffrey.

«Diccelo tu» rispose lui.

Mark continuava a tenere lo sguardo basso, le manette che ticchettavano come un metronomo.

Buddy restituì le foto. «Non sembra aver voglia di parlare.»

«Che cosa sta succedendo, Mark?» chiese Lena.

Il ragazzo alzò lo sguardo. Sembrava sorpreso all'idea che la detective gli avesse rivolto la parola. Il rumore cessò e per un attimo lui parve sospeso nel tempo, in attesa che lei aggiungesse altro.

Lena gli parlò a bassa voce, come Jeffrey non le aveva mai sentito fare, come se lei e Mark fossero le uniche due persone presenti in quella stanza. «Dimmi cosa c'è che non va, Mark.»

Lui continuò a fissarla e il suo respiro divenne più affannoso.

«Chi ti ha picchiato?» gli chiese la detective, in tono preoccupato. Allungò una mano sul tavolo e lui sollevò le sue perché Lena potesse toccarlo. Quando successe, gli sfuggì un singhiozzo.

Buddy scoccò uno sguardo a Jeffrey, che gli fece cenno di non parlare. Dave Fine restò in silenzio senza che gli fosse richiesto, e fissava le mani di Lena e Mark.

La detective gli accarezzò il tatuaggio col pollice. Il commissario non ebbe bisogno di guardare gli altri due per sapere che quel gesto li aveva messi a disagio. L'aria sembrava carica di qualcosa di indicibile.

«Cosa sta succedendo, Mark? Dimmelo» insisté Lena.

Al ragazzo si riempirono gli occhi di lacrime. «Dovete trovare Lacey.»

«La troveremo.»

«Dovete trovarla prima che le succeda qualcosa di brutto.»

«Che cosa potrebbe succederle, Mark?»

Lui scosse la testa, singhiozzando. «È troppo tardi. Ormai nessuno può aiutarla.»

«Hai idea di chi possa averla presa? Hai riconosciuto la macchina?»

Scrollò di nuovo il capo. «Voglio vedere mia madre.»

Lena deglutì con forza e Jeffrey si rese conto che la fragilità del ragazzo aveva colpito anche lei.

«Voglio solo vedere mia madre» ripeté Mark, in un sussurro quasi impercettibile.

Dave Fine cercò di toccarlo, ma lui si scansò con tale foga che Buddy dovette afferrare la sedia per evitare che cadesse a terra.

«Non mi toccare!» urlò, alzandosi.

Anche Lena si alzò e fece il giro del tavolo, rapida. Provò a sfiorare il braccio di Mark, ma lui balzò via, rischiando di andare a sbattere contro la parete, e si rifugiò in un angolo. La detective si avvicinò, gli posò una mano su una spalla e gli sussurrò qualcosa.

«Mark» disse Dave Fine, le mani alzate. «Siediti, figliolo.»

«Perché non sei da mia madre?» gli chiese lui. «Dov'è il tuo dio mentre mia madre sta morendo?»

«La vedrò più tardi, stasera» rispose Fine con voce tremante. «Voleva che ti stessi accanto.»

«E chi stava accanto a Lacey? Chi c'era quando qualche psicopatico l'ha rapita dalla strada?»

Fine abbassò lo sguardo e il commissario pensò che provasse lo stesso senso di colpa che provavano tutti per la scomparsa di Lacey Patterson.

«Non ho bisogno di te» gridò Mark. «Mia madre invece sì. Lei ha bisogno d'aiuto e invece tu vieni qui, come se potessi fare qualcosa.»

«Mark...»

«Vai ad aiutare mia madre!»

Fine aprì la bocca per dire qualcosa, ma poi parve cambiare idea.

Mark scosse la testa e distolse lo sguardo. Lena lo aiutò ad alzarsi e lo riaccompagnò alla sedia.

Buddy tamburellò con le nocche sul tavolo per attirare l'attenzione del commissario, poi gli indicò la porta. Jeffrey si alzò e fece cenno a Fine di imitarlo. Il religioso esitò, ma poi obbedì e li seguì nel corridoio.

«Porca puttana» esclamò Buddy, poi si pentì. «Mi scusi, pastore.»

Fine annuì e si infilò le mani in tasca. Guardò attraverso la finestrella nella porta, osservando Lena che parlava con Mark. «Pregherò per la sua anima» mormorò.

Buddy si appoggiò pesantemente alla stampella. «Che cavolo sta succedendo, qui, commissario?»

Jeffrey non sapeva cosa rispondere, perciò domandò a sua volta: «Dave, per lei tutto questo ha senso?».

«Chiede a me?» si stupì Fine. «Non ne ho idea. L'ultima volta che ho visto Mark, ho pensato che stesse bene. In ansia per sua madre, ma non aveva nient'altro.»

«Quando è stato?» chiese Jeffrey.

«L'altra sera, all'ospedale. Stavo pregando con Grace.»

«E mi dica, pastore, che cosa è successo tra lei e Jenny Weaver?» proseguì il commissario.

«Jenny Weaver?» ripeté lui, sinceramente confuso.

«Ci ha detto di essere passato a trovarla un paio di volte sotto Natale» gli rammentò.

«Ah, certo» confermò. «Brad mi aveva chiesto di vederla. Aveva smesso di venire in chiesa e lui temeva che fosse successo qualcosa.»

«Ed era così?»

«Sì. Almeno credo» rispose Fine, scuro in volto. «Non ha voluto parlarmi. Nessuno di loro vuole parlarmi di niente.»

«Con *nessuno di loro* a chi si riferisce?»

Fine indicò la porta. «Mark e Lacey. Ne ho discusso con Grace, ma ormai nemmeno lei poteva farci più niente. Immagino sia la classica ribellione adolescenziale.» Scosse la testa, affranto. «Molti ragazzi si allontanano dalla chiesa alla loro età, ma in genere tornano qualche anno più tardi. Tuttavia Grace era preoccupata, così mi sono confrontato con suo figlio.»

«E lui cosa ha detto?» chiese Jeffrey.

Fine arrossì. «Limitiamoci a dire che ha usato termini che preferirei non riferire a sua madre.»

Jeffrey annuì e lasciò correre. Dopo aver parlato con Mark, si era fatto un'idea del linguaggio del ragazzo. «E cosa può dirmi di Grace? Come sta?»

«Sta molto male. Non credo che arriverà al fine settimana.»

Il commissario ripensò al desiderio di Mark di vedere sua madre. «È così grave?»

«Sì. Non possono fare più niente, ormai, se non cercare di alleviare il dolore.» Diede un altro sguardo dalla finestrella. «Non so come andrà avanti la famiglia senza di lei. Ne saranno distrutti.»

«Lei non era al ritiro dei ragazzi l'ultimo Natale, giusto?»

Fine scosse il capo. «Sono rimasto qui. A dire il vero non mi occupo molto dei ritiri giovanili, quello è compito di Brad Stephens.»

«Ho già parlato con lui.»

«È un bravo giovanotto» disse Fine. «Speravo fosse d'esempio per alcuni dei nostri ragazzi.»

«Lei è stato lo psicologo di Mark per qualche tempo, giusto?» chiese ancora Jeffrey.

«Solo per un breve periodo, ma non si è mai aperto più di tanto. Potrei rivedere i miei appunti e farle sapere se c'è qualcosa di rilevante.»

«Sì, grazie» gli disse Jeffrey. «Dove posso trovarla domattina?»

«All'ospedale, immagino» disse il pastore dando uno

sguardo all'orologio. «Anzi, vorrei tornarci stasera stessa, a meno che lei non abbia altre domande da farmi.»

«Può andare» lo liberò il commissario. «Verrò all'ospedale intorno alle dieci, domattina. Porti i suoi appunti.»

«Mi spiace di non essere stato di grande aiuto» si scusò Fine. Strinse la mano al commissario, poi a Buddy, e se ne andò.

L'avvocato lo osservò mentre si allontanava, poi guardò Jeffrey. «Non mi piace molto quel che sta succedendo tra la tua detective e il mio cliente, qualunque cosa sia.»

Jeffrey fu tentato di fingersi stupito, ma poi si disse che con lui non avrebbe funzionato. «Per stanotte lo farò tenere sotto sorveglianza antisuicidio.»

Buddy non si lasciò distrarre. «Non mi hai ancora risposto.»

Il commissario guardò nella stanza. Lena era riuscita a far sedere il ragazzo, che era in lacrime, e gli stava accarezzando la schiena.

«C'entra la morte di Jenny Weaver» disse.

«Ah, cazzo» imprecò Buddy, sbattendo la stampella contro il pavimento. «Grazie mille per avermelo detto, capo.»

«Non ne avevo la certezza» mentì Jeffrey. «Sai che è lui il ragazzo a cui voleva sparare la Weaver.»

«Pensavo che fosse una semplice aggressione.»

«Lo è» disse Jeffrey. «Cioè, lo era.»

«Non potresti essere più chiaro?»

Jeffrey diede un altro sguardo nella saletta e si infilò le mani nelle tasche. Lena continuava a consolare Mark accarezzandogli la schiena.

«In tutta onestà, Buddy, non ho la più pallida idea di cosa stia succedendo.»

«Comincia dall'inizio.»

«La neonata che abbiamo trovato alla pista di pattinaggio» disse Jeffrey, e l'avvocato annuì. «Pensiamo che il padre sia Mark.»

L'altro annuì ancora. «Sarebbe logico.»

«E pensiamo che sua sorella possa essere la madre.»

«Quella che hanno rapito?»

Jeffrey assentì. Al pensiero di Lacey Patterson e di quel che poteva accaderle sentì una morsa allo stomaco.

«Credevo che la madre fosse Jenny Weaver» disse Buddy.

«No» rispose lui. «Sara ha eseguito l'autopsia e Jenny non ha partorito.» Evitò di rivelargli la scoperta scioccante della mutilazione genitale.

«Non ho ancora sentito Dottie Weaver» disse Buddy. «Il sindaco è agitato come una puttana in chiesa.»

«Vedrai che si farà viva dopo il funerale» disse Jeffrey, chiedendosi quando si sarebbe svolto. Dubitava che Sara sarebbe stata invitata, e lei non aveva fatto il minimo cenno alla cosa.

«Comunque... Ho bisogno di una tua deposizione, diciamo entro domani» gli disse Buddy. «Meglio mettere tutto nero su bianco finché hai la memoria fresca.»

«Non credo che potrò dimenticare tanto facilmente, Buddy» ribatté lui, pensando che si sarebbe portato sulle spalle la morte di quella ragazza per tutta la vita.

«Che altro sta succedendo, qui?» chiese l'avvocato. «Non voglio segreti.»

Jeffrey spinse le mani ancora più a fondo nelle tasche. «Mark ha quel tatuaggio sulla mano...»

«Quello a forma di cuore?»

«Sì» confermò il commissario. «È il simbolo di qualcosa.»

«Pedopornografia» lo informò Buddy, sorprendendolo.

«E tu come lo sai?»

«Ce l'ha un altro mio cliente. Un caso di Augusta di un paio di settimane fa. L'ho accettato solo per fare un favore a un amico.»

«Che caso era?»

Buddy si guardò intorno: era incerto se rispondere o meno alla domanda.

«Sono stato più che disponibile con te, Buddy» gli fece notare Jeffrey.

«Sì, okay» concesse lui. «L'hanno arrestato per cocaina. Non molta, ma abbastanza per spacciare. Ci ha dato diverse informazioni per scaricarsi delle accuse.»

«Questa l'ho già sentita» fece Jeffrey. «E distribuisce materiale pornografico, vero?»

L'avvocato annuì.

«E per tenere il culo fuori dalla galera ha collaborato con lo Stato.»

«Bravo» fece lui. «Come l'hai saputo?»

«Nel solito modo» rispose il commissario, vago.

«E quale sarebbe?»

Jeffrey cercò di sviare il discorso. «Dov'è finita la tua protesi?» gli chiese indicando lo spazio vuoto sotto il ginocchio dell'avvocato.

«Cazzo» sospirò lui. «L'ha presa la mia ragazza, non me la vuole restituire.»

«Cosa le hai fatto?»

«Ecco come siete, voi poliziotti» si lamentò Buddy, appoggiandosi alla stampella. «Ve la prendete sempre con le vittime.»

Jeffrey rise. «Vuoi che parli con lei?»

Buddy aggrottò la fronte. «No, ci penserò io. Allora, come l'hai saputo? Vuoi rispondere alla domanda?»

«No» disse Jeffrey. Guardò ancora nella stanza. Mark

aveva la testa sul tavolo e Lena era seduta accanto a lui, e gli teneva la mano.

Il commissario aprì la porta. «Lena» la chiamò, facendole cenno di raggiungerlo nel corridoio.

Lei fece per parlare, ma poi ci ripensò. Si alzò senza guardare né toccare il ragazzo e uscì dalla stanza.

«Che cosa ha detto?» chiese Jeffrey.

«Niente. Vuole andare all'ospedale da sua madre.»

«Okay. Tu va' pure a casa» le disse lui, e tornò nella stanza tallonato da Buddy senza aspettare una risposta.

«Mark» cominciò il commissario, sedendosi sulla sedia lasciata libera da Lena. «Sappiamo del tatuaggio.»

Lui tenne la testa bassa, singhiozzando tanto da scuotere il tavolo.

«Sappiamo cosa significa.»

Buddy si appoggiò al tavolo. «Figliolo, è nel tuo interesse spiegarci cosa sta succedendo.»

«Mark, hai idea di chi possa aver preso tua sorella?» insisté Jeffrey. Poi, non avendo risposta, ritentò: «Pensiamo che l'abbiano presa delle persone malvagie. Persone che potrebbero farle del male. Devi darci una mano».

Silenzio.

«Mark» provò ancora, «la dottoressa Linton ha detto che Lacey sembrava star male, quando l'ha vista.»

Il ragazzo alzò la testa e si asciugò gli occhi con le mani. Poi puntò lo sguardo verso la parete, dondolando il corpo avanti e indietro.

«Lacey era incinta?» chiese Jeffrey. «La bambina alla pista di pattinaggio era sua?»

Mark continuava a dondolare, come se fosse ipnotizzato dal muro.

«Eri tu il padre, Mark?» insisté il commissario.

Il ragazzo rimase con lo sguardo fisso. Jeffrey gli agitò una mano davanti agli occhi, ma lui non si mosse.

«Mark?» lo chiamò una volta, poi ripeté, più forte: «Mark?».

Nessuna reazione.

«Mark?» tentò ancora, schioccando le dita.

Buddy gli mise le mani sulle spalle, ma lui non parve nemmeno accorgersene. «Credo che dovremmo chiamare un medico» disse.

«Sara potrebbe...»

«No» lo interruppe l'avvocato. «Per oggi l'ha già vista abbastanza.»

Jeffrey uscì dalla centrale alle dieci di sera. Aveva passato quasi due ore a fare telefonate in tutto lo Stato per assicurarsi che gli altri dipartimenti di polizia avessero ricevuto la locandina di Lacey e stessero cercando la Thunderbird nera. Molti agenti avevano voluto condividere con lui i casi su cui stavano lavorando, e anche se il commissario era convinto di non poter essere d'aiuto in alcun modo, si era assicurato di rispondere con un tono che non sembrasse di cortesia. Era più probabile che qualche autopattuglia di Griffin si imbattesse nella Thunderbird piuttosto che lui potesse recuperare un televisore con schermo panoramico rubato in casa della madre di un sergente, ma si era comunque appuntato il numero di serie e lo aveva ripetuto al suo interlocutore.

Nonostante quel che aveva detto a Nick, il commissario si era messo in testa di fare una ricerca su Internet anche di persona. Con l'aiuto di Brad aveva trovato migliaia di siti usando la chiave di ricerca generica *amanti delle ragazzine*. Al terzo sito esplorato, Brad era diventato pallido come un lenzuolo, così Jeffrey l'aveva congedato e aveva continuato a navigare per conto suo.

Sebbene avesse conoscenze rudimentali della rete, era riuscito a scovare i link che rimandavano a una serie di siti contenenti immagini di bambini in pose compromettenti di ogni genere. Quando chiuse il browser, sentì il bisogno di fare una doccia per lavarsi via dalla mente quelle foto. Sara aveva ragione. Forse prendere le distanze dal caso l'avrebbe aiutato a cambiare prospettiva. In quel momento non aveva idea di cos'altro potesse fare.

Mentre guidava verso casa di Sara, cercò di non pensare a ciò che aveva visto al computer. L'aveva chiamata prima di partire dal commissariato per farle sapere che non si avevano notizie di Lacey Patterson e per dirle che stava per raggiungerla, se ancora voleva vederlo. Per fortuna, voleva.

Jeffrey si fermò nel vialetto e si accorse che Sara aveva lasciato le luci accese. Quando scese dall'auto, sentì una melodia jazz che arrivava da dentro casa. Sara gli aprì la porta prima che facesse in tempo a bussare e tutti i problemi che avevano tormentato il commissario negli ultimi giorni svanirono non appena la vide.

«Ciao» disse lei, con un sorriso malizioso sulle labbra.

Jeffrey restò senza parole: non poté fare altro che guardarla. Aveva i capelli sciolti sulle spalle, i riccioli più morbidi del solito e indossava un abito di seta, nero, che le abbracciava le curve sottolineandole. Un lungo spacco laterale mostrava parte di una gamba. Si era messa i tacchi, che la slanciavano in modo allettante.

Lo prese per mano e lo accompagnò dentro. Jeffrey la fermò nel corridoio e l'attirò a sé. Con i tacchi, Sara lo superava di almeno cinque centimetri, così gli appoggiò una mano sulla spalla per sostenersi a lui e si tolse le scarpe.

«Meglio?» domandò. Poiché non le rispose, si avvicinò e gli sfiorò le labbra con le sue. Jeffrey tenne gli occhi aperti più a lungo che poté, osservandola mentre lo baciava. La sua bocca era dolce, e sulla sua lingua sentì il sapore del vino e di una punta di cioccolato.

Jeffrey chiuse la porta alle sue spalle senza staccarle gli occhi di dosso. Non ricordava di averla mai vista tanto bella, nonostante il cerotto sulla fronte.

«Non ho voglia di parlare della mia giornata, della tua, né di quello che sta succedendo» gli disse.

Lui riuscì solo ad annuire.

Sara gli scoccò un'occhiata interrogativa, appoggiandosi alla parete. «Hai perso la lingua?»

«È che... A volte dimentico quanto sei bella, poi ti vedo e...» Jeffrey lasciò la frase in sospeso, in cerca delle parole giuste. «Resto senza fiato.»

Lei inarcò un sopracciglio, come se si stesse chiedendo se la stava prendendo in giro.

«Ti amo, Sara» disse Jeffrey, facendo un passo verso di lei. «Ti amo tantissimo.»

Sara parve lottare per non sorridere, e lui l'adorò ancora di più per quel gesto. Da quando la conosceva, non era mai stata capace di accettare un complimento.

«Immagino significhi che il mio vestito ti piace» disse lei.

«Mi piacerebbe ancora di più vederlo sul pavimento.»

Sara si staccò dalla parete e si portò le mani dietro la schiena, muovendole. Non indossava la biancheria, e quando lasciò cadere l'abito a terra restò completamente nuda.

Jeffrey si ubriacò di quella visione, provando un desiderio talmente profondo che lo spaventò. Si mise in ginocchio e la baciò finché lei non riuscì più a reggersi in piedi.

MERCOLEDÌ

12

In sogno, Lena aveva sentito il suono di un martello che batteva contro un chiodo. Quando aprì gli occhi, quasi si aspettava di trovarsi con una mano inchiodata al pavimento, invece vide Hank che dava dei colpetti contro i cardini della porta della camera.

Si mise a sedere sul letto. «Che cazzo fai?» gridò.

«Ti ho detto che le cose sarebbero cambiate» fece lui continuando a battere sul cardine.

«Oh mio Dio» esclamò lei, portandosi le mani sulle orecchie per attutire quel suono insistente. Guardò l'orologio sul cassettone. «Non sono nemmeno le sei» urlò. «Oggi non devo arrivare al lavoro prima delle nove.»

«Quindi abbiamo un sacco di tempo» le rispose sfilando il perno.

«Stai smontando la mia porta?» gli chiese, tirandosi le lenzuola al petto anche se portava una felpa pesante e pantaloni della tuta in tinta. «Chi diavolo credi di essere?»

Hank la ignorò e si mise all'opera sul perno in alto.

«Fermati» gli ordinò Lena, scendendo dal letto avvolta nel lenzuolo.

Lui continuò a battere imperterrito, poi disse: «Le cose cambieranno a partire da oggi».

«Quali cose?»

Hank si infilò una mano nella tasca posteriore e ne estrasse un foglio di carta piegato. «Tieni» le disse, porgendoglielo.

Lena lo distese, ma non riuscì a mettere a fuoco le parole. Le sembrava di essere tornata un'adolescente, quando a Hank non piaceva il ragazzo di turno che lei stava frequentando. La sua soluzione era stata sbarrare le finestre della camera inchiodandovi delle assi per impedire alla nipote di sgattaiolare via durante la notte. Lei gli aveva fatto notare che violava le norme antincendio e per tutta risposta lui le aveva detto che avrebbe preferito vederla bruciare viva piuttosto che insieme all'idiota con cui usciva.

Lena cercò di strappargli di mano il martello, ma suo zio era troppo forte.

«Non sono una bambina, maledizione» protestò.

«Sei la mia bambina» ribatté lui, riprendendo il controllo del martello. Tirò via il secondo perno e la porta cadde a terra. «Mi stavi in una mano» aggiunse, lasciando andare l'attrezzo per mostrargliele. «Passeggiavo tenendoti in braccio la notte quando piangevi disperata, ti preparavo il pranzo da portare a scuola e ti ho prestato i soldi per dare l'anticipo per questa casa.»

«Ti ho restituito fino all'ultimo, maledetto centesimo.»

«E questi sono gli interessi» le rispose, chinandosi per afferrare la porta che poi sollevò con un potente grugnito.

Lena rimase incredula a osservarlo mentre la portava via lungo il corridoio.

«Perché lo fai?» gemette. «Hank, fermati.»

«In questa casa non ci saranno più segreti» borbottò lui, appoggiando la porta al muro con fatica. Si voltò verso di lei e aggiunse: «Sono io a dettare le regole, qui, ragazzina».

«Non farò nemmeno una di queste cose» gli disse, gettandogli addosso il foglio su cui Hank aveva scritto un elenco.

«Oh, altroché se le farai» ribatté, afferrando il foglio un attimo prima che toccasse terra. «Farai tutto ciò che c'è scritto qui sopra, ogni santo giorno, oppure andrò a parlare col tuo capo. Che ne dici?»

«Non mi minacciare» lo ammonì, seguendolo in camera da letto.

«Prendila pure per una minaccia, se vuoi» le rispose, aprendo con forza uno dei cassetti del comò di Lena. Frugò tra la biancheria, lo chiuse e aprì quello successivo.

«Che stai facendo?»

«Tieni» disse lui, tirando fuori un paio di pantaloncini da corsa e una maglietta. «Mettiteli e scendi entro cinque minuti.»

Lena lo guardò e solo in quel momento si accorse che Hank non indossava i soliti jeans con una camicia hawaiana dai colori sgargianti. Si era messo una maglietta bianca con la pubblicità di una birra e un paio di calzoncini dall'aria così nuova che avevano ancora le pieghe della confezione. Ai piedi aveva delle scarpe da ginnastica nuove di zecca e calzini bianchi tirati su fin sotto il ginocchio. Le sue gambe erano così pallide che Lena dovette fare uno sforzo per capire dove finivano le gambe e cominciavano i calzini.

«Perché dovrei scendere?» chiese lei incrociando le braccia.

«Andiamo a correre.»

«Vuoi venire a correre con me?» domandò incredula. Hank era in forma più o meno quanto un anziano in sedia a rotelle. Odiava persino dover camminare fino alla cassetta della posta.

«Cinque minuti» ribadì lui uscendo dalla stanza.

«Bastardo» disse furiosa, senza riuscire a decidere se seguirlo o meno. Era così fuori di sé che ragionava a stento, eppure si tolse i pantaloni della tuta e si mise quelli da corsa. «Maledetto stronzo» bofonchiò, infilandosi la maglietta. Non aveva scelta, ed era questo a farla incazzare. Se Hank avesse detto a Jeffrey anche solo la metà di quel che aveva fatto, lui l'avrebbe sbattuta fuori tanto in fretta da farle girare la testa.

Diede uno sguardo all'elenco. Cominciava con *Fare esercizio fisico tutti i giorni* e si concludeva con *Consumare pasti normali a colazione, pranzo e cena.*

Dal profondo di sé evocò ogni insulto, ogni imprecazione che avesse mai sentito nei suoi dieci anni di carriera in polizia e li rivolse tutti contro suo zio. Finì con un «Coglione del cazzo» poi afferrò le scarpe da ginnastica e scese al piano di sotto.

Lena era seduta nell'ufficio di Jeffrey e fissava l'orologio appeso alla parete. Il commissario era in ritardo di dieci minuti, cosa piuttosto insolita per lui. Forse avrebbe dovuto essere felice per quel ritardo, dato che aveva un gran bisogno di riprendersi dalla corsa mattutina. Suo zio era un vecchio tosto, e l'aveva lasciata indietro appena svoltato l'angolo di casa. Dentro di sé, fu costretta ad ammettere di aver preso proprio da lui parte della sua ostinazione. Da quel punto di vista erano identici: se Hank si metteva in testa di fare qualcosa, non c'era nulla al mondo che potesse fermarlo. Lena ne aveva avuto un piccolo assaggio quella mattina quando, mentre lei arrancava, con i polmoni sul punto di esplodere e lo stomaco in subbuglio per colpa degli amminoacidi rilasciati dai muscoli, Hank si era limitato a fermarsi a correre sul posto, la mascella serrata, in attesa che la nipote ripartisse.

«Ehi» fece Jeffrey entrando di corsa in ufficio. Aveva la cravatta allentata e la giacca su un braccio.

«Ehi» rispose Lena, alzandosi.

Le fece cenno di sedersi. «Scusa il ritardo. Traffico» disse.

«Dove?» ribatté lei, pungente, perché l'unico punto trafficato della città era in prossimità della scuola e solo in orari ben precisi.

Jeffrey non le rispose. Si sedette alla scrivania, abbottonandosi il colletto con una mano. Lena non ne ebbe la certezza, ma le parve proprio di vedergli un segno rosso sul collo.

«Ancora nessuna notizia di Lacey?» chiese.

«No. Ho chiamato Dave Fine mentre venivo qui, ha gli appunti delle sue sedute con Mark.»

«E ce li consegnerà come se niente fosse?» disse lei, rallegrandosi – non per la prima volta – di non essere andata a parlare con il pastore dei suoi problemi.

«Già» ammise, lisciandosi la cravatta. «Anch'io sono rimasto sorpreso.»

Lena incrociò le braccia e fissò il suo capo. C'era qualcosa di diverso in lui, anche se non riusciva a capire cosa.

«Devo incontrarlo all'ospedale alle dieci» disse Jeffrey, quindi guardò l'orologio. «Sono già in ritardo.»

«Non vuoi che venga con te?» chiese Lena.

«Voglio che tu e Brad riportiate Mark a casa sua» le rispose. «Fagli fare una doccia, fagli mettere dei vestiti puliti e poi accompagnalo all'ospedale.»

«Perché?»

«Sua madre è peggiorata molto stanotte» le spiegò. «Fine teme che non riesca a superare la mattinata.» Tamburellò sulla scrivania. «Non importa cosa ha fatto, non voglio impedire a quel ragazzo di rivedere sua madre un'ultima volta prima che muoia.»

Lena ne fu commossa, ma cercò di non darlo a vedere.

Jeffrey le puntò un dito contro, ammonendola: «Sono serio, riguardo a Brad. Non devi restare da sola con Mark. Hai capito?».

Per un attimo, la detective ebbe voglia di protestare, ma il commissario aveva ragione, e in fondo lei non voleva restare da sola con Mark Patterson. C'era qualcosa di indomabile in quel ragazzo, e forse si identificava un po' troppo in lui.

«Lena?» insisté Jeffrey.

Lei si schiarì la voce, poi rispose: «Sì, signore».

Come al solito, Brad guidava rispettando meticolosamente il limite di velocità. Lena cercò di contenere l'impazienza e, allo stesso tempo, di ignorare la presenza di Mark sul sedile posteriore. Sapeva che il ragazzo la stava fissando anche senza bisogno di voltarsi. Lei e Jeffrey si erano trovati d'accordo sul fatto che sarebbe stato meglio lasciare che fosse il padre a spiegargli che con tutta probabilità sua madre sarebbe morta entro sera, ma starsene lì seduta, con Mark a pochi centimetri da lei, le sembrava sbagliato. Nonostante il divisorio di sicurezza, aveva la sensazione che lui potesse superare la rete metallica e afferrarla per il collo, chiedendole spiegazioni.

D'altra parte i farmaci che gli aveva somministrato il medico la sera prima, di qualunque genere fossero, avevano funzionato. Era tornato a essere il solito spavaldo, le si era avvicinato troppo quando lei l'aveva ammanettato e aveva emesso dei versi inequivocabili mentre lo portava alla macchina. Lena si domandò cosa avesse causato quel cambiamento, dato che il giorno prima Mark le era sembrato quasi catatonico.

«Certo che fa un bel caldo, fuori» disse Brad mentre lasciava Main Street svoltando a sinistra.

«Sì» concordò lei, cercando di non far cadere la conversazione. «L'anno scorso non è stato così.»

«Vero» fece Brad. «Non ricordo un'afa del genere nemmeno quando ero piccolo.»

«Neanche io.»

«Non ho avuto un condizionatore in casa fino ai dodici anni.»

«Noi l'abbiamo preso che ne avevo quindici» aggiunse lei, concedendosi un sorriso al ricordo. Lei e Sibyl erano rimaste in piedi davanti al piccolo macchinario fino a perdere la sensibilità del viso.

«Noi imploravamo mio padre di aprire l'acqua in giardino» disse Brad con una risatina. «Ricordo una volta in cui era venuto a trovarci mio cugino Bennie...»

Mark diede un calcio alla rete metallica. «Chiudi quella cazzo di bocca.»

Brad inchiodò e si voltò. «Provaci di nuovo e io e te dovremo fare un bel discorsetto.»

Lena non aveva mai sentito Brad minacciare nessuno e l'effetto che quelle parole ebbero sul ragazzo la sorprese. Per la prima volta si rese conto che a Brad non piaceva affatto Mark Patterson.

«Ehi, non ti scaldare, amico.»

Lena diede uno sguardo a Mark, che si leccò le labbra in modo provocante, e quel punto lei si voltò si nuovo, cercando di nascondere il fatto che l'aveva colpita.

L'auto avanzò con qualche sobbalzo, e Brad restò in silenzio per il resto del viaggio. Lena lo guidò fino a casa dei Patterson indicandogli la strada a gesti. Cercò di immaginare che Mark non fosse seduto lì dietro, ma di tanto in tanto la sua presenza le tornava in mente e aveva quasi l'impressione di sentire il suo respiro sul collo.

«Eccoci» disse la detective indicando la casa prefabbricata. Scese dall'auto prima ancora che si fosse fermata del tutto. I muscoli delle cosce le davano delle fitte di dolore a ogni movimento e lei maledisse per l'ennesima volta suo zio, quella mattina.

Brad aprì lo sportello posteriore, chiedendo: «Ti comporterai bene, adesso?».

Mark scese dalla macchina con una calma esasperante. Quando raddrizzò la schiena, mostrò di essere più basso dell'agente di diversi centimetri. Gli mormorò all'orecchio qualcosa che Lena non riuscì a sentire, ma qualunque cosa fosse, ebbe l'effetto di metterlo in imbarazzo, perché Brad divenne paonazzo.

«Bada a come parli» lo rimproverò l'agente, ma non c'era alcuna minaccia nella sua voce, solo sgomento. Afferrò Mark per le manette e lo spinse verso la casa.

Davanti alla porta, Lena tirò fuori da una tasca le chiavi di Mark che gli avevano confiscato al momento dell'arresto.

«È la terza, quella con il bordo verde» disse il ragazzo, poi sorrise con aria complice a Brad. «Ma secondo me tu preferisci passare da dietro.»

Brad digrignò i denti e fissò la porta come se potesse aprirla con la forza del pensiero.

Lena girò la chiave nella serratura e d'un tratto un refolo d'aria fresca uscì dal prefabbricato.

Mark si fermò sulla soglia solo per un attimo, gli occhi chiusi, inspirando il profumo di lillà che li accolse.

«Forza» disse Brad, spingendolo dentro.

Lena gli scoccò un'occhiata interrogativa, chiedendosi cosa gli fosse preso. In genere Brad era la persona più docile del mondo.

«Togliamogli le manette» disse la detective.

Lui scosse il capo. «Non credo sia il caso.»

«E come fa a lavarsi e vestirsi, ammanettato?»

Mark strizzò l'occhio a Brad. «Se vuoi puoi farmi compagnia, agente. Mi laverai la schiena.»

In un gesto istintivo, Lena gli diede uno scappellotto. «Piantala» disse, furiosa per il modo in cui aveva preso di mira il suo collega. Poi si rivolse a Brad: «Perché non vai sul retro, nel caso cercasse di sgattaiolare fuori?».

Lui parve felice di quell'idea e uscì quasi di corsa.

«Che cosa gli hai detto?» chiese Lena a Mark.

«Gli ho solo chiesto se voleva aiuto per allentare un po' la tensione: sembra molto stressato.»

«Dio santo» esclamò lei. «E faresti una cosa del genere?»

«Perché no?» rispose Mark, scrollando le spalle.

Lena tirò fuori la chiave delle manette e gli fece cenno di avvicinarsi. Lui si portò i polsi all'altezza dell'inguine per costringerla a toccarlo nel momento in cui avrebbe dovuto infilare la chiave.

«Alza le mani» ordinò la detective.

Con un sospiro teatrale, lui obbedì.

«Ti piace essere incatenata?» le chiese.

«Hai dieci minuti per fare la doccia» disse Lena, liberandolo. «Se sarò costretta a venire a cercarti, non sarò affatto gentile.»

«Mmm...» fece lui, prolungando il gemito. «Sembra allettante.»

Lena si agganciò le manette alla cintura, dietro la schiena. «Dieci minuti» ribadì, domandandosi se Hank si fosse sentito così quella mattina, quando le aveva dato tutti quegli ordini. Andò verso il divano e prima di sedersi prese una rivista. Mark restò in cucina a osservarla per un minuto buono prima di sparire in camera sua. Poco dopo Lena sentì scorrere l'acqua della doccia. Chiuse la rivista, invasa da un profondo senso di sollievo.

Si alzò in piedi e si appoggiò alla mensola del caminetto per allungare i quadricipiti. Le gambe le facevano male da morire dopo quella che un anno prima avrebbe considerato una corsetta, e la cosa la mandava in bestia. Non poteva essere così fuori forma, maledizione.

Prese in mano una foto di Mark e Lacey a un parco divertimenti, di fronte alle montagne russe. I bambini sorridevano e Mark aveva un braccio sulle spalle di Lacey, che invece gli cingeva la vita. Avevano circa tre anni in meno, e l'aria felice.

«È stata scattata a Six Flags» disse Mark.

Lena cercò di non dare a vedere quanto l'avesse spaventata. Il ragazzo era a un metro da lei e aveva addosso solo un asciugamano legato intorno alla vita.

«Vestiti» gli ordinò.

Lui fece un sorriso indolente, e Lena si sentì un'idiota per non aver controllato se avesse della droga in camera sua.

«Che cosa hai preso?» gli domandò.

«Cloud Nine» sorrise lui, lasciandosi cadere sul divano.

«Mark, alzati e vai a vestirti» disse Lena.

Lui la fissò, le labbra appena dischiuse.

«Che hai?» chiese lei.

Mark si limitò a guardarla ancora per un istante, poi chiese: «Che cosa hai provato?».

«Che cosa vuoi dire?»

Le guardò le mani e istintivamente Lena incrociò le braccia, nascondendo le cicatrici. Scosse la testa. «No.»

«Mio padre mi ha raccontato cosa ti è successo.»

«Sono sicura che la vicenda lo ha rallegrato.»

Mark si accigliò. «In realtà no. Teddy non si eccita con queste cose.» Dovette notare la sorpresa della detective, perché aggiunse: «Il vecchio Ted adesso riga dritto. Niente cose strane».

Lena guardò di nuovo la foto. «Va' a vestirti, Mark. Non c'è tempo per queste cose.»

«Raccontami i tuoi segreti e io ti racconterò i miei.»

Lei rise. «Guardi troppi film.»

«Dico sul serio.»

«Non credo proprio, Mark.» Sentì un accendino scattare e si accorse che il ragazzo si stava accendendo una canna. «Spegnilo» gli ordinò.

Lui inalò a fondo. «Non vuoi sapere cos'è successo?» le chiese.

«Voglio che tu vada a vestirti in modo che possiamo portarti da tua madre.»

Le sorrise, sistemandosi meglio sul divano. «L'altra sera ero proprio convinto che avresti premuto il grilletto.»

Senza riflettere, Lena si sedette all'altro capo del divano. «Mi stavi spiando?» domandò, ma non si sentiva tanto spiata, quanto colta in fallo.

Lui annuì e prese una lunga boccata di fumo.

«Dov'eri?»

«Accanto al capanno» disse. «Credevo che l'avresti buttato giù.»

Lena fu invasa dalla vergogna.

«Quell'uomo accanto alla casa... Pensavo che mi avesse

visto, invece guardava te.» Soffiò sulla punta della canna. «È tuo padre?»

«Mio zio.»

Mark inspirò ancora e trattenne il fumo per qualche momento. Lo esalò lentamente, quindi proseguì: «Com'è stato, avere quella pistola in bocca?».

«Sbagliato» rispose, cercando di riscattarsi. «Per questo non l'ho fatto.»

«Ed essere stuprata? Com'è stato?»

Lena si guardò intorno, chiedendosi perché stesse parlando con lui. «Brutto» disse, stringendosi nelle spalle. «Non... non bello.»

Lui emise una risata strozzata. «Lo immagino.»

«No» fece lei, poi, siccome voleva tornare a condurre la conversazione, riprese: «Perché non mi racconti cos'è successo, Mark?».

«Hai già fatto sesso, dopo?»

La detective non gradì affatto il modo in cui aveva detto *già*, come se fosse qualcosa di inevitabile.

«Ecco, questi non sono proprio affari tuoi» rispose, stupefatta di essere riuscita a parlarne in modo tanto disinvolto. Dopo molto tempo sentiva di avere il pieno controllo di sé e delle proprie emozioni. Si sentiva forte, in grado di gestire quel ragazzino. Considerando che un paio di giorni prima aveva cercato di suicidarsi, la cosa era piuttosto scioccante.

«Dimmi cosa sta succedendo» insisté.

«Mia madre sta morendo. Lo sai, vero?»

«Sì» rispose, guardandosi le mani perché non voleva che lui le leggesse in faccia la verità. «È di questo che vuoi parlare? Di tua madre?»

Non le rispose.

«Mark, tu sai dov'è tua sorella?»

Lui la fissò con gli occhi lucidi. Di nuovo, Lena rimase sconvolta da quanto quel ragazzo fosse ancora un bambino.

«Siamo molto simili, lo sai?» le disse.

«In che senso?»

«Qui dentro» rispose, portandosi una mano sul petto. «Com'è stato essere stuprata?»

Lena scrollò il capo per non lasciarsi distrarre.

«Che vuol dire che siamo simili, Mark? Qualcuno ti ha fatto del male?»

Nei suoi occhi balenò una luce, e per un rapido istante Lena capì che quel ragazzo provava un dolore immenso, dentro di sé. Si sentì stringere il cuore, e qualcosa che assomigliava a un istinto materno le disse che doveva prendersi cura di Mark Patterson, anche se non era in grado di prendersi cura nemmeno di se stessa.

«Chi ti ha fatto del male, Mark?»

Lui posò un piede sul tavolino. «Perché sei diventata una poliziotta?»

«Perché volevo aiutare le persone» rispose, anche se ormai non era così tanto vero. «Lascia che ti aiuti. Raccontami che cos'è successo.»

Lui scosse la testa. «Com'è stato?» ripeté. «Quando ti ha stuprata, cos'hai provato?»

«Dimmi perché lo vuoi sapere e te lo spiegherò.»

Il ragazzo aspirò altro fumo, poi si guardò intorno, in cerca di un posto in cui buttare il mozzicone, e Lena gli avvicinò un vassoio.

Lui si piegò in avanti, appoggiando i gomiti sulle ginocchia. «A volte mi chiedo perché la gente fa certe cose.»

«Anch'io» disse lei. «Per esempio, perché Jenny voleva ucciderti?»

Lui agitò una mano. «Non mi avrebbe mai ucciso.»

«Per questo ti sei pisciato sotto?»

Rise. «Be', a posteriori è tutto più facile.»

«Perché voleva farlo, Mark?»

«Credeva di poter fermare tutto.»

«Tutto cosa?»

«Me?» le chiese, come se Lena potesse conoscere davvero la risposta.

«Cosa doveva impedirti di fare?» Aspettò una replica senza ottenerla, poi provò ancora: «Parlami di quella festa con Carson e gli altri ragazzi».

Lui aggrottò la fronte. «Carson è un coglione.»

«Perché hai costretto Jenny a fare sesso con loro?»

«Io non l'ho costretta a fare un cazzo» sbottò. «È stata lei a volerlo. Cercava di ingelosirmi, dimostrandomi che non contavo niente per lei.»

«Ma per sicurezza l'hai fatta ubriacare.»

«Sì, certo» fece lui, seccato.

«Che cosa pensava di poter fermare?» chiese Lena. «Quella sera, da Skatie's. Che cosa pensava che avrebbe fermato?»

Per un attimo, Mark sembrò sul punto di dirglielo, poi qualcosa gli fece cambiare idea. «Credi che troverete mia sorella?»

«Tu sai dove si trova?»

Lui abbassò lo sguardo e Lena si chiese se lo sapesse o se invece si sentisse in colpa perché non ne aveva idea.

La detective si appoggiò allo schienale, le braccia conserte, in attesa che lui si decidesse a parlare.

«A volte mi sento come se non fossi nemmeno reale» disse. «Forse sono in una stanza, e forse respiro aria, ma nessuno mi vede davvero.» Si stropicciò gli occhi. «Poi penso che se non fossi davvero qui allora dovrei essere da un'altra parte. Voglio dire, forse dovrei solo premere quel grilletto, hai presente?»

Lena annuì, perché lo sapeva bene.

«Che cosa ti ha fermata?» le chiese. «Perché non sei andata fino in fondo?»

Gli disse la verità sulla pistola, ma non sulle pillole. «Ho pensato che la mattina dopo mi avrebbe trovata il mio collega e non volevo fargli una cosa del genere.»

«Tu credi in Dio?»

«Non ne sono sicura» rispose. «E tu?»

Scosse la testa.

«Per questo hai smesso di andare in chiesa?»

Lui la guardò furioso. «Non fare lo sbirro con me.»

«Io *sono* uno sbirro, Mark.» Mantenne un tono neutro, distante dalla collera del ragazzo. Allungò una mano e gli toccò un braccio. «Voglio sapere cos'è successo. Perché Jenny voleva ucciderti?»

Lui sospirò, accasciandosi sui cuscini. «Era tanto dolce. Tenevo davvero molto a lei.»

«Lo so.»

«Sul serio? Cioè, capisci davvero cosa significa voler bene a qualcuno?»

Lena pensò a Sibyl e rispose: «Sì, lo capisco».

«Io no. Almeno, non prima di Jenny. Non avevo idea di come fosse tenere a qualcuno in quel modo.»

«Be', c'è l'affetto che hai per tua madre.»

Mark rise, un suono vuoto che rimbombò nel suo petto. «Morirà presto, vero?»

Lena serrò le labbra.

«Lo sento» disse lui. «L'ho sentito stamattina, è stato come se sapessi che non resisterà ancora molto, come se volesse mollare.» Cominciò a piangere. «C'è una connessione, sai? È come se io sentissi quello che prova lei.» Si voltò di scatto verso Lena. «Tu l'hai sentito quando è morta tua sorella?»

«Sì» mentì. In quel momento era di ritorno da Macon e non aveva la minima idea che fosse successo qualcosa di terribile. «L'ho sentito qui» aggiunse, la mano sul petto.

«Allora lo sai. Sai com'è quel senso di vuoto.»

Lena annuì senza aggiungere altro.

Mark distolse lo sguardo e chiuse gli occhi. Lei osservò il suo profilo, il naso dritto e la mascella squadrata. Le lacrime gli solcavano le guance e gli cadevano sul petto.

«La prima volta» cominciò a voce bassa «credo fosse il Ringraziamento.»

Lena rimase in silenzio, concedendogli tempo.

«Lacey e Jenny erano in camera di mia sorella e io volevo uno dei suoi cd in prestito.» Sospirò. «Lei ha cominciato a gridarmi contro, mi insultava. Non so. Forse la mamma l'ha sentita urlare ed è venuta a dirci di smetterla.»

La detective sentì il cuore accelerare e pregò chiunque potesse ascoltarla che Brad non scegliesse proprio quel momento per rientrare. Cercò di calcolare quanto tempo fosse passato da quando era uscito, ma non osando guardare l'orologio non riuscì a stabilirlo con esattezza.

«Lacey ha acceso la radio in camera sua a volume altissimo» riprese. «La mamma glielo permetteva. Ha sempre fatto così, è sempre stata la sua preferita.» Scrollò il capo. «Lacey è molto dolce in fondo, sai? Magari è un po' viziata, ma sotto sotto è dolce. È di buon cuore, come la mamma.»

Lena aspettò e contò fino a venticinque prima che lui riprendesse a parlare.

«Più tardi è venuta in camera mia» disse. «Credo sapesse che ero ancora incazzato, voleva fare pace. È tipico di lei, cercare di fare pace. Forse è per questo che piace a tutti, perché è sempre così buona...» Un leggero sorriso gli incurvò le labbra, ma tenne gli occhi chiusi. «Mi ha messo un braccio intorno al collo, e non so perché abbiamo cominciato a baciarci. Cioè, ci siamo dati dei baci molto profondi, molto a lungo.»

La detective cercò di ripensare a quel che le aveva insegnato Jeffrey, e cioè a non lasciare che i suoi sentimenti interferissero con una confessione, ma l'idea di Mark Patterson che baciava la sua sorellina le dava il voltastomaco. Aveva voglia di dire qualcosa, di fermarlo in modo da non doversi portare addosso il peso di quella storia per tutta la vita, ma sapeva di non poterlo fare.

«Non so come sia successo tutto il resto» continuò lui. «Insomma, ci baciavamo, e poi lei ha cominciato a toccarmi, ed era così bello.» La guardò in cerca di approvazione. «So che era sbagliato, okay? Solo che mi piaceva. Non volevo che finisse.»

Lena annuì, cercando di tenere sotto controllo la propria espressione. Dubitava molto che Lacey Patterson avesse sedotto il fratello. Sostenere che fosse stata la vittima a *chiederlo* era una pratica diffusa tra i predatori sessuali.

«No, non capisci, lo vedo» disse lui. «Ma tu non hai idea di come stanno le cose. Mio padre mi perseguita.» Si batté il pugno su una gamba. «Non mi molla mai. Mai.»

«Lo so» rispose Lena, costringendosi a toccargli un braccio. «Capisco bene questa parte, credimi.»

L'espressione di Mark si addolcì. «Non l'ho costretta.»

«Ti credo, Mark.»

«È stata lei a venire da me. Lei è entrata nella mia stanza, lei ha cominciato a baciarmi e a toccarmi.»

La detective annuì perché era l'unica cosa che potesse fare.

«Era così bagnata. Ho solo...» Scosse il capo, serrando forte gli occhi, come se volesse richiamare quel ricordo. «È stato bellissimo entrare dentro di lei. E poi mi voleva. Ne ero sicuro, mi voleva. L'ho capito dal modo in cui mi teneva la mano dietro il collo e mi tirava verso di lei, sempre più a fondo.»

Lena mandò giù la bile.

«Toccarla e stare dentro di lei... mi faceva sentire completo, capisci?» riprese Mark. «Come se alla fine tutto avesse un senso.» Si portò una mano sugli occhi. «E poi era bravissima. Cioè, dove poteva aver imparato a farlo così bene?»

Sembrava volesse una risposta sincera, ma Lena non ne aveva nessuna.

«Insomma, guarda mio padre» proseguì lui scuotendo il capo. «Non è uno che sa quello che fa.»

Lena parlò senza riflettere. «Anche tuo padre ci andava a letto?»

«Be', sì» rispose lui, come se stesse parlando con una stupida.

Lena si portò una mano allo stomaco, pensando alla povera Lacey Patterson e all'inferno che doveva aver sopportato.

«Dimmi di Jenny» chiese.

Mark emise una risata triste. «Già, Jenny. Ero stato con lei qualche volta, prima, te l'ho detto.» Fece una pausa. «Era dolcissima. Era tutte le cose che ti ho già raccontato.»

«Dava l'idea di essere una buona amica.»

«Sì, certo» fece lui, con una punta di sarcasmo nella voce. «Una buona amica finché non ci ha beccato.»

«Per questo ti ha puntato contro la pistola?»

«Forse è stato uno dei motivi. Poi, sai, forse voleva solo fermarmi. L'ha detto molte volte, che voleva farmi smettere.»

«Era gelosa?»

Mark annuì lentamente. «Ci è rimasta male quando ci ha visto.»

«Vi ha visto insieme?»

Lui annuì di nuovo, con lo stesso movimento rallentato. «Eravamo nel mio letto, e lei e Lacey sono tornate a casa da scuola.»

Lena sentì il cuore fermarsi nel petto. Aprì la bocca per chiedere un chiarimento, ma ci ripensò. Non voleva sapere. Se avesse potuto muoversi, sarebbe corsa via da quella casa, coprendosi le orecchie per non sentire più nulla, ma non riusciva ad alzarsi, e restò immobile sul divano, osservando Mark come avrebbe fatto con un incidente stradale.

«Eravamo insieme. Credo sia stato sotto Natale, poco prima che andassero a quello stupido ritiro.» Alzò le mani in aria. «Mia madre mi ha permesso di saltare la scuola. Abbiamo avuto tutta la giornata per noi.» Sorrise. «Ha acceso qualche candela, abbiamo fatto un lungo bagno e poi abbiamo fatto l'amore.»

Lena si accorse che aveva smesso di respirare.

«Immagino di aver perso la cognizione del tempo» aggiunse lui, con una risata amara. «Lacey e Jenny sono venute dritte in camera mia, e così è successo.»

La detective si tappò la bocca con una mano per non dire nulla.

«Jenny adorava mia madre. Cioè, era complicato. Forse è meglio che non possa vederla morire. Credo che sarebbe stato terribile per lei.»

«Già» riuscì a sussurrare Lena.

«So cosa pensi, ma guarda che lei mi amava. Era così

bello sapere che mi amava. Lacey è sempre stata la sua preferita, ma poi veniva da me ed esistevo solo io. Ero io quello che amava di più.» Ricominciò a piangere.

Lena se lo trovò col viso affondato nel collo senza avere il tempo di reagire. Dovette fare uno sforzo per far uscire il suo nome dalla bocca, mentre cercava di spingerlo via. «Mark...»

«No» mormorò lui, e le sue labbra umide sulla pelle le fecero venire da vomitare.

«Mark, no» disse di nuovo, ma lui non si mosse, e a quel punto lei gli diede una spinta con tutte le sue forze. «Togliti di dosso!» gridò.

Dal modo in cui lui la guardò, Lena capì di avere dipinto in volto ogni briciolo del disgusto che provava.

«Mark...»

«Stronza. Maledetta stronza!»

«Mark...»

In quel momento, Brad fece capolino dalla porta ma restò immobile con la mano sul calcio della pistola. Lena gli fece cenno di arretrare mentre lui si stava avvicinando.

«Credevo che avresti capito» le disse il ragazzo.

«Ed è così» gli rispose, nel panico. «Ti capisco, Mark.»

«Maledetta stronza» sibilò. «Non capisci un cazzo.»

«Mark...»

In un attimo lui le fu di nuovo addosso, le afferrò una mano e la tenne sollevata tra loro. «Credevo capissi» ripeté, e Lena intuì che si riferiva alle cicatrici. «Pensavo che sapessi cosa si prova perché ci sei passata anche tu. Invece non vuoi ammetterlo, perché sei una vigliacca del cazzo.»

Lei aprì la bocca ma non riuscì a parlare.

«Ehi» intervenne Brad afferrando Mark per un braccio.

«Lasciami stare, finocchio» gridò il ragazzo, sottraendosi alla presa. Puntò un dito accusatore contro Lena, sibilando: «Mi hai ingannato. Siete tutti uguali, maledizione. Aveva ragione lei. Siede dei deboli. Non fate mai la cosa giusta».

«Mark...»

Lui andò verso il corridoio pestando i piedi così forte da far vibrare il prefabbricato.

«Che diavolo stava succedendo?» domandò Brad, la mano sempre sulla pistola.

La detective scosse la testa e per un attimo non riuscì a parlare.

«Stai bene?» le chiese il collega. Le posò una mano su un braccio e lei non si scostò.

«Non riesco a credere...» cominciò, senza sapere cosa dire.

Brad si sedette al suo fianco e le prese la mano. «Lena? Parlami, per favore» disse accarezzandola.

Solo allora Lena si sottrasse, continuando a scrollare il capo. «È solo un ragazzino» mormorò.

«Un ragazzino malvagio» la corresse. «A volte mi domando come facciano a diventare così. Quando avevo la sua età, quasi non sapevo nemmeno cosa fosse il sesso. Credevo che un bacio fosse il massimo che si potesse ottenere a un appuntamento.»

Lena annuì, ma non lo ascoltò mentre raccontava della sua adolescenza idilliaca.

«Non riesco a non chiedermelo: cos'è che li rende così? Cos'è cambiato?» proseguì lui.

«I genitori» disse Lena, ma sapeva che non era vero. Si fermò i capelli dietro un orecchio, cercando di contenere lo shock che ancora la scuoteva. Poi guardò l'orologio, domandandosi se dovesse andare a cercare Mark.

«Che cosa voleva?» chiese Brad. «Si riferiva a quello che ha detto anche Jenny, prima?»

Alla fine Lena riuscì a concentrarsi sulla conversazione. «Prima di cosa?»

«Nel parcheggio. Sai, quando ha detto che gli adulti non fanno mai la cosa giusta.»

«Oddio» ansimò lei, sentendo l'aria abbandonarle i polmoni. Balzò in piedi e si lanciò nel corridoio, seguita dal collega.

«Mark?» gridò, bussando all'unica porta chiusa. Cercò di aprirla, ma la maniglia era bloccata. «Maledizione» mormorò dando una spallata, tuttavia il pannello non si mosse. Fece cenno a Brad. «Tirala giù a calci.»

Lui si appoggiò alla parete del corridoio e diede un calcio alla porta. Purtroppo al centro era cava, e il suo piede si conficcò nel legno frantumato.

Lena lo aiutò a tirarlo via, poi si chinò e guardò dentro la stanza, cercando di individuare il ragazzo attraverso la stretta apertura.

«Oddio» esclamò, tirandosi indietro per prendere a calci il buco creato da Brad. Lui l'aiutò, e insieme riuscirono ad allargarlo abbastanza da permettere alla detective di scivolare dentro. Mentre cercava di entrare nella stanza, il legno spezzato le graffiava le braccia e il viso, ma Lena quasi non sentiva il dolore.

«Mark» chiamò, la voce resa acuta dal panico. «Resisti, Mark. Resisti.»

Una volta dentro, vide che il ragazzo si era impiccato alla barra appendiabiti dell'armadio. Il soffitto del prefabbricato non era alto, e lui sfiorava il pavimento con i piedi, ma la cintura che si era legato intorno al collo sembrava fare il suo lavoro. Aveva il viso bluastro, la lingua leggermente in fuori. Lena lo afferrò per le gambe, sollevandolo per diminuire parte della pressione sul collo.

«Maledizione, Brad» imprecò. «Entra subito.»

Alla fine, il collega riuscì ad aprirsi un varco nella porta sufficientemente grande per la sua stazza e con il coltellino tagliò la cintura, mentre Lena teneva il ragazzo per le gambe. Ci volle un secolo per recidere il cuoio spesso, e lo sforzo di sostenere Mark così a lungo le fece tremare le braccia.

«No, no, no...» continuava a ripetere la detective. Quando finalmente riuscì a farlo scivolare a terra, gli posò un orecchio sul petto. Passò qualche secondo, e alla fine sentì un battito rassicurante, seguito da un altro, più forte.

«È vivo?» chiese Brad allentando la cinghia dal collo.

Lei annuì e prese una coperta dal letto, avvolgendola intorno al corpo di Mark. «Chiama un'ambulanza» disse.

13

«Sara?» la chiamò Molly. «Sara?» ripeté.

«Mmm?» fece lei. Molly, Candy Nelson e i tre figli della donna la stavano fissando, in attesa.

Lei scosse appena la testa. «Scusate» mormorò, poi riprese la visita. Era preoccupata per Lacey Patterson e continuava a chiedersi dove fosse e che cosa le stesse succedendo.

«Un respiro profondo» disse a Danny Nelson.

«Sono dieci minuti che faccio respiri profondi» si lamentò lui.

«Ssh» lo zittì sua madre.

Sara si sentiva addosso lo sguardo di Molly, ma restò concentrata su Danny. «Bene» gli disse infine. «Rimettiti la maglietta mentre parlo con tua madre.»

Candy Nelson la seguì nel corridoio.

«Vorrei farlo visitare da uno specialista» disse Sara.

La madre si coprì la bocca con una mano, come se le avessero appena detto che suo figlio aveva due mesi di vita.

«Non ha motivo di agitarsi» la rassicurò. «Voglio solo fargli controllare le orecchie da qualcuno più esperto di me.»

«È sicura che stia bene?»

«Ne sono sicura» le rispose, poi, a voce più alta, disse:

«Molly, potresti prendergli un appuntamento con il dottor Matt DeAndrea, ad Avondale?».

La donna annuì e Sara rientrò nel suo studio, posando lo stetoscopio sulla scrivania. Si sedette sulla poltroncina cercando di non sospirare. Si ritrovò a pensare a Jeffrey. Ogni centimetro del suo corpo era sensibile, se non addirittura un po' irritato. La schiena le faceva un male terribile, ma non c'era di che sorprendersi, considerando che non erano riusciti a spostarsi dal corridoio fino alle tre del mattino.

«Allora» disse Molly, interrompendo il flusso dei suoi pensieri. «Immagino che da adesso possiamo ricominciare a passarti le telefonate di Jeffrey?»

Sara arrossì. «È così evidente?»

«Diciamo solo che un annuncio pubblicitario sul *Grant Observer* sarebbe passato più inosservato.»

Sara la scrutò con gli occhi socchiusi.

«Era l'ultimo paziente» disse Molly, sorridendo. «Vai all'obitorio adesso?»

Sara stava per rispondere quando un forte tonfo echeggiò nel corridoio, seguito da un'imprecazione. Corse fuori dal suo ufficio, diretta verso il bagno. Grazie a un seienne interessato a scoprire cosa sarebbe successo gettando la sua collezione di automobiline nel water e tirando l'acqua, lo scarico si era intasato. Sara era stata incerta se chiamare o meno suo padre, sapendo che quel giorno Tessa lavorava con lui, ma alla fine aveva optato per il sì. Lei non aveva con sé gli attrezzi giusti per risolvere il problema, e dato che il giorno prima si era presa il pomeriggio libero, non aveva avuto il tempo di intervenire. E poi Eddie ci sarebbe rimasto molto male, se non si fosse rivolta a lui.

«Papà» mormorò, chiudendo la porta del bagno. «Questo è un ospedale pediatrico. Non puoi imprecare così, qui dentro.»

Lui le scoccò un'occhiataccia da sopra una spalla. «Quando eravate piccole non facevo che imprecare, e guarda come siete venute su bene.»

«Papà...»

«Esatto. Sono tuo padre.»

Sara si arrese e si sedette sul bordo della vasca. Da bambina, osservava spesso suo padre mentre lavorava, e lui si divertiva a mettere su un vero spettacolo per lei e Tessa, sbattendo i tubi, ballando con una chiave inglese in una mano e uno sturalavandini nell'altra. Voleva insegnare alle figlie un lavoro manuale e a sentirsi a proprio agio con le loro capacità. A volte Sara pensava di averlo deluso, decidendo di non entrare nella società di famiglia ma di studiare medicina. Era stato suo padre a sostenere le spese non coperte dalle borse di studio e aveva fatto in modo che lei avesse sempre il denaro per vivere, ma in cuor suo Sara sapeva che Eddie sarebbe stato felicissimo di averla a svuotare scarichi e saldare tubi al suo fianco. C'erano giorni in cui era tentata di mollare tutto e farlo. Di sicuro il lavoro da idraulico l'avrebbe impegnata per meno ore al giorno.

Eddie si schiarì la voce. «Siamo nel vecchio West, okay?»

Sara sorrise: stava per raccontarle una delle sue barzellette. «Okay.»

«Un tizio entra in un saloon, cercando lo sceriffo. "Presto" dice, "c'è Joe Smith qui fuori, lo stanno pestando in tre!"» Aspettò un attimo per assicurarsi che Sara stesse ascoltando. «E lo sceriffo risponde: "Be', se sono già in tre direi che bastano e avanzano!"»

Sara non riuscì a evitare di ridere.

Eddie si rimise all'opera, infilando una sonda spurgatubi nel water. Il mandrino accanto a lui girava lentamente, mentre il tubo di metallo flessibile con l'estremità appuntita si allungava verso il punto ostruito, per liberarlo.

«Ripetimi un po', cos'è che ha buttato qui dentro quel bambino?» le chiese.

«Delle automobiline. Almeno è quel che pensiamo.»

«Piccolo bastardo» borbottò lui.

Sara scosse la testa: era inutile cercare di far moderare il linguaggio a suo padre. Aveva imparato la lezione quasi trent'anni prima, durante un imbarazzantissimo incontro tra genitori e insegnanti. Appoggiò i gomiti sulle ginocchia e lo osservò mentre lavorava. Eddie Linton non era un uomo elegante, nemmeno quando si sforzava di vestirsi bene. Quel giorno indossava una maglietta logora dei Culture Club presa a un concerto a cui aveva accompagnato Sara e Tessa quando andavano al liceo e dei pantaloncini verdi così vecchi che l'orlo si stava sfaldando. Sara si chinò in avanti e tirò via un filo.

«Ehi» fece lui.

«Dovrei andare a prendere le forbici» disse.

«Non hai nessun paziente da visitare?»

«Per oggi ho finito. Sono di turno in obitorio» rispose. Aveva una montagna di scartoffie che l'attendeva alla camera mortuaria, e nessuna voglia di affrontarla. A dire il vero sarebbe stata felicissima di stare lì seduta con suo padre per tutto il giorno. Almeno finché Jeffrey non avesse staccato dal lavoro.

Eddie la sbirciò da sopra una spalla. «Perché sei così felice?»

«Perché sei qui con me» replicò lei, massaggiandosi la schiena.

«Già, come no» biascicò lui, spingendo la sonda più in profondità. «Che rottura di coglioni. Dovreste far pagare il mio intervento a quel ragazzino.»

«Controllerò se l'assicurazione lo copre.»

Eddie si sedette sui talloni. «Tua sorella è nel furgone.»

Sara non rispose.

La guardò serio. «Quando ero in guerra, ho visto morire degli uomini.»

Sara scoppiò a ridere. «Papà, sturavi water a Fort Gillem. Non sei mai uscito dalla Georgia.»

«Be'...» fece lui, agitando una mano. «C'era quel caporale del Connecticut che non faceva che intasarli.» Eddie incrociò le braccia e la guardò serio. «In ogni caso, la morale è: la vita è troppo breve.»

«Già» concordò lei. Ne aveva le prove all'obitorio quasi tutte le settimane.

«Troppo breve per restare in collera con tua sorella.»

«Ah, ecco. E per caso ti ha detto perché abbiamo litigato?»

«Quando mai voi ragazze mi raccontate qualcosa?» borbottò lui.

«È complicato» disse Sara.

«Scommetto di no» ribatté Eddie, tirando fuori lentamente la sonda. «Scommetto che è semplicissimo.» Avvolse la spirale metallica intorno al mandrino. «Vammi a prendere la trivella elettrica.»

«Devo lavorare» rispose lei.

«Ci andrai subito dopo aver preso la trivella» ribadì suo padre, porgendole il mandrino.

Sara esitò, ma poi lo prese. «E va bene. Ma non lo faccio perché me lo hai ordinato tu.»

Lui sollevò le mani. «È dal 1979 che non obbedisci a un mio ordine.»

Sara gli fece la linguaccia e uscì. Passò dalla porta di servizio e fece il giro intorno alla clinica per non essere vista dai pazienti in attesa. Tecnicamente non era in servizio, ma c'era sempre qualcuno che la conosceva e lei non voleva che la fermassero.

Il furgone di Eddie era parcheggiato accanto all'auto di Sara. Sui pannelli laterali c'era la scritta LINTON E FIGLIE. Sul portellone posteriore, come logo, era disegnato un gabinetto con un rotolo di carta igienica rosa. Avvicinandosi, Sara vide Tessa seduta al volante, i finestrini alzati e il motore acceso. Doveva aspettare lì fuori da almeno mezz'ora.

Sara spalancò lo sportello del passeggero, ma sua sorella non sollevò lo sguardo: doveva averla vista arrivare.

«Ehi» la salutò cercando di sovrastare il rumore del condizionatore. Salì a bordo e chiuse lo sportello sbattendolo.

Tessa rispose con un riluttante: «Ehi». Poi aggiunse: «Hanno trovato la ragazzina?».

«Non ancora.» Sara appoggiò la schiena allo sportello per guardarla in faccia, si tolse gli zoccoli e appoggiò i piedi sul sedile di Tessa.

«Questo è il mio lato» protestò lei, una frase che avevano ripetuto spesso, da bambine, durante i viaggi in macchina.

«Allora» fece Sara pungolando la gamba di Tessa con l'alluce. «Che cosa pensi di fare?»

«Piantala» le rispose dandole una botta sul piede. «Sono furiosa con te.»

«Anch'io sono furiosa con te.»

Tessa guardò dritto davanti a sé, le mani sul volante. «Mi dispiace per quello che ti ho detto.» Fece una pausa. «A proposito del non poter avere figli.»

Sara lasciò passare qualche momento. «A me spiace di averti chiesto se Devon è il padre.»

«Be'...» Scrollò le spalle. «È lui, se te lo stavi domandando sul serio.»

«No» rispose, anche se una parte di lei l'aveva fatto.

Tessa si voltò, appoggiandosi a sua volta contro lo sportello, e le due sorelle si fissarono senza parlare.

Fu Sara a spezzare il silenzio. «Se vuoi davvero farlo...» cominciò, cercando di essere convincente. «Se credi che sia necessario... ti starò accanto. Lo sai.»

«E come mai hai cambiato idea?»

«È che...» proseguì lei, cercando un modo per spiegare i suoi sentimenti. «Questa settimana ho visto tanti bambini feriti, e...» Non concluse la frase. «Quello che provo io non conta, Tessie. La decisione è tua.»

«Lo so.»

«Sì, è una tua scelta» ribadì Sara, «e so che non lo fai con leggerezza...»

«Non si tratta di questo» la interruppe sua sorella.

«E di cosa, allora?»

Tessa guardò fuori, in silenzio. Dopo un po' disse: «Sono solo tanto, tanto spaventata».

«Tessie.» Sara le prese la mano. «Di cosa hai paura?»

«Di mamma e papà.» Si mise a piangere. «E se non fossi brava come loro? Se fossi una madre orribile?»

«No, non lo saresti» le assicurò, accarezzandole i capelli.

«Avevi ragione tu... Io *sono* egoista, e penso *solo* a me stessa.»

«Non dicevo sul serio.»

«Invece sì. Dicevi sul serio, perché è la verità.»

Tessa si asciugò gli occhi con il dorso della mano. «So

di essere egoista, Sara. So di essere immatura.» Rise di sé. «Ho trentatré anni e vivo ancora con i miei genitori.»

«Ma non nella stessa casa.»

Tessa rise tra le lacrime. «Dio, smettila di stare dalla mia parte.»

Anche Sara rise. «Tess, sei una bellissima persona. E adori i bambini.»

«Lo so, ma è molto diverso pensare di averli intorno tutto il giorno.» Scrollò il capo. «E se facessi qualcosa di terribile? Se mi cadesse, o se fosse una bambina e io decidessi di farle fare quegli atroci concorsi di bellezza?»

«Be', in quel caso ti faremo interdire.»

«Dico sul serio» piagnucolò Tessa, ma non poté fare a meno di ridere allo stesso tempo. «Non so come si fa a essere genitore.»

«Ci saranno mamma e papà ad aiutarti» le ricordò Sara. «E ci sarò anch'io.» Lasciò che ragionasse sulle sue parole, poi si corresse: «Se deciderai di farlo, intendo. Se vorrai tenerlo».

Tessa si allungò verso di lei. «Saresti una madre meravigliosa, Sara.»

Lei serrò le labbra. Non voleva piangere.

«È solo che non so cosa fare.»

«Non devi decidere subito. Puoi aspettare un paio di giorni e vedere come ti senti quando avrai metabolizzato la notizia.»

«Sì.»

«Credo che dovresti parlarne con Devon. Ha il diritto di sapere.»

Tessa annuì. «Lo so» rispose. «Forse non voglio dirglielo perché so già come reagirebbe.» Fece un sorriso mesto. «Avrà quello che vuole.»

«Non sei costretta a sposarlo.»

«E dovrei far venire un infarto a papà, vivendo nel peccato?»

«Ho seri dubbi che gli verrebbe un infarto.» Sorrise. «Certo, potrebbe metterti sulle sue ginocchia...»

«Eh, già.» Tessa prese un fazzolettino dal cruscotto e si soffiò il naso in tre rapide successioni, come faceva da quando era piccola. «Forse qualcuno dovrebbe proprio darmi una sculacciata.»

Sara le strinse la mano. «Prendi la tua decisione, Tess. Qualsiasi cosa farai, sono con te.»

«Grazie» mormorò lei, asciugandosi il naso con un altro fazzoletto. Si appoggiò di nuovo al finestrino e osservò a lungo sua sorella. Dopo qualche istante un sorriso le illuminò il volto.

«Che c'è?» chiese Sara.

«Non sai proprio nascondere niente.»

«Nascondere cosa?»

Tessa continuò a sorridere. «Hai *evidentemente* fatto sesso.»

Sara rise, e la risata si riverberò nel furgone.

«È stato bello?»

Lei guardò fuori dal finestrino, maliziosa. «Quale volta?»

«Sporcacciona!» gridò Tessa lanciandole il fazzoletto usato.

«Ehi!» esclamò lei parandolo con una mano.

«Non metterti a fare la sorella maggiore con me» l'ammonì Tessa. «Raccontami tutto.»

Sara sentì il rossore risalirle dal collo. «Non se ne parla.»

«Perché hai cambiato idea?» le chiese. «Voglio dire, l'ultima volta che ne abbiamo parlato non volevi nemmeno uscire con lui.»

«La mamma» rispose. «Mi ha detto di prendere una decisione.»

«E?»

«Il tira-e-molla durava da troppo tempo.» Fece una pausa, cercando le parole giuste. «Devo riprovarci. Ho bisogno di eliminarlo dalla mia vita una volta per tutte e tirare avanti oppure di tenercelo dentro e stare con lui.»

«Ti è piaciuto?» domandò Tessa.

«È stato bello provare qualcosa di nuovo» disse ripensando alla notte trascorsa. «È stato bello smettere di sentirmi in colpa per un po'.» Poi aggiunse: «E spaventata».

«Per la ragazzina scomparsa?»

«Per tutto» disse Sara, senza entrare nei dettagli. Aveva deciso di non parlare con i famigliari del suo lavoro di medico legale, per proteggere loro e se stessa. Doveva fare in modo di mantenere almeno una parte della sua vita priva dell'ombra nera della morte e della violenza. «È stato bello...»

«Gridare di piacere?»

Sara schioccò la lingua, sorridendo. «Sì, è stato bello, devo ammetterlo.» Scosse la testa, perché *bello* non era la definizione giusta. «Pazzesco. Assolutamente...»

«Oh, cazzo.» Tessa si raddrizzò sul sedile, asciugandosi gli occhi. «Sta arrivando papà.»

Anche Sara si mise a sedere dritta, anche se non sapeva perché. In fondo Eddie non poteva certo mandarla in camera sua in punizione per essere stata per troppo tempo nel parcheggio.

«Dov'è la mia trivella?» le chiese, aprendo lo sportello. «Di che state parlando, voi due, qua dentro?» Non avendo risposta, aggiunse: «Avete idea di quanta benzina sprecate, standovene lì col motore acceso?».

Sara rise e lui le diede un buffetto su una gamba. «Che cosa direbbe vostra madre se ti vedesse quell'espressione sulla faccia?»

Fu Tessa a rispondere: «Secondo me direbbe: "Era ora, cavolo"».

Le due sorelle cominciarono a ridacchiare e il padre le fulminò con lo sguardo, poi chiuse lo sportello e se ne andò.

L'obitorio si trovava nel seminterrato del Grant Medical Center, e per quanto fuori potesse fare caldo, in quelle stanze sotterranee coperte di piastrelle faceva sempre fresco. Sara sentì la pelle d'oca mentre si dirigeva verso il suo ufficio.

«Ehi, dottoressa Linton» la salutò Carlos a bassa voce, col suo accento marcato. Indossava la solita divisa verde e teneva una cartellina inclinata sulla pancia prominente. Sara l'aveva assunto sei anni prima, appena era uscito dal liceo. Era basso, per la sua età, e aveva un taglio di capelli scalato che non donava granché al suo viso rotondo. Tuttavia era efficiente e non si lamentava mai della quantità di lavoro da svolgere, nemmeno se era merdoso, in senso metaforico e letterale. Sara aveva la certezza che fosse una persona fidata e che non si lasciasse scappare niente di quello che vedeva all'obitorio.

Gli sorrise. «Novità?»

Lui le porse la cartellina. «La bambina della Weaver è ancora qui. Cosa vuole che faccia?»

Sara pensò alla neonata e si sentì mancare il respiro. Dottie Weaver non aveva motivo di reclamare il corpo perché Sara le aveva detto che non era figlia di Jenny. L'idea di quel corpicino inerme nel frigorifero le spezzò il cuore.

«Dottoressa Linton?»

«Scusami. Cosa stavi dicendo?»

«Le ho chiesto cosa devo fare delle salme.»

Sara scosse il capo sentendogli usare il plurale e pensò di aver capito male. Guardò la cartellina e lesse in alto il nome di Jenny Weaver. Sfogliò i documenti e notò che aveva reso disponibile il corpo fin da domenica, ma non c'erano moduli d'accompagnamento dell'impresa di onoranze funebri per verificare che la salma fosse stata ritirata.

«È ancora qui?» chiese.

Carlos annuì, portandosi una mano sul fianco.

«E Brock non ha chiamato?» domandò ancora, riferendosi al direttore delle pompe funebri della città.

«No, signora» rispose lui.

Sara diede un altro sguardo ai documenti, come se potesse trovarci una spiegazione. «E la madre non si è fatta sentire?»

«Non ha chiamato nessuno.»

«Faccio qualche telefonata» disse Sara, dirigendosi verso l'ufficio.

Sara conosceva a memoria il numero delle Onoranze Funebri Brock e lo compose osservando oltre il vetro. Carlos stava lavando il pavimento con movimenti lenti e precisi, voltandole la schiena.

Le risposero al primo squillo.

«Hey, Brock» disse Sara, riconoscendolo dalla voce. Dan Brock aveva la sua stessa età, ed erano andati a scuola insieme dall'asilo alle superiori.

«Sara Linton» rispose lui, con una gioia sincera nella voce. «Come stai?»

«Bene, grazie, Brock. Detesto dover andare dritta al

punto, ma per caso hai ricevuto chiamate per Jennifer Weaver?»

«Direi proprio di no. E a dire il vero aspettavo quella telefonata.»

«Perché?»

«Be', Dottie frequenta la mia chiesa» disse. «Immaginavo che si sarebbe rivolta a me.»

«La conosci bene?»

«Abbastanza da salutarci» rispose. «E poi la piccola Jenny era un tesoro. È stata nel coro dei bambini per un po', aveva una voce splendida.»

Sara annuì, ricordandosi che Brock nel tempo libero faceva il direttore del coro dei bambini.

«Sara?» la chiamò lui.

«Scusami.» Si distraeva un po' troppo spesso, ultimamente. «Grazie per le informazioni, Brock.»

«Non è uscito nemmeno sui giornali.»

«Che cosa?»

«Il necrologio» fece lui con una risatina imbarazzata. «Sono gli strumenti del mestiere. Teniamo d'occhio chi fa cosa, sai com'è.»

«E non c'è stata nessuna menzione?»

«Niente di niente» le disse. «Magari l'hanno mandata a nord? Mi sembra che suo padre sia di quelle parti.»

«Ma avrebbero messo almeno un necrologio, no?» chiese Sara, fingendo di non sapere nulla. In genere la discrezione era parte integrante del lavoro di Brock, ma lei non voleva lasciar trapelare nessuna informazione.

«In effetti...» disse lui. «O almeno l'avrebbero scritto sul bollettino della chiesa. Non ho trovato niente nemmeno lì.» Fece una pausa, poi riprese: «Diamine, Sara, sai come sono certe persone quando devono affrontare la morte. Non vogliono accettare che sia successo, soprattutto se c'è di mezzo un bambino. Forse la madre ha fatto tutto senza clamori per poter gestire la cosa a modo suo».

«Hai ragione» tagliò corto Sara. «Grazie comunque, Brock.»

«Ho sentito dire che a Grace Patterson non resta molto» riprese lui, e Sara immaginò che gli affari procedessero a rilento, se aveva tanta voglia di chiacchierare. «Sarà dura, con lei.»

«La conosci?»

«Mi aiutava col coro, prima dell'ultima ricaduta. Una donna meravigliosa.»

«Sì, l'ho sentito dire.»

«Da quanto so, è stata divorata dal cancro. Sono le situazioni peggiori.» Abbassò la voce, e sembrava sinceramente sconvolto. «Be', Sara, che diamine, sai bene di cosa parlo.»

Era vero, e comprendeva il suo dolore. Non riusciva nemmeno a immaginare di fare il lavoro di Dan Brock, ma forse la cosa era reciproca.

«Immagino non ci siano novità sulla ragazzina scomparsa, vero?» domandò.

«No» disse Sara. «Non che io sappia.»

«Jeffrey è un brav'uomo. Se c'è qualcuno che può trovarla, quello è lui.»

Sara avrebbe tanto voluto credergli, ma dopo quello che aveva scoperto sul caso cominciava a non esserne più troppo sicura.

«Stammi bene, allora» fece lui in tono più leggero. «Salutami tanto i tuoi.»

Sara gli augurò lo stesso e attaccò. Poi premette il pulsante per riprendere la linea e telefonò a Jeffrey.

14

Lena cercò di non dare troppo a vedere che stava ascoltando la telefonata di Jeffrey con Sara Linton. Ma era molto difficile, dato che si trovava in auto con il commissario. Guardò fuori dal finestrino, fingendo una disinvoltura che non rispecchiava affatto come si sentiva. Una parte di lei era ancora bloccata nella stanza di Mark Patterson, qualche ora prima. Solo il tempo avrebbe detto se il ragazzo ce l'avrebbe fatta o meno. Il suo cervello era rimasto senza ricevere ossigeno per qualche minuto, e finché non si fosse svegliato dal coma non c'era modo di prevedere il livello dei danni che aveva subìto.

Lanciò un'occhiata a Jeffrey quando lo sentì riferire quel che Mark aveva detto a proposito della sua relazione con la sorella. La risposta di Sara fu rapida ed efficace, perché lui si disse subito d'accordo.

«Ci vediamo stasera» la salutò lui, chiudendo la telefonata. Poi si rivolse a Lena: «Ti avevo detto di non restare da sola con Mark».

«Lo so» rispose lei, e cominciò a spiegare perché aveva detto a Brad di uscire da casa dei Patterson.

Jeffrey la interruppe alzando una mano. «Te lo dirò una volta soltanto, Lena» cominciò il commissario, e lei ebbe l'impressione che si trattasse di qualcosa che voleva dirle già da un po'. «Non sei tu il capo, e...»

«Lo so.»

«Non mi interrompere» le ordinò, con un'occhiataccia. «Faccio questo lavoro da molto più tempo di te, che diamine, e sappi che se mi comporto in un certo modo è perché so quello che faccio.»

Lei aprì la bocca per dargli ragione, ma poi ci ripensò.

«Essere una detective ti dà un po' di autonomia, ma non per questo smetti di prendere ordini da me.» La guardò, come se si aspettasse di sentirla ribattere. «Se non posso avere la certezza che tu esegua ordini semplici, perché dovrei permetterti di lavorare ancora per me?»

Ora toccava a lei parlare, ma non le venne in mente nulla.

«Voglio che tu ci rifletta su, Lena. So che ami il tuo lavoro e so che sei molto brava, quando decidi di ascoltare, ma dopo quel che è successo...» Scosse il capo, come se si fosse sbagliato. «Anche *prima* in realtà. Hai problemi con la disciplina, e questo ai miei occhi ti rende più pericolosa di un criminale.»

Quelle parole le bruciarono, e Lena si affrettò a difendersi. «Mark non si sarebbe confidato con me se Brad fosse stato presente.»

«E non avrebbe nemmeno cercato di togliersi la vita.» Jeffrey tacque e continuò a guidare con gli occhi puntati sulla strada. Sospirò, poi riprese: «Sono stato ingiusto, scusa».

Lena restò in silenzio.

«Probabilmente Mark avrebbe trovato comunque il modo di compiere un gesto del genere. È un ragazzo pieno di problemi, non è stata colpa tua.»

La detective annuì, senza sapere se il commissario ne

fosse davvero convinto. Perlomeno cercava di consolarla, ed era molto più di quanto avesse fatto lei quando Jeffrey, in preda al senso di colpa, le aveva chiesto un parere sulla morte di Jenny Weaver.

«Comunque non si tratta solo di Mark. Hai preso appuntamento con uno psicologo, poi?»

Lei scosse il capo.

«Lena, detesto dirlo, ma sembra che tu non riesca mai a trovare il momento giusto.» Fece una pausa, come se volesse scegliere con attenzione le parole. «Dovresti riflettere bene su questo: vuoi restare in polizia?»

Lei annuì, mordendosi forte la punta della lingua per non mettersi a piangere. Come poteva anche solo immaginare di non essere una poliziotta? Cosa sarebbe stata, se non una detective? Di sicuro non era più una sorella, e a malapena era una donna. C'erano giorni in cui non sapeva nemmeno più se fosse un essere umano.

«Sei una brava agente» le disse.

Lei annuì ancora, guardando fuori dal finestrino perché Jeffrey non potesse vederla in faccia. Sentiva un nodo alla gola sempre più stretto nello sforzo di non cedere al pianto. Si odiava per essere così debole, e il pensiero di crollare di fronte al suo capo fu sufficiente per impedirle di mettersi a singhiozzare come una ragazzina.

«Ne riparleremo alla fine di questo caso» le disse Jeffrey con voce rassicurante, ma questo non la fece sentire meglio. «Voglio aiutarti, Lena, ma non posso farlo se non lo vuoi anche tu.»

Sembrava una di quelle stronzate che Hank tirava fuori dagli Alcolisti Anonimi, e lei ne aveva già sentite abbastanza da farsele bastare per tutta la vita. Si schiarì la voce e disse: «Okay» senza smettere di guardare dal finestrino.

Jeffrey restò in silenzio e lei fece altrettanto finché non si accorse che il commissario non aveva preso la svolta che portava alla stazione di polizia.

«Dove andiamo?» domandò.

«A casa di Dottie Weaver» rispose. «Non ha ancora fatto portare via il corpo dall'obitorio.»

«È passato del tempo, in effetti» disse lei asciugandosi gli occhi di nascosto con il dorso della mano. «Credi che le sia successo qualcosa?»

«Sinceramente non lo so.»

«Temi che abbia fatto qualcosa? Qualcosa... come Mark?» chiese Lena.

Lui rispose con un rapido cenno del capo, e lei capì che non era il caso di insistere.

«Randolph Street è lassù, vero?»

«Esatto» confermò la detective.

Jeffrey imboccò quella strada. I vialetti d'accesso alle case erano distanti l'uno dall'altro e quasi tutte le abitazioni sorgevano su terreni di circa un ettaro, un ettaro e mezzo. Quella era una delle zone più antiche di Grant, costruita prima che la gente cominciasse ad ammassare casette da due soldi una sopra l'altra. Jeffrey inchiodò quando vide una cassetta della posta grigia, aperta davanti, stracolma di lettere e pubblicità e giornali ancora avvolti nel cellofan, tanto che per svuotarla sarebbe stato necessario un piede di porco.

«Eccola» disse. Tornò indietro e si immise in un vialetto costeggiato da alberi.

La casa dei Weaver era più lontana dalla strada di quanto avesse immaginato Lena, e passarono diversi secondi prima che un piccolo ranch apparisse alla vista. All'abitazione era stato aggiunto un piano, e la parte sottostante non assomigliava granché a quella superiore.

«Vedi una macchina da qualche parte?» chiese Jeffrey, fermandosi di fronte a un posto auto coperto.

Lei si guardò intorno, chiedendosi perché le avesse fatto una domanda tanto sciocca. «Mmm... no.»

Scesero dalla macchina e Lena fece il giro della casa, controllando tutte le finestre del piano terra. Avevano le tende tirate o le persiane chiuse, ed era impossibile vedere all'interno. C'era una porta doppia che conduceva a quella che doveva essere la cantina, ma era chiusa a chiave. Le finestrelle che si aprivano subito sopra le fondamenta erano state dipinte di nero dall'interno.

Mentre terminava il giro, sentì Jeffrey bussare alla porta e chiamare: «Signora Weaver?».

La detective salì i gradini del portico e si fermò davanti all'entrata, asciugandosi il sudore dalla fronte con il braccio. Vide il commissario guardarsi intorno nel giardino con aria irrequieta e percepì la sua ansia. Dottie Weaver non ritirava la posta e i giornali da qualche giorno, era divorziata e sua figlia era appena stata uccisa. Forse aveva pensato di non avere più ragioni per vivere.

«Hai controllato se qualche finestra è aperta?» domandò Jeffrey.

«Tutte sbarrate» riferì lei.

«Anche quella rotta?»

Lena capì subito cosa intendeva. La polizia aveva bisogno di un motivo concreto per fare irruzione in casa Weaver senza un mandato, e un brutto presentimento non era sufficiente per procedere. Una finestra, però, sì.

«Intendi quella rotta della cantina?»

Lui annuì, un cenno secco.

«E se scatta un allarme?»

«Chiameremo la polizia» rispose lui scendendo i gradini.

Lena era pronta a rompere la finestra, ma fu grata a Jeffrey perché si stava assumendo la responsabilità di un comportamento non professionale. Si appoggiò alla ringhiera e aspettò di sentire il suono del vetro che si infrangeva, che arrivò circa un minuto dopo. Passarono ancora diversi minuti senza che il commissario le desse un cenno. Stava per andare sul retro quando sentì dei passi provenire dall'interno.

Jeffrey apparve sulla soglia, una mano sulla maniglia, l'altra che stringeva un impermeabile giallo fosforescente.

«È quello di Lacey?» chiese Lena, prendendolo. La taglia era adatta a una ragazzina, ma l'etichetta all'interno fugò ogni dubbio: qualcuno vi aveva scritto il nome della proprietaria, nel caso l'avesse smarrito. «Gesù santo» mormorò la detective, sollevando lo sguardo verso Jeffrey.

Lui scosse la testa: no, non aveva trovato anche Lacey Patterson.

Il commissario si fece da parte per lasciarla entrare. Appena Lena varcò la soglia, un caldo soffocante l'avvolse. La prima stanza era molto grande; probabilmente doveva essere il soggiorno, ma era difficile stabilirlo, perché era priva di mobili. Perfino la moquette era stata rimossa dal pavimento, e i chiodi lungo il perimetro spuntavano come denti appuntiti.

«Ma cosa...» mormorò la detective aggirandosi per la stanza. Notò che Jeffrey aveva estratto la pistola e la puntava verso il pavimento. Lo imitò, detestandosi per essere stata tanto sprovveduta. Era rimasta così sconvolta nel vedere la giacca di Lacey e le condizioni della casa che non aveva pensato che potesse esserci qualcuno, lì dentro. Inoltre, con tutto il rumore che avevano fatto, chiunque ci fosse stato sapeva senza ombra di dubbio di avere compagnia.

Jeffrey le fece cenno di seguirlo nella cucina, che era nelle stesse condizioni della stanza principale. Gli sportelli degli armadietti erano aperti, a mostrare i ripiani vuoti. Lena passò nella sala da pranzo, poi in salotto e infine in un piccolo ufficio, trovandoli tutti svuotati e senza moquette.

Quella casa le dava una pessima sensazione: Lacey era stata lì, e forse c'era ancora, quantomeno il suo corpo. Si chiese se anche il commissario avesse pensato lo stesso, di fronte all'impermeabile giallo della ragazzina.

«Senti questo odore?» mormorò Jeffrey.

Lena annusò l'aria e si rese conto di sentire odore di vernice fresca, ma con una nota più pungente in sottofondo. «Candeggina» sussurrò di rimando. «E qualcos'altro che non riesco a identificare.»

«Le foto che hai scattato a Mark quando l'hai arrestato...» riprese Jeffrey. «Aveva della vernice sui vestiti, vero?»

Lena annuì, voltandosi. Guardò dietro l'angolo e trovò le scale. «Sei già stato di sopra?» chiese, e proprio in quel momento dal piano superiore arrivò un ticchettio.

Sollevarono le armi contemporaneamente, poi Lena scattò in azione. Salì le scale rasente al muro, la pistola puntata verso il soffitto. Fece ogni scalino con cautela, e si accorse che anche lì il rivestimento era stato strappato via. Avanzò lentamente, con tutti i muscoli del corpo tesi allo spasmo e l'adrenalina che le scorreva nelle vene.

Arrivata in cima alle scale, si fermò a scrutare nel lungo corridoio. Alla sua sinistra c'era una piccola finestra, in alto sulla parete, che Lena non aveva notato dall'esterno. Era aperta, e c'erano foglie e qualche detrito sul pavimento. Appese a un bastone c'erano delle tende nere con dei pesi cuciti nell'orlo. La pittura sotto la finestra aveva dei segni nei punti in cui i pesi l'avevano sfiorata, e il tessuto nero era macchiato di colore bianco. Lena lo indicò a Jeffrey, immaginando che fosse quella la fonte del rumore che avevano sentito, ma lui scrollò le spalle, incerto.

Il commissario si avviò nel corridoio, dando una rapida occhiata dentro a tutte le stanze, e Lena lo seguì. Le due camere da letto e il bagno erano vuoti. La detective si chiese se anche Jeffrey avesse una stretta allo stomaco ogni volta che guardava in una stanza, al pensiero di potervi trovare Lacey Patterson, e nel momento in cui il commissario si fermò davanti all'unica porta chiusa in fondo al corridoio, lei ebbe un déjà vu di quella stessa mattina, a casa di Mark.

Il commissario rimase immobile, le mani sulla pistola, e quando Lena si mosse per entrare nella stanza, qualcosa nel suo sguardo la bloccò.

Aveva paura di ciò che poteva trovare? Lei ne aveva, e ne era consapevole.

Jeffrey si chinò verso la porta, come se avesse sentito qualcosa.

«Che c'è?» gli domandò in un sussurro impercettibile, ma lui scosse la testa, per chiederle il tempo di riflettere.

La detective si avvicinò, nervosa e preoccupata, in attesa che lui prendesse una decisione. Sperava di non dover aspettare troppo a lungo, perché quando si fermava a riflettere Lena perdeva sempre un po' di sicurezza.

Alla fine il commissario le fece segno di andare dietro di lui, poi ancora più indietro. Continuò a indicarle di arretrare nel corridoio, spingendola fino alle scale. Quando Jeffrey sollevò un piede e sfondò la porta con un calcio, lei si preparò a entrare in azione. Ci fu un lampo di luce, poi la porta esplose all'indietro, scaraventando Jeffrey nel corridoio. Un attimo dopo si udì un rombo e Lena si accucciò sulle scale mentre una palla di fuoco attraversava il corridoio.

«Gesù» mormorò riparandosi con le braccia. Aspettò che il calore l'avvolgesse e le fiamme la divorassero viva, ma non accadde nulla. Si rimise in piedi e guardò oltre l'angolo. Jeffrey era sotto la porta, ma si muoveva ancora. Il calore doveva essere stato così intenso da estinguersi da solo, perché la parte superiore della porta era carbonizzata e qua e là c'erano segni di bruciature, ma il legno non aveva preso fuoco.

All'improvviso udì un crepitio alla sua sinistra e si voltò di scatto. Le tende nere stavano bruciando. Lena si tolse la giacca e le colpì fino a farle cadere dall'asta, poi pestò le ultime braci sul pavimento mentre Jeffrey si liberava della porta.

«Che diavolo è successo?» le chiese, tastandosi il viso e il corpo per controllare se avesse ustioni. Fortunatamente stava bene; in qualche modo la porta l'aveva protetto.

«Non ne ho idea» rispose lei, aiutandolo ad alzarsi.

«Mi era sembrato di sentire un odore provenire da quella stanza» le disse, appoggiandosi alla sua spalla. «Che diavolo è stato?»

«Che odore hai sentito?»

«Forse benzina, ma non ne sono sicuro. Era difficile da distinguere, insieme a quello di vernice.» Si passò le mani sui pantaloni per pulirli, ma era inutile. Guardarono entrambi le sue scarpe: il calore gli aveva sciolto le suole. «Maledizione» borbottò. «Le avevo appena comprate.»

Lena lo fissò, chiedendosi se per caso avesse battuto la testa.

«Tu stai bene?» le chiese il commissario.

«Tutto a posto» rispose, ed era la verità, ma solo perché lui l'aveva fatta allontanare.

Jeffrey guardò la finestra. Il calore dell'esplosione aveva

distrutto i vetri e rotto il telaio. C'erano righe nere sulla parete nel punto in cui le tende avevano preso fuoco.

Quando Lena si tirò indietro i capelli, della cenere le cadde sulle spalle, e lei si domandò se si fosse bruciata le punte.

Il commissario tornò davanti all'ingresso della stanza. Con estrema cautela cercò una seconda trappola. Alla fine vi entrò e si voltò. «C'era un innesco sulla porta» disse, con una mano sul petto. Indicò sopra lo stipite e disse: «C'è un filo, qui, che porta...». Seguì qualcosa con lo sguardo facendo un giro lento nella stanza. «... qui.»

Lena sbirciò dentro per vedere ciò che le stava descrivendo. In un angolo erano ammassate tre latte di benzina. In cima c'era un asciugamano bruciacchiato e qualcosa che poteva essere stata una radiosveglia. La plastica si era sciolta, spargendo i cavi ovunque. Le pareti e il soffitto erano bruciati e le strisce di plastica delle tapparelle della finestra sembravano fuse insieme, eppure, incredibilmente, niente aveva preso fuoco.

Lena osservò il congegno, domandandosi chi potesse aver costruito qualcosa di tanto rudimentale. Le latte di metallo erano ben chiuse e la sveglia non vi era nemmeno stata collegata, da quanto riusciva a capire. Toccò l'asciugamano e l'annusò. Chi aveva piazzato la bomba non lo aveva nemmeno bagnato nella benzina per facilitare l'innesco.

«Non ha senso» disse.

«Già» concordò Jeffrey. «Ma allora cos'è esploso?»

«Non ne ho idea» rispose lei, guardandosi intorno. Solo in quel momento si accorse che quella era l'unica stanza ancora arredata. C'era la moquette a terra e dei poster di boy band attaccati ai muri. Dava l'idea della camera di una ragazzina, con le pareti un tempo rosa, i mobili di vimini bianco e le mensole piene di pupazzi di peluche. Addossato alla parete di fronte alla porta c'era un letto matrimoniale con una coperta rosa. Il tessuto sembrava rigido, come se fosse stato inzuppato e poi lasciato asciugare all'aria, nel calore. Lena toccò la coperta e si annusò le dita.

«Benzina» disse.

Anche Jeffrey si stava guardando intorno. «È come se tutto ne fosse stato imbevuto» confermò. «Le finestre sono sbarrate. Forse i vapori si sono propagati e quando la porta ha azionato la sveglia hanno preso fuoco?» Guardò nel corridoio. «Il fuoco ha bisogno di ossigeno per bruciare. Forse la finestra aperta in fondo al corridoio l'ha risucchiato via?»

«Da dove mi trovavo io sembrava proprio così» rispose Lena. «Ma potranno spiegarcelo meglio gli artificieri.»

«Giusto» disse il commissario tirando fuori il cellulare dal taschino. Fece due telefonate, una a Frank alla stazione di polizia per farsi mandare gli artificieri, e l'altra a Nick Shelton, al Georgia Bureau of Investigation, chiedendo che la scientifica mandasse una squadra per passare al setaccio la casa.

«Abbiamo un po' di tempo, prima che arrivino» disse il commissario chiudendo il telefono.

«Ottimo» borbottò Lena, pensando che tra il calore e l'odore di benzina e vernice rischiavano di morire asfissiati prima dell'arrivo dei rinforzi.

«Perché non ha svuotato anche questa stanza?» domandò Jeffrey.

La detective scrollò le spalle. «Forse per lei era troppo difficile entrare qui dopo la morte di Jenny.»

«Forse» mormorò lui, togliendosi qualcosa dagli occhi.

«Ma allora perché ripulire tutta la casa se pensava che sarebbe stata distrutta dalle fiamme?»

«Gli ispettori della squadra artificieri sono in grado di spiegare quasi tutto, vedrai. Lo sa chiunque guardi Discovery Channel.»

«È come se la detestasse» riprese lui, senza lasciarsi distrarre. «Posso capire perché non ha svuotato la stanza della figlia, ma questo...» Indicò le taniche di benzina. «Questo non ha alcun senso.»

Lena pensò a Mark e si disse che sarebbe stato capace di sistemare la bomba in modo che non esplodesse di proposito.

«E poi chi avrebbe fatto una cosa del genere?» chiese Jeffrey. «Grace? Dottie? Forse Mark? Non ha senso comunque.»

Per tenersi occupata, Lena si mise a osservare la stanza. Sul cassettone c'erano delle statuette di gatti e dei trucchi che potevano appartenere solo a una ragazzina.

«Forse non voleva ricordare Jenny?» suggerì, e mentre lo diceva si sentì invadere dall'amarezza. «La bomba avrebbe distrutto ogni cosa.»

«Forse Dottie è stata rapita» tentò lui.

«Da chi?» chiese Lena. «Non ha senso. E se anche fosse, com'è finita qui la giacca di Lacey? Vuoi dire che chiunque abbia preso lei è venuto a cercare anche Dottie? E poi si è divertito a svuotare e ripulire la casa?»

«Secondo te è stata Dottie a piazzare la bomba?» le domandò.

Lei si strinse nelle spalle, anche se in cuor suo era sicura che fosse stato Mark. La vernice che aveva sui vestiti, l'odore chimico che gli aveva sentito addosso... tutto faceva pensare che lui fosse l'ultima persona ad aver messo piede in quella casa. Tuttavia, non c'era modo di sapere che cosa avesse fatto.

Jeffrey stava senza dubbio pensando la stessa cosa. «Mark aveva macchie di vernice sugli abiti. Possiamo fare un riscontro in laboratorio e vedere se coincide con quella delle pareti.»

«Sembrava fresca» confermò lei, riluttante.

«Ma perché Dottie Weaver avrebbe svuotato così la casa? Perché sarebbe partita senza nemmeno seppellire la figlia?»

Lena si domandò ancora una volta se il commissario avesse battuto la testa. Non faceva che ripetere le stesse domande, come se così facendo potesse scoprire qualcosa. Stava per chiedergli se voleva sedersi quando il commissario si voltò di scatto e fissò il letto con l'aria di chi si aspetta una risposta. Dopo essere rimasto immobile per qualche secondo, ribaltò il materasso con un piede.

«Che roba è?» chiese Lena, ma era perfettamente in grado di vederlo da sola. Tra la rete e il materasso c'era una ventina di riviste mal confezionate. Sulle copertine erano ritratti bambini che facevano cose che a quell'età nessuno dovrebbe mai essere costretto a fare. Tutte avevano lo stesso titolo, *Child-Lovers*, scritto con caratteri stravaganti e con il simbolo dei due cuori al posto della *o*.

«Tutto a posto?» le chiese Jeffrey, sostenendola per un gomito come se temesse di vederla svenire.

«Quel disegno...»

«È lo stesso che Mark ha sulla mano» confermò lui, spostando le riviste.

«Perché Mark avrebbe fatto una cosa del genere?» chiese Lena. «Perché si sarebbe fatto quel tatuaggio?»

Jeffrey tornò a concentrarsi sul letto. «Forse è il suo

modo per comunicare che gli piacciono le bambine. Forse è così che fanno questi tizi per riconoscersi tra loro» le suggerì, prendendo in mano una rivista. La sfogliò e ne afferrò un'altra. Lottando contro il disgusto, si fermò su una pagina in particolare.

«Cos'è?» chiese Lena, guardando da sopra una spalla del commissario. C'era una fotografia di Mark, che risaliva a qualche anno prima, a centro pagina.

Lena prese a sua volta una rivista e la sfogliò fino a trovare un'altra foto di Mark. C'era anche Jenny, e facevano cose che non avrebbe saputo descrivere. Tuttavia, la cosa peggiore era nelle ultime pagine: immagini di Mark con uomini più grandi e con alcune donne. I volti degli adulti non erano visibili, mentre lui era ritratto a figura intera. C'era dolore nei suoi occhi, e a lei venne da piangere vedendolo in una situazione tanto atroce. Solo allora Lena capì perché il ragazzo aveva insistito per sapere cosa avesse provato a essere stuprata: voleva confrontarsi con lei.

Jeffrey esaminò le riviste, serrando i denti così forte che quando parlò Lena fece fatica a capirlo. «Non sono riviste di grande qualità, credo si possano stampare in una piccola tipografia.»

«Probabile» concordò lei.

«Cristo» sibilò il commissario, guardando torvo l'immagine che aveva davanti. «Questo tizio ha perfino la fede al dito.» Il disgusto nella sua voce era indescrivibile. «Questa è Jenny» aggiunse.

Lena guardò la foto. Raffigurava Jenny Weaver e la mano di un uomo che la teneva per la nuca, spingendola verso il basso. L'oro dell'anello nuziale rifletteva la luce, e lei si domandò se l'idea che quel tizio sposato facesse sesso con le bambine fosse un elemento esaltante per i pervertiti che compravano quelle riviste.

«È disgustoso» disse.

«C'è lo stesso anello in un'altra» la informò lui, ma senza fargliela vedere. Continuò a sfogliare le pagine. «E in un'altra ancora.»

«Sei sicuro sia lo stesso...»

«Maledetto pervertito» gridò Jeffrey, poi torse la rivista tra le mani e la gettò contro il muro. «Cosa cazzo sta succedendo, qui?» Lena vide una vena pulsare sul suo collo. «Quanti bambini sono coinvolti?»

La detective si infilò le mani nelle tasche, lasciando che si sfogasse.

Jeffrey chiuse gli occhi e fece un respiro profondo. Parlò più piano, ma la collera era ancora percepibile nella sua voce quando le chiese: «Riconosci qualche altro bambino?».

Lena prese una rivista, ma lui la fermò. «Anzi, no. Non voglio che guardi questa merda. Ci metteremo al lavoro la squadra di Nick.» Si portò una mano sulla fronte, come se stesse per venirgli un gran mal di testa. «Quanti bambini saranno coinvolti?» ripeté. «Quanti bambini di Grant sono entrati in questo orrore?»

Lei non aveva la risposta, ma il commissario lo sapeva bene. Aprì di nuovo il telefono. «Faccio venire Nick a vedere questa roba. Intanto voglio che tu vada all'ospedale e cerchi di ottenere qualche informazione da Grace Patterson.»

Lena non capì. Scosse il capo.

«Quella donna ha un collegamento con Mark *e anche* con Jenny. Deve sapere qualcosa» le spiegò. «Lo farei io stesso, ma temo che le taglierei quella cazzo di gola.» Lena lo vide stringere con foga il telefono. «Segreteria.» Aspettò qualche istante e disse, guardando Lena: «Nick, sono Jeff Tolliver. Richiamami appena puoi. Ho delle novità sul caso di Lacey Patterson. Non potranno non considerarlo prioritario, adesso».

Lena annuì, pensando che non l'aveva mai visto tanto furioso, nemmeno con lei.

Jeffrey compose un altro numero e mentre aspettava che rispondessero, le disse: «Voglio che tu metta Grace di fronte a quello che sai. Le riferirai tutto ciò che ti ha detto Mark, e dovrai scoprire cosa cazzo hanno combinato».

«Credi che mi dirà qualcosa?»

«Sua figlia è stata rapita» le fece notare. «Abbiamo trovato qui la sua giacca.»

Lena si guardò le mani. «Considerando quello che ha fatto a Mark, pensi che gliene importi qualcosa?»

Il commissario richiuse il telefono e la guardò negli occhi. «Ti dico la verità, Lena, non ho la più pallida idea di cosa diavolo pensare di ogni singola persona coinvolta in questo caso.» Stava per fare un'altra telefonata quando il suo cellulare squillò. Prima di rispondere consegnò le chiavi della macchina a Lena e fece un cenno verso la porta. «Vai.»

GIOVEDÌ

15

Jeffrey si sentiva proprio come se avesse fatto un volo in un corridoio e fosse stato schiacciato da una porta di legno. Gli facevano male le braccia e gli sembrava che le ginocchia non sarebbero mai tornate quelle di prima. Il lavoro in casa Weaver gli aveva portato via il resto della giornata, ma quando all'una di notte aveva chiamato Sara, lei non aveva esitato a chiedergli di raggiungerla. In parte si sentiva nervoso di fronte alla semplicità con cui le cose tra loro erano ricominciate. Si aspettava che da un momento all'altro succedesse qualcosa, che Sara gli dicesse di aver cambiato idea. Dall'altra parte però era così felice di riaverla nella sua vita che desiderava godere di ogni istante che aveva a disposizione. Perfino mentre se ne stava nella vasca da bagno con lei, a parlare di quello che era forse il caso più terribile a cui avesse mai lavorato, provava un senso di serenità.

Osservò Sara che sorseggiava del vino di fronte a lui, e rifletté su quanto le aveva appena raccontato. Jeffrey aveva dimenticato quanto fosse grande quella vasca dalle zampe di leone. Era lunga quasi due metri, con i rubinetti posizionati al centro, perfetta per accogliere due persone. Avevano trascorso lì dentro metà del loro matrimonio.

Sara si posò il bicchiere su un ginocchio. «Dov'è Lena, adesso?»

«All'ospedale» le disse. «La Patterson resiste ancora.»

«Ha detto qualcosa?»

«Grace?» chiese lui. Sara annuì. «È abbastanza lucida, ma è attaccata a uno di quei macchinari per il rilascio di morfina contro il dolore.»

«La morte per cancro al seno è una delle più dolorose.»

«Bene» rispose lui, allungandosi per prendere il proprio bicchiere. Nonostante il mirabile esempio dei suoi genitori, Jeffrey non aveva mai preso il vizio dell'alcol, ma dopo una giornata come quella aveva sentito il bisogno di qualcosa per allentare la tensione. Prima di parlare con Sara gli girava la testa, e aveva difficoltà a concentrarsi. Quel caso era composto da troppe parti sconnesse tra loro, e restavano ancora un'infinità di domande prive di una risposta. In qualche modo, l'alcol l'aveva aiutato a trovare lucidità.

«Pensi davvero che Grace Patterson confesserebbe la verità sul letto di morte?» chiese Sara.

«In effetti no, ma non si sa mai...» Fece una pausa, calibrando le parole. «Lena ha questa idea su Mark.»

«Che idea?»

«Sostiene che sia stato stuprato.»

«È così» gli fece notare lei. «O pensi che si sia messo volontariamente in posa per quei giornali e che abbia sedotto sua madre?»

«Direi proprio di no» rispose, e fu felice che fosse stata lei a farglielo notare. «In questo momento sono preoccupato soprattutto per Lena.»

«Sta facendo del suo meglio. Concedile del tempo.»

«Con lei non me lo posso permettere, Sara.» Si strofinò gli occhi, sentendosi ancora l'odore della benzina sulle mani, nonostante si fosse lavato più volte col sapone. «È troppo vicina al baratro. Non voglio stare a guardare quando si butterà giù. Non credo che me lo perdonerei mai» aggiunse.

«Ci vuole molto tempo per superare quello che le è successo» disse lei in tono misurato. «Se mai lo supererà.»

«Non vuole parlarne con nessuno.»

«Non puoi costringerla a farlo» ribatté lei. «Lo farà quando si sentirà pronta.»

Jeffrey fissò il bicchiere senza parlare.

«Allora» fece lei, accorgendosi che voleva parlare d'altro. «Cambiamo argomento.»

«Okay.»

Sara riassunse quel che sapevano. «Mark e Jenny posavano per le riviste trovate a casa di Dottie Weaver. Grace Patterson abusava di suo figlio.»

«Esatto.»

«E Teddy Patterson?»

«Potrebbe essere lui il collegamento» disse Jeffrey. «Guida un camion. Forse va a prendere le riviste e le consegna in giro per il paese.»

«Adesso dov'è?»

«All'ospedale, oppure a casa. Frank lo pedina.» Bevve una lunga sorsata di vino. «Non sembra preoccupato dal fatto che uno dei suoi figli potrebbe essere in stato di morte cerebrale mentre l'altra è stata rapita.»

«Che cosa fa?»

«Sta quasi sempre accanto a sua moglie.»

«Forse si concentra su una cosa alla volta?» suggerì lei. «Sua moglie sta morendo, lui le resta vicino. È qualcosa di immediato, qualcosa che è in grado di fare, invece di starsene da qualche parte a sentirsi inutile.»

«Credimi, non è quel tipo d'uomo.»

«Pensi che abbia in mente qualcosa?»

«Credo che lascerà la città non appena sua moglie sarà morta» rispose. «Ho parlato con Nick Shelton. Pensiamo che Teddy Patterson sia il contatto del tizio che hanno preso ad Augusta.»

«Quello che Nick ha arrestato per pedopornografia?»

Jeffrey annuì, incerto se rivelarle anche il resto. Alla fine decise di essere sincero con lei. «L'incontro è stato fissato per domani a mezzogiorno.»

«Quale incontro?» chiese Sara, e lui lesse la preoccupazione nel suo sguardo.

«Il tizio di Nick, il *distributore di pedopornografia,* ha ricevuto una telefonata da una cabina telefonica. Era un uomo a parlare.» Tacque per un attimo, cercando di stimare la reazione di Sara. «Non l'ho riconosciuto dalla voce, ma si vedranno in un albergo ad Augusta per la consegna delle riviste.»

«Devo presumere che ci andrai anche tu?»

«Esatto» disse. «Devo presumere che è un problema per te?»

Sara sospirò. «Quando eravamo sposati, mi sentivo gelare il sangue ogni volta che squillava il telefono e non sapevo di preciso dove fossi.»

Lui bevve un altro sorso di vino. «Non me l'avevi mai detto.»

«Lo so» rispose lei, poi cambiò di nuovo argomento. «Quindi come funziona? Dottie e Grace realizzano le riviste, Teddy Patterson le consegna e il tizio di Nick le distribuisce?»

«Più o meno» confermò Jeffrey. «Pensiamo che Patterson faccia delle fermate in giro per il sud-est. Nick verificherà i suoi tragitti con il dipartimento dei Trasporti non appena lo beccheremo.»

«Perché non prima?»

«Perché qualcuno potrebbe avvisarlo, per quanto ne sappiamo» le fece notare. «E poi Frank gli sta incollato. Ormai non credo proprio che Teddy riuscirebbe a fare qualcosa a nostra insaputa.»

«Come mai, invece di arrestare Patterson, non lo seguite nel suo giro e prendete tutti i distributori?»

«Nick dice che la loro rete è telefonica. Se uno di loro non chiama il seguente per dare l'okay, chiudono baracca. È molto complesso.»

«Da quanto tempo il GBI lavora su questo giro di pedopornografia?»

«Da anni. Dovevano solo scoprire chi li riforniva.»

«Ed è qui che entra in gioco Dottie?»

Jeffrey scrollò le spalle, perché a quel punto non c'era più nulla di chiaro. «Preferisco pensare che quella donna non abbia un giro ben strutturato. Significherebbe che ha un buon posto in cui nascondersi e collegamenti in tutto il mondo con persone pronte ad aiutarla solo perché procura loro quell'orribile materiale pornografico.» Sentì di nuovo la collera montare e fece un respiro profondo per calmarsi, ma dato che non funzionò, decise di bere dell'altro vino.

«Sai che si scambiano i bambini» disse Sara in tono controllato. «Lacey potrebbe essere già finita in Canada o addirittura in Germania.» Fece una pausa. «Oppure Dottie potrebbe abusare di lei personalmente. Potrebbe tenerla da qualche parte e farle chissà cosa...» Quell'idea sembrava colpirla nel profondo.

Jeffrey si passò una mano sugli occhi, come se volesse

cancellare tutto. «Come può una donna, una madre, fare una cosa del genere a un bambino?»

«Nella mia esperienza ho riscontrato che le donne che abusano dei minori sono più sadiche degli uomini, probabilmente perché pensano di poterla fare franca. Sanno che nessuno le crederebbe capaci di fare del male ai bambini. I casi peggiori sono quelli in cui è un maschio a subire l'abuso. Mettiamo per un attimo da parte l'incesto. Se un ragazzino fa sesso con una donna che ha il doppio della sua età, riceve una pacca sulla schiena. Una ragazzina che fa la stessa cosa è considerata una vittima. C'è una disparità enorme.»

«Non ho mai minimamente sospettato di sua madre» disse Jeffrey.

«E perché avresti dovuto? Non ne avevi motivo.»

«Ma non mi sono fatto problemi a considerare Teddy Patterson un possibile colpevole.»

Sara si appoggiò alla vasca e lo lasciò parlare.

«I tecnici della scientifica sono ancora a casa della Weaver, ma i primi esami hanno rilevato inchiostro da stampa nella cantina.»

«Per le riviste?» chiese Sara. «Pensavo che servissero macchinari molto grandi.»

«Non sono stampe di qualità» disse lui, poi bevve ancora. «Gli articoli spiegano come riconoscere il ragazzino giusto.»

Sara serrò le labbra.

«Se devo essere sincero, Sara, vorrei tanto non aver mai visto quella roba.»

Lei gli accarezzò una gamba con un piede. «Avete trovato la moquette tolta dalla casa?»

«Brad e Frank andranno a controllare alla discarica,

all'alba. Stando ai campioni raccolti a terra, deve essere impregnata di fluidi.»

«Fluidi *corporei*?» chiese lei, sgomenta.

Jeffrey annuì, a disagio. «Nel seminterrato c'è una stanza che a quanto pare veniva usata come camera oscura.» Appoggiò il bicchiere sul bordo della vasca. «La mia idea è che facessero tutto in quella casa: scattavano le foto e poi stampavano le riviste.»

«E un'esplosione avrebbe cancellato le prove...»

«Esatto» concordò. «Ma ancora non riesco a capire perché non hanno svuotato anche la stanza di Jenny.»

«Forse a Dottie non serviva nulla di quello che c'era dentro?»

«Forse.»

«Hai trovato prove nella camera?»

«Niente. La benzina potrebbe aver cancellato le tracce di liquido seminale, ma non so come funzioni di preciso.»

«Ma non c'era nulla di evidente?»

«Nulla. Nessuna di quelle foto è stata scattata lì dentro. Forse era l'unica stanza pulita di tutta la casa.» Si strofinò gli occhi, sentendosi addosso una stanchezza indicibile. «Non riesco a credere che in città succedesse una cosa del genere e che nessuno ne sapesse niente.»

Sara prese la bottiglia e gli riempì il bicchiere. «Ricordi quello che mi ha detto la Weaver? Mi ha domandato se l'avevo aperta. Credi che si riferisse alla mutilazione?»

Jeffrey ci rifletté per un attimo. «Potrebbe darsi.»

«Continuo a ripensare all'interrogatorio, e quando arrivo a quel momento vedo Dottie cambiare. Riesci a capire cosa intendo? Era quasi sollevata.»

«Forse» disse lui, anche se non se ne ricordava. Gli sembrava che quell'episodio fosse avvenuto secoli prima.

«Ho chiamato l'ospedale. Mark non ha ancora ripreso conoscenza» disse Sara.

«Hanno fatto una prognosi?»

«È molto difficile prevedere i danni cerebrali causati dalla carenza di ossigeno.» Lui annuì, e Sara riprese: «Ha un edema esteso, e non si saprà quanto è grave la lesione fino a quando non si sarà riassorbito. Più dura, peggio sarà».

«Ha qualche possibilità di tornare normale?»

Sara scosse la testa. «No.» Tacque per qualche istante, come per lasciargli il tempo di digerire la notizia. «Non sarà mai più lo stesso, sempre che si risvegli dal coma.»

«Sembrava così a suo agio nei panni del ribelle...»

Sara finì il vino e posò il bicchiere a terra. «Pensi che sia stato Teddy Patterson a picchiarlo prima che venisse alla clinica?»

Jeffrey aveva dimenticato quel dettaglio. «Potrebbe essere. E Lacey, invece? Perché Mark la stava cercando?»

«Forse ha minacciato di raccontare tutto.»

«Non abbiamo trovato foto di Lacey. Non credi che Teddy Patterson avrebbe cercato di intervenire?»

«È possibile» rispose lei. «Forse c'era lui a bordo della Thunderbird nera.»

«No, è più probabile che fosse all'ospedale» le fece notare Jeffrey. «Chiederò a Frank di controllare, ma sono abbastanza sicuro.»

«Se Lacey è la madre di quella bambina, allora chi è il padre?»

«Non lo so» disse il commissario, perché non riusciva più a trovare un senso. Si coprì gli occhi con una mano, cercando di riordinare le idee. Negli ultimi tempi aveva l'impressione che, a un tratto, in ogni caso a cui lavorava ci fosse un assurdo colpo di scena che lo lasciava completamente spiazzato. Avrebbe preferito di gran lunga un movente basato sul denaro, o una lite tra innamorati finita male. Si disse che era in grado di sopportare quasi tutto, tranne la consapevolezza che la vita di un bambino fosse a rischio.

Sara dovette percepire la sua angoscia. Scivolò verso di lui, e Jeffrey si spostò in modo che potesse appoggiargli la testa sul petto.

«Hai ancora addosso l'odore di fumo» gli disse.

«Succede, con le esplosioni.»

Gli accarezzò il petto, ma sembrava che lo facesse più per essere sicura che Jeffrey fosse davvero lì che per provocare una reazione fisica. «Devi stare attento, domani.»

«Lo sono sempre.»

Sara lo guardò dritto negli occhi. «Allora più attento del solito» rispose. «Fallo per me, okay?»

«Okay» annuì Jeffrey, fermandole i capelli dietro un orecchio. «Che sta succedendo tra noi?» le chiese.

«Non lo so.»

«Qualsiasi cosa sia, è bellissimo.»

Lei sorrise, sfiorandogli le labbra con le dita. «Sì.»

Jeffrey stava per dire qualcosa quando il suo cellulare squillò, rovinando il momento.

«Sono le due del mattino» borbottò, come se questo cambiasse qualcosa. Sara prese il telefono dal mobiletto accanto alla vasca e glielo passò. «Forse è Nick?»

Lui controllò il numero. «È la centrale.»

Paul Jennings era un uomo alto e corpulento con una barba nera che evidenziava la rotondità del suo viso. Aveva la camicia e i pantaloni sintetici spiegazzati, e dall'espressione carica di aspettativa, a Jeffrey ricordò un professore di matematica del liceo.

«Grazie per essere venuto, commissario. Volevo aspettare a chiamarla, ma non riuscivo a dormire. Ho un brutto presentimento.»

«Non si preoccupi» disse Jeffrey, accompagnandolo nel suo ufficio.

«È solo una sensazione» ribadì. «Ho preso il primo volo disponibile.»

«Mi perdoni se non l'ho richiamata» disse Jeffrey. «La mia segretaria pensava che volesse vendermi qualcosa.»

«Lavoro per una società che produce materiali in vinile a Newak. Forse avrei dovuto spiegare meglio il motivo della telefonata» disse Paul. Fece una pausa. «Cerco mia figlia da tantissimo tempo e sono sempre rimasto deluso.» Scosse la testa. «Non riuscivo a credere che potessero essere qui dopo tutto questo tempo.»

«Capisco» disse il commissario, anche se non aveva la minima idea del dolore che poteva aver provato quell'uomo negli ultimi dieci anni. «Posso offrirle del caffè?»

«No, no» rispose l'altro, sedendosi dove Jeffrey indicava.

«Ne abbiamo una caraffa appena fatta» insisté il commissario, andando dietro la scrivania. Sapeva chi era quell'uomo, e sentiva di doversi tenere a distanza da lui. Aveva bisogno di respirare.

«Questa è una foto di Wendy a tre anni» disse Paul, mostrandogli l'immagine di una bambina sorridente. Anche se era stata scattata molti anni prima, Jeffrey non ebbe difficoltà a riconoscere la persona che, crescendo, era diventata Jenny Weaver.

«È stata scattata prima che scomparisse?» chiese Jeffrey, restituendogli la foto.

L'altro annuì e gliene mostrò un'altra. «Wanda l'ha portata via poco tempo dopo.»

Jeffrey osservò a lungo la fotografia, ma aveva capito al primo sguardo che Wanda Jennings era la persona che lui aveva conosciuto con il nome di Dottie Weaver. Riconsegnò la foto a Paul e l'osservò mentre la faceva scivolare sotto quella della figlia, come se non volesse vedere la donna mentre parlava con il commissario.

«Potrebbe dirmi quando sono scomparse sua moglie e sua figlia?» chiese Jeffrey.

Paul si mosse sulla sedia. «Vivevamo in Canada quando frequentavo la scuola di specializzazione» spiegò. «Non avevo previsto di fare carriera nei rivestimenti in vinile. Ma quando mi hanno portato via Wendy...» Si fermò e un sorriso triste gli apparve sul volto. «Wanda lavorava all'ospedale, era un'infermiera. Credo fosse lì da circa cinque mesi quando è cominciata la storia delle accuse.»

«Che genere di accuse?»

«Lavorava nel reparto maternità» spiegò lui. «Girava voce che non si comportasse bene. Che stesse succedendo qualcosa.» Fece un respiro profondo. «Ovviamente io non ho creduto a nessuna di quelle voci. Eravamo sposati da tre anni, e io l'amavo. Non avrei mai pensato che fosse capace di... E poi le donne non fanno queste cose, giusto?»

Jeffrey restò in silenzio. Conoscevano entrambi la risposta.

«Insomma...» riprese Paul. «È stata sospesa per permettere un'indagine. I neonati non possono certo spiegarti cosa gli succede, ma circolavano voci su evidenze fisiche riscontrate. Ancora non volevo crederci, finché un giorno non hanno bussato alla mia porta. Due poliziotti volevano parlare con me.»

«E sua moglie dov'era?»

«Era uscita a fare compere. Immagino tenessero sotto controllo la casa, perché sono arrivati appena lei se n'è andata.»

Jeffrey annuì per invitarlo a proseguire.

«Mi hanno messo a conoscenza delle prove fisiche. Avevano delle foto, e...» Si interruppe. «Erano terrificanti.»

«Non è necessario che mi racconti i dettagli» lo informò il commissario, e l'uomo sembrò sollevato.

«Volevano controllare anche Wendy, per vedere se fosse stata...» Si fermò ancora. «Non riuscivo ancora ad accettare che Wanda fosse capace di cose del genere, figuriamoci pensare che potesse aver fatto del male a nostra figlia. È molto brava a ottenere la fiducia delle persone.»

«Già» concordò Jeffrey, perché l'aveva sperimentato di persona.

«Quando è tornata a casa, l'ho affrontata. Abbiamo litigato. Non so come, ma è riuscita a convincermi che la polizia si fosse sbagliata, che la vera colpevole era un'altra infermiera, una che avevo visto un paio di volte e in effetti non mi era piaciuta.»

«Le persone come sua moglie sanno essere molto convincenti.»

«Sì» confermò Paul. «Una settimana dopo i giornali continuavano a parlarne, e in effetti la polizia stava indagando anche su quella donna.» Gli vennero le lacrime agli occhi. «Crediamo tutti a quel che vogliamo credere... No?»

Jeffrey annuì.

«Poi la polizia è tornata da noi, credo tre settimane più tardi. Stavolta avevano un mandato e volevano perquisire la casa.» Guardò la foto di sua figlia, posandovi accanto una mano. «Lei era stata interrogata in via ufficiale il giorno prima. Immagino avessero finalmente raccolto prove sufficienti per intervenire.» Puntò di nuovo lo sguardo verso il commissario. «Sono arrivati molto presto, saranno state le sei di mattina. Io dormivo ancora.» Emise una risatina triste. «Ero rimasto alzato fino a tardi a studiare per un esame. Non so come potesse sembrarmi tanto importante, in quel momento...»

«Ognuno di noi reagisce a modo suo.»

«Già, be'...» fece Paul. Evidentemente non riusciva ancora ad accettarlo. «Loro non c'erano più. Wanda aveva portato via Wendy durante la notte. Da allora non le ho mai più viste né sentite.»

«E cosa l'ha condotta qui?»

«Mi ha chiamato un amico» disse. «Si occupa dei controlli sulle carte di credito nella mia azienda, e tempo fa gli avevo chiesto di tenere d'occhio il loro numero di previdenza sociale. Circa una settimana fa il nome di Wendy è apparso per la richiesta di un visto. L'indirizzo di riferimento era una casella postale della sua città.»

Jeffrey annuì. Probabilmente Dottie Weaver, o qualunque fosse il suo vero nome, doveva aver pensato che dopo tanto tempo non avrebbe avuto problemi a usare la vera identità di sua figlia. E se Paul Jennings non fosse stato così attento, l'avrebbe fatta franca.

«Ha l'indirizzo?» chiese Jeffrey, speranzoso. Dottie aveva bisogno di quella carta di credito, senza alcun dubbio. Sarebbe tornata a prenderla.

Paul Jennings gli consegnò un foglietto di carta, e al commissario parve di riconoscere l'indirizzo di un ufficio postale di Madison. Lo copiò e glielo restituì, sperando di poterlo usare per rintracciare Dottie Weaver e forse anche Lacey Patterson.

«Ho sentito la necessità di venire a vedere di persona»

riprese Paul, infilandosi il foglio in tasca. «Per controllare se lei è qui.»

Aspettò che Jeffrey dicesse qualcosa, ma il commissario non riusciva a trovare le parole per spiegargli cos'era accaduto a sua figlia. E soprattutto non sapeva come avrebbe fatto a confessare a quell'uomo che l'assassino di Wendy Jennings, la figlia che cercava da tanti anni, era seduto di fronte a lui a quella scrivania.

«È qui?» ripeté Paul, con una tale speranza nella voce da squarciare il cuore di Jeffrey.

«Paul, non so come dirglielo, ma Wanda è scomparsa, e... Wendy è morta.»

Non sapeva che reazione aspettarsi, ma lo sguardo che Paul Jennings gli puntò addosso lo sorprese. Per un rapidissimo istante, fu come se il fatto di avere finalmente una certezza su sua figlia gli avesse dato sollievo, poi però la consapevolezza che lei era morta gli piombò addosso, travolgendolo. La sua espressione mutò, e l'uomo si coprì gli occhi con le mani, singhiozzando.

«Mi dispiace tanto» gli disse Jeffrey.

«Quando?» chiese Paul con voce tremante.

«Sabato scorso» rispose, poi gli spiegò com'erano andate le cose, evitando di aggiungere il dettaglio della mutilazione genitale. Paul ascoltò il racconto senza smettere di scuotere il capo, come se non potesse accettarlo. Quando il commissario gli rivelò che era lui il responsabile della morte della ragazza, l'uomo spalancò la bocca.

«Io non...» Jeffrey si interruppe, perché stava per dirgli che non aveva avuto scelta, ma non ne era più tanto sicuro. Forse avrebbe potuto agire diversamente. Forse Jenny Weaver non avrebbe avuto il coraggio di sparare. Forse Jenny Weaver avrebbe potuto essere ancora viva.

I due uomini si fissarono in silenzio. Paul aveva gli occhi velati, come se lo shock della notizia fosse troppo forte da sopportare.

Dopo un po', Paul indicò la foto di Wendy sulla scrivania. «Sa, ormai è così che penso a lei. La immagino come la mia bambina. Non penso a ciò che le ha fatto Wanda, alla vita terribile che deve aver vissuto.» Si fermò, la voce strozzata da un singhiozzo. «Penso solo alla mia bimba felice.»

«È meglio così» disse Jeffrey, con le lacrime agli occhi. Quando Paul se ne accorse, abbandonò ogni riserva.

«Mio Dio» esclamò, portandosi una mano sulla bocca, scosso dai singhiozzi. «La mia povera bambina. La mia bambina... la mia bambina.» Dondolava avanti e indietro come in uno stato di trance.

«Paul...» disse Jeffrey, la voce impastata dal dolore. Allungò una mano per toccargli il braccio, ma Paul Jennings la prese nella sua. Jeffrey non aveva mai tenuto un uomo per mano, e in parte si sentiva a disagio, ma se quel gesto poteva aiutare a lenire la sofferenza di una persona distrutta, non si sarebbe certo sottratto.

Paul lo strinse più forte. «Era una bambina così dolce...»

«Lo so» disse il commissario, restituendo la stretta. «Mia moglie, Sara, la conosceva.» All'improvviso si accorse di aver sbagliato. «Cioè, la mia ex moglie. Sara è una pediatra.»

Lui sollevò lo sguardo, gli occhi pieni di speranza. «E visitava Wendy?»

«Sì, e mi ha detto che era una ragazza sveglia. Molto intelligente, molto dolce. Dal cuore d'oro.»

«Era in salute?»

Jeffrey mentì di proposito. Non aveva motivo di descrivergli gli orrori che sua figlia aveva dovuto sopportare. «Sì.

Stava benone.» Paul lo lasciò andare e prese in mano la foto della figlia. «Era così tenera, anche da piccola. Era di buon cuore, si capiva subito.»

Jeffrey tirò fuori il fazzoletto e si soffiò il naso. Solo dopo si rese conto che avrebbe dovuto offrirlo a Paul.

«Mi dispiace» disse.

«Non do la colpa a lei, commissario. La responsabile è Wanda. Lei ha rapito mia figlia, lei le ha fatto quelle cose atroci.» Si schiarì la voce e si asciugò il naso con una mano. «È stata lei a innescare tutto questo perché è una persona orribile.» Guardò Jeffrey dritto negli occhi. «La colpa non è sua» ribadì con grande convinzione. «Non si porti dietro questo peso per tutta la vita, signor Tolliver. Io ho vissuto col senso di colpa. Non sarebbe stato meglio non sposarla? Non avrei dovuto dare ascolto alle voci che giravano? Non avrei dovuto permettere alla polizia di controllare mia figlia per vedere se sua madre...» Riprese a piangere senza controllo.

Jeffrey sentì di nuovo le lacrime velargli gli occhi e si sforzò di non lasciarsi andare. Riusciva a pensare solo alla foto scolastica di Lacey Patterson stampata sulla locandina che aveva nel cassetto della scrivania. Poi rifletté su quel che aveva passato Jenny e su ciò che avrebbe dovuto passare Mark, se fosse uscito dal coma. Pensò anche a Sara, al senso di colpa che doveva provare, dato che quei ragazzini erano tutti suoi pazienti. Ma soprattutto, il commissario avrebbe dovuto proteggerli. Forse il fatto di non avere figli li faceva sentire responsabili per tutti quelli della città, eppure Jeffrey sentiva di non essere stato all'altezza. Quanti bambini avevano sofferto perché lui non era stato in grado di riconoscere il male che aveva sotto gli occhi?

«Lei ha fatto solo il suo lavoro» disse Paul, come se gli

avesse letto nel pensiero. «Ha fatto quel che doveva per proteggere quel ragazzo.»

Jeffrey però non era riuscito ad aiutare la ragazzina che conosceva col nome di Jenny Weaver. Non aveva salvato Mark o Lacey Patterson. Non aveva protetto nessuno, a parte Dottie, che era stata lì, nella sua centrale di polizia, e gli aveva rifilato le sue bugie.

«Quando ha lasciato la città, è venuto fuori di tutto» riprese Paul. Si guardò le mani. «Nei fine settimana, Wanda faceva la babysitter. Anche quei bambini avevano subito abusi.»

Jeffrey raddrizzò la schiena, cercando di non permettere al proprio dolore di sovrastare quello dell'uomo. «È mai stato emesso un mandato d'arresto?»

«No» rispose Paul, poi fece un sorriso ironico. «Un paio di giorni dopo è stato emesso un mandato per l'altra donna, ma nel frattempo anche lei era sparita.»

Jeffrey sentì i peli sulla nuca rizzarsi al pensiero di Lacey Patterson. «Come si chiamava?»

«Markson» rispose Paul, asciugandosi di nuovo il naso. «Grace Markson.»

16

Lena sedeva accanto al letto di Grace Patterson e ascoltava il lento pulsare del monitor cardiaco lì vicino. La tenda alla finestra che affacciava sul parcheggio era tirata, e in ogni caso a quell'ora non c'era granché da vedere. Teddy Patterson era dall'altra parte del letto, su una poltroncina reclinabile, e russava a bocca aperta, come se non avesse un pensiero al mondo. Quando Lena gli aveva suggerito che Grace potesse essere in parte responsabile di quanto era successo ai loro figli, le aveva riso in faccia.

Patterson era un poco di buono e aveva una diffidenza innata nei confronti della polizia. Certo, se era dentro quella storia fino al collo di sicuro non si sarebbe fatto avanti per confessare, rivelandole dov'era tenuta prigioniera sua figlia. Aveva chiesto a Lena di andarsene, ma per qualche strano motivo Grace invece aveva voluto che restasse e lui, controvoglia, aveva ceduto. La moglie lo teneva così saldamente per le palle che quell'uomo non si azzardava nemmeno ad andare al bagno senza il suo permesso. Grace sembrava essere il centro della sua vita, e più Lena aveva modo di osservarlo, più le era chiaro che a quell'uomo non interessava nulla dei suoi figli.

Guardò Grace Patterson, osservandola mentre dormiva

e interrogandosi sul potere che sembrava avere sulla sua famiglia. Aveva rifiutato di essere intubata, ma una maschera per l'ossigeno l'aiutava a respirare. Le avevano sistemato dei cuscini sotto e intorno al corpo per farla stare comoda, ma era più che evidente che quella donna stava morendo fra atroci tormenti. Nei pochi giorni trascorsi da quando Lena l'aveva conosciuta, aveva avuto un tracollo rapidissimo. Forse era un effetto del ricovero, ma Grace era la perfetta raffigurazione di qualcuno sul letto di morte. Aveva un colorito terreo, le guance scavate, gli occhi velati da quelle che in una persona sana sarebbero state lacrime.

Lena si mosse sulla sedia, cercando di trovare una posizione più comoda. Le sembrava di essere stata presa a bastonate sulla schiena, le mani e i piedi le facevano male come dopo l'aggressione. C'era voluta un'ora prima che si rendesse conto che continuava a serrare i pugni e a rattrappire le dita dei piedi. Era carica di tensione, e il semplice fatto di trovarsi nella stessa stanza con i Patterson le faceva contrarre lo stomaco. Aveva una gran voglia di strangolare entrambi, di ricordare loro che ogni secondo che lasciavano passare poteva significare qualcosa di atroce per la piccola Lacey.

Forse non parlavano perché Lena era presente. Teddy non stava propriamente recitando la parte del marito addolorato: aveva guardato la televisione mentre sua moglie dormiva, ridendo delle battute dei telefilm e poi commentando ad alta voce le scene più violente di un film d'azione.

«Adesso gli spacca il culo» oppure: «Così, dagli qualcosa su cui riflettere».

Infine si era addormentato durante un notiziario, e sembrava avere un sonno piuttosto profondo. Non si era mosso nemmeno quando un'infermiera era entrata per controllare i valori di Grace.

Tutto ciò aveva lasciato a Lena un tempo sufficiente per osservare la donna e riflettere sugli eventi degli ultimi giorni. Mark era stato ricoverato in un altro ospedale perché l'ambulanza lo aveva portato al pronto soccorso più vicino. Non c'era modo di sapere cosa gli sarebbe successo, ma i medici sembravano concordare sul fatto che non sarebbe più tornato lo stesso di prima.

Pensò a Mark, che come tutti i ragazzi della sua età desiderava solo ricevere affetto e le attenzioni di sua madre, ed era pronto ad accettarle sotto qualsiasi forma si presentassero. Ricordò com'era lei alla sua età, quanto si sentiva confusa. Tutto era permeato di una fortissima emotività, e Lena ricercava costantemente l'approvazione di tutti, tranne quella di Hank. Si era ritagliata un personaggio in base all'idea di lei che aveva un gruppetto di sbandati, e sfruttava il proprio aspetto per ottenere quelle che, a posteriori, poteva descrivere solo come delle attenzioni sbagliate.

A quindici anni aveva cominciato ad andare a letto con Russ Fleming, e anche se il suo corpo era pronto a una relazione di tipo fisico, i suoi sentimenti erano ancora troppo confusi. Russ aveva ventidue anni, il che per Hank costituiva un problema enorme, ma Lena era convinta di amarlo, e lui era riuscito a ingannarla da vero maestro. Lei era sempre pronta a dargli tutto ciò che voleva, mentre lui era solo uno stronzo lunatico a cui Lena reagiva come un termometro, cercando di placarlo o di sedurlo a seconda delle situazioni. Le sue giornate erano fatte di alti e bassi continui, in reazione a come Russ la trattava, e se non se era chiusa in camera sua a piangere, se ne stava seduta sul portico di casa, le mani fra le ginocchia, in attesa che lui si facesse vedere. Era così giovane e ingenua.

Adesso, quando guardava al passato, Lena sapeva che quel tizio era solo un drogato paranoico che si divertiva a portarsi a letto una ragazzina, ma all'epoca era convinta che fosse la cosa migliore che potesse capitarle. È incredibile quanto un adolescente possa essere stupido e quanto disperatamente desideri amore e attenzioni. Mark doveva essere stato un bersaglio altrettanto facile per sua madre. Probabilmente sentiva dentro di sé una ferita aperta che solo quella donna era in grado di curare. E adesso tutto ciò a cui era sopravvissuto gli aveva fatto desiderare soltanto la morte. Lena comprendeva fin troppo bene quel senso di smarrimento.

All'improvviso, Grace si svegliò. Dischiuse gli occhi lentamente e per qualche istante fissò il soffitto, come se cercasse di ricordare dove si trovava e cosa le stava succedendo. Lena era tentata di ricordarle che stava morendo, ma la donna parve rendersene conto da sola.

La federa rigida scricchiolò quando Grace voltò il capo verso di lei. Puntò lo sguardo oltre il monitor della pressione sanguigna che aveva al braccio, fino alla flebo, che seguì fino a trovare la pompa per l'autosomministrazione di morfina.

Anche Lena ne aveva avuta una quando era stata ricoverata. Permetteva a un paziente di gestire il rilascio del farmaco premendo un pulsante collegato alla pompa. Il macchinario non consentiva di suicidarsi tenendo premuto il tasto, ma dava al paziente la sensazione di poter controllare il proprio dolore.

Senza rendersi conto di quel che faceva, la detective allungò una mano e allontanò la pompa prima che Grace potesse premere il pulsante. Da quando era arrivata, non era mai rimasta da sola con lei, ma Teddy sembrava dormire abbastanza profondamente da consentirle di approfittare di quel momento.

«Cercava questo?» sussurrò mostrandole il dispositivo.

Vide passare un lampo negli occhi di Grace, che diede subito uno sguardo a Teddy.

«Vuole svegliarlo, in modo che possa sentire quello che devo dirle?» le domandò Lena, sempre sussurrando. «Ho parlato con Mark, Grace. Vuole che Teddy sappia fino a che punto ama il suo bambino?»

L'altra deglutì, ma non rispose.

«È in grado di parlare» riprese Lena. L'aveva sentita chiedere dei cubetti di ghiaccio solo qualche ora prima. «So che può farlo.»

Con un gesto lento, Grace afferrò la maschera che le copriva il naso e la bocca. A fatica, la tirò da parte. «Dammi... la pompa...»

«Fa male, eh?»

Grace annuì, il volto contratto dal dolore.

«Facciamo uno scambio?» chiese Lena, agitando l'apparecchio come se fosse una caramella.

Grace ebbe la forza di sorridere, e qualcosa nel suo sguardo suggeriva che aveva sottovalutato la detective.

«È un sì?» la incalzò Lena. «Mi dica dove si trova Lacey e la lascerò libera di intontirsi quanto le pare.»

Grace continuò a sorridere, ma il suo sguardo era diventato glaciale. Voltò la testa, e si portò una mano tremante sul petto. Il medico le aveva prescritto anche dei narcotici più potenti, ma il motivo per cui Grace non li aveva ancora richiesti era un vero mistero. In fondo, non aveva certo speranze di lasciare quel letto.

«So che lo vuole, Grace. So che ne ha bisogno.»

La donna la guardò di nuovo e inspirò di colpo, poi, a fatica, rispose: «No».

Lena si alzò, stringendo in pugno l'apparecchio. Continuò a parlare piano per non svegliare Teddy. «So che lei ha stuprato Mark.»

Il sorriso di Grace si allargò, come se fosse un ricordo piacevole, poi la donna chiuse gli occhi e Lena ebbe l'impressione che stesse ripensando a un bel momento trascorso con il figlio.

«Mi parli di Jenny Weaver. Che cosa le ha fatto?» sibilò Lena.

«Lei era...» cominciò Grace, le lacrime che le sgorgavano dagli occhi. Lacrime che erano solo una manifestazione della malattia, non certo indice di pentimento.

Grace aveva ancora la mascherina di lato e ci posò sopra una mano per rimetterla a posto, ma non prima di aggiungere: «Una... dolce...».

«Una dolce cosa?»

Grace fece un sorriso quasi angelico dietro la mascherina. «Una dolce... scopata.»

«Bastarda» mormorò Lena, afferrando il cuscino accanto alla donna. Le scostò la mascherina e le premette il cuscino sulla faccia. La donna non lottò sotto le sue mani, e Lena tenne d'occhio Teddy mentre cercava di soffocare sua moglie. Le gambe di Grace ebbero un leggero sussulto e lei si fermò – si costrinse a fermarsi – togliendo il cuscino. Le rimise a posto la maschera, assicurandosi che le arrivasse l'ossigeno. Passarono solo pochi secondi, che alla detective sembrarono minuti interminabili, prima che Grace riaprisse gli occhi. Parve sorpresa, poi in collera. Lena sapeva che ucciderla sarebbe stato solo un gesto di pietà. A quella donna mancava solo qualche ora di vita, e lei non avrebbe certo affrettato le cose.

Grace la fissò con occhi di fuoco, ansimando rabbiosa. Sussurrò: «Vigliacca».

Anche Mark l'aveva definita così, e forse era vero, ma non per il motivo a cui si riferiva sua madre.

«Mai quanto chi violenta un bambino» rispose.

Grace scosse il capo, forse per negare che Mark fosse un bambino, o forse perché non pensava che ciò che gli aveva fatto fosse una violenza.

«Ha cercato di suicidarsi. Lo sapeva?»

Dalla sua reazione, Lena capì che Grace ne era all'oscuro.

«Si è impiccato in camera sua subito dopo avermi rivelato che lei ci andava a letto. Non voleva più vivere con quel pensiero.»

Ancora una volta, la donna guardò il soffitto. Le lacrime continuavano a scendere, ma era impossibile capire se fossero causate da un dolore fisico o emotivo.

«È in coma. Potrebbe non svegliarsi più.»

Grace sussurrò qualcosa, ma Lena non riuscì a sentirla. Si chinò, avvicinando l'orecchio alla sua bocca, appoggiando una mano sul bordo del letto. All'improvviso Grace le afferrò una mano. Era debolissima, sempre più vicina alla morte, e Lena riuscì a sottrarsi, ma non fece in tempo a impedirle di passare il pollice sulla cicatrice. Fu un tocco leggero, quasi sensuale, e la detective percepì la scarica d'energia che ne trasse la donna.

«Puttana perversa» le disse, strofinandosi la mano come se volesse cancellare quella sensazione. «Marcirai all'inferno.»

Facendo ricorso a tutte le sue forze residue, Grace riuscì a risponderle, in un unico soffio di fiato: «Ci vediamo lì».

Lena arretrò fino ad andare a sbattere contro il muro, con addosso uno strano senso di déjà vu. Mark e Jenny avevano avuto uno scambio molto simile la sera in cui Jenny era morta.

Restò immobile a osservare Grace Patterson, poi guardò l'orologio. Mancavano ancora tre ore all'alba, quando sarebbe tornata l'infermiera per controllare le condizioni della paziente. Lena agganciò l'apparecchio della morfina alla sponda del letto, fuori dalla portata della donna, poi si sedette e ignorò il tremore delle proprie mani mentre aspettava di vederla morire.

17

Jeffrey sudava sotto il giubbotto antiproiettile. L'afa di Augusta, unita al peso del tessuto in Teflon, sarebbe stata letale per chiunque. Era disidratato e aveva l'impressione che gli avessero passato la carta vetrata in fondo alla gola.

«Che bei momenti» fece Nick, asciugandosi il collo con un fazzoletto.

Jeffrey si morse la lingua per non dargli una risposta sarcastica. «Che ore sono?» chiese invece.

Nick controllò. «E dieci» disse. «Ma non ti agitare, commissario. I criminali hanno un'interpretazione tutta loro degli orari.»

«Già» intervenne Joe Stewart. Era il sospettato che aveva deciso di collaborare, e Jeffrey immaginò che Nick gli avesse concesso una piccola dose per tenerlo buono. Era teso come una corda di violino.

«Sei sicuro di non sapere nulla di una ragazzina scomparsa?» chiese il commissario.

Joe si leccò le labbra. «Quanti anni ha? Non è che hai una foto?»

«Siediti» gli ordinò Nick dandogli un calcio negli stinchi con gli stivali appuntiti. L'agente si era calato alla perfezione nella parte del pedofilo; si era vestito con una camicia nera attillata che portava dentro al paio di jeans più stretti che Jeffrey avesse mai visto addosso a un uomo. Si era perfino tolto la collana d'oro e si era fatto la barba per l'occasione. Il commissario immaginò che Nick vivesse per quel genere di azione, e a dire il vero era così per tutti gli agenti, lui incluso.

«Ti ho detto di stare seduto» ripeté a Joe.

L'altro si stravaccò sul letto, grattandosi le braccia mentre borbottava qualcosa. Era magro, sulla trentina, e aveva brufoli su tutto il viso, molti dei quali aveva tormentato, facendoli sanguinare.

Jeffrey guardò Nick. «Dovevi per forza mandarlo su di giri?»

«Preferivi che se la facesse addosso?» chiese lui.

«Non c'è poi una gran differenza» gli fece notare Jeffrey. Quell'uomo puzzava quasi quanto la sudicia stanza da trenta dollari a notte in cui si trovavano.

«Sei sicuro che il condizionatore non funzioni?» domandò il commissario.

«Se lo accendiamo non potremo sentire l'audio» gli ricordò Nick. «Sta' tranquillo, capo, non ci vorrà ancora molto.»

«E che mi dici di Atlanta?» continuò lui.

Nick lanciò uno sguardo a Joe. La casella postale che Dottie Weaver aveva usato a Grant per la carta di credito si era rivelata una pista falsa. Era stato fornito un indirizzo cui inoltrare la corrispondenza, quindi tutte le lettere che arrivavano lì venivano mandate automaticamente a un'altra casella postale, in un altro ufficio di Atlanta. Jeffrey aveva chiesto a Nick di metterlo sotto sorveglianza, sperando che Dottie si facesse vedere.

«Tutto sotto controllo» fece lui. «Appena saprò qualcosa, saprai anche tu.»

Jeffrey sentì il cellulare vibrargli contro un fianco e lo sganciò dalla cintura. «Sì?»

«Ehi» disse Frank, «Patterson è nella casa mobile da quando è morta sua moglie, stamattina.»

Jeffrey sentì la tensione abbandonare il suo corpo.

Forse Patterson aveva annullato l'incontro. «Sicuro?»

«Certo» si stizzì lui. «Non è nemmeno andato all'ospedale a trovare il figlio.»

«Okay» rispose il commissario. Chiuse il telefono di scatto e riferì la notizia a Nick.

«Forse verrà Dottie?» suggerì l'agente. «Patterson non è uno stupido. Sa che lo teniamo d'occhio.»

Proprio in quel momento si sentirono due colpi alla porta, seguiti da una pausa e da un altro colpo ancora. Jeffrey si spostò silenziosamente nel bagno, lasciando la porta socchiusa per evitare che attirasse l'attenzione. L'odore in quell'ambiente ristretto lo stomacò: l'aria non doveva essere stata cambiata dall'ultima amministrazione di Nixon.

«Ehi, amico» fece Joe, e la porta si aprì con un cigolio.

«E quello chi è?» domandò un uomo. Jeffrey si sforzò di identificare la voce. La sua unica certezza era che non apparteneva a Dottie Weaver.

«Un amico. Gli piacciono le ragazzine» disse Joe.

«Ah, le ragazzine» intervenne Nick. «Non mi ci far pensare.»

«Diamoci una mossa» rispose l'uomo in tono conciso. «Il furgone è qua di fianco. Andiamo.»

Jeffrey aspettò che fossero usciti prima di lasciare il bagno. Continuò a concentrarsi sulla voce di quell'uomo, provando a darle un volto, ma invano. L'unico risultato che ottenne fu sudare ancora di più, così si allentò la cintura del giubbotto, pentendosi di averlo indossato. Era stata Sara a chiederglielo, e lui le aveva promesso che l'avrebbe fatto. Forse se le fosse venuto in mente che Jeffrey rischiava di collassare per un colpo di calore non avrebbe insistito.

La porta era troppo sudicia per potercisi appoggiare, così restò lì accanto in piedi, sudato come un maiale, aspettando il segnale di via libera da parte di Nick. Per dare valore all'indagine dovevano intercettare la consegna, il che significava essere sicuri che nel furgone ci fosse il carico di riviste.

Per passare il tempo, Jeffrey contò lentamente fino a cento. Quando arrivò intorno al sessantacinque sentì Nick gridare: «A terra! A terra!».

Spalancò la porta, l'arma spianata. Nick aveva già messo faccia a terra il sospettato, un uomo alto e allampanato con indosso un abito nero, le mani dietro la testa.

«Non ti muovere, pervertito del cazzo» gli intimò Nick, perquisendolo in cerca di armi. «Hai addosso qualcosa di tagliente?»

L'uomo borbottò e lui gli diede un calcio. «Rispondi!»

Stavolta ottenne un deciso: «No».

C'erano altri tre agenti del GBI sulla scena, così Jeffrey rinfoderò la pistola e si avvicinò.

Nick era ancora così pieno di adrenalina che gli parlò gridando. «È il tuo uomo?! È lui quel sacco di merda?»

Anche se non l'aveva visto in faccia, Jeffrey era sicuro che non si trattava di Teddy Patterson, anche perché non avrebbe mai potuto arrivare ad Augusta tanto in fretta.

«Voltatelo» chiese il commissario, appoggiando la mano sul calcio della pistola.

Nick lo afferrò per le manette e lo tirò con una tale violenza che a Jeffrey parve di sentire le spalle dell'uomo che si slogavano.

«Aspetta» urlò quello. Lanciò uno sguardo di fuoco a Nick e stava per rivolgerne uno altrettanto furioso a Jeffrey, quando lo riconobbe. Spalancò la bocca per la sorpresa, il viso terreo. Il commissario pensò di avere più o meno la stessa espressione.

«Devo intuire che lo conosci?» chiese Nick.

Il commissario non riusciva a parlare. Si schiarì la voce un paio di volte prima di essere in grado di rispondere: «Si chiama Dave Fine».

18

Gli uffici delle Onoranze Funebri Brock si trovavano in uno degli edifici più antichi di Grant. Era stato l'uomo che gestiva il centro di manutenzione ferroviario a costruire quel castello vittoriano con tanto di torrette prima che i suoi capi di Atlanta decidessero di chiedersi dove avesse preso il denaro necessario per tirar su un palazzo del genere. John Brock l'aveva comprato all'asta per un prezzo irrisorio e vi aveva avviato l'attività di servizi funebri, sistemando gli uffici al piano terra e nel seminterrato. La sua famiglia abitava al piano di sopra, e ogni santo giorno Dan Brock veniva preso in giro dai compagni di scuola, da quando il pullman lo caricava davanti a casa tutte le mattine, fino al momento in cui, nel pomeriggio, lo riportava lì.

Brock aveva imparato a difendersi fin da piccolo, e minacciava i compagni di toccarli con le sue mani da cadavere se non lo avessero lasciato in pace. Tutti tranne Sara, ovviamente. Lei non aveva mai riso di lui, e passava quasi tutto il viaggio verso la scuola a studiare. Di solito Dan andava a sedersi accanto a lei, perché gli altri avevano troppa paura di prendere i pidocchi da lui.

All'interno, il primo piano era arredato con eleganti tendaggi di velluto rosso e moquette spessa di colore verde. Ai due estremi del lungo corridoio che divideva la casa erano appesi lampadari risalenti ai primi del Novecento, e alle pareti erano sistemate delle lunghe panche, inframmezzate da tavolinetti con sopra scatole di Kleenex e vassoi con caraffe d'acqua e bicchieri puliti. C'erano due grandi camere ardenti, e una più piccola si trovava sul retro, di fronte alla sala d'esposizione delle bare. Quella che nel progetto originario era la cucina era stata trasformata in un ufficio. Sara si fermò davanti alla pesante porta in legno di quercia dell'ufficio e bussò piano due volte. Non avendo risposta, la socchiuse e diede un'occhiata dentro. C'era Audra Brock, la madre di Dan, a capo chino sulla scrivania. Sara si mise in ascolto e sentì che la donna stava russando, con un piatto vuoto accanto a un braccio. Immaginò che stesse facendo un pisolino dopo mangiato.

Sara aveva assistito a numerose veglie dai Brock e conosceva abbastanza bene il posto da saper raggiungere da sola il seminterrato, dove si trovava la sala dedicata all'imbalsamazione. Scese la scaletta di legno sostenendosi al corrimano. Molto tempo prima era scivolata proprio su quei gradini, prendendo un colpo al coccige che ci aveva impiegato tre settimane a guarire.

In fondo alle scale girò a sinistra, superando il magazzino delle bare e arrivando davanti a una stanza più ampia, quella in cui si eseguivano le imbalsamazioni. Era stata accesa una pompa e lei ne sentiva le vibrazioni provenire dai muri. Dan Brock era seduto accanto al corpo di Grace Patterson e leggeva un giornale mentre il macchinario estraeva il sangue dal suo corpo e lo sostituiva con una sostanza chimica.

«Dan» lo chiamò.

Lui sobbalzò e il giornale gli cadde di mano. «Accidenti» rise, «credevo fosse lei a chiamarmi.»

«Una sensazione che conosco» rispose Sara, perché nonostante lavorasse all'obitorio ormai da dieci anni, ancora si spaventava quando rimaneva lì da sola fino a tardi.

Brock si alzò in piedi e le tese la mano. «A cosa devo il piacere, dottoressa Linton?»

Sara gli strinse la mano tra le sue. «Ho una richiesta molto particolare, e temo che mi butterai fuori a calci solo per avertela fatta.»

Lui inclinò il capo, confuso. «Non riesco a immaginare nulla che possa indurmi a fare una cosa del genere, Sara.»

«Be'...» disse lei, senza lasciargli la mano. «Lascia che te lo chieda, poi sarai tu a decidere.»

La clinica brulicava di attività quando Sara aprì la porta sul retro. Superò la postazione delle infermiere e, senza nemmeno salutare, chiese a Nelly: «Jeffrey ha chiamato?».

La donna le rivolse un sorriso seccato. «Tutto bene a pranzo, dottoressa Linton?»

«Ho dovuto rimandare» rispose lei, evitando di specificare il perché. Nelly le aveva già spiegato che non era esattamente a suo agio con il lavoro che Sara svolgeva all'obitorio.

«Ha chiamato?» ripeté lei.

Nelly scosse la testa. «Però ho sentito dire qualcosa a proposito di Dottie Weaver.»

Sara inarcò un sopracciglio. «Cosa, di preciso?»

La donna abbassò la voce. «Deanie Phillips abita accanto a lei. Ieri ha sentito un'esplosione ed è andata a vedere cosa stava succedendo.»

«Cosa?»

«Be'» fece lei appoggiando i gomiti sul bancone. «Deanie sostiene di aver sentito dei poliziotti dire che Dottie è coinvolta in qualche modo con la scomparsa di Lacey Patterson.»

Sara si sforzò di non emettere un rantolo. Anche se viveva a Grant da quando era nata, la velocità con cui si spargevano le voci in città non finiva mai di stupirla.

«Non devi credere a tutto quello che senti» le disse, anche se trovava sconvolgente l'idea che un pettegolezzo potesse essere tanto vicino alla verità. Non c'era modo di sapere cosa sarebbe successo se fosse venuto alla luce che Dottie Weaver in realtà era Wanda Jennings. Sara stessa aveva avuto difficoltà ad accettarlo, per non parlare del fatto che era andata alle onoranze funebri per accertare se Grace Patterson avesse appena dato alla luce un bambino.

«Sì, signora» rispose Nelly con un sorrisetto. Quella donna la capiva quasi quanto sua madre.

«Ha chiamato qualcuno mentre non c'ero?»

«Tre mal di pancia» rispose Nelly passandole i messaggi.

Sara diede una rapida occhiata ai foglietti e chiese: «Quando ho il primo appuntamento?».

«I Jordan arrivano tra circa cinque minuti. Hanno spostato all'una e mezza, ma Gillian sarà in ritardo come al solito.»

Sara guardò l'orologio, chiedendosi perché Jeffrey non l'avesse chiamata. Non poteva volerci più di un'ora per arrestare Teddy Patterson, soprattutto considerando che si trattava di un caso di Nick. Per un attimo si chiese se fosse il caso di telefonargli, ma poi ci ripensò. Non sarebbe stato contento di sentirsi controllato, anche se lei aveva ottimi motivi per farlo.

«Vado a prendere una Coca» disse a Nelly. «Torno subito.»

Controllò di nuovo l'orologio mentre si avviava nel corridoio. Entrò nella sala visite numero sette e accese le luci. Da anni quella stanza veniva usata come magazzino, e ormai ne aveva acquisito l'aspetto. C'erano file di scaffali lungo tutte le pareti, come le librerie in una biblioteca. Non ricordava nemmeno più come fosse stata, prima.

Aprì il frigorifero e imprecò quando vide che tutte le Diet Coke erano sparite.

«Elliot» bofonchiò, perché era sempre lui a rubare dal frigo. Aprì il congelatore e non fu troppo sorpresa nello scoprire che anche i suoi gelati non c'erano più, anche se, con la sua tipica delicatezza, Elliot era stato così gentile da lasciare le confezioni nel freezer.

«Lo ammazzo» disse, sbattendo lo sportello.

Tornò nel corridoio, sentendo montare la collera che le ribolliva dentro da tutta la settimana. Si fermò davanti al suo studio e si disse che non era giusto scaricare tutto su Elliot, sebbene fosse un insopportabile ladro di gelati.

«Dammi solo un minuto» disse a Nelly, quando la vide arrivare con le braccia cariche di cartelle cliniche.

Entrò e chiuse la porta. Si guardò intorno, osservando le foto attaccate alle pareti fino a trovare Lacey Patterson. Era un'immagine di qualche anno prima, e la piccola aveva i capelli più corti di come la ricordava. Rispetto alla foto scolastica usata per la locandina diffusa dopo la scomparsa, quella sembrava una persona diversa. Era incredibile come cambiavano i bambini di quell'età: non c'era modo di sapere quale sarebbe stato il loro aspetto un paio d'anni più tardi. Potevano mettere su peso oppure perderne, i capelli potevano schiarirsi o scurirsi, gli zigomi diventare più evidenti, la mascella più definita. Dottie Weaver, o chiunque fosse, aveva dalla sua quell'enorme vantaggio:

Lacey sarebbe cresciuta. Certo, dopo qualche anno sarebbe diventato un inconveniente. E che fine avrebbe fatto Lacey quando sarebbe stata troppo grande per quel business perverso? Sarebbe finita come sua madre, ad abusare a sua volta di altri bambini? O avrebbe trovato il modo di sottrarsi alle grinfie di Dottie?

«Dottoressa Linton?» Nelly bussò alla porta. «C'è il commissario sulla quattro.»

Sara afferrò il ricevitore. «Jeff?» chiese, sentendo la speranza nella propria voce.

«Non l'abbiamo trovata» disse lui in tono sconfitto.

Lei cercò di non farsi sentire delusa. Più tempo passava, meno era probabile ritrovare la bambina. «Per fortuna stai bene. Teddy si è lasciato prendere senza opporre resistenza?»

«Non era Teddy» le rispose. «Era Dave Fine.»

Sara pensò di aver capito male. «Il pastore?»

«Ti richiamo dopo, okay?»

«Okay» disse, e attaccò.

Sara si guardò di nuovo intorno. Trovò le foto dei due figli di Fine accanto a quella di Lacey, poi fece scorrere lo sguardo sugli altri: bambine che avevano fatto parte del coro della chiesa cui partecipava anche il pastore, o che erano state allenate da lui nella squadra di softball. Non c'era modo di sapere quanti bambini gli fossero stati affidati, nel corso degli anni, e ancora meno quanti di loro avesse tradito.

19

Dave Fine aveva chiesto di poter avere una Bibbia e se ne stava con la mano destra poggiata sulla copertina, fissando con aria assente Nick Shelton. Vedendolo, si sarebbe potuto dire che non avesse idea del motivo per cui si trovava lì.

«Io amo i bambini» disse. «Li ho sempre amati.»

Nick si appoggiò allo schienale della sedia, mettendosi in equilibrio sulle gambe posteriori. «Su questo direi che non c'è dubbio, pastore.»

Jeffrey tenne la bocca chiusa, perché Dave Fine era un caso di Nick. Aveva una gran voglia di riempirlo di pugni, e non riusciva a smettere di pensare che Dottie era ancora a piede libero a fare chissà cosa a Lacey Patterson, mentre quel maledetto pervertito era una delle persone che l'avevano aiutata a scappare.

«Bene» fece Nick, incrociando le braccia. «Mi racconti la sua versione.»

Fine fissò la Bibbia, come se potesse trarne forza. Aveva le mani sudate, e il commissario notò una macchia più scura sulla copertina nera nel punto in cui il palmo aveva lasciato un'impronta bagnata.

«Sono nella chiesa da quindici anni» disse Fine. «Sono

cresciuto a Grant, ho ricevuto il battesimo in quella stessa cappella.»

Nick si mosse appena sulla sedia, aspettando il seguito.

«Mi sono sposato lì... Ci ho battezzato anche i miei due figli.»

Il silenzio invase la stanza e Jeffrey si concesse un lungo sguardo a Dave Fine. Era il tipo d'uomo che incarnava la definizione di *pilastro della comunità*. Faceva volontariato con gli anziani, cui consegnava pasti a domicilio tutti i fine settimana. I suoi bambini giocavano a softball nel campionato dei più piccoli, e lui stesso allenava la squadra delle bambine.

Il commissario si allentò il colletto, pensando a tutte le ragazzine con cui quell'uomo entrava in contatto ogni giorno, e non poté fare a meno di serrare di nuovo i pugni.

«Non ho mai toccato nessuno» disse Fine, come se gli avesse letto nel pensiero. «So che è sbagliato. Lo so.» Sfiorò la costa della Bibbia con un pollice. «Ho pregato chiedendo la forza, e il Signore me l'ha data.»

Nick sussultò quasi impercettibilmente e Jeffrey si rese conto che quell'affermazione l'aveva toccato. Non era molto religioso, ma il commissario sapeva che andava in chiesa tutte le domeniche. Uno dei pesanti ciondoli che portava al collo era una croce con un diamante incastonato al centro.

«Non ho mai toccato i miei bambini» insisté il religioso. «Non ho mai fatto del male ai miei ragazzi.»

«Si rende conto che non possiamo crederle» gli disse Nick.

Fine parve sconvolto all'idea che qualcuno potesse non fidarsi di lui. «Non toccherei mai i miei figli, non lo farei mai» ribadì.

«Sappiamo che non le interessano i ragazzini» sottolineò Nick, «ma deve capire, padre, che dobbiamo fare delle verifiche.»

Fine fissò la Bibbia. «Non avrei mai dato seguito ai miei sentimenti, se lei non si fosse fatta avanti.»

«Parla di Dottie Weaver?» chiese Nick.

«Jenny era una bambina dolcissima. Aveva una luce dentro. Una luce vera, un dono di Dio.» Le labbra gli si incurvarono in un sorriso. «Cantava come un angelo, davvero. Si sentiva Dio nella sua voce.»

«Sì, come no» disse l'agente.

Fine gli scoccò un'occhiataccia, come se gli avesse mancato di rispetto. Sembrava non rendersi conto che si trovava in una centrale di polizia e che aveva davanti a sé molti anni di prigione.

«Come è stato avvicinato da Dottie?» indagò Jeffrey.

Fine parve sollevato di vederlo intervenire. «Non posso dire che mi abbia avvicinato, diciamo che mi ha più attirato a sé. D'altra parte nemmeno Adamo aveva mai pensato di mangiare il frutto proibito, finché Eva non l'ha indotto in tentazione.»

«A me sembra che il serpente di Adamo abbia avuto un certo ruolo» commentò Nick.

Fine si fece scuro in volto. «Non è così. Per me non è mai stata una questione sessuale.»

«Eppure ha fatto sesso con lei» disse Nick.

Il pastore si morse il labbro. «All'inizio no. Volevo solo passare del tempo con lei.» Si fermò e fece un respiro profondo. «Dottie mi permetteva di portarla al cinema, e a volte andavamo a Macon a comprarle dei vestiti.» Sollevò lo sguardo verso i due uomini, in cerca di approvazione. «Il padre l'aveva abbandonata» aggiunse. «Volevo solo riempire un vuoto, farla sentire amata.»

Nick non disse nulla, ma Jeffrey notò i muscoli del suo braccio che si contraevano.

«Volevo crescerla, essere un punto di riferimento.»

«Ah, sì?» chiese Nick senza nemmeno sforzarsi di nascondere l'ostilità.

«So che cosa pensa, ma non è come crede lei, nemmeno un po'.»

Jeffrey si sforzò di mantenere la calma. «E com'è, allora?»

«È...» Fine allargò le mani. «Stiamo parlando d'amore. Di ascoltare i bambini, di cercare di comprendere i loro desideri e i loro bisogni.»

«E quella bambina aveva bisogno di sesso da lei?» domandò Nick.

«Non l'avrei mai toccata in quel senso. Mi accontentavo della sua compagnia.»

«E cosa ha cambiato la situazione?» fece Jeffrey.

«Dottie.» Pronunciò quel nome con orrore, come se stesse sputando veleno. «Ho sempre avuto di quei pensieri, sempre. Non con Jenny, ma con altre ragazze, che magari mi capitava di incontrare in città.» Batté le palpebre più volte, e Jeffrey fu sorpreso dalla facilità con cui gli uomini come lui erano capaci di piangersi addosso. Eppure non avevano lacrime per i bambini a cui facevano del male... «Ma mi sono sempre accontentato delle mie fantasie. Sono sempre state sufficienti per me» insisté Fine, alzando la voce. «Sono un uomo felicemente sposato. Amo mia moglie e i miei figli.»

«Certo, come no» fece Nick.

Fine scrollò il capo. «Non capite.»

Jeffrey si protese sul tavolo. «Allora mi spieghi, Dave. Voglio capire.»

«Era una bambina molto intelligente, molto educata.»

Afferrò la Bibbia. «Leggevamo le scritture insieme, pregavamo, tra noi c'era comprensione.»

Jeffrey diede uno sguardo al libro sacro. Anche se in un certo senso aveva sempre creduto all'esistenza del bene e del male, non vi aveva mai applicato un significato biblico. Vedere Dave Fine con in mano quel volume, mentre lo ascoltava raccontare come aveva sedotto Jenny Weaver con la preghiera, gli parve la forma di blasfemia più atroce che potesse immaginare.

«Okay, pregava con lei. E quale evento ha cambiato le cose?» si inserì Nick.

Fine appoggiò il libro sul tavolo. «È stata Dottie a cambiarle» disse. «Mi ha chiamato nel cuore della notte.»

«Quando è successo?»

«Nel periodo del Ringraziamento. L'ultimo.»

«E poi?» chiese Jeffrey, sicuro che quel bastardo stesse mentendo.

«Mi ha detto che Jenny stava male, perciò sono andato a casa sua. Ha detto che era sconvolta e aveva bisogno di parlare con me.» Gli si riempirono di nuovo gli occhi di lacrime. «Ero suo amico. Non potevo ignorare una richiesta d'aiuto.»

Jeffrey annuì per farlo proseguire, cercando di scacciare dalla mente l'immagine di Sara che indicava la frattura all'osso pelvico nella radiografia di Jenny. Quella ragazzina era stata stuprata in modo brutale, e il responsabile poteva benissimo essere Dave Fine.

Il pastore si schiarì la voce. «Non ero mai entrato in quella casa, prima. Di solito Jenny mi aspettava sui gradini del portico.» Si asciugò gli occhi con il dorso della mano. «Quando sono arrivato, Dottie mi ha accompagnato di sopra, in camera di Jenny.»

Fine tacque, e né Jeffrey né Nick insistettero perché continuasse. Dopo un tempo che a loro sembrò infinito, riprese da dove si era interrotto.

«Abbiamo fatto delle cose» disse, a voce bassa. «Mi vergogno a dirlo, ma abbiamo fatto delle cose.»

«È stato *lei* a fare delle cose a Jenny» gli fece notare Jeffrey, perché non poteva lasciar correre.

«Sì» ammise lui. «Sono stato io.»

«Tutto ciò ha avuto luogo solo in camera di Jenny?» chiese il commissario, immaginando che potesse essere quello il motivo per cui Dottie Weaver non aveva svuotato anche la stanza della figlia: le uniche prove rintracciabili avrebbero accusato solo Dave Fine.

«Sì, solo lì.» Deglutì a forza, poi tacque, come se stesse riordinando le idee. Era senza dubbio un maestro nel dipingersi come vittima indifesa. Una ragazzina di tredici anni forse poteva abboccare a quella messinscena, ma più scuse quell'uomo tirava fuori per giustificare le proprie azioni, più Jeffrey aveva voglia di ammazzarlo.

Alla fine il pastore disse: «Dottie ha scattato delle foto, l'ho scoperto solo in seguito». Emise una risatina triste. «Me le ha portate in chiesa il giorno dopo e mi ha minacciato di diffonderle, se non avessi fatto ciò che voleva lei.»

«E cosa voleva che facesse?»

«Quelle consegne» disse lui. «Usavo il furgone della chiesa.» Si coprì la bocca con una mano. «Che Dio mi perdoni, ho usato il furgone della chiesa.»

Jeffrey incrociò le braccia, facendo di tutto per calmarsi. Nick Shelton era così furioso che sembrava emanare calore. Era impossibile credere davvero che un pezzo di merda come quell'uomo potesse piangersi addosso. Dave Fine era più preoccupato per se stesso che per la bambina che aveva stuprato.

«Dove si trova Dottie, adesso?» chiese Jeffrey.

«Non ne ho idea» rispose lui, dando colpetti sulla Bibbia col palmo per sottolineare le sue parole. «Lo giuro su Dio.»

«Quando è stata l'ultima volta in cui l'ha vista?» domandò il commissario, consapevole che non poteva dargli credito.

«Martedì. C'era Mark a casa sua. Avevano tolto tutto e riverniciato le pareti, avevano anche spostato la pressa da stampa.»

«E dove l'hanno portata?»

«Non lo so» replicò, e sembrava sincero. «L'hanno caricata su un furgone, uno senza insegne.»

«E poi?»

«Dottie mi ha ordinato di fare quest'ultima consegna o avrebbe mandato le foto alla polizia.»

«E Lacey Patterson?»

Il commissario ebbe l'impressione che negli occhi di Fine fosse balenato un lampo, ma non avrebbe saputo dirlo con certezza.

«Non ne ho idea. Dottie non ne avrebbe mai parlato con me. Non ero coinvolto in quella parte dei suoi affari. Eseguivo i suoi ordini solo per proteggere la mia famiglia, le nostre vite.»

Jeffrey si mise a braccia conserte. «Quando ha preso le riviste?»

«Quella sera. Le ho tenute nella cantina della chiesa fino a questa mattina.»

«Sapeva già che l'appuntamento era ad Augusta?»

«No.» Scosse il capo, convinto. «Mi ha chiamato ieri sera, sembrava parlasse da un cellulare.»

«Ha detto di averla vista lunedì per l'ultima volta» disse Jeffrey.

«È stata l'ultima volta» ribatté Fine. «Mi ha chiesto quando l'avevo vista, non quando le avevo parlato.»

Jeffrey glielo concesse. «E cosa le ha detto?»

«Mi ha detto del motel, dell'orario in cui dovevo incontrare Joe e quale parola d'ordine usare per la consegna seguente.» Fine fece una pausa. «Ha detto che era ancora qui a tenermi d'occhio.»

«Lei le crede?» domandò Nick. «Pensa che sia ancora in città?»

Fine scrollò le spalle. «È capace di tutto.»

«Per esempio? Di cosa è capace?» fece Jeffrey, ma il sacerdote non rispose. Insisté: «Cosa pensa che farà a Lacey Patterson?».

Il pastore distolse lo sguardo. «Non ne ho idea. Sono stato coinvolto solo con Jenny.»

Jeffrey lo fissò, cercando di indovinare i suoi pensieri. Fine era così bravo giustificare le proprie azioni che forse avrebbe superato perfino il test con la macchina della verità. Il commissario arrivò a dubitare che quell'uomo pensasse di aver fatto qualcosa di sbagliato a Jenny Weaver. «So che Dottie ha bisogno di soldi. Mi ha detto che sta aspettando il prossimo pagamento» riprese Fine. «Sono stato ricattato, non avevo scelta» aggiunse a voce più alta, cercando di discolparsi.

Jeffrey ignorò le sue scuse e si concentrò sulla casella postale di Dottie ad Atlanta. Quella donna non poteva sapere che la polizia ne era a conoscenza. Doveva essere convinta di farla franca, e forse avevano l'opportunità di acciuffarla prima che lei avesse il tempo di stuprare altri bambini o di vendere Lacey Patterson a qualche pervertito.

«Allora» intervenne Nick. «Stamattina lei ha preso le riviste in chiesa e le ha portate ad Augusta?»

«Avevo un brutto presentimento» fece lui, sfogliando le pagine della Bibbia. «Forse volevo che mi prendessero. Non ce la facevo più a vivere con questo peso addosso.»

«Mark provava la stessa sensazione» disse il commissario.

Fine sbuffò. «Mark» ripeté, come se avesse nominato il diavolo in persona.

Nick e Jeffrey si scambiarono un'occhiata.

«Sapete perché Jenny voleva sparargli?» chiese Fine con una smorfia. «Perché avrebbe finito per fare la stessa cosa.»

«Per fare cosa?»

«A lui piaceva» disse il sacerdote. «Mark non aveva scrupoli.»

«Lei invece sì?» lo rimbeccò Nick.

Fine ignorò la domanda.

«Sta dicendo che a Mark piaceva posare per quelle foto?» chiese Jeffrey, ripensando all'espressione carica di dolore che aveva visto negli occhi del ragazzo.

«Non soltanto gli piaceva, lui *voleva* farlo.» Fine tamburellò con un dito sul tavolo. «Se volete la mia opinione, prima o poi avrebbe cominciato a molestare sua sorella. Jenny lo sapeva, e considerando quanto era crudele quella famiglia, sapeva cosa stava diventando Mark. Sapeva che avrebbe abusato di Lacey, prima o poi.» Tirò su col naso, come se stesse trattenendo le lacrime. «Jenny stava cercando di proteggerla da quell'animale.»

«Ne ha le prove?» chiese Jeffrey.

«Grace l'ha fatto cominciare quando aveva sei anni» disse Fine. «Era solo questione di tempo. Jenny lo sapeva.»

«Lei non può prevedere quale sarebbe stato il futuro di Mark» gli fece notare il commissario. «Se ogni ragazzino che viene stuprato da qualche pervertito come lei diventasse a sua volta un molestatore di bambini...»

Il sacerdote lo interruppe: «Lei non conosce bene Mark, commissario Tolliver. Mi creda, quello avrebbe fatto del male ai bambini, proprio come sua madre.» Scrollò di nuovo il capo, sbuffando. «Ha avuto un'ottima maestra.»

«Ma era solo un ragazzino anche lui» ribatté Jeffrey.

Fine sollevò un dito, come se stesse per fare un'osservazione sensata. «Era un uomo adulto. Si sarebbe potuto fermare.»

«Come lei, d'altronde» sibilò Nick.

Quel commento lo colpì nel vivo. Reagì puntando lo sguardo sulla Bibbia, le labbra arricciate nel classico broncio di chi viene accusato ingiustamente.

Nella stanza calò il silenzio, finché Jeffrey chiese, cercando di mantenere un tono neutro: «Ha spiegato a Jenny la sua teoria a proposito di Mark? È per questo che lei voleva spararagli?».

Fine non staccò gli occhi dalla Bibbia.

Il commissario lo prese per un assenso. «Che altro l'ha costretta a fare Dottie?»

«Solo le consegne.»

«Ne è proprio sicuro?»

«Be'... mi faceva andare da lei quando scattava le foto» disse. «Io non volevo, ma lei aveva in pugno la mia vita.» Distese le mani per sottolinearlo. «Se quelle immagini fossero mai venute fuori, sarei stato rovinato. Mia moglie, i miei figli...» Gli si riempirono gli occhi di lacrime. «Ho delle responsabilità.»

«Ha posato per altre foto?» domandò Jeffrey, chiedendosi se fosse stato tanto idiota. Ma forse non era uno stupido, forse ne era stato felice.

Fine annuì. «Non volevo farlo. Lei...» Cercò la parola

giusta. «A lei piaceva umiliare le persone. Ne traeva soddisfazione.»

«E come la umiliava?»

«Sapeva che non mi piacevano i ragazzi e mi costringeva a fare delle cose.»

«Con Mark Patterson?»

Lui annuì con un gesto secco, e per la prima volta mostrò di provare vergogna. «Quello che c'era tra me e Jenny era... speciale. So che voi non potete capirlo, ma tra noi c'era qualcosa. Un legame.» Si coprì gli occhi con la mano. «È stata la prima per me. L'amavo così tanto.»

Jeffrey lo interruppe. «La pianti di dire così, Dave, o giuro su Dio che tutto questo amore glielo faccio uscire dal culo a suon di pugni.»

Fine sollevò lo sguardo. Sembrava sinceramente ferito all'idea di non essere compreso.

«Perché si è fermato?» chiese il commissario. «Con Jenny, intendo. Che cosa ha interrotto i contatti sessuali?»

«Lei mi ha rifiutato» spiegò, ancora una volta con gli occhi pieni di lacrime. «Ha detto che non voleva più avere niente a che fare con me.» Tirò su forte col naso. «Dopo quelle foto... non so. È stato come se Dottie volesse dimostrare qualcosa a Jenny, facendomi andare lì quella notte.»

«Forse voleva dimostrarle che siete tutti uguali» immaginò Jeffrey, pensando che fosse proprio la tipica cosa che avrebbe fatto una donna come Dottie Weaver.

«Non è vero» insisté il religioso. «Io amavo Jenny. Tenevo profondamente a lei.»

«Per questo ha cercato di andare a trovarla dopo il ritiro della chiesa?»

«Sembrava che stesse male» disse lui. «Non sapevo cosa avesse e Dottie non mi permetteva di avvicinarla. Ho perfino posato per altre foto pur di entrare in quella casa, solo per sapere se Jenny stava bene, ma la mandavano da Grace quando io ero lì.»

Il commissario pensò che quell'uomo fosse andato volontariamente a casa di Dottie per poter molestare altri bambini. E il fatto che fosse davvero convinto di avere amato Jenny Weaver era il segno della follia che distorceva la sua mente.

«Cosa può dirci di Grace Patterson? In che modo era coinvolta in questa storia?» chiese Nick.

Fine si accigliò sentendola nominare. «Lei era anche peggio di Dottie. Era disgustosa.»

«Che cosa intende?»

«Le idee che le venivano...» fece lui, la voce carica d'odio. «Che possa marcire all'inferno per i suoi peccati.»

Jeffrey evitò di rimarcare l'ovvio. «Dottie e Grace avevano quell'attività insieme?»

Lui annuì. «Grace dirigeva quasi tutte le sessioni fotografiche. Dottie si occupava della parte commerciale.» Fece una breve pausa. «Le pose erano tutte ideate da Grace. Le piaceva entrarci, toccare alcuni bambini. Più era sadico, meglio era.»

«Dottie invece non lo faceva mai?»

«Lei era brava con gli scatti che sembravano reali, quelli romantici. Lei faceva i servizi soft, Grace gli hard-core.» Si leccò le labbra con un gesto nervoso, come se quelle donne fossero per forza di cose più colpevoli di lui. «Si conoscevano da molto tempo.»

«Sono state loro a dirglielo?»

«No, è stata Jenny. Mi ha spiegato che lei e sua madre avevano cambiato casa spesso, e che ovunque si trasferissero, Grace andava a trovarle almeno una volta al mese.»

«E Teddy Patterson?» chiese Jeffrey.

Fine scrollò il capo. «Ci avrebbe ammazzati tutti, se avesse saputo.»

Nick non nascose la propria sorpresa. «Era all'oscuro di tutto?»

«Ovviamente» sbottò il religioso. «Non facevamo mai nulla a meno che non fosse fuori città per lavoro. Fa il camionista.»

Nick sembrava scettico. «E non ha mai consegnato nessuna rivista?»

«Grace lo teneva fuori. Teddy non è quel tipo d'uomo.»

«E che tipo d'uomo sarebbe?» domandò Nick.

Fine fissò di nuovo la Bibbia. «Uno come me, direi. Uno che sarebbe stato dalla parte dei bambini.»

«Un uomo che *avrebbe fatto del male* ai bambini» lo corresse Nick.

«Io non ho fatto del male a Jenny.»

«Ah, no?» replicò Jeffrey, protendendosi sul tavolo. «E vuole spiegarmi come fa una ragazzina di tredici anni a procurarsi una frattura pelvica?»

«È stata anche con altri uomini» ribatté lui. Non sembrava affatto sorpreso da quella notizia.

«Altri uomini che non erano *delicati* quanto lei?» lo pungolò il commissario.

«Non è come crede. Io...»

«Sul serio?» ribatté Jeffrey, incredulo. «Lei quanto è alto, Dave? Vuole che legga nel referto autoptico di Jenny quanto era più piccola di lei?»

Fine si schiarì la voce, ma non rispose. Prese la Bibbia e se la strinse al petto. Il commissario lo fissò, convinto che gli stesse sfuggendo qualcosa. Fu allora che la notò: la fede nuziale alla mano sinistra. Nella sua mente esplosero le immagini che aveva visto sulla rivista: la mano che teneva con forza la nuca di Jenny Weaver, spingendola in avanti quasi fino a strozzarla.

«Figlio di puttana» esclamò, scagliandosi contro di lui da sopra il tavolo. Sbatté il ginocchio contro il bordo ma non ci fece caso.

«Jeffrey» lo chiamò Nick, cercando di fermarlo senza troppa convinzione.

Il commissario si lasciò invadere dalla collera. «Sei malato, brutto figlio di puttana» gridò, strappandogli la Bibbia dalle mani. Fine la stringeva così forte che cadde all'indietro sulla sedia. «Ho visto le foto, pezzo di merda. Ho visto quello che le hai fatto. Ti ho visto mentre la stupravi.» Fissò il pastore, a terra. «Non meriti questo» disse, indicando il libro sacro. «Quello che hai fatto a quei bambini... che hai fatto a lei...»

«Solo con Jenny» insisté Fine. Il commissario stava per fare il giro del tavolo, poi si fermò, dicendo a se stesso che quell'uomo non meritava nemmeno di essere picchiato.

«È stato solo con Jenny» ripeté.

«E hai tenuto addosso la tua maledetta fede nuziale» gli disse Jeffrey, posando la Bibbia. «L'ho vista in almeno dieci foto con dieci bambini diversi.» Avanzò verso di lui con un rantolo per la fitta che sentì al ginocchio. «Idiota del cazzo.»

«Non può parlarmi in questo modo» sbottò l'altro.

Jeffrey l'afferrò per un braccio e lo tirò su dal pavimento. «Ringrazia il cielo se ti parlo anziché spaccarti la faccia.»

«Ecco la violenza della polizia» dichiarò il prete, spazzolandosi i pantaloni con le mani. «Voglio un avvocato.»

«Buddy Conford non ti toccherebbe nemmeno con un bastone lungo tre metri» disse il commissario.

«Ne ho un altro» fece lui, sistemandosi la camicia nei pantaloni. «Uno di Atlanta.»

«Sarà uno che difende i pervertiti come lui. Magari si fa pagare con le riviste» commentò Nick.

Fine sorrise, e per la prima volta mostrò davvero tutto il marcio che aveva dentro. «O con le ragazzine.»

Jeffrey sentì la tensione invadergli le spalle. Riuscì a trattenere il desiderio animalesco di tagliare la gola a Dave Fine solo per via dell'eventualità che quell'uomo sapesse molto più di quanto diceva.

«Finirà in prigione» gli disse. «Sa cosa fanno a quelli come lei, in prigione?»

«Certo» rispose Fine. «Guardo anch'io la televisione. Sta solo cercando di convincermi con la sua merda.»

«Merda?» ripeté Nick. «Intende quella roba sanguinolenta che si troverà nelle mutande ogni mattina?»

Fine ebbe la sfacciataggine di mostrarsi sicuro di sé. «Non credo proprio che andrò in prigione.»

«E cosa glielo fa pensare?» domandò Nick.

«Ho una moneta di scambio» disse con un sorriso.

«Quale moneta?» chiese Jeffrey, cercando di non mostrarsi troppo impaziente. Se Fine avesse pensato di avere anche solo un briciolo di potere, non avrebbe mai rivelato niente.

«Aspettiamo il mio avvocato» dichiarò, tendendo le mani per essere ammanettato. «Non ho nulla da dichiarare, senza di lui.»

«Ci rifletta nella cella generale» fece Jeffrey tirando fuori le manette.

«Oh, santo cielo» ansimò Nick. «La cella generale.»

«Cosa sarebbe?» domandò Fine, con una nota nella voce che sembrava di panico.

Jeffrey gli serrò le manette ai polsi. «Solo una cella.»

«È buffo quel che può capitare in galera, sa» riprese

Nick. «Un sacco di quelli che si trovano lì hanno incontrato persone come lei, da piccoli.»

Fine si voltò. «Che cosa significa?»

Il commissario sorrise, spingendolo verso la porta. «Significa che mentre aspetta che il suo bell'avvocato arrivi qui da Atlanta, avrà un bel po' di tempo per spiegare ai suoi compagni di galera che era solo amore.»

Fine opponeva resistenza. «Aspettate un attimo. Ho diritto a una cella privata» disse come se avesse la certezza di ottenerla.

«Direi proprio di no, povero stronzo» rispose Jeffrey, spintonandolo con tanta forza che Nick dovette afferrarlo al volo per evitare che cadesse.

«È la legge» insisté il pastore. «Non potete mettermi con altri carcerati.»

«Posso fare quello che mi pare» affermò Jeffrey.

«Aspettate un attimo» continuò Fine, la voce stridula, terrorizzata. «Non potete farlo.»

«E perché no?» chiese il commissario, buttandolo fuori dalla stanza a forza.

«No!» esclamò Fine, cercando invano di aggrapparsi alla porta. Graffiò il legno con le unghie nel tentativo di trovare un appiglio.

«Ha per caso qualcosa da dirmi, Dave?» domandò Jeffrey, costringendolo ad avanzare nel corridoio.

«Aiuto» disse lui, rivolgendosi a un agente che stava uscendo dal bagno in quel momento. L'uomo guardò Fine, poi Jeffrey, e se ne andò come se non li avesse nemmeno visti.

«Avanti» gli intimò il commissario, tenendolo per il colletto.

«Qualcuno mi aiuti!» urlò Fine, piegando le ginocchia fino a toccare terra, ma Jeffrey continuò a trascinarlo.

«Aiuto!» gridò ancora Fine.

«Vuoi essere aiutato come hai fatto tu con Jenny?» domandò Nick, che gli camminava accanto. «O come hai fatto con Lacey?»

«Io non so dove sia!» strillò lui, mettendo le mani a terra per opporre maggiore resistenza.

Jeffrey vide Marla fare capolino da dietro l'angolo. La donna guardò il religioso e si voltò dall'altra parte.

«Aiuto!» continuò a chiamare Fine, la voce roca per lo sforzo. «Oh, Signore, ti prego, salvami.»

Jeffrey aveva ormai i crampi alla mano. Lo lasciò andare e l'uomo si accasciò a terra, singhiozzando. «Oh, Signore, ti prego, salvami da questi uomini.»

Nick si chinò di fronte a lui. «Il Signore salva chi salva se stesso» suggerì.

«Ma può continuare a pregare, se vuole» aggiunse Jeffrey. «Può pregare che i giornali non debbano descrivere che è morto per una terribile emorragia dopo che le hanno aperto il culo in due.»

Nick posò una mano sulla spalla del pastore. «Non potrei sopportare di sapere che sua moglie e i suoi figli abbiano dovuto leggere una notizia del genere. È davvero un brutto modo di andarsene.»

Fine sollevò il viso rigato di lacrime.

«Okay» disse. «Okay, okay.»

«Okay cosa?» chiese il commissario.

«Okay» ripeté. «Forse so dove si trova.»

Jeffrey era al volante, con Nick seduto sul sedile posteriore insieme a Fine. Dietro di loro, un'autocivetta con quattro agenti del GBI procedeva a distanza di sicurezza.

«Meglio per lei se non ci sta prendendo in giro, Dave»

disse il commissario svoltando a destra per fare il giro dell'isolato una terza volta.

«Vi ho detto che non sono sicuro dell'indirizzo» insisté lui. «Dottie mi ci ha portato solo una volta.»

«Per quale motivo siete stati qui?» domandò Nick.

«Nessuno» borbottò lui, guardando fuori dal finestrino.

Jeffrey lo guardò nello specchietto retrovisore. «Spero per lei che non sia una manovra per rimandare l'inevitabile.»

«Non è così, okay?» rispose lui, stizzito. «Vi ho già spiegato che qui lei svolgeva parte delle attività.»

«Di che genere?» insisté il commissario.

Fine non sembrava intenzionato a rispondere, ma alla fine capitolò. Il commissario avrebbe preferito pensare che fosse spinto dal senso di colpa, ma era in polizia da un tempo sufficiente per sapere che la sua era pura e semplice ottusità.

«C'è un tizio che a volte tiene qui i ragazzini» confessò.

«È certo che sia da solo?» chiese Jeffrey.

«Sì» ribadì lui. «Lo usano come nascondiglio sicuro.»

«Sicuro per chi?» fece Nick.

«Secondo lei?» ribatté il pastore. «In genere è qui che tengono le foto, ma un paio di volte ho visto dei bambini e un paio di macchine fotografiche.»

«E siccome è un uomo retto l'ha denunciato subito alla polizia» suggerì Nick.

Fine tornò a guardare fuori, forse autocommiserandosi. Il viaggio fino a Macon era durato un'ora, e ne avevano trascorse altre due girando per le vie di un quartiere in cerca di una casa che Dave Fine sosteneva di poter riconoscere solo vedendola. Jeffrey lo osservò di nuovo dallo specchietto e si chiese quanto a lungo avrebbero potuto continuare prima che qualcuno avvisasse la polizia di Macon della presenza di due auto sospette.

Erano su un terreno minato. Tecnicamente, lo Stato era sotto la giurisdizione del Georgia Bureau of Investigation, ma per rispetto dei colleghi avrebbero dovuto avvisare il dipartimento di polizia di Macon della loro presenza. Ma poiché Jeffrey e Nick non avevano nemmeno la certezza che Dave Fine fosse mai stato lì, e ancora meno che Lacey Patterson fosse nascosta a Macon, non c'era molto che potessero comunicare ai colleghi. Non potevano chiedere un mandato senza l'indirizzo, ma Nick confidava in qualche svolta negli eventi che giustificasse il modo in cui avevano saltato la trafila burocratica. In un secondo momento avrebbero potuto dire di aver notato qualcosa di sospetto in quella casa, e data la necessità di agire in fretta, con una minore coinvolta, a nessuno dei due importava di ricevere una lavata di capo quando tutto fosse finito.

«Svolti qui» disse Fine. «A sinistra. Mi sembra di riconoscere la via.»

Jeffrey eseguì, anche se pensava fosse inutile, dato che avevano già percorso quella strada.

«Poi prenda qui a destra» aggiunse Fine, la voce più decisa.

Lui svoltò, imboccando un'altra strada nuova. Si scambiò un'occhiata con Nick.

«Eccola» dichiarò il pastore. «È quella a destra, con il cancello.»

Il commissario non rallentò, ma ebbe il tempo di notare che tutte le finestre erano chiuse e avevano le tapparelle abbassate. Le luci di sicurezza all'esterno erano accese nonostante fosse pieno giorno, e al cancello era attaccato un grosso lucchetto. Se fosse lì per tenere fuori qualcuno oppure, al contrario, per tenerlo prigioniero là dentro, era tutto da scoprire.

Jeffrey si fermò in fondo alla strada e aspettò che l'altra auto li raggiungesse. Sentiva il rumore del traffico sulla statale, che era a meno di dieci metri da dove aveva parcheggiato; immaginò che chi viveva da quelle parti fosse abituato al frastuono, mentre per lui, in quel momento, il passaggio di ogni auto aveva l'effetto di unghie che grattano su una lavagna.

L'agente Wallace scese dalla macchina, lasciando a bordo due uomini e una donna. Si sistemò la cintura, anche se aveva una fondina da spalla. Era un giovanotto robusto, con addosso una tale quantità di muscoli che il tessuto della camicia che indossava sembrava sul punto di strapparsi da un momento all'altro. Si era rasato le guance così a fondo che Jeffrey riusciva quasi a distinguere i singoli passaggi della lametta.

«È la casa col cancello?» domandò togliendosi gli occhiali scuri.

«Così dice il nostro uomo» rispose Jeffrey.

Wallace diede uno sguardo alla macchina, incrociando lo sguardo collerico di Fine. Sputò a terra e incrociò le braccia sul petto ampio. «Maledetto pezzo di merda» borbottò.

Nick aveva appena concluso una telefonata con il dipartimento di polizia di Macon. «Non sono per niente contenti» disse.

«Lo immaginavo» rispose Jeffrey. Se avesse ricevuto una chiamata dal GBI che lo informava di un'operazione in corso a Grant di cui era all'oscuro, si sarebbe incazzato anche lui.

«Ci metteranno un po' per tirare fuori la testa dal culo e raggiungerci» aggiunse Nick.

«Gli hai detto qual è la casa?»

Nick sorrise. «Ma se non ricordavo nemmeno la strada...»

Jeffrey ridacchiò, sollevato all'idea di trovarsi lì, in quel momento, e non al commissariato di Macon.

Nick aprì lo sportello posteriore, afferrò i polsi di Dave Fine e senza dargli il tempo di protestare lo ammanettò alla maniglia interna sul tetto dell'auto. «Così starà fermo.»

«Non potete lasciarmi qui» protestò lui.

«Fossi in lei mi godrei ogni istante che mi resta da solo» ribatté Nick.

Fine avvampò. «Mi avete promesso una cella privata, quando torneremo alla centrale.»

«Certo» concesse Jeffrey. «Ma sarà così alla centrale. Non ho certo modo di sapere cosa le succederà una volta in carcere.»

Nick ridacchiò e diede un colpetto sul tetto della macchina. «Non abbia paura, mio caro. Sono sicuro che in prigione conoscerà persone indimenticabili.»

«Non potete farmi questo!»

«Non deve preoccuparsi, pastore, sono quasi tutti figli di Dio. Potrà pregare con loro quanto vuole.»

Fine rivolse a Jeffrey uno sguardo terrorizzato. «Me l'aveva promesso!»

«La mia promessa riguarda la mia prigione, Dave» gli ricordò lui. «Non posso certo intervenire sulle disposizioni della prigione di Stato. Lì decidono loro.»

«Aveva detto che si poteva fare un accordo.»

«È possibile uno sconto di pena, ma in ogni caso lei finirà dentro.»

Fine cercò di parlare ancora, ma Nick gli sbatté la portiera in faccia. «Che cagasotto» disse.

«Gli faranno la festa» commentò Jeffrey, e chiuse l'auto con il telecomando.

«Maledizione» esclamò Nick mentre controllava il revolver. «Non posso credere di dover fare due imboscate in un giorno solo.»

«Qui ci portiamo anche il ragazzo» disse il commissario indicando Wallace, che sembrava al limite della tensione. Anche Jeffrey doveva avere più o meno lo stesso aspetto: aveva in corpo così tanta adrenalina che se fosse stato un uomo meno in forze, probabilmente avrebbe avuto un infarto.

Nick raggiunse l'altra macchina e ordinò ai tre agenti rimasti di posizionarsi sul retro.

«Diamogli due o tre minuti di anticipo» propose, controllando l'orologio. In situazioni del genere, il tempo volava o si fermava. Lanciò uno sguardo all'auto in cui era seduto Fine, con espressione imbronciata. «Non lascerei nemmeno un cane chiuso in macchina con questo caldo.»

«Nemmeno io» rispose Jeffrey, ma non diede segno di voler abbassare i finestrini.

Restarono in silenzio a osservare il traffico sulla statale, in attesa del momento giusto.

«Andiamo.»

Jeffrey infilò la pistola nella fondina da spalla. Aveva messo anche quella alla caviglia, e genere si sarebbe sentito a disagio con tutte quelle armi addosso, ma voleva essere preparato a qualsiasi cosa lo attendesse in quella piccola casa.

Alberi e alti arbusti avevano coperto gran parte della vista dalla strada, ma da vicino il commissario notò che l'abitazione era quasi tutta di mattoni, con i rivestimenti e le rifiniture esterne in vinile. Le grondaie erano state dipinte di un bianco acceso, lo stesso dei rivestimenti. Era una casa di dimensioni modeste, forse due camere da letto, un bagno e un soggiorno con angolo cottura. C'erano abitazioni simili in tutta Grant, costruite subito dopo la guerra per dare alloggio ai veterani che tornavano in patria. Alcuni blocchi di cemento fungevano da fondamenta, con dei fori di ventilazione per lasciar respirare la casa.

«Niente cantina» notò Nick.

Jeffrey annuì, indicando il tetto. Sembrava non ci fosse nemmeno un secondo piano, ma poteva sempre esserci qualcuno nascosto in soffitta.

Wallace andò avanti per primo, scavalcando la rete metallica alta un metro e mezzo dal lato più riparato dalla vegetazione. Nick ebbe qualche difficoltà in più e atterrò dall'altra parte sbattendo il posteriore con un rantolo. Jeffrey li seguì, domandandosi perché gli desse così fastidio un ginocchio, poi si ricordò di averlo sbattuto quando aveva aggredito Fine.

Nick tirò fuori dalla tasca un piccolo walkie-talkie e disse: «Siamo all'interno del perimetro».

Si sentì un sommesso: «Ricevuto» mentre gli altri si mettevano in posizione.

Jeffrey estrasse la pistola e fece cenno di andare verso la porta principale. Via via che si avvicinavano, sentirono una musica provenire dall'interno. Jeffrey riconobbe una boy band, anche se non ne conosceva il nome.

Wallace si fermò davanti alla porta di casa, la pistola spianata accanto alla testa. Contò fino a tre e diede un calcio alla porta.

Nulla.

«Cazzo» imprecò l'agente, scuotendo la gamba. Per un istante Jeffrey si domandò se avessero sbagliato casa. Poi si disse che qualcuno poteva aspettarli dietro quella porta sbarrata con un fucile a doppia canna, pronto a far saltare le loro teste. L'immagine di Sara gli attraversò la mente, insieme al modo in cui gli aveva confessato di essere preoccupata per lui, ma il pensiero di Lacey Patterson scacciò via tutto il resto.

Fece cenno a Wallace che avrebbero riprovato insieme. Contò fino a tre, e stavolta la porta cedette.

«Polizia!» urlò Nick, facendo irruzione dietro di loro.

Dentro non c'era nessun uomo armato di fucile, ma una ragazzina con una maglietta rosa, corta, e un paio di mutandine dello stesso colore. Sembrava che si fosse appena svegliata da un pisolino.

Jeffrey puntò la pistola verso il soffitto e stava per chiederle se stava bene quando la piccola puntò in silenzio un dito verso il corridoio.

Il commissario si tolse la giacca e gliela mise sulle spalle mentre Nick e Wallace andavano a controllare l'altro lato della casa. Portò la bambina sul portico e le disse di aspettarlo davanti al cancello d'ingresso. Avrebbe voluto abbracciarla e spiegarle che era salva, ma in lei c'era un tale vuoto che non trovò il coraggio di farlo. Sembrava immune da qualsiasi consolazione.

Nick e Wallace tornarono scuotendo le teste, per avvisare il commissario che dall'altro lato non c'era nessuno. Si incamminarono di nuovo nel corridoio, e qualcosa richiamò alla mente di Jeffrey la casa di Dottie Weaver. La struttura era simile, ma la sensazione che dava era molto diversa. Una striscia di moquette sudicia attutiva i loro passi sul pavimento in legno, e alle pareti erano appese delle cornici con disegni di bambini.

Nick si appiattì contro il muro accanto a una porta chiusa. Era da lì che veniva la musica e Jeffrey distinse le parole del ritornello: *I love you, love you, my sweet baby.*

L'agente abbassò una mano e aprì la porta, accucciandosi sulla soglia in un unico, rapido movimento. Un'espressione indecifrabile gli passò sul volto, poi si alzò, entrando nella stanza con l'arma sempre spianata. Jeffrey lo seguì e vide un letto matrimoniale circondato da specchi. Le lenzuola erano in disordine, come se ci fosse appena stato qualcuno, e nell'aria c'era un odore cui preferiva non dare un nome. Lo stereo era appoggiato sopra lo scatolone in cui era stato venduto, e quella musica nauseante continuava a uscire dalle casse. C'erano due videocamere montate sui treppiedi, puntate verso il letto, e gli specchi alle pareti riflettevano la scena. Jeffrey restò immobile, con il solo desiderio di andarsene da quella stanza, mentre Nick controllava sotto il letto e poi apriva le ante di un armadio, una dopo l'altra.

Wallace emise un fischio leggero per attirare la loro attenzione e fece un cenno verso il corridoio. Jeffrey uscì dalla stanza camminando all'indietro mentre Nick controllava l'ultimo armadio.

Wallace avvicinò la bocca all'orecchio del commissario e indicò una porta chiusa dall'altra parte del corridoio. «Ho visto un bambino entrare lì.»

Nick indicò una corda appesa al soffitto, quella per aprire la scala retrattile che conduceva alla soffitta. La corda era ferma, ma non potevano avere la certezza che di sopra non ci fosse nessuno.

Jeffrey superò il bagno, che era piccolo e sporco. Sul ripiano e nel lavandino vuoto erano ammassati dei giocattoli. Non c'erano né la tenda per la doccia né un pensile a specchio, ma dei mobiletti erano addossati alla parete del corridoio. Jeffrey aprì il primo, ma conteneva gli oggetti che si aspettava di trovare: asciugamani, stracci, qualche pannolino. I pannolini lo colpirono in modo particolare, e per la prima volta, quel giorno, sentì scivolare via la già scarsa speranza di trovare Lacey Patterson ancora viva.

Nick gli mise una mano su una spalla, e Jeffrey ebbe la sensazione che l'agente pensasse la stessa cosa.

Mancava una sola stanza della piccola casa, e stavolta fu il commissario ad andare per primo, schiacciandosi contro la porta chiusa. La spalancò ed entrò puntando l'arma, ma la camera sembrava vuota.

C'erano tre materassi in un angolo, con sopra ammassate delle lenzuola dall'aria sudicia, e le finestre erano coperte da lenzuoli ben tesi, fissati come tele su cornici. C'era solo un armadio, e Jeffrey lo aprì, aspettandosi di trovarci il peggio, ma vide solo scaffali pieni di scatole etichettate con dei numeri scritti in rosso. Ne prese una, aggrottando la fronte quando la trovò piena di fotografie. Guardò le altre e si rese conto che quei numeri dovevano indicare l'età dei bambini ritratti. Quella in alto ne conteneva qualcuna con l'etichetta *0-1*.

Si ricordò del bambino che aveva visto Wallace e si inginocchiò per dare un'occhiata. Un paio di scatole sembravano schiacciate sul fondo dell'armadio; Jeffrey le tirò fuori e vide un bambino terrorizzato, che non poteva avere più di sei anni, con la testa tra le ginocchia. Lui si accorse del commissario e cercò di coprirsi con le scatole che aveva intorno. Era così spaventato che i cartoni tremavano insieme a lui.

Jeffrey si alzò, convinto che non sarebbe mai riuscito a cancellare dalla sua mente il terrore che aveva letto negli occhi di quel bambino. Voleva tirarlo fuori da quel nascondiglio e dirgli che era tutto finito, ma non ne aveva ancora la certezza. L'adulto o forse gli adulti che erano dietro tutto ciò si trovavano ancora in quella casa, da qualche parte.

Era meglio lasciarlo al sicuro, piuttosto che esporlo a ulteriori pericoli.

Sentì gli stivali di Nick sul pavimento e si voltò mentre l'agente usciva dalla porta. L'osservò tirare giù la scala della soffitta, con le molle che cigolarono così forte da fargli vibrare i timpani. Nick distese la scaletta, che toccò il pavimento con un tonfo, tirò fuori una piccola torcia che si mise tra i denti, poi salì aiutandosi con una mano e stringendo nell'altra il revolver di servizio. Jeffrey trattenne il fiato quando Nick infilò la testa nella soffitta. Dopo una rapida occhiata, l'agente scosse il capo e si tolse la torcia dalla bocca.

«Vuota» disse. Prese la ricetrasmittente e chiese: «È uscito qualcuno dal retro?».

Si sentì un crepitio, poi la voce di una donna rispose: «Negativo, signore. Teniamo d'occhio il retro e i lati».

Nick emise un sospiro pesante. La sua delusione era palpabile.

«Lasciate lì dietro Robbins. Tu e Peters entrate ad aiutarci a fare un secondo controllo.»

«Crede che ci sia sfuggito qualcosa?» domandò Wallace.

«Non ne ho idea» disse lui. Afferrò la scala per ripiegarla, ma gli sfuggì di mano e sbatté sul pavimento. Fece per riprovare, ma Jeffrey lo fermò, indicando a terra.

Nick scosse la testa, poi capì l'intuizione di Jeffrey. Il rumore prodotto dalla scala sul pavimento era stato strano. L'agente si chinò, indicando un punto in cui la moquette era stata sollevata e poi rimessa a posto.

Jeffrey chiuse la scala, rinfoderò la pistola e prese in mano la moquette. Sotto c'era una botola, un riquadro di una quarantina di centimetri di lato, con una piccola maniglia piatta al centro. Fece cenno a Wallace di mettersi dietro la porticina, seduto a terra, e di aprirla. Lui e Nick si piazzarono dall'altra parte, le armi in pugno.

Il tempo rallentò, mentre la botola veniva aperta, e Jeffrey sentì che la stupida canzone che continuava a suonare da quando erano entrati lasciava il posto a un'altra ballata altrettanto melensa. Sentì il sudore colargli lungo il viso e il sapore del sangue in bocca, perché senza accorgersene si era morso un labbro. Wallace spalancò la botola e là sotto, a circa un metro da loro, vide Lacey Patterson, terrorizzata, che se ne stava rannicchiata a terra in quel buco scavato sotto la casa. Era sudicia, i capelli rasati quasi a zero, aveva un livido sulla fronte e faticava a tenere gli occhi aperti. Era stata drogata, picchiata, o entrambe le cose.

«Dio santo» mormorò Wallace.

Jeffrey si mise a pancia in giù per poterla vedere meglio. «Lacey?» la chiamò.

La bambina non rispose, ma da quella distanza lui vide che c'era qualcosa di bianco agli angoli della sua bocca.

«Lacey?» provò ancora, appoggiando la pistola a terra accanto a sé per potersi protendere in avanti e toccarle la fronte. Era sudata.

«Tienimi per i piedi» disse a Wallace, poi penetrò nel buco. Riuscì a infilare le mani sotto le braccia di Lacey, in una presa salda. La bambina era esile, ma era un corpo morto e l'agente aiutò il commissario a non scivolare mentre la tirava fuori.

«Sei salva» le disse Nick, quando la misero a sedere sul pavimento della camera da letto.

Jeffrey si sedette sui talloni, togliendosi la polvere dalla fronte. Quel buco era sudicio, e l'argilla rossa della Georgia si era seccata per via del calore.

All'improvviso, da sotto la casa si sentì raspare, come

se qualcuno si stesse muovendo. D'istinto, Jeffrey tornò in corridoio e si lanciò di nuovo nella cavità, mettendo avanti le mani per non finire con la faccia a terra. Si ritrovò al buio, in mezzo a un labirinto di tubature. Jeffrey batté le palpebre più volte, cercando di abituare la vista all'oscurità, quando un fascio di luce guizzò nella parte più lontana della casa.

«Nick!» chiamò, avanzando rapido in quello spazio angusto. Sopra di sé sentì dei passi che correvano per la casa e pregò che l'uomo di Nick sul retro avesse dei buoni riflessi.

Dritto davanti a sé intravide dei piedi che uscivano da uno stretto condotto di ventilazione. Li seguì più in fretta che poté, sbattendo la testa contro una conduttura del gas. Continuò ad avanzare verso la luce, quindi si spinse fuori attraverso il condotto, strappandosi i pantaloni su un qualcosa di appuntito.

«Alt!» gridò Robbins. Era poco più che un ragazzo e se ne stava a gambe larghe, la pistola in pugno, puntata contro la figura che correva verso di lui.

Jeffrey capì che cosa stava per succedere, e infatti tutto andò esattamente come si aspettava. La persona in fuga piombò addosso all'agente, facendogli cadere la pistola di mano. Quando Jeffrey la riconobbe rimase pietrificato.

«Dottie!» urlò il commissario.

Lei si bloccò e i loro sguardi si incrociarono. La donna sollevò le mani come in segno di resa, poi ripartì di corsa verso il cortile. Jeffrey si inginocchiò, tirò fuori la pistola dalla fondina alla caviglia e in un unico, rapido movimento prese la mira. Si fermò quando Dottie balzò sopra la recinzione e si lanciò nel cortile dei vicini, dove un gruppo di bambini giocava sulle altalene.

Jeffrey si alzò di scatto e la inseguì. Saltò la rete senza rallentare e aggirò i bambini come in una corsa a ostacoli. Vide Dottie entrare in casa e sbattere la porta alle proprie spalle. Salì i gradini due alla volta, sfondò la porta con una spallata, entrò nel corridoio e per poco non finì contro una fila di bimbi. Il primo non gli arrivava nemmeno alla vita e lui scartò di lato per evitarlo, andando a finire con violenza contro il muro. Un dolore sordo gli attraversò il braccio e la pistola gli cadde a terra.

«Signore?» lo chiamò una giovane donna, sulla ventina, i capelli castano scuro legati in una coda di cavallo. Sembrava terrorizzata.

Jeffrey si mise a sedere, tastandosi il braccio per controllare se ci fosse qualcosa di rotto. Si accorse che stava ansimando per la fatica della corsa e per la tensione. Aveva intorno almeno una decina di bambini che lo fissavano con lo stesso timore riflesso negli occhi della ragazza. Capì di essere finito in un asilo e gli si fermò il cuore. Tutti quei bimbi, e così vicini a Dottie: non riusciva nemmeno a pensare alle conseguenze.

«Signore?» fece ancora la giovane, avvicinando a sé alcuni piccoli.

Lui tirò fuori il distintivo dalla tasca posteriore e glielo mostrò. Cercò di riprendere fiato per riuscire a parlare. «Dove...» cominciò. «La donna...?»

«Wendy?» chiese. «Wendy James?»

Jeffrey scosse il capo, convinto che la giovane non avesse capito.

«È appena uscita» proseguì lei, «ha attraversato la casa di corsa e...»

Il commissario balzò in piedi e recuperò la pistola, allontanando i bambini. Corse fuori dalla porta aperta, tornò nel cortile e poi in strada. Davanti a sé vide un'auto che svoltava a destra, immettendosi sulla statale. Poteva essere bianca, grigia, oppure marrone. Poteva essere una cinque porte, una decappottabile o un'utilitaria. Non aveva idea di che genere di auto fosse. Sapeva solo che era sparita.

20

Jeffrey andò verso il molo, che si trovava dietro la casa di Sara. La luna era alta sugli alberi e dal lago soffiava una brezza leggera. Si fermò in mezzo all'erba, osservando Sara, e sentì parte della tensione abbandonarlo. Era seduta su una sdraio, le gambe incrociate alla caviglia distese di fronte a sé. Alla luce della luna vide che stava fissando gli scogli che affioravano dall'acqua, aveva i greyhound con sé e teneva una mano sulla testa di Bob. Indossava un paio di pantaloncini e una vecchia maglietta che apparteneva a Jeffrey. Guardandola, la trovò ancora più bella della sera prima.

Quando sentì i suoi passi, lei si voltò. Billy e Bob tennero la testa bassa, senza distogliere lo sguardo dal lago.

«Non lasciarti intimidire da questi due» scherzò lei.

«Sono davvero feroci» rispose Jeffrey. Si abbassò per accarezzare Bob, che rotolò a pancia in su scalciando con la zampa posteriore sinistra mentre il commissario gli grattava la pancia.

Sara gli toccò una spalla. «Come sta Lacey?»

Sospirò. «Meglio. Sta passando l'effetto dei sonniferi, ma è ancora intontita.»

«Hanno scoperto qualcosa?»

«Non c'erano tracce di abusi recenti.»

«Recenti?»

Jeffrey annuì. «Ma c'erano segni di qualcosa accaduto in passato.»

Sara intuì che non aveva alcuna voglia di entrare nel dettaglio, in quel momento. «Che cosa ha detto suo padre?» chiese.

Jeffrey continuò a grattare la pancia di Bob, godendosi quel momento di tranquillità. «Che è felice di riaverla a casa.»

«Considera un problema che io parli con la figlia domani?»

«Che io sappia, no» rispose lui. «È ancora convinto che Dottie sia l'unica responsabile.»

Lei si sistemò i capelli dietro un orecchio. «Hanno già identificato gli altri bambini?»

«Stanno esaminando le impronte digitali in questo momento. Chissà cosa troveranno... Uno dei due ha un accento canadese. Quel bambino...» Non concluse la frase, perché non sapeva come descrivere ciò che avevano trovato in quella casa. Quel pensiero era come un cancro che gli consumava il cervello.

«E l'asilo lì accanto?»

«Aveva appena cominciato a lavorarci» disse Jeffrey. «Da una settimana, più o meno. Stanno controllando tutti i bambini, ma a quanto pare non ha avuto abbastanza tempo.»

Sara gli fece la domanda che lo aveva tenuto sveglio per tutta la notte. «Credi che troverai mai Dottie?»

«Un impiegato ci ha detto che è già stata ad Atlanta a ritirare la posta, in passato. Ha affittato quella casella postale da circa un anno, e fa inoltrare lì la corrispondenza in arrivo da altre due» disse, riservando a Billy una dose generosa di grattini dietro le orecchie.

Sara serrò le labbra. «Sembra una che sa il fatto suo.»

«Siamo in contatto con la società della sua carta di credito. Gliene spediranno una nuova domani, quindi dovrebbe arrivare alla casella in un paio di giorni.» Scrollò le spalle. «Da quel momento in poi possiamo solo aspettare. Non dovrebbe metterci troppo ad andare a ritirarla, sono sicuro che ha bisogno di soldi per rimettere in piedi la sua attività, ovunque si trovi.»

«Credi che lo stia già facendo?»

Jeffrey le rivolse un sorriso affranto. «Il tizio dell'ufficio postale ha detto che nella sua casella c'è già una carta di credito di un'altra società.»

«Come mai tutta questa collaborazione?» chiese Sara. Sapeva meglio di chiunque altro quanto le persone fossero poco inclini ad aiutare la polizia. «Non ti hanno chiesto un mandato?»

«No» le rispose. «È incredibile quanta disponibilità si incontri quando si spiega che nell'indagine sono coinvolti dei bambini.»

«Capisco. Quindi adesso che si fa?»

«Dovremo coordinarci con la scuola per scoprire quanti ragazzi sono in questo giro.»

«Voglio controllare tutte le cartelle, alla clinica.»

«Molly può darti una mano?»

Sara annuì. «Ci ho già parlato. Dobbiamo agire con estrema cautela. La parte più difficile sarà avere a che fare con i genitori isterici di bambini che non sono mai entrati in contatto con Dave Fine, Dottie Weaver oppure Grace Patterson.»

«Credi che si solleverà un allarme generale?»

«Sì» rispose. «E non possiamo certo fargliene una colpa, ma dobbiamo trovare un modo di filtrare i casi reali da quelli presunti. Da un certo punto di vista è una fortuna che si tratti di bambini abbastanza grandi da poter raccontare cosa è successo.»

«Nelle foto non sembravano abbastanza grandi.»

«L'FBI si occuperà di stabilire l'età dei bambini. Usando la scala di Tanner è possibile individuare dei tratti specifici a seconda dell'età.»

«Non sapevo nemmeno che esistesse una cosa del genere.»

«Vuoi che ti accompagni alla scuola?»

Jeffrey sospirò all'idea delle giornate difficili che l'aspettavano. E poi non era certo compito di Sara parlare con Lacey Patterson. «So che non dovrei chiedertelo, ma... lo faresti?»

«Certo, volentieri.»

«Quello che non mi spiego è perché, in un certo senso, i ragazzi coprano queste persone» riprese lui, perché era la domanda a cui non riusciva proprio a dare una risposta. «Perché Lacey e Jenny non si sono rivolte a un insegnante oppure a te?»

«Per loro è molto difficile» spiegò Sara. «I genitori sono tutto ciò che hanno, tutto il mondo che conoscono. Non sono ancora in grado di poter andare via di casa e trovarsi un lavoro. Inoltre, spesso i genitori li convincono che quella è la normalità, o che non hanno alternative.»

«Come la sindrome di Stoccolma, per cui le vittime manifestano una dipendenza psicologica dai loro aguzzini.»

«È un buon paragone. I genitori creano una situazione tipica coi figli, in cui abusano di loro e poi li premiano. Oppure li inducono a fare ciò che vogliono sfruttando il senso di colpa o ingannandoli. I ragazzi non sanno che non è così che dovrebbero andare le cose.» Sospirò. «E poi c'è anche l'aspetto affettivo: vogliono bene ai loro genitori, vogliono renderli felici e non vogliono farli finire nei guai. I bambini desiderano che quelle cose finiscano, ma al tempo stesso non vogliono perdere le madre o il padre.» Fece una pausa. «È una forma di dipendenza. Sono i genitori a creare il dolore, ma sono anche le uniche persone che possono alleviarlo.» Sospirò: «Ho riflettuto molto sulla neonata».

Lui non la guardò, ma le chiese: «Sì?».

«La piccola di Grace era una bambina. Forse Jenny ha pensato di proteggere anche lei, forse per questo ha aiutato Grace a liberarsene.»

Jeffrey ci pensò su, immaginando che Jenny avesse talmente paura di quella donna da essere pronta a tutto pur di evitarne la collera. «È possibile» rispose infine.

«Credo che le cose siano andate proprio così» riprese lei, convinta. «Sono dell'idea che Grace l'abbia costretta a uccidere la piccola e che Jenny fosse così sconvolta che l'unica soluzione che le è venuta in mente è stata uccidere Mark, che era il padre.» Sembrava così sicura che Jeffrey si voltò a guardarla, e si rese conto che quella storia stava divorando anche lei.

Il commissario si alzò e distese le braccia sopra la testa. Voleva smettere di pensarci. Non voleva pensare all'esistenza di altri bambini come Jenny e Mark, che subivano abusi dai loro stessi genitori. Non voleva pensare a come Dottie Weaver aveva rapito Lacey Patterson per poterla sfruttare. Doveva muoversi qualcosa. Non ce la faceva a vivere con la consapevolezza che Dottie Weaver fosse libera, chissà dove, ad abusare di altri bambini. Non voleva nemmeno immaginarla a trasformare un'altra piccola città nel suo territorio di caccia.

«Fa quasi fresco, qua fuori» disse.

«È piacevole questa brezza, vero? Avevo quasi dimenticato come fosse.»

«Non ti trasmette inquietudine stare qua fuori al buio?»

«E perché?»

Jeffrey la guardò. «A volte penso che tu sia la persona più forte che conosca.»

Sara gli sorrise, facendogli cenno di sedersi accanto a lei.

Lui si accomodò con un sospiro. Solo in quel momento si rese conto di quanto fosse stanco. Appoggiò la testa all'indietro e osservò il cielo notturno. Le nuvole nascondevano le stelle, e sembrava che il mese di agosto stesse per allentare la pressione sulle temperature. Presto sarebbe arrivato l'autunno e le foglie avrebbero cominciato a cadere, l'aria a rinfrescare, e Jenny Weaver sarebbe stata ancora morta.

«Hai dato l'autorizzazione per portare via la salma?» le chiese.

«Sì.»

«E la neonata?»

«Ho parlato con Brock. Svolgerà la cerimonia gratis. E c'è posto al cimitero di Roanoke.»

«Lo pago io.»

«Ci ho già pensato io» disse lei. «Ti va di accompagnarmi alla funzione?»

«Sì» rispose Jeffrey. Sentiva che era il minimo che potesse fare.

«Paul Jennings mi ha detto di riferirti di tenere a mente le sue parole.»

Jeffrey non commentò.

«Cosa ti ha detto?»

«Di non sentirmi responsabile di quel che è successo. E di non vivere con il senso di colpa.»

Lei gli posò una mano su un braccio e lo strinse. «Ha ragione.»

«Secondo lui la colpa è solo di Dottie.»

«Forse è così.»

«Anche Dave Fine dà la colpa a lei.»

«Non è la stessa cosa» rispose Sara, raddrizzando la schiena. «Jeffrey, guardami...» Aspettò che si voltasse. «Non potevi fare diversamente.»

«Ho impedito a Jenny di uccidere Mark in modo che fosse libero di impiccarsi» disse lui. «Non ha ancora ripreso conoscenza, forse non lo farà mai.»

«E sarebbe colpa tua? Non sapevo avessi tanto potere, Jeffrey.» Fece un elenco: «Hai costretto Jenny Weaver a puntare una pistola contro Mark, e poi hai costretto Mark a impiccarsi. Hai anche portato qui Dottie, per caso? L'hai indotta a rapire Lacey? Hai fatto in modo che lavorasse insieme a Grace Patterson in quell'ospedale? Le hai chiesto di abusare di quei bambini?».

«Non sto dicendo questo.»

«Invece sì» insisté lei. «Se vuoi prendertela con qualcuno, prenditela con me.»

Lui scosse il capo. «No.»

«Io li avevo tutti in cura» gli fece notare. «Ho visitato Mark e Lacey dal giorno in cui sono nati. Jenny era una mia paziente. È colpa mia?»

«Certo che no.»

«E come può essere tua, allora?»

Jeffrey si coprì il volto con una mano. Non voleva farle vedere quanto fosse stravolto. «Non sei stata tu a premere il grilletto. Non sei stata tu a ucciderla» disse.

Sara si alzò dalla sdraio e si inginocchiò davanti a lui, prendendogli le mani. «Ricordi che ti ho detto che ho paura per te quando non so dove sei e il telefono squilla?»

Jeffrey annuì.

«Ho paura perché ti conosco» riprese, stringendogli forte le mani. «So che genere di poliziotto sei, che genere d'uomo sei.»

«E che uomo sarei?»

Quando gli rispose, nella sua voce c'era una nota più dolce. «Un uomo che non esita a buttare giù una porta ma solo dopo aver fatto allontanare Lena, un uomo che mette a repentaglio la sua vita ogni giorno pur di garantire la sicurezza degli altri. È questo che amo di te. Amo la tua forza, il tuo modo di prendere in mano le situazioni senza aspettare di veder succedere le cose.» Gli accarezzò una guancia. «Amo la tua gentilezza, il modo in cui ti preoccupi per Lena e il senso di responsabilità che provi per tutto ciò che accade in questa città.» Lui cercò di parlare, ma Sara gli posò un dito sulle labbra per non farsi interrompere. «Ti amo perché sai quando consolarmi e come farmi impazzire, e sai far venire a mio padre una gran voglia di pestarti a sangue.» Abbassò la voce. «Amo il modo in cui mi tocchi, come mi fai sentire sicura.» Gli baciò le mani. «Sei una brava persona, Jeffrey. Da' ascolto a Paul Jennings, e anche a me. Hai fatto la cosa giusta.» Si portò le sue mani alle labbra e gli baciò le dita. «È giusto mettersi in dubbio, Jeffrey. Ma adesso devi guardare avanti.»

Il commissario fissò le rocce che facevano capolino tra le onde del lago e si domandò se sarebbe mai passato un giorno senza che pensasse a Jenny Weaver e al ruolo che lui aveva avuto nella sua morte.

«Sei una brava persona, Jeffrey» ripeté Sara.

Lui però non le credeva. Forse, se non avesse sentito ancora il dolore al ginocchio per essere saltato alla gola di Dave Fine, o se si fosse dimenticato quanto gli era piaciuto prendere a calci nello stomaco Arthur Prynne, sarebbe stato più semplice. O se solo non avesse continuato a vedersi davanti quegli occhi terrorizzati nell'armadio della casa di Macon.

«Jeffrey» lo chiamò Sara. «Sei un brav'uomo.»

«Lo so» mentì.

«Sentilo dentro di te» gli disse appoggiandogli una mano sul petto.

Jeffrey le spostò una ciocca di capelli dietro un orecchio, e l'unica cosa che gli venne in mente fu: «Sei bellissima».

Lei alzò gli occhi al cielo. «Non hai altro da dire?»

«Perché non entriamo in casa, così posso risponderti in modo approfondito?»

Sara si stese, con un sorriso sulle labbra. «Perché, è necessario entrare?»

VENERDÌ

21

Lena serrò i denti e fece forza sulle gambe. Alle sue spalle sentiva i passi pesanti di Hank, le sue scarpe da due soldi comprate al supermercato che battevano sul terreno a ritmo serrato.

«Cos'è, non ce la fai più?» le chiese lui, superandola. Lo lasciò andare avanti per un po', osservandolo da dietro. Il sole gli aveva fatto male: invece di abbronzarsi, la sua pelle pallida aveva preso un colorito rossastro, i segni sugli avambracci erano quasi in rilievo e la nuca sembrava andare a fuoco.

Più che respirare sembrava che Hank rantolasse, ma quando lei accelerò e lo raggiunse, lui non cedette. Aveva i capelli grigiastri incollati alla testa dal sudore, la pelle grinzosa, eppure Lena non riusciva a pensare che fosse un vecchio fuori forma. Aveva visto di peggio.

«Di qua» fece lui.

Lo seguì mentre prendeva una svolta improvvisa e correva per un sentiero che si inoltrava nel bosco. La terra più morbida diede un po' di sollievo ai suoi piedi doloranti, un nuovo vigore la invase e pensò che forse i muscoli delle cosce non avrebbero preso fuoco. Un tempo aveva vissuto proprio per quello: provare un dolore intenso e poi superarlo grazie alla pura forza di volontà, costringendosi a completare il percorso. E in quel momento si sentiva potente, invincibile, come se potesse fare tutto ciò che voleva, come se fosse tornata a essere la Lena di prima.

Dentro di sé aveva capito dove la stava portando, ma quando si trovarono davanti al cimitero restò comunque sorpresa. Corsero tra le file di tombe, lo sguardo dritto, senza fermarsi finché non trovarono quella di Sibyl.

Lena posò una mano sulla lapide, usandola per tenersi in equilibrio mentre faceva stretching. Il marmo nero era fresco al tocco, una sensazione piacevole sotto le dita. Sfiorarlo era come entrare in contatto con una parte di Sibyl.

Hank le si avvicinò e usò la maglietta per asciugarsi il sudore dalla fronte.

«Dio santo, Hank» protestò Lena, schermandosi gli occhi per non restare accecata dal biancore del suo ventre. Aveva cicatrici anche lì, ma lei non fece commenti.

«Fa caldo» rispose lui, «però ho la sensazione che stia per finire, non ti sembra?»

Lena non capì subito che stava parlando con lei e non con sua sorella. «Sì» mormorò.

Hank continuò a chiacchierare del tempo e lei restò lì ad ascoltarlo, sforzandosi di non dare a vedere quanto si sentisse strana.

Guardò la lapide di Sibyl. Era stato suo zio a occuparsi della realizzazione e a scegliere le parole da incidere. Sopra le date scolpite c'erano le parole: SIBYL MARIE ADAMS, NIPOTE, SORELLA, AMICA. Lena era rimasta sorpresa che non avesse aggiunto *amante* a beneficio di Nan. Da lui se lo sarebbe aspettato.

«Guarda qui» borbottò Hank chinandosi davanti alla lapide. Qualcuno vi aveva sistemato davanti un vasetto con dentro una rosa bianca, che cominciava ad appassire al caldo del mattino. «Non è carina?»

«Già» fece lei, ma dallo sguardo stupito che Hank le rivolse si rese conto che si era rivolto a Sibyl.

«Scommetto che è stata Nan a lasciarla. A Sibby piacevano tanto le rose» aggiunse Hank.

Lena restò in silenzio. Nan doveva averla messa lì quella mattina stessa, perché Lena non l'aveva mai vista, nei giorni precedenti. Non che andasse spesso a far visita a sua sorella: all'inizio non era riuscita ad arrivare fino al cimitero perché aveva difficoltà a camminare, e ancor di più a stare seduta in macchina per il tempo necessario.

Poi si era sentita in imbarazzo perché pensava che Sibyl sapesse cosa le era successo e che la ritenesse cambiata, *compromessa*. Infine le era sembrato semplicemente strano andare a trovare sua sorella morta. E il modo in cui Hank le parlava, come se fosse ancora presente, la metteva a disagio.

«Il bianco crea un bel contrasto sul nero, non trovi?» riprese Hank.

«Sì.»

Rimasero lì, Lena a braccia incrociate, Hank con le mani in tasca, a fissare la lapide. Quella piccola rosa era davvero bella sul marmo nero. Lena non aveva mai compreso l'usanza di portare fiori ai defunti, ma in quel momento capì che in realtà erano per i vivi, un modo per ricordare che al mondo esisteva ancora la vita, e che si poteva andare avanti. Hank la guardò, aspettando di avere la sua attenzione.

«Credo che tornerò a Reece» disse. «Forse domani.»

Lena annuì, mandando giù il groppo che aveva in gola. «Sì. Forse è una buona idea.» Non gli aveva detto che Jeffrey l'aveva messa di fronte a un ultimatum: o si faceva aiutare, o poteva anche non presentarsi più al lavoro. In parte aveva mantenuto il segreto perché non voleva che fosse suo zio a decidere per lei: non ci avrebbe messo niente a portarla con sé a Reece e a darle un impiego al bar, in modo da farla vivere sotto la sua attenta custodia. Ma non sarebbe stata la soluzione giusta, perché Hank non avrebbe vissuto in eterno, e a quel punto, cosa avrebbe fatto Lena? Il pensiero che un giorno Hank potesse morire le fece venire le lacrime agli occhi e distolse lo sguardo, cercando di darsi un contegno. Senza dire una parola, lui tirò fuori un fazzoletto dalla tasca posteriore dei pantaloncini e glielo offrì. Era bagnato di sudore e caldo, ma lei ci si soffiò il naso comunque.

«Posso rimandare» le propose.

«No» disse lei. «Forse è meglio così.»

«Venderò il bar. Posso trovarmi un lavoro qui. Oppure puoi tornare a casa con me» tentò.

Lei scosse il capo, con gli occhi di nuovo pieni di lacrime. Non poteva confessargli che non era la sua partenza a turbarla, ma l'idea che un giorno sarebbe morto. Era un pensiero insostenibile: l'unica cosa di cui Lena aveva bisogno era sapere che se l'avesse chiamato, lui sarebbe arrivato. Non aveva mai voluto altro da suo zio, ed era esattamente ciò che lui le aveva sempre dato.

Hank si schiarì la voce. «Tu sei sempre stata quella forte, Lee.»

Lei rise, perché non si era mai sentita tanto debole e indifesa in vita sua.

«Con Sibby sapevo di dover essere presente, di doverla tenere per mano in ogni momento.» Fece una pausa, dando uno sguardo al tendone ancora montato per un funerale recente. «Con te è stato più difficile. Tu non mi volevi, non avevi bisogno di me.»

«Non so se sia vero.»

«Cavolo se lo è» ribatté lui. «Hai sempre fatto tutto da sola. Hai saltato il college, sei entrata in polizia, ti sei trasferita qui e non mi hai detto niente se non a cose fatte.»

Lena sentì di dover rispondere qualcosa, ma non le venne in mente nulla.

«In ogni caso» continuò Hank, riprendendo il fazzoletto e piegandolo per metterlo in tasca, «penso che partirò domani.»

«Okay» rispose lei, tornando a guardare la tomba di sua sorella.

«Penso che avranno bisogno di te per un po', comunque. Dopo il ritrovamento di quella ragazzina. Sono sicuro che da queste parti ci sono altri bambini che hanno dovuto affrontare la stessa cosa. Quella gentaglia non si nasconde quanto ci si aspetterebbe.»

«È vero» concordò Lena.

«Meno male che è tornata a casa» aggiunse Hank. «Che il tuo capo l'ha ritrovata.»

Sì» disse lei, anche se era piena di dubbi. Che cosa aveva dovuto sopportare Lacey Patterson in quella casa? Che ricordi si sarebbe portata dietro per tutta la vita? Sarebbe mai stata capace di sopportarli oppure avrebbe cercato la via di fuga più semplice, come suo fratello? Lena conosceva bene il fascino che aveva l'idea di non essere più costretti a pensare a quel che si è vissuto, e ancora adesso non aveva la certezza che il giorno dopo non si sarebbe svegliata decidendo che non valeva più la pena andare avanti.

«Mi spiace di aver insistito a farti parlare con il pastore Fine. Credo sia difficile intuire una cosa del genere» disse Hank.

Lena accettò di buon grado le sue scuse. «Brad è un poliziotto e non se ne è reso conto nemmeno lui» rispose, anche se in realtà, se Hank avesse conosciuto Brad, non avrebbe tratto grande consolazione da quelle parole.

Hank distese le braccia lungo i fianchi, sfiorandola con il dorso di una mano per un attimo. Proprio come Lena, era sudato, e lei sentì il calore che emanava.

Dopo un po', lui riprese: «Sai che se hai bisogno di me puoi chiamarmi, vero? Ci sono sempre».

Lena sorrise, con sincerità questa volta.

«Sì, Hank. Lo so.»

Lena attraversò l'ospedale cercando di respirare con la bocca per non essere sopraffatta dall'odore. L'edificio era permeato da un sentore di urina e alcol che in un certo senso le ricordava il bar di Hank.

Nervosa, premette il tasto dell'ascensore e con addosso un senso di claustrofobia raggiunse il terzo piano. Si sentiva della polvere sulla nuca e vi passò una mano. Dopo la corsa con suo zio aveva fatto una lunga doccia, ma aveva già ricominciato a sudare per il gran caldo.

Sospirò di sollievo quando le porte si aprirono e il puzzo non le assalì le narici. Gran parte dei degenti del piano in cui si trovava Mark erano cateterizzati, per questo l'odore era sotto controllo.

Imboccò il corridoio e diede uno sguardo dalla finestra di fronte all'ascensore. Le nuvole erano scure e soffici, piene di pioggia che sembrava sul punto di scendere. Le fece tornare in mente la mattina in cui era morta Grace Patterson, e come lei era rimasta in piedi alle spalle di Teddy Patterson, addormentato, a guardare il sorgere del sole e provando un senso di sollievo al pensiero che il mostro disteso in quel letto non avrebbe mai più potuto sentire il calore dei suoi raggi sul viso. Lena non si sentiva in colpa per aver impedito a Grace di andarsene in pace. Sapeva di aver fatto la cosa giusta. Non aveva il minimo dubbio.

«Posso aiutarla?» le chiese una donna quando passò davanti alla postazione delle infermiere.

«Cerco la stanza di Mark Patterson.»

«Ah» fece lei, sorpresa. «Non è mai venuto nessuno a trovarlo.»

Lena immaginava che Teddy non avesse alcuna voglia di vedere suo figlio, eppure ne rimase comunque colpita.

Anche se sapeva già la risposta provò a chiedere lo stesso: «Ha ripreso conoscenza?».

«No» rispose la donna scuotendo il capo e indicando in fondo al corridoio. «Trecentodieci. Destra, poi sinistra, di fronte al ripostiglio della biancheria.»

Lena la ringraziò e seguì le sue indicazioni. Sfiorò con le dita il corrimano lungo il corridoio, camminando volutamente senza fretta. Non aveva un motivo reale per vedere Mark, non lavorava al caso, e non era nemmeno più sicura di essere un'agente di polizia.

Anche se Mark non poteva darle il permesso di entrare, bussò comunque alla porta. Aspettò un attimo, poi aprì.

Le luci erano spente, e nessuno aveva alzato le tapparelle per far entrare il sole. Il ragazzo era disteso sul letto, con tubicini che entravano e uscivano da lui, più pallido che mai. In sottofondo si sentiva il rumore dei macchinari e alla struttura del letto era appesa una sacca piena di urina. La stanza era desolata, essenziale. Non c'erano fiori sul tavolinetto, e l'unica poltrona appoggiata alla parete era intonsa. Il televisore era spento, lo schermo nero aveva un'aria quasi sinistra.

«Facciamo entrare un po' di luce» disse Lena, non sapendo cos'altro fare. Tirò su la tapparella, lasciando che il sole inondasse la stanza, poi si voltò verso Mark per controllare che non ne fosse investito in modo diretto.

Il ragazzo aveva in gola un tubo che l'aiutava a respirare, con intorno una chiazza di saliva. Lena andò nel bagno e inumidì un asciugamano con dell'acqua calda, poi si avvicinò al letto e gli pulì la bocca. Poi, dato che a lei aveva dato sollievo quando era stata ricoverata, piegò l'asciugamano e glielo passò sul viso e sul collo, poi sulle braccia. Infine prese della crema dal kit a disposizione dei pazienti, se la scaldò tra le mani e la usò per massaggiargli le braccia e il collo, picchiettandone un po' anche sul viso. Non ne aveva la certezza, ma le sembrò che la pelle di Mark avesse ripreso un po' di colorito.

«A quanto pare ti trattano bene, qui» disse, anche se non sapeva se fosse la verità. «Io...» cominciò, poi si interruppe. Guardò verso la porta, sentendosi una stupida a parlare con Mark, che evidentemente non poteva sentirla, stupida quanto Hank che parlava con la tomba di sua sorella.

Nonostante tutto, però, gli prese la mano. «Lacey sta bene» gli disse. «Cioè, è tornata. L'hanno trovata a Macon, e...» Si guardò intorno. «Stanno sorvegliando l'ufficio postale. Il capo pensa che Dottie si farà viva presto.» Fece un respiro profondo e trattenne l'aria per un po' prima di esalarla. «La prenderemo, Mark. Non la passerà liscia.»

Restò in silenzio ad ascoltare il ritmo regolare del suo respiro, con il macchinario che gli insufflava l'aria nei polmoni. Com'era ovvio, Mark non le rispose, e ancora una volta Lena si sentì una stupida. Perché Hank lo faceva con Sibyl? Che senso aveva raccontarle delle cose? Era come rivolgersi al vento, anzi, era come parlare da soli.

Rise, perché si rese conto che era proprio quello il motivo. Parlare a qualcuno che non poteva rispondere, che non poteva mostrare preoccupazione, disapprovazione, odio o disprezzo, era la libertà più grande. Si era liberi di dire qualsiasi cosa senza temere le conseguenze.

«Non so se resterò in polizia» disse ancora, provando una leggera ebbrezza nell'esprimerlo ad alta voce. Quel pensiero le girava in mente già da un po', ma non si era concessa di accettare che fosse una possibilità reale fino a quel momento.

«Devo parlare con il mio capo, tra un paio di giorni.» Fece una pausa e guardò il tatuaggio sulla mano di Mark. Per un attimo si domandò come farlo rimuovere. Esistevano procedure per cancellarli, aveva visto le pubblicità in televisione.

«Non so cosa dirò a Jeffrey» continuò, sentendosi una stupida. «Ho parlato con Hank e so che potrei tornare a Reece con lui.» Si fermò. «Però non lo so. Non so se ce la faccio a tornare indietro.»

Lena si accorse che il lenzuolo si era spostato e fece il giro del letto per sistemarglielo. Lisciò il tessuto di cotone con la mano. «In ogni caso non voglio lasciare Sibyl qui da sola. So che c'è Nan a prendersi cura di lei, però...»

Passeggiò per la stanza, cercando di farsi venire in mente qualcosa da dire. Il suono della sua voce la metteva a disagio, ma c'era un che di catartico nel dare forma ai pensieri che le affollavano la mente da tanto tempo.

Avvicinò la poltrona al letto facendo stridere le gambe sul pavimento. Si sedette e prese la mano di Mark tra le sue. «Volevo dirti» cominciò, ma non riuscì a proseguire. Alla fine si costrinse a parlare. «Volevo dirti che mi spiace per il modo in cui ho reagito quando mi hai detto cos'è successo...» Fece una pausa, come se fosse in attesa di una risposta, poi specificò: «A proposito di te e tua madre».

Guardò il viso di Mark, chiedendosi se potesse sentirla.

«Volevo farti sapere che lo capisco. Cioè, lo capisco per quanto posso.» Scosse il capo. «Voglio dire...» riprese, ma si interruppe ancora. «So quanto ti è costato, Mark. So quanto ti è costato confidarmi il tuo segreto.» Fece un'altra pausa, sforzandosi di respirare. «Avevi ragione quando hai detto che ho passato la stessa cosa, che sapevo di cosa stavi parlando.»

Lo guardò di nuovo, e lui restò immobile, in silenzio. Il suo petto si sollevava e abbassava sotto la spinta della macchina che lo costringeva a ricevere ossigeno. Il monitor cardiaco accompagnava ogni pulsazione con un suono.

«Non credevo che sarebbe stato così difficile» mormorò Lena. «Pensavo di essere forte...» Si fermò ancora una volta. «Ma hai indovinato. Ero una vigliacca. *Sono* una vigliacca.»

Fece un respiro profondo e trattenne l'aria fin quando ebbe la percezione che i polmoni stessero per esploderle. Si sentiva soffocare in quella stanzetta, e di colpo si ritrovò laggiù, al buio, stesa a terra, con *lui* chissà dove, in casa, che la ignorava. I momenti peggiori erano quelli in cui l'effetto delle droghe cominciava a passare e lei tornava consapevole di dove si trovava, di cosa le stavano facendo e della sua totale vulnerabilità. Sentiva una pressione al petto, come se qualcuno le avesse scavato un cratere e poi l'avesse riempito di una solitudine liquida, palpabile. Quando tornava lì, in quella stanza spoglia e vuota, la luce sotto la porta diventava la sua salvezza, e lei provava il desiderio di vederlo, di sentire la sua voce, a qualsiasi costo.

«Ero terrorizzata» disse a Mark. «Non sapevo dov'ero, quanto tempo fosse passato, cosa stesse succedendo.»

Travolta dai ricordi, sentì la gola che si serrava. «Mi ha inchiodato al pavimento» disse, anche se Mark conosceva sicuramente quel particolare macabro. «Mi ha inchiodato, e non potevo muovermi. Non avevo scelta. Non potevo fare altro se non aspettare e lasciargli fare quello che mi ha fatto.»

Cominciò a respirare a fatica e si sentì tornare in quella stanza, intrappolata e impotente. «Le droghe...» riprese, ma si fermò ancora. Anche Mark si drogava per annullare il proprio dolore, con la differenza che Lena non aveva potuto scegliere cosa prendere né quando.

«Mi dava quelle droghe. Mi facevano sentire...» Cercò le parole giuste. «Libera. Come se stessi galleggiando, come se stessi fluttuando in aria. E c'era anche Greg, il mio ragazzo... ex ragazzo.» Si interruppe di nuovo, ricordando il Greg che aveva incontrato nelle visioni alterate dagli stupefacenti, e non la persona che aveva conosciuto. In sogno era molto più sicuro di sé, più padrone dei loro incontri sessuali. La spingeva verso un limite in cui non sapeva più distinguere il dolore dal piacere, né *voleva* distinguerli. Quando si trovava in quello stato, il suo unico desiderio era averlo dentro di sé, essere toccata da lui, sentirsi riempire sempre di più, più a fondo, fino a quando non le sembrava di stare per esplodere.

E poi, quando arrivava a quel punto, provava una sensazione quasi irreale. Quando il suo corpo si abbandonava totalmente a quello di lui, raggiungeva un piacere che non aveva mai conosciuto in vita sua.

«Greg non è mai stato così, e io lo sapevo. Dentro di me lo sapevo.» Gli strinse forte la mano. «Da qualche parte in me c'era questa consapevolezza, ma non mi importava. Volevo solo stare con lui, volevo solo sentirlo.»

Si portò una mano alla bocca, ma ormai non poteva più tirarsi indietro. «E poi l'effetto delle droghe passava e allora cominciavo a rendermi conto di cosa stava succedendo, di chi ero davvero.» Deglutì a forza. «A rendermi conto di cosa avevo fatto con *lui*.» Si sentì invadere dal disgusto. «I versi che avevo emesso» sussurrò, perché l'aveva implorato come avrebbe fatto con un amante.

Si portò una mano sul petto e sentì il cuore battere forte. «E mi mettevo a piangere» riprese, le lacrime che le rigavano le guance. «Piangevo, perché provavo disprezzo per me stessa e perché mi sentivo sola.» Si asciugò gli occhi col dorso della mano. «Piangevo perché non volevo stare da sola, non volevo fare i conti con quello che era successo. E quando tornava da me...» mormorò, «quando tornava in quella stanza e non ero più sola...»

Dovette interrompersi, perché se non avesse ripreso in fretta il controllo della respirazione avrebbe rischiato di iperventilare. Guardò la mano di Mark e gli sfiorò il tatuaggio.

Le tornò in mente la confessione del ragazzo, travolgendola, e si rese conto di ciò che lei non aveva voluto ascoltare. Mark le aveva raccontato il crimine che aveva subìto come un amante che ricorda un episodio di grande passione. Ripetendo le sue parole dentro di sé, alla fine Lena capì perché si fosse marchiato con quel tatuaggio. Conosceva bene il senso di colpa che Mark si era legato al cuore come una pietra che ti tira sul fondo. Una parte di lui sarebbe rimasta per sempre il figlio di sua madre, un'altra invece sarebbe rimasta per sempre in quella casa, ad ascoltare un cd, poco prima che sua madre entrasse in camera sua e lo violentasse. Una parte di lui avrebbe sempre ricordato quanto era stato bello, anche solo per un attimo, stare dentro di lei, fare sesso con lei. Ovunque fosse andato, qualsiasi cosa avesse fatto, Mark avrebbe portato quel marchio dentro di sé, e il tatuaggio era solo un modo per farlo vedere anche agli altri. Era il suo modo di dire alla gente che era diverso da loro, che sarebbe appartenuto per sempre a sua madre, perché ciò che lei gli aveva fatto l'aveva segnato come nessun ago e nessun inchiostro avrebbero mai potuto fare.

Per il resto della sua vita, forse perfino in quello stesso momento, intrappolato com'era nel suo corpo, Mark avrebbe portato con sé la consapevolezza di esserne stato felice. Anche se solo per un momento, era stato il preferito di sua madre, aveva sperimentato ciò che pensava fosse amore per la prima volta in vita sua. Nel suo modo malato, perverso, Grace Patterson aveva fatto sentire desiderato suo figlio, e lui aveva corrisposto il suo amore, al tempo stesso odiandola per quello che gli stava facendo.

La stanza era immersa in un silenzio interrotto solo dai suoni dei macchinari e dal fluire del proprio sangue che Lena sentiva nelle orecchie. Nella sua mente, udì un lamento acuto. Aveva una gran voglia di alzarsi, di abbandonare Mark e lasciarlo a morire in quel letto, perché sapeva che sarebbe successo comunque, con o senza di lei.

Eppure era arrivata fin lì, ormai, e non c'era nessuno che potesse fermarla, che potesse farle notare la follia della sua confessione. C'era solo Lena in quella stanza, e se c'era anche Mark, se era lì con lei, ad ascoltare le sue parole, allora forse era l'unica persona al mondo in grado di comprendere ciò che diceva.

«Mi sentivo così sola quando mi lasciava lì» riprese, con la voce ridotta a un sussurro roco, e si costrinse a tornare in quel luogo d'inferno. Serrò i denti, chiedendosi se avrebbe trovato la forza di andare avanti. Era quella la parte che la distruggeva, il motivo per cui si era rifiutata di andare da uno psicologo o di raccontare a qualcuno cos'era successo davvero in quella stanza, quattro mesi prima.

«Quando tornava... quando tornava da me e non ero più sola...» Si bloccò, soffocata da un singhiozzo. Non riusciva a dirlo. Non ce la faceva ad ammetterlo con nessuno, neanche con Mark, nemmeno a quel corpo privo di vitalità che non era nemmeno più Mark. Non era abbastanza forte. Non l'avrebbe mai superato.

«Cazzo» gridò, cercando in tutti i modi di non crollare. Fu scossa da tremiti violenti e in un attimo scoppiò in un pianto dirotto. Se Mark fosse stato in grado di sentire ancora qualcosa, avrebbe avvertito il terrore che le attanagliava il corpo come una trappola d'acciaio e le sue mani tremare. Avrebbe compreso il dolore che la toccava nel profondo come nessun altro avrebbe mai potuto fare.

Non esistevano farmaci in grado di cancellare tutto questo. Nemmeno se un proiettile le avesse attraversato il cervello sarebbe riuscito a spingere via quella consapevolezza, e Lena sapeva che se anche fosse riuscita a premere il grilletto o a prendere tutte quelle pillole, il suo ultimo pensiero sarebbe stato *lui*.

«No» disse, scuotendo il capo con foga. «No, no, no» ripeté, pensando alle parole di Nan, a ciò che le avrebbe detto Sibyl se fosse stata lì con lei. Poi pensò a Hank, seduto sul pavimento del bagno di casa sua, che piangeva senza freni, come lei in quel momento.

«Sii forte» si disse, parlando per conto di sua sorella. «Devi essere più forte di così.»

«Quando tornava nella stanza con me» ricominciò, costringendosi a parlare, a pronunciare il *suo* nome. «Quando tornava» ripeté, «una parte di me provava sollievo.» Si interruppe: non era la parola giusta. Poteva dirlo a Mark, perché lui l'avrebbe compresa. Aveva ben chiaro cosa significasse essere così vuoti da accogliere dentro di sé tutto ciò che gli altri erano disposti a darti. Lena aveva conosciuto la solitudine di chi viene rinchiuso in una stanza buia dove non può fare altro se non aspettare. Sapeva che si può arrivare a un punto in cui la mente dice che è tutto sbagliato, ma il corpo ti tradisce comunque, travolto dal bisogno di consolazione, in qualsiasi forma venga offerta.

Deglutì e riprovò. «Quando tornava nella stanza, una parte di me era... felice.»

22

Sara era seduta sul pavimento di fronte a Lacey Patterson nella saletta sul retro della clinica pediatrica. Solo qualche giorno prima, Lacey era andata lì a cercare aiuto, e adesso era tornata, dopo aver sopportato tormenti impossibili da descrivere, e Sara non poteva far altro che aspettare che si sentisse pronta a parlare.

«Quindi Dottie ti ha lasciato in casa dei Wayne?» chiese.

«Sì» rispose Lacey, fissandosi le scarpe. Aveva chiesto di potersi sedere a terra e Sara gliel'aveva permesso perché voleva farla sentire a suo agio. Non aveva voluto che le stesse vicino, così Sara si era seduta a circa un metro da lei, con la schiena appoggiata contro la porta, mentre la ragazzina se ne stava al centro della stanza.

«Le pillole mi facevano venire sonno» disse Lacey.

«E non ricordi niente di quel che è successo prima che ti svegliassi in ospedale?»

Lei annuì, poi cominciò a mordersi le unghie. Il tempo passava, e la ragazzina cominciò a torturarsi le pellicine del pollice. Quando arrivò al mignolo, Sara la fermò. «Ti farai male» disse, e dallo sguardo che si vide puntare addosso capì di aver fatto una considerazione sciocca.

Lacey masticò la pellicina e chiese: «Mark guarirà?».

«Non lo so, tesoro.»

Le si riempirono gli occhi di lacrime, ma non pianse. «Non volevo fargli del male» disse.

«Come gli hai fatto del male?»

«Era tornato da me, e così ho preso il coltello.»

«Quindi sei stata tu a tagliarlo?»

Lei annuì, mordicchiandosi un'altra unghia. «Erano a casa di Dottie, portavano fuori delle cose e dipingevano le pareti. Mi ero nascosta, ma lui mi ha trovato. Gli ho dato un calcio alla testa.» Si tolse il dito dalla bocca. «Mark non voleva che venissi qui da lei. Io volevo solo salutarla, ma poi ho avuto così tanta paura che mi sono sentita male. Mi dispiace.»

«Non devi preoccuparti. Quindi sei venuta qui e poi è arrivato Mark? Dopo sei scappata e Dottie ti ha preso con la macchina nera?»

Lacey annuì, ma continuava a non dire chi era alla guida di quell'auto. «Non pensa che sia per questo che ha cercato di suicidarsi, vero? Perché io l'ho colpito?»

«No» rispose Sara. «Penso che Mark avesse molti altri problemi che l'hanno portato a credere che fosse l'unica soluzione.»

«Potrei vederlo?» domandò con un filo di voce.

«Se lo desideri.»

«Lo desidero.»

Sara la osservò mentre si masticava le dita. Le avevano rasato i capelli cortissimi, quasi a zero. Probabilmente Dottie aveva pensato di farla passare per un ragazzino in attesa del momento di venderla al miglior offerente.

«Mio papà torna presto?» chiese.

«Vuoi vederlo?»

«Lui non sapeva niente» disse, come se avesse letto nel

pensiero di Sara. «Io sapevo di Mark e della mamma, ma lui no.»

«Ne sei sicura?»

Annuì. «Se l'avesse scoperto, avrebbe ucciso Mark.»

«E tu, tesoro? Mark ti ha mai toccata?»

Lacey distolse lo sguardo.

«Lacey?»

Scosse il capo con decisione, ma Sara non le credette. Era ancora incerta, a proposito di Mark Patterson. Era una vittima, ma era stato anche un carnefice, era evidente.

«Mark era gentile con me» disse la ragazzina.

Sara decise di soprassedere. «Dottie ti ha mai fatto posare per le foto?»

«No. Ma a Mark e Jenny sì. E a volte facevano dei video. Li ho visti.»

«Tu invece non li hai mai fatti?»

Lacey si rimise la mano in bocca. «Mark aveva detto che se mi avesse mai beccata a fare quelle cose l'avrebbe detto a papà.»

«Mark non voleva che le facessi?»

«Io volevo» ribatté lei in un tono da bimba capricciosa. «Jenny lo faceva, è andata a una festa e l'ha fatto con un sacco di ragazzi.»

«Pensi che a Jenny piacesse?»

«Ci ho provato una volta, ma Mark l'ha scoperto.» Si mise le mani sulle gambe. «E mi ha picchiato.»

Sara si prese del tempo per rifletterci. Non aveva mai nemmeno preso in considerazione l'idea che quel ragazzo volesse proteggere sua sorella.

«È stato allora che hanno arrestato Mark, giusto?»

Lacey parve sorpresa che Sara lo sapesse.

«Sì.»

«Ma non ha detto niente a vostro padre?»

«Gli ho detto che se l'avesse fatto io gli avrei raccontato di lui e la mamma.»

Pronunciò le parole *lui e la mamma* come una cantilena, come se fosse una frasetta che aveva ripetuto chissà quante volte. Sara immaginò che Lacey l'avesse usata per minacciarlo in più di un'occasione. In fondo era ancora una bambina, e i bambini erano pronti a tutto pur di ottenere quel che volevano.

«Comunque a me non piaceva» riprese. «Gli ho detto che non l'avrei più fatto. Non mi piaceva.» Aggrottò la fronte. «Quando faceva quelle cose, Dottie era cattiva. Non come quando giocavamo.»

«Giocavi con lei?»

«A volte ci faceva da babysitter» sorrise. «Facevamo un gioco in cui ci vestivamo bene e poi ci portava al cinema, tutti eleganti.»

«Sembra divertente.»

«Però non era sempre così.» Lacey cominciò a grattarsi una crosticina su una gamba. «A volte era cattiva. E in quei momenti non mi piaceva.»

«Ti capisco» disse Sara. «È stata lei a fare i discorsi sulla purezza?»

Lacey sollevò la testa di scatto. «Come lo sa?»

Sara decise di mentire. «Me l'ha detto Mark.»

«Non gliel'avrebbe mai detto.»

«Ne sei sicura?»

Lacey scrollò le spalle, ma Sara capì che non ne era affatto sicura.

«Dottie ce l'aveva a morte con Jenny perché era fissata con quella cosa» le spiegò.

«Quale cosa?»

«Quello che fanno alle bambine laggiù» mormorò. «L'anno scorso a scuola Jenny aveva studiato l'Africa e le varie tribù. Diceva che le donne che vivono lì sono fortunate perché appartengono a qualcuno. Ai papà, ai mariti, e se ti comporti bene sei al sicuro.»

«Tu ci credi, Lacey?»

Lei ignorò la domanda. «Dottie era furiosa. Jenny non voleva saperne di lasciar perdere, non l'ha convinta nemmeno la mamma quando è andata a dirle di smetterla.» Abbassò lo sguardo. «Di solito la mamma riesce a convincere le persone a fare anche le cose che non vogliono. È molto brava.»

Sara prese un respiro profondo, sforzandosi di comprendere le rivelazioni di Lacey. «Quindi tua madre e Dottie hanno detto a Jenny di smettere di parlare della mutilazione?»

«Avevano paura che si mettesse nei guai a scuola. Già una volta avevano dovuto trasferirsi, per questo. Un consulente scolastico era andato a casa loro e voleva chiamare la polizia perché Jenny faceva quei discorsi.»

«Su come le ragazze vengono mutilate?» chiese Sara, stentando a credere che una ragazzina potesse essere ossessionata da qualcosa di tanto terribile.

«Jenny diceva che le donne laggiù non devono preoccuparsi di certe cose...» Si interruppe, poi riprese: «Insomma, del sesso. E delle cose che faceva Dottie. Là non esistono queste cose perché le bambine sono sacre. Le ragazze vengono protette».

«Perché Dottie l'ha tagliata, Lacey?»

«Non è stata lei» rispose. «Dopo il viaggio di Natale, Jenny ha deciso di farlo da sola.»

Sara scosse la testa, incredula. «Tesoro, è impossibile che possa esserselo fatto da sola.»

«Invece sì» insisté lei. «Con un rasoio, solo che poi ha cominciato a urlare, Dottie è corsa di sopra e si è messa a urlare anche lei.»

«Eri a casa loro?»

«Ero di sotto con la mamma, perché era giorno di paga.»

Sara sapeva che l'idea che quelle donne avessero fissato un giorno di paga non avrebbe dovuto sorprenderla: c'era da aspettarsi che gestissero la loro rivista per pervertiti come una normale attività imprenditoriale. Andavano avanti da almeno tredici anni, e sapevano bene quel che facevano.

«Jenny urlava fortissimo, sembrava che stesse per morire» riprese Lacey. «E poi la mamma è tornata di sotto e mi ha detto cosa si era fatta.»

Sara annuì per farla proseguire, perché non era in grado di fare altro.

«Non potevano portarla all'ospedale, così la mamma ha detto che l'unica possibilità era concludere quello che aveva iniziato...» Fece una pausa. «E così l'hanno fatto.»

«L'hanno anestetizzata?» chiese Sara.

«La mamma le ha dato qualcuna delle sue pillole per non farle venire un'infezione.»

«Non intendevo questo. Le hanno fatto perdere conoscenza prima di concludere l'intervento? L'hanno fatta dormire in modo che non sentisse niente?»

«Credo si sia addormentata da sola quando hanno cominciato» fece lei. «Insomma, dopo un po' ha smesso di gridare.»

Sara si mordicchiò il labbro inferiore, cercando di farsi venire in mente qualcosa da dire. «Perché Jenny ha voluto farsi una cosa del genere?»

«Quando siamo andate a sciare, Carson e Rory la prendevano in giro, dicendo che doveva andare con loro, e lei non voleva.»

«Per andare con loro intendi che doveva fare sesso con loro?»

Lacey annuì. «Ha detto che non voleva, che erano sporchi, e loro si sono infuriati e le hanno dato della puttana, ma che lei non sapeva perché. Solo che poi Cooper le ha detto che era già successo, una volta in cui era andata a casa di uno di loro insieme a Mark.» Scrollò le spalle. «Mark le aveva messo qualcosa in un drink per farla comportare in modo strano senza che dopo se ne ricordasse.»

«Hai idea di cosa fosse?»

«Qualcosa che il giorno dopo ti fa sentire malissimo» rispose Lacey. «Le è venuta la nausea ed è rimasta a casa da scuola due giorni, e Dottie diceva che aveva l'influenza.»

Rohypnol, pensò Sara. La droga dello stupro.

«Mark dice che la droga ti fa fare cose che faresti comunque» spiegò la ragazzina.

«Non è vero» ribatté Sara. «Soprattutto se le ha dato la droga che penso io.»

Lacey scrollò le spalle, come se non avesse alcuna importanza. «Tanto a lei Cooper Barrett piaceva.»

«C'era anche lui al ritiro sulla neve?»

«Lui, Rory e Carson» rispose. «Ci infilavano dei biglietti sotto la porta, in albergo, e una mattina quando ci siamo svegliate abbiamo trovato un cartello sulla maniglia della stanza con delle scritte orribili.» Guardò Sara. «Secondo me erano loro a rubare le cose a Jenny dall'armadietto a scuola.»

«Che genere di cose?»

«Foto, cose così. Gliele strappavano, così Jenny ha dovuto smettere di tenerci qualsiasi cosa, a parte i libri.»

«Immagino che questo le desse molto fastidio.»

Lacey scrollò le spalle, ma Sara capì che era così.

«Perché secondo te Mark si comportava in questo modo con lei? Era stata Dottie a chiedergli di accompagnarla a quella festa?»

Lacey annuì e Sara si portò una mano sullo stomaco all'idea di Mark che sfruttava Jenny Weaver per reclutare altri ragazzini per Dottie.

«Quei ragazzi la perseguitavano, Jenny non ne poteva più» disse Lacey. «E Dottie le ha consigliato di andarci di nuovo, così l'avrebbero lasciata in pace, ma lei non voleva. Diceva che voleva essere pura.»

«Per questo si è tagliata tra le gambe?» chiese Sara.

«Lei ha iniziato, ma poi Dottie ha dovuto finire.»

Lacey tornò a concentrarsi sulla crosticina, e Sara la osservò grattarla fino a far uscire il sangue. Prese un fazzolettino e le tamponò la gamba. «Tu hai mai visto quello che Dottie ha fatto a Jenny quella sera?» le chiese.

La ragazzina scrollò il capo. «Mi hanno proibito di parlare con lei.»

«Perché?»

«Perché la mamma non voleva» rispose, rimettendosi a tormentare la crosticina. «Mi ha detto che se avessi parlato ancora con Jenny, avrebbe lasciato che Dottie mi facesse la stessa cosa.» Si indicò il grembo. «Là sotto.»

«Anche tua madre era furiosa con Jenny?»

Lacey chinò il capo, e la voce le uscì attutita, tanto che Sara dovette fare uno sforzo per sentirla. «La mamma ha detto che Mark era stato con Jenny, e che non doveva. Jenny non lo sopportava, per questo si è fatta quella cosa.» Fece una pausa. «I bambini dovrebbero andare solo con i grandi, perché i grandi sanno quello che fanno, i ragazzi no.»

«Sei proprio sicura che tuo padre non sapesse nulla?»

Annuì. «Avrebbe ammazzato Mark.»

«Non pensi che si sarebbe infuriato anche con tua madre?» Sara decise di azzardare: «Non pensi che sarebbe rimasto sconvolto, sapendo che tua madre era incinta?».

Lacey alzò la testa. «Come lo sa?»

Sara sorrise. «Io so molte cose.»

«È stata colpa di Mark se è rimasta incinta» disse Lacey, e ancora una volta Sara si stupì di sentirle usare un tono tanto sicuro. Anche quella doveva essere una frase che aveva sentito ripetere chissà quante volte. «Quando si è ammalata di nuovo, la mamma ha detto a papà che non poteva più stare con lui come prima. Per questo sapeva che era stato Mark.»

Sara fece un altro respiro profondo. Aveva seri dubbi che sarebbero mai riusciti a scoprire chi fosse il vero padre della bambina.

«Cos'è successo sabato scorso?» domandò.

«La mamma è andata da Skatie's a cercare Mark e si è sentita male.»

«Male come?»

Lacey tornò a guardarsi la gamba. «Siamo andate lì in macchina, ma le è venuto un mal di pancia tremendo ed è dovuta andare al bagno.»

Sara si sforzò di ricordare quanto fosse alta Grace Patterson. Era una donna minuta, e Tessa poteva averla scambiata per una ragazzina.

«Sei entrata nel bagno con lei?» domandò Sara.

Lacey annuì.

«E poi è arrivata anche Jenny?»

«Sì, ci ha visto entrare.»

«E cos'è successo?»

La ragazzina emise un lungo sospiro. «Dalla mamma è uscita una bambina, e c'era tanto sangue...» Fece una pausa, senza guardare Sara. «Ha detto che stava male per colpa delle medicine che prendeva per il cancro, e ci hanno pensato loro.»

Sara deglutì a forza.

«Mi ha detto di andare ad aspettare in macchina mentre lei e Jenny se ne occupavano.»

«Perché ha chiesto a Jenny di restare?»

«Per punirla. Era colpa sua, se era successo. Se lei non fosse stata con Mark, la mamma non avrebbe dovuto fare quello che ha fatto.»

Sara si appoggiò alla porta, cercando di farsi venire in mente qualcosa da dire. Il potere che Grace Patterson e Dottie Weaver avevano su quei ragazzi era sconvolgente. Non sarebbe mai riuscita a perdonarsi di essere stata in loro presenza senza accorgersi di quanto fossero perverse.

Lacey si accertò che la stesse ascoltando, poi riprese: «La mamma ha detto a Jenny che se non restava ad aiutarla sarebbe venuta da lei a dirle cosa aveva fatto».

«Da me?» chiese Sara, incapace di nascondere lo sgomento.

«Jenny voleva diventare un medico dei bambini, come lei. Era sicura che non l'avrebbe aiutata, se avesse saputo che faceva sesso con tutta quella gente.» Riprese il tono cantilenante e aggiunse: «"Se non lo fai, dirò alla dottoressa Linton che razza di puttana sei"».

Sara fu sconvolta all'idea che il suo nome fosse usato per minacciare una bambina. «Non è vero. Non è affatto vero» disse con foga.

Lacey si strinse nelle spalle, come se non le importasse.

Sara aveva una gran voglia di scuoterla. «Avrei fatto

qualsiasi cosa per aiutarla, Lacey. Proprio come farò qualsiasi cosa per aiutare te.»

«Adesso non ho bisogno d'aiuto» fece lei, sottintendendo che ormai era troppo tardi.

Sara era così in collera che le si riempirono gli occhi di lacrime. Aveva eseguito l'autopsia sul corpicino della neonata. Sapeva esattamente ciò che Grace e Jenny avevano fatto a quella povera creatura, e l'idea che Jenny avesse voluto mutilarsi per il terrore di essere smascherata di fronte a lei le faceva salire la bile in gola.

«La mamma lo diceva sempre» continuò Lacey. «Jenny voleva che lei pensasse che era una brava persona.»

Sara si portò una mano al collo. «Jenny *era* una brava persona.»

Lacey puntò lo sguardo a terra. «Vabbe'...»

«Quel che è successo a Jenny è orribile, e non è stata colpa sua.»

Lei si strinse di nuovo nelle spalle.

«Tesoro» riprese Sara, sforzandosi di usare un tono rassicurante. Cercò la mano di Lacey, ma lei si scostò.

Dopo un minuto, le chiese: «Secondo te perché Jenny voleva uccidere Mark?».

La ragazzina scrollò le spalle, ma Sara capì che conosceva la risposta.

«Credi volesse fermare tutto?»

Un'altra scrollata di spalle.

«Credi che puntare una pistola contro Mark fosse l'unico modo che le era venuto in mente per fermare tutto? Finendo...» Si fermò, e un macigno le si piantò sul petto. Jenny sapeva che sarebbe finita su un tavolo dell'obitorio. Costringendo Jeffrey a spararle, sarebbe riuscita a far vedere a Sara cosa le stava succedendo.

Lacey sollevò lo sguardo, fissandola con un'espressione priva di qualsiasi sentimento. «Jenny era intelligente» disse. «Sapeva che non sarebbe mai riuscita a fermarli.»

Sara cercò una risposta adeguata, ma la sua più grande paura era che Lacey avesse ragione. «Prenderemo Dottie prima che possa ricominciare, Lacey. Giuro che faremo tutto ciò che possiamo per fermarla.»

«Già, be'...» Sembrava che Sara le avesse appena raccontato una storiella improbabile. «Mio padre arriva presto? Voglio andare a casa.»

«Lacey» riprese Sara, ma non sapeva cos'altro aggiungere.

La ragazzina la guardò, gli occhi pieni di lacrime. Gli ultimi giorni l'avevano cambiata. Non sembrava più una bambina spensierata la cui unica preoccupazione era sapere se sarebbe stata accettata o meno nella squadra delle cheerleader. Le persone che avevano abusato di lei non c'erano più, ma la consapevolezza di ciò che le avevano fatto non l'avrebbe mai abbandonata. Guardandola, Sara provò un senso di impotenza enorme. Voleva fare qualcosa, aiutarla, ma sapeva che ormai era troppo tardi. E sapeva anche che esistevano altri bambini come Lacey, che erano stati vittime di Dottie Weaver, e molti altri che potevano diventarlo.

Lacey si asciugò il naso con il dorso della mano. Si sforzò di sorriderle e chiese di nuovo: «Mio padre arriva presto? Voglio andare a casa».

UNA SETTIMANA DOPO

DOMENICA

23

Tessa si accasciò sulla sedia di fronte a Sara, al tavolo della sala da pranzo. «Vomiterò così per il resto della mia vita?»

«Spero di no» mormorò Sara, disattenta. Era alle prese con una cartella clinica, cercando di decifrare la propria scrittura. «Cosa leggi qui?» chiese, avvicinandola a sua sorella.

Tessa osservò i suoi scarabocchi. «Mele permanenti?» tentò.

«Sembra anche a me» borbottò lei, riprendendo la cartella. Fissò le parole, cercando di estrapolarne un senso.

Tessa infilò una mano nella valigetta di sua sorella e tirò fuori un fascicolo.

«Quella è una rivista medica» le disse Sara.

«Non sarò un medico, ma so leggere» ribatté lei, sfogliando qualche pagina. Un paio di secondi dopo la chiuse. «Non ci sono immagini.»

«Ne trovi qualcuna in fondo» spiegò Sara, allungandosi sul tavolo per mostrarle un ingrandimento di un'appendice molto infiammata. Poi passò alle foto seguenti, che mostravano l'organo dissezionato in tutta la sua gloria sanguinolenta.

«Dio santo» gemette Tessa tappandosi la bocca con una

mano e alzandosi di scatto. Corse fuori dalla stanza rischiando di travolgere Cathy.

«Che le è preso?» chiese la madre posando sul tavolo un piatto di uova ripiene.

«Non lo so» rispose Sara. «Ah» esclamò poi, capendo. «L'esame di un'appendice.»

Cathy si accigliò. «Devi per forza lavorare sul tavolo da pranzo?»

Sara impilò le cartelle. «Non più. Questa era l'ultima.»

Sua madre le si sedette di fronte e bevve un sorso del suo tè freddo. «Come sta andando?» le domandò, indicando i documenti.

«Lentamente. Ma meglio di quanto pensassi. Cioè, meglio per Grant. Qui ha mantenuto un profilo basso.»

«Come direbbe tuo padre, meglio non sputare sul piatto in cui si mangia.»

«Esatto» fece Sara con un sorriso teso in volto.

«A proposito» riprese Cathy, «ho sentito dire che Dave Fine sta per essere processato.»

Sara annuì. «È convinto di poter evitare la prigione.»

«Ho la sensazione che la prigione sia l'unico posto sicuro per lui» commentò Cathy prendendo un altro sorso di tè. «Hai parlato con il padre di Lacey dell'idea di farla venire a dare una mano in clinica dopo la scuola?»

Lei assentì, infilando le cartelle nella valigetta. «Dice che ci penserà.»

«Non credo che resterà in città a lungo» riprese Cathy con cautela. «La gente penserà che sapesse, anche se lui sostiene il contrario.»

Sara scrollò le spalle: parlare del caso con sua madre la faceva sentire a disagio.

«Ho sentito dire che gli hanno tagliato le gomme della macchina davanti al supermercato, l'altro giorno» continuò lei.

Sara la osservò con attenzione, cercando di capire dove volesse arrivare.

«È solo che non voglio vederti soffrire» ammise infine sua madre. «Non voglio che ti affezioni a questa ragazza per poi vederla portare via da suo padre.»

Sara si mise a riordinare la valigetta. Jeffrey le aveva detto la stessa cosa due sere prima.

«Sai, potresti sempre adottare un bambino» riprese Cathy.

Sara avvertì un sorriso teso comparirle sulle labbra. Si tolse gli occhiali e li mise sul tavolo. «Ecco, io...» Si interruppe e fece una risatina priva d'allegria. Non era affatto così semplice.

Cathy aspettò che dicesse qualcosa.

«Non ho proprio voglia di parlarne in questo momento, mamma.»

Sua madre le prese le mani. «Quando te la sentirai, sono qui.»

«Lo so.»

Tessa tornò in sala e diede un colpetto sulla nuca a sua sorella. «Stronza.»

Sara rise, e lei le fece la linguaccia.

Cathy inarcò un sopracciglio e si alzò dal tavolo senza commentare. «Ti senti bene, piccola?» chiese a Tessa.

«Sì, mamma» rispose lei, anche se aveva un aspetto orribile. Sara si sentì un po' in colpa per averle mostrato quelle foto.

«Sicura?» insistette.

«Sì, sono un fiore» replicò lei. «Ho i capelli unti, sento prurito dappertutto e ho le mutande troppo strette.» Si fermò, tirando le gambe dei pantaloni. «Non fanno che risalirmi tra le chiappe.»

«La natura non ama gli spazi vuoti» commentò Sara ridendo.

«Sara» l'ammonì sua madre, ma tornò in cucina ridacchiando.

Tessa si sedette e prese un uovo ripieno. «Dov'è Jeffrey? Doveva arrivare mezz'ora fa.»

«Non lo so» disse Sara, osservando sua sorella divorare l'uovo. «Pensavo che avessi la nausea.»

«Prima sì» fece lei, prendendone un altro. «Adesso invece no.»

Sara stava per dire qualcosa, ma si interruppe perché sentì un'auto fermarsi nel vialetto. «È Jeffrey» esclamò, e si alzò così in fretta da rovesciare la sedia. L'afferrò un attimo prima che toccasse terra e lanciò a Tessa un'occhiataccia, sperando di impedirle di fare la battutina che evidentemente aveva sulla punta della lingua.

Andò verso la porta con una lentezza studiata e aprì la porta proprio quando Jeffrey stava per bussare. Si protese per dargli un bacio, ma quando vide la sua espressione si bloccò.

«Che succede?»

Per tutta risposta, lui le mostrò una videocassetta.

«Cos'è?»

«Andiamo in salotto» le disse. Dal modo in cui teneva le spalle rigide, Sara capì che era in collera.

Si sedette sul divano e lo osservò mentre inseriva la cassetta nel videoregistratore e azionava il telecomando. Sara riconobbe il formato in bianco e nero delle riprese delle videocamere di sorveglianza.

«L'ufficio postale di Atlanta» disse.

Jeffrey la raggiunse sul divano e lei gli si avvicinò, mentre osservavano il filmato. La scena era abbastanza tipica: una sala piena di cassette postali con un tavolo al centro. Jeffrey mandò avanti la registrazione e si fermò quando nell'inquadratura apparve un ragazzo magro.

«Sembra Mark Patterson» mormorò Sara guardandolo avvicinarsi alla telecamera: la somiglianza tra i due ragazzi era impressionante. Avevano la stessa corporatura snella e la stessa aria insolente, e il modo in cui i vestiti gli cadevano addosso gli conferiva la stessa sensualità androgina.

«È uguale a lui» disse Jeffrey.

Sullo schermo, il ragazzo avanzò con aria sospetta, si fermò lanciandosi intorno un'occhiata furtiva e poi aprì una cassetta. Dava le spalle alla telecamera, dunque era impossibile vedere che cosa stesse prelevando, o il contenuto della cassetta; poi controllò ancora se qualcuno lo stesse guardando e si infilò alcune buste nella cintura dei pantaloni. Le coprì con la maglietta e si diresse verso l'uscita.

Jeffrey mise il video in pausa.

«Ha mandato un'altra persona» indovinò Sara.

«È uscito nel parcheggio, è salito a bordo di una Thunderbird nera ed è andato in un centro commerciale della zona» raccontò lui. «Nessuno lo ha raggiunto. Ha aspettato un paio d'ore e poi ha usato un telefono a gettoni.»

«Per chiamare chi?»

«Nick ha rintracciato la chiamata, è un numero di cellulare. Non gli hanno risposto.»

«E del ragazzo cosa si sa?»

«David Ross, alias Ross Davis» le disse. «Nick ha controllato le impronte. È stato rapito dieci anni fa da casa sua in pieno giorno. Scomparso, presunto morto.»

Sara sentì il cuore sprofondarle nel petto. «Dieci anni?»

«Esatto» fece lui, la collera nella voce. «Giocava in giardino con suo fratello maggiore, quando è arrivata Dottie in macchina. Pensano fosse Dottie. Wanda, o come cazzo si faceva chiamare. Era una donna. Ross Davis è andato con lei e non è mai più tornato.»

Sara si mise una mano sul petto. «Oddio, poveri genitori.»

«Non è più il loro figlio, Sara. È diventato come Mark. Non vuole parlare. Nick l'ha torchiato per sei ore e lui non ha detto una parola. Non ha nemmeno ammesso di conoscere Dottie, ha spiegato soltanto che era andato a ritirare della posta per sé.»

«Ha il tatuaggio come Mark?»

Jeffrey scosse il capo.

«Quanti anni ha?»

«Diciassette.»

«Quindi è stato rapito quando ne aveva sette.»

«Adesso per la legge è un adulto» continuò il commissario. Aveva un'aria così sconfitta che Sara gli prese le mani.

«Hai informato i genitori?» gli chiese.

«Ci ha pensato Nick, ma non ha potuto trattenerlo. Non è un reato andare a ritirare la corrispondenza da una casella postale, e l'auto è intestata a lui.»

«Nick lo sta facendo seguire, vero?» domandò Sara. «Almeno potrà comunicare ai genitori dove si trova.»

Jeffrey annuì, gli occhi fissi sul fermo immagine del ragazzo. «Guarda adesso» disse, puntando il telecomando verso l'apparecchio. Premette di nuovo *play* e si vide il ragazzo uscire, fuori dalla portata della telecamera. La stanza restò vuota per qualche momento. Sara stava per chiedergli spiegazioni quando un'altra figura apparve sullo schermo. Una donna con un cappello da baseball e gli occhiali scuri entrò nell'inquadratura, andò dritta in fondo alla stanza e aprì la stessa cassetta che aveva appena controllato il ragazzo. Tirò fuori un paio di buste e se le infilò nella borsa. Quando la donna si voltò, Sara restò senza fiato, anche se non avrebbe dovuto sorprendersi.

«È Dottie Weaver?» chiese, ma conosceva già la risposta. Non era possibile confonderla con qualcun altro. Poi, come se sapesse che un giorno qualcuno avrebbe guardato le riprese, Dottie sollevò gli occhiali, puntò lo sguardo verso la videocamera e le mostrò il dito medio.

Jeffrey mise di nuovo in pausa.

«Dov'erano tutti?» chiese Sara, sedendosi sul bordo del divano. «Dov'erano gli uomini di guardia?»

«Hanno seguito il ragazzo» spiegò Jeffrey. «Nick gli ha trovato addosso solo un mucchio di pubblicità postale. Le carte di credito erano rimaste nella cassetta.»

«Ma non può usarle» ribatté lei, ancora incredula. «Appena il numero verrà registrato per una transazione, verrà individuata.»

«Lo sa. Quando tu e Lena l'avete interrogata, vi ha dato tutti quegli indizi. È solo un gioco per lei. Si diverte a prenderci per il culo.»

«Perché lo fa?»

«Perché può» rispose, caustico. «Che Dio la maledica.»

Sara gli posò una mano su una spalla. «Jeff... Dave Fine non uscirà mai di prigione. Lacey è tornata a casa e Grace Patterson è morta» disse, cercando di farlo sentire meglio.

«Non consolarmi, Sara» ribatté con voce strozzata. «Ti prego.» Si chinò in avanti, i gomiti sulle ginocchia, la testa tra le mani. «È ancora libera. È libera di farlo di nuovo.»

«Qualcuno la prenderà» gli disse, ma non ne era convinta nemmeno lei.

Jeffrey dovette avvertire la sua incertezza, perché alzò lo sguardo e la scrutò, con gli occhi carichi di dolore.

Guardò il televisore, dove Dottie Weaver diceva loro, senza mezzi termini, che non solo era sfuggita alla legge, ma era libera di ricominciare ad accanirsi come voleva su bambini come Mark e Lacey Patterson. Ed era probabile che lo stesse già facendo.

«Com'è potuto succedere?» chiese Sara, ma la sua domanda sarebbe rimasta senza risposta. Pensò a Lacey, a ciò che quella bambina aveva dovuto sopportare, alle cose che aveva vissuto ma ancora non sapeva descrivere. A soli tredici anni aveva conosciuto una sofferenza che nessuno a quell'età dovrebbe mai provare, eppure la mattina si alzava per andare a scuola e la domenica accompagnava suo padre in chiesa come se fosse ancora solo una bambina, come se gli eventi non l'avessero fatta crescere troppo in fretta.

Jeffrey strinse forte la mano di Sara tra le sue. Restarono seduti così, senza parlare, senza saper descrivere ciò che provavano, fin quando Cathy non li chiamò per la cena.

RINGRAZIAMENTI

Il primo grazie va sempre alla mia agente, Victoria Sanders. Ci vorrebbero tre persone per fare tutto quello che fa lei. Meaghan Dowling, la mia editor alla Morrow, mi ha aiutato a concentrarmi e mi ha dato sempre consigli ben mirati. Kate Elton alla Century è stata altrettanto fondamentale. Il team di comunicazione e marketing alla Morrow and Century è stato meraviglioso, e Juliette Shapland si merita vagonate di biscotti Tim Tam.

Anche questa volta le informazioni mediche mi sono state fornite dal dottor Michael A. Rolnick e da Carol Barbier Rolnick. Il capitano Jo Ann Cain mi ha assistito nelle questioni procedurali. Ric Brandt mi ha dato consigli sulle armi da fuoco. Melissa Cary mi ha spiegato come si stura uno scarico. Jatha Slaughter ha risposto con sincerità e professionalità alle mie domande sugli stupefacenti. I colleghi autori Jane Haddam, Keith Snyder, Ellen Conford e Eileen Moushey mi hanno offerto un grande sostegno morale. Lo scrittore Sal Towse ha passeggiato con me sul Golden Gate Bridge, un'esperienza che non dimenticherò mai. Laura *Slim* Lippman è stata un'ottima cassa di risonanza. Qualsiasi errore io abbia fatto è anche suo.

Mio padre mi ha sempre sostenuto, e sono molto fortunata ad avere accanto una persona come lui. Judy Jordan è un'amica insostituibile. Per quanto riguarda D.A., di qualsiasi sostanza siano fatte le anime, le nostre sono identiche.

Sarò sempre grata a Billie Bennet Ward, la mia insegnante di inglese del liceo. Sono consapevole di dovere la mia carriera, se non la vita stessa, a un'insegnante. Tutti dovremmo essere grati ai nostri professori e riconoscere i loro meriti.

Infine un ringraziamento alle canaglie che superano il limite di mezz'ora imposto al circolo della mia zona: mentre aspettavo di poter salire su un tapis roulant ho immaginato un sacco di omicidi violenti.